Tessa Hadley
Hin und zurück
Roman

*Aus dem Englischen von
Brigitte Jakobeit*

Kampa

Die englische Originalausgabe erschien 2011 unter dem Titel
The London Train im Verlag Jonathan Cape, London.

Für den Blick hinter die Verlagskulissen:
www.kampaverlag.ch / newsletter

Lektorat: Ulrike Ostermeyer, Berlin
Copyright © 2011 by Tessa Hadley
All rights reserved
Für die deutschsprachige Ausgabe
Copyright © 2021 by Kampa Verlag AG, Zürich
www.kampaverlag.ch
Covergestaltung: Designbüro Lübbeke Naumann Thoben, Köln
Covermotiv: © Ivan Kuzmin / Alamy Stock Foto;
© Serkan Mutan / Alamy Stock Foto
Satz: Tristan Walkhoefer, Leipzig
Gesetzt aus der Stempel Garamond LT / 210140
Druck und Bindung: Friedrich Pustet, Regensburg
Auch als E-Book erhältlich
ISBN 978 3 311 10056 0

Hin und zurück

I

Als Paul das Heim erreichte, hatte der Bestatter die Leiche seiner Mutter schon abgeholt. Er empörte sich darüber, die Eile schien ihm ungehörig. Nachdem der Anruf ihn erreicht hatte, war er sofort aufgebrochen, und die drei bis vier Stunden Fahrt, die er bis dorthin gebraucht hatte (auf der M5 hatte dichter Verkehr geherrscht), hätte man doch sicher warten können. Mrs Phipps, die Besitzerin des Heims, führte ihn in ihr Büro, damit die anderen Bewohner nicht beunruhigt wären, falls er eine Szene machte. Sie war zierlich, temperamentvoll, braune Haut, sprach mit Spuren eines südafrikanischen Akzents. Er hegte keine Abneigung gegen sie und fand den Pflegestandard des Heims unter ihrer Leitung gut; seine Mutter jedenfalls hatte sich Mrs Phipps' Zielstrebigkeit und munterer Babysprache dankbar gefügt. Doch selbst jetzt deutete nichts darauf hin, dass die straffe, fröhliche Maske von Mrs Phipps' guter Laune, unter den gegebenen Umständen respektvoll gedämpft, je einem aufrichtigen Gefühl wich. Ihr Zimmer war freundlich; durch ein offenes Schiebefenster fiel die nachmittägliche Frühlingssonne aus dem Garten herein. An der Wand hinter ihrem Schreibtisch hing ein bunter Jahresplaner, auf dem fast jedes Kästchen geschäftig und verantwortungsbewusst beschrieben war: Er stellte sich ein Quadrat auf dem Planer vor, das die Besetzung des Zimmers seiner Mutter als Leerstelle auswies.

Wenn er seine Mutter sehen wolle, sagte Mrs Phipps mit der angemessenen Nuance bekümmerten Takts in der Stimme, könne sie den Bestatter anrufen, um ihm Bescheid zu geben. Paul war sich bewusst, dass die kommenden Stunden gewissenhafte Umsicht verlangten; er musste unbedingt darauf achten, das Richtige zu tun, auch wenn unklar war, was das Richtige wäre. Er verlangte die Adresse und Telefonnummer des Bestatters, und Mrs Phipps gab sie ihm.

»Sie sollten wissen«, fügte sie hinzu, »denn es wäre nicht in meinem Interesse, wenn Sie es auf Umwegen erfahren, dass Evelyn gestern Nacht wieder einen ihrer Freiheitsausflüge unternommen hat.«

»Freiheitsausflüge?«

Er glaubte, dass sie einen merkwürdigen Euphemismus für Sterben benutzte, doch im Weiteren erklärte sie, dass seine Mutter irgendwann am Abend aus dem Bett aufgestanden und im Nachthemd in den Garten gegangen war. Dort gab es eine Stelle, wo immer nach ihr gesucht wurde, wenn sie nicht in ihrem Zimmer war: Evelyns kleines Versteck im Gebüsch.

»Es tut mir leid, dass das passiert ist. Aber ich hatte Sie ja gewarnt, wir sind einfach nicht in der Lage, eine Rund-um-die-Uhr-Überwachung der Bewohner zu leisten, wenn sie krank werden. Die Mädchen haben den ganzen Abend immer wieder in ihrem Zimmer vorbeigeschaut und nach ihr gesehen. So haben wir auch festgestellt, dass sie weg war. Ich will offen zu Ihnen sein, sie war so schwach, dass niemand von uns sich vorstellen konnte, sie könnte aus dem Bett aufstehen. Sie war höchstens zehn bis fünfzehn Minuten draußen, bis wir sie fanden. Zwanzig allerhöchstens.«

Man habe sie ins Haus gebracht und wieder ins Bett gelegt. Sie habe eine gute Nacht verbracht, erst am Morgen nach dem Frühstück habe sich ihr Zustand verschlechtert.

Paul spürte Mrs Phipps' Befürchtung, er würde vielleicht Anzeige erstatten.

»Ist schon gut. Wenn es das war, was sie wollte, bin ich froh, dass sie aufstehen konnte.«

Mrs Phipps war erleichtert, auch wenn sie seine Denkweise nicht verstand. »Natürlich hat uns ihre Körpertemperatur beunruhigt, diese Frühlingsnächte sind tückisch. Wir haben sie warm eingewickelt, ihr etwas Heißes zu trinken gegeben und sie die ganze Nacht im Auge behalten.«

Paul fragte, ob er eine Weile im Zimmer seiner Mutter bleiben dürfe. Das Bett war schon abgezogen worden, und sie hatten eine saubere Tagesdecke mit dem im Heim üblichen Blümchenmuster über die Matratze gelegt: Nichts wies darauf hin, was sich hier abgespielt hatte. Mrs Phipps hatte ihm versichert, dass seine Mutter »ganz friedlich gegangen« sei, doch er sah darin nichts weiter als eine Floskel. Er saß eine Weile im Sessel seiner Mutter und betrachtete ihre Sachen: der letzte verbliebene Rest an Habseligkeiten, die sie von ihrem Zuhause in ihre kleine Wohnung im betreuten Wohnen und dann in dieses Zimmer begleitet hatten. Einige kannte er nur, weil er jedes Mal mit ihnen umgezogen war; andere waren ihm aus seiner Kindheit und Jugend vertraut: eine farbig glasierte Obstschale, ein blaues Glasmädchen, das einst seitlich an einer Blumenvase befestigt gewesen war, der rote Resopal-Couchtisch mit dem auf einem Chromfuß eingebauten Aschenbecher, der immer neben ihrem Sessel stand.

Als Paul das Heim verließ, fuhr er zum Bestattungsunternehmen und blieb auf dessen kleinem Parkplatz noch eine Weile im Auto sitzen. Er musste hineingehen und die Einzelheiten der Beerdigung besprechen; doch da war noch das Problem, dass er den Leichnam seiner Mutter sehen wollte. Er war das einzige Kind seiner Eltern. Evelyn hatte die Hauptlast am Tod seines Vaters vor zwanzig Jahren getragen, als Paul in seinen Zwanzigern war: Jetzt liefen alle Linien bei ihm zusammen. Natürlich würde seine Frau mit ihm fühlen, und auch seine Kinder; doch nachdem sich Evelyns Verstand in den vergangenen Jahren zunehmend verabschiedet hatte, war sie den Mädchen fremd geworden, und er hatte sie nur noch gelegentlich zu den Besuchen bei seiner Mutter mitgenommen. Sie erkannte sie noch, aber wenn sie zum Spielen in den Garten oder auch nur zur Toilette oder um den Sessel herum auf die andere Seite gingen, vergaß sie, dass sie die beiden gerade gesehen hatte; jedes Mal, wenn sie zurückkamen, begrüßte sie sie wieder, und ihr Gesicht leuchtete erfreut auf.

Sein Vater war nach einem Herzinfarkt im Krankenhaus gestorben. Evelyn war bei ihm gewesen, Paul hatte zu der Zeit in Paris gelebt und war erst am nächsten Tag gekommen. Die Möglichkeit, den Leichnam zu sehen, hatte sich nicht ergeben, und in seiner Konzentration auf den schmerzlichen Verlust seiner Mutter war es ihm wahrscheinlich nicht wichtig gewesen. Jetzt wusste er nicht mehr, ob es wichtig war oder nicht. Er spähte in das mit diskretem Kitsch dekorierte Schaufenster des Bestatters – Urnen, plissierte Seide und künstliche Blumen. Als er schließlich ausstieg, um hineinzugehen, stellte er fest, dass es bereits nach sechs war. An der Tür hing ein *Geschlossen*-Schild mit einer Nummer, um im Notfall Kontakt aufzunehmen, die er sich nicht aufschrieb. Er würde am nächsten Morgen zurückkommen.

Er hatte sich angewöhnt, im Travelodge abzusteigen, wenn er seine Mutter besuchte und über Nacht in Birmingham bleiben musste; das Hotel war praktischerweise nur zehn Autominuten vom Heim entfernt. Er packte seine paar Sachen aus, ein sauberes Hemd und Socken, Zahnbürste, ein Notizbuch, die beiden Gedichtbände, die er gerade rezensierte – als er am Morgen aufgebrochen war, hatte er nicht gewusst, wie lange er bleiben musste. Dann rief er Elise an.

»Sie war schon tot, als ich ankam«, sagte er.

»Ach, arme Evelyn.«

»Mrs Phipps meinte, sie sei sehr friedlich gegangen.«

»Ach, Paul. Das tut mir so leid. Geht es dir gut? Wo bist du? Soll ich hochkommen? Ich finde bestimmt jemanden, der die Mädchen nimmt.«

Er versicherte ihr, dass es ihm gut ging. Es war ein schöner Frühlingsabend, aber er wollte nichts essen und schlenderte durch die Straßen, bis er einen Pub fand, wo er zwei Biere trank und eine Ausgabe der *Birmingham Mail* durchblätterte, die auf einem Tisch lag. Sein Verstand verhakte sich in den Worten, und obwohl er jede Seite vollständig las, nahm er den Inhalt ohne jeden inneren Kommentar auf: Verbrechen, Unterhaltung, *in memoriam*. Er hatte große Angst davor, an einem öffentlichen Ort von einem Traueranfall überwältigt zu werden. Zurück in seinem Zimmer, verspürte er keine Lust, einen der beiden Gedichtbände zu lesen; als er sich ausgezogen hatte, suchte er in der Nachttischschublade nach einer Bibel, aber es war die New International Version, die ihm nichts nützte. Er schaltete das Licht aus und legte sich unter das Laken, weil die Luft durch die Heizung abgestanden und stickig war und das Fenster sich nur einen Spalt öffnen ließ. Gerüche von Grün und Wachstum drangen herein, vermischt mit den Benzindünsten des Straßenverkehrs, der nie nachließ oder ganz erstarb, egal wie spät es war. Er empfand Erleichterung. Das Geschehene war ganz normal, absehbar, üblich: Der Tod eines älteren Elternteils, die Befreiung von der Last, sich zu sorgen. Bei ihrem Zustand in letzter Zeit hätte er ihr kein längeres Leben gewünscht. Er hätte sie öfter besuchen sollen. Aber die Besuche bei ihr hatten ihn gelangweilt.

Als er die Augen schloss, tauchte ungewollt ein Bild von seiner Mutter im Nachthemd in dem dunklen Garten des Heims vor ihm auf, so klar, dass er sich abrupt aufsetzte. Sie schien so greifbar nah, dass er sich suchend umsah: Er hatte die wirre, aber starke Vorstellung, den jetzigen Augenblick eng genug falten zu können, um einen Augenblick der letzten Nacht zu berühren, die kurze Zeit davor, als sie noch lebte. Er sah nicht die gebeugte alte Frau, die sie geworden war, sondern die reife Frau seiner Jugend: Ihren dunklen Haarzopf, den sie vor langer Zeit abgeschnitten hatte, die schwarz gerahmte Brille mit den dicken Gläsern, wie sie damals üblich waren, ihre große energische, aber etwas ungelenke Erscheinung. Als sie noch lebte, hatte er sich manchmal nur schwer an ihre vergangenen Ichs erinnern können, und er hatte befürchtet, sie für immer verloren zu haben, doch diese Erinnerung war lebhaft und vollständig. Er knipste das Licht an, stand auf, schaltete den Fernseher ein und sah Nachrichten, Bilder vom Krieg in Irak.

Als er wieder ausgestreckt im Dunkeln auf dem Rücken lag, nackt, zugedeckt mit dem Laken, konnte er nicht schlafen. Er wünschte, er könnte sich besser an die Stellen in der *Aeneis* erinnern, in denen Anchises in der Unterwelt seinem Sohn erklärt, wie die Toten im Jenseits allmählich von dem dichten Schmutz und den verkrustenden Schatten gereinigt werden, die sie im Leben durch ihre weltlichen Verstrickungen angehäuft haben; wie nach Äonen ihr reiner Geist wiederhergestellt ist und sich danach sehnt, ungeduldig danach strebt, ins Leben und in die Welt zurückzukehren und von vorne anzufangen. Paul fand, dass es keine moderne Sprache gab, die das schockierende Verschwinden seiner Mutter angemessen zu beschreiben vermochte. Eine Vergangenheit, in der eine so erhabene Sprache wie die Vergils möglich war, erschien ihm manchmal an sich schon wie ein Traum.

Als er am nächsten Morgen zum Bestatter zurückfuhr, nahm er sich vor, ihn darum zu bitten, den Leichnam seiner Mutter zu sehen. Sobald er jedoch mit dem Treffen der Vorkehrungen für das Begräbnis beschäftigt war, fiel es ihm schwer, überhaupt zu sprechen oder den unterbreiteten Vorschlägen auch nur vage zuzustimmen: Seine Sprachlosigkeit entsprang nicht etwa tiefen Gefühlen, sondern im Gegenteil einer vertrauten, starren Aversion, die ihn stets dann erfasste, wenn er solche aufgesetzten Beziehungen mit der Außenwelt führen musste. Ihm war klar, dass der junge Mann, mit dem er sprach, dazu ausgebildet worden war, auf die Ausrutscher und verräterischen Unsicherheiten trauernder Familienmitglieder zu achten, und sich deshalb bemühte, möglichst kühl und unzugänglich aufzutreten. Elise hätte bei ihm sein und ihn unterstützen sollen, sie verstand es gut, diese Seite des Lebens zu handhaben. Er konnte sich nicht dazu überwinden, diesem beflissenen jungen Mann gegenüber den persönlichen Wunsch zu äußern, seine Mutter ein letztes Mal zu berühren; und vielleicht wollte er sie ja auch gar nicht berühren.

Danach fuhr er, wie zuvor vereinbart, wieder in das Heim, um Papierkram zu erledigen und die Sachen seiner Mutter aus dem Zimmer zu räumen, obwohl Mrs Phipps beteuert hatte, das habe keine Eile, bis nach der Bestattung könne alles so bleiben, wie es war. Er saß wieder in Evelyns Sessel. Das Zimmer war tatsächlich ziemlich klein; aber als sie das erste Mal hier waren, um es sich anzusehen, hatte unten jemand Klavier gespielt, und das hatte ihn davon überzeugt, dass dieses Heim ein menschlicher Ort war und es möglich wäre, hier ein erfülltes Leben zu führen. Nach diesem ersten Besuch allerdings hatte er das Klavier nicht mehr oft gehört. Als er die wenigen Sachen in Schachteln gepackt hatte, bat er Mrs Phipps, den Rest zu entsorgen und ihm noch die »Höhle«, wie sie es genannt hatte, seiner Mutter im Garten zu zeigen; er merkte, wie sie überlegte, ob er am Ende doch noch Schwierigkeiten machen würde.

Im Garten war der Verkehrslärm weniger durchdringend. Die Sonne schien, der nichtssagende ordentliche Garten, konzipiert für leichte Instandhaltung, war von Vogelgezwitscher erfüllt: Amseln und Buchfinken, das brütige Grummeln der Türkentauben. Mrs Phipps' hochhackige beigefarbene Wildlederschuhe wurden dunkel vom noch taunassen Gras, als sie den Rasen überquerten, und ihre Absätze versanken in der Erde; er merkte, wie verärgert sie darüber war, aber nichts sagen mochte. Das Heim war früher eine spätviktorianische Pfarrei gewesen, erbaut auf einer kleinen Anhöhe: Am anderen Ende des Gartens zeigte sie ihm, dass man, wenn man sich durch das Gebüsch zu der alten gewölbten Steinmauer durchschlug, zu einer kleinen festgetretenen Stelle nackter Erde gelangte, einem von

Zweigen und Blättern umgebenen Hohlraum, groß genug, um aufrecht stehen zu können. Für eine alte Frau war die Mauer zu hoch, um darauf zu sitzen oder hinüberzuklettern, aber sie hätte sich darüber hinweg die Aussicht ansehen und beobachten können, wenn jemand kam. Als Evelyn noch ein Kind war und es noch einen Pfarrer in der Pfarrei gab, befanden sich jenseits der Mauer nur Felder und Wald: Inzwischen war das Gelände zugebaut, soweit das Auge reichte. Paul zwängte sich in den Hohlraum und blickte über die Mauer, während Mrs Phipps höflich, aber ungeduldig darauf wartete, wieder zu ihrem Tagesgeschäft zurückkehren zu können. Er sah die ausgedehnte Totenstadt der Überreste von Longbridge, wo Evelyns Brüder in den Fünfzigern und Sechzigern am Fließband Austin Princesses, Rileys und Minis zusammengebaut hatten. Bei Nacht lag diese riesige postindustrielle Fläche mit ihren Wohnsiedlungen, Einkaufszentren und Schrottplätzen geheimnisvoll hinter unzähligen Lichtern; tagsüber wirkte sie verlassen, als flösse der Verkehr durch einen leeren Raum.

Er empfand nichts in dem Versteck seiner Mutter, konnte das Gefühl ihrer Nähe, das er in der Nacht zuvor gespürt hatte, nicht zurückholen; es war sinnlos gewesen, Mrs Phipps damit zu behelligen, ihn hierherzuführen. Am Nachmittag jedoch, auf der Rückfahrt zu seinem Wohnort im Monnow Valley in Wales, war er irgendwann auf der M50 fast nicht imstande, sich umzudrehen, so sicher war er, dass sich die Schachteln mit Evelyns Sachen auf der Rückbank in ihr physisches Ich verwandelt hatten. Er meinte, ihr vertrautes Rascheln und Ausatmen zu hören, während sie es sich bequem machte, erwartungsvoll spannte er sich an, als könnte sie gleich sprechen. Sein Wissen um ihren unumstößlichen Tod schuf eine Befangenheit zwischen ihnen, für die er sich schämte. Er war diese Strecke so oft gefahren, um sie übers Wochenende nach Hause zu holen, bevor sie zu verwirrt wurde, um es noch zu wollen. Ihr gefiel die Vorstellung, dass ihr Sohn seine Kinder auf dem Land großzog: Sie hatte zwar ihr ganzes Leben in der Stadt verbracht, sich aber einen geschätzten Vorrat an altmodischen Träumen vom Landleben bewahrt.

In Evelyns Zimmer schien ihm das Sammelsurium ihrer Habseligkeiten mit Bedeutung aufgeladen; jetzt, zurück in Tre Rhiw, fürchtete er, alles könnte sich als bloßer Plunder erweisen. Er konnte sich nicht vorstellen, wo sie die hässliche Obstschale oder den Rauchertisch hinstellen sollten. In diesem Haus wurde nicht geraucht. Seine Töchter waren fanatische Gegnerinnen, in der Schule wurde ihnen eingebläut, Rauchen für ein mit Messerattacken oder Kindesmissbrauch vergleichbares Übel zu halten. Paul hatte es sowieso aufgegeben, aber wenn sein Freund Gerald abends vorbeischaute, behielten sie ihn im Auge und jagten ihn sogar bei Wind und Regen zum Rauchen nach hinten in den Garten; aus Rache fütterte Gerald ihre Ziegen mit seinen Kippen.

Die Mädchen waren noch in der Schule; vor halb vier setzte sie der Bus nicht ab. Elise war in ihrer Werkstatt, kam aber sofort in die Küche herüber, als sie ihn hörte.

Sie trug nur Socken, um ihren Hals hing ein Messband, an ihrem schwarzen T-Shirt und ihren Leggings hafteten rote und goldene Fäden von dem Stoff, mit dem sie gerade arbeitete. Mit einer Freundin zusammen betrieb sie ein Geschäft, restaurierte und verkaufte Antiquitäten. Wegen ihrer breiten Wangenknochen nannte Paul sie oft eine Kalmückin. Ihr Teint war ein vornehmes blasses Gold, sie hatte gesprenkelte haselnussbraune Augen; ihr Mund war breit, mit schönen roten Lippen, die sich perfekt schlossen. Sie war drei Jahre älter als er, und die Haut unter ihren Augen zeigte faltige Verdickungen. Seit einiger Zeit färbte sie ihr Haar in einem kräftigen Honigton, der dunkler war als ihr ursprüngliches Blond.

»Du hast ein paar ihrer Sachen mitgebracht.«

»Im Auto sind noch mehr. Den Rest habe ich von Miss Phipps entsorgen lassen.«

Sie nahm die Sachen einzeln aus der Schachtel, hielt sie hoch und begutachtete eingehend ein Frisiertischchen aus Bakelit, das mit Schmuckstücken gefüllt war. »Arme Evelyn«, sagte sie, und ihre Augen füllten sich mit Tränen, obwohl sie seiner Mutter nicht besonders nahegestanden hatte. Früher, als Evelyn noch *compos mentis* war, hatte Elise sich über ihre panische Angst aufgeregt, ihre schrecklichen Vorstellungen von dem, was in der Welt außerhalb ihres eigenen beschränkten Erfahrungsraums vorging. Evelyns Verlangen, Zeit mit ihnen zu verbringen, endete nach wenigen Tagen meist in aufwallendem Groll gegen ihre Schwiegertochter, ihre scheinbar unbekümmerte Haushaltsführung, ihre

Unpünktlichkeit. Evelyn hatte sich auf dem Land gelangweilt, sich vor dem Fluss und den Ziegen gefürchtet. Außerdem aßen sie immer zu spät, was Verdauungsbeschwerden bei ihr auslöste.

Elise umarmte Paul und küsste seinen Hals. »Es ist so traurig. Tut mir wirklich leid, Liebling.«

»Ich wünschte, ich hätte bei ihr sein können. Irgendwie habe ich das Gefühl, als wäre das gar nicht wirklich passiert.«

»Hast du sie gesehen?«

Er schüttelte den Kopf. »Man hatte sie schon weggebracht.«

»Das ist schlimm. Du hättest sie noch mal sehen sollen.«

Nachdem sie ihn eine Weile umarmt hatte, ging sie mit dem Wasserkessel zur Spüle, füllte ihn aus dem lauten alten Wasserhahn, der quiekte und donnerte, und hob den Deckel von der Herdplatte des Rayburn.

»Ich weiß nicht, was ich mit dem ganzen Zeug anstellen soll«, sagte er.

»Keine Sorge. Darüber kannst du später nachdenken. Es ist gut, ihre Sachen um uns zu haben, als Erinnerung an sie.«

Paul trug die Schachteln nach unten in sein Arbeitszimmer. Es befand sich am anderen Ende der Küche als Elises Werkstatt und war in ein altes Nebengebäude eingebaut, das so tief in dem steilen Hang versenkt war, dass er auf halber Höhe des Fensters den abschüssigen Garten sehen konnte; auf der anderen Seite hatte er einen Blick auf den Fluss. Die Wände waren fast einen halben Meter dick; ihm gefiel das Gefühl, bei der Arbeit von Erde umgeben zu sein.

Als die Mädchen nach Hause kamen und vom Tod ihrer Nana erfuhren, waren sie kurz gedämpft und ehrfürchtig; sie weinten aufrichtige Tränen, und Becky verbarg scheu das Gesicht an der Brust ihrer Mutter. Sie war neun, zärtlich und sensibel; ihr braunes, sommersprossiges Gesicht hatte sich schon immer rasch verfinstert. Zehn Minuten später hatten die Mädchen alles vergessen und spielten vor seinem Fenster im Garten. Er sah ihre Füße und Beine, sah, wie Becky mit ihrem Springseil hüpfte und die sechsjährige Joni im Rhythmus stampfend laut sang: »Bananen in Pyjamas sind lustig anzusehen.«

II

Nach all den anderen organisatorischen Telefonaten, die Paul am nächsten Tag erledigen musste, wollte er Annelies anrufen, seine erste Frau. Doch bevor er dazu kam, rief sie ihn an, was ungewöhnlich war; oft sprachen sie monatelang nicht miteinander. Sie klang, als wäre sie sauer auf ihn, aber daran war er gewöhnt: Der Wettstreit zwischen hitzigem Angriff und kalter Zurückweisung war von Anfang an ihr gemeinsamer Modus gewesen, seit sie in dieser schwierigen Beziehung steckten, zwei Fremde, aneinander gebunden durch ihr Kind – seine älteste Tochter, die inzwischen fast zwanzig war. Bei ihrer Geburt war er selbst nicht viel älter gewesen.

»Wie lange ist es her, seit du Pia das letzte Mal gesehen hast?«, wollte sie wissen, sobald er den Hörer abgenommen hatte.

»Ich wollte dich auch gleich anrufen«, erwiderte er. »Es gibt Neuigkeiten. Mum ist gestern gestorben.«

Er bemühte sich, keine Genugtuung darüber zu empfinden, dass er ihrer selbstgerechten Art ein Schnippchen geschlagen hatte.

»Ach, Paul. Das ist traurig. Sehr traurig. Tut mir leid. Pia wird außer sich sein, sie hat ihre Nana geliebt.«

Paul war oft mit Pia nach Birmingham gefahren, um ihre Großmutter im Heim zu besuchen. Es war eine der Möglichkeiten, die Zeit zu füllen, die er mit seiner ältesten Tochter verbrachte, und es stimmte, sie war Evelyn offenbar aufrichtig zugetan. Sie hatte ihn überrascht; er hielt Pia nicht für die Hellste, aber sie war sehr geduldig gewesen und hatte sich nicht an den ewigen Wiederholungen der alten Frau gestört, die ihr immer wieder ergriffen die Hand gedrückt hatte.

»Soll ich mit ihr reden?«

»Sie ist nicht da. Das ist auch der Grund, warum ich dich anrufe.«

»Du meinst, sie ist unterwegs?«

»Nein. Ich meine, sie ist verschwunden. Hat ihre Sachen gepackt und weg. Nicht alles natürlich. Ihr Zimmer ist immer noch ein einziges Chaos.«

»Wohin verschwunden?«

»Keine Ahnung.«

Vor ungefähr einer Woche hatte Pia nach einem Streit mit ihrer Mutter das Haus verlassen. Es war zwecklos, Alarm zu schlagen und zur Polizei zu gehen, denn Pia hatte Annelies zweimal angerufen und ihr versichert, dass alles in Ordnung sei. Angeblich wohnte sie bei Freunden.

»Dann geht es ihr vermutlich gut. Sie ist alt genug. Sie kann gehen, wohin sie will.«

»Aber welche Freunde, Paul? Ist es zu viel verlangt, wenn ich wissen will, wo sie ist?«

Eigentlich absolvierte Pia in Greenwich ihr erstes Studienjahr, in welchen Fächern genau, wusste er nicht:

Medien, Kultur, Soziologie? Als Paul vor einigen Wochen das letzte Mal in London war, hatte er sie zum Essen ausgeführt. Er versuchte sich jetzt verzweifelt daran zu erinnern, worüber sie gesprochen hatten. Stattdessen fiel ihm nur ein neuer Stahlstecker in ihrer Unterlippe ein: An diesem Stecker hatte sie immer gesaugt, wenn ihnen der Gesprächsstoff ausging, was oft der Fall war, und dabei die Oberlippe nach unten gedehnt und auf eine nervöse, unattraktive Weise daran gezogen. Er hatte versucht, einen Funken an Interesse für ihr Studium aus ihr herauszukitzeln, aber sie konterte alle seine Versuche mit derselben gehorsamen Eintönigkeit. Ihr prägnant geformter Mund mit den vollen, bleichen Lippen glich dem seinen, das wusste er: Angeblich glich Pia ihm aufs Haar, sie war groß, blond und dünn wie er, und ihre Haut neigte zu Unreinheiten und Ausschlägen wie seine als junger Mann. Im Geiste hätte sie nicht gegensätzlicher sein können als er in ihrem Alter: Er hatte sich vom kalten Feuer der Politik und neuer Ideen mitreißen lassen, sie hingegen war ängstlich und scheu, ging in der winzigen Welt ihrer Freunde und deren Marotten auf, ohne jede intellektuelle Neugier.

»Sie kommt bestimmt bald wieder«, beruhigte er Annelies. »Spätestens wenn sie merkt, dass sie ihre Wäsche selber waschen und ihr Essen selber kaufen muss.«

Zur Beerdigung kam Annelies in einem schwarzen Kostüm, das zu eng saß. Seit einiger Zeit war sie fast matronenhaft; neben ihr wirkte Elise leichtfüßig und biegsam wie ein Mädchen, obwohl sie die Ältere der beiden war.

Elise hatte gesagt, schwarz trage man heute nicht mehr, und Becky und Joni erlaubt, ihre Partykleider anzuziehen; die kleinen Mädchen tollten zwischen den hässlichen Grabmälern des Krematoriums herum wie Elfen im Sonnenschein. Elise und Annelies waren nie Rivalinnen gewesen; Pauls erste Ehe war seit mehreren Jahren vorbei, als er Elise kennenlernte. Elise hatte es sich zur Aufgabe gesetzt, seine unverblümte, barsche erste Frau für sich zu gewinnen. Jetzt liehen sie sich gegenseitig Taschentücher und flüsterten sich Vertraulichkeiten zu, umarmten und berührten einander, wie es unter Frauen üblich ist. Annelies war ihm irgendwie fremd. Allmählich sah sie wie ihre Mutter aus, eine stämmige, vernünftige holländische Grundschullehrerin.

Während des lieblosen Gottesdienstes konnte Paul sich nicht auf das Geschehen konzentrieren. Der Pfarrer war ein Fremder, dem man ein paar Gemeinplätze an die Hand gegeben hatte: Evelyn hatte ihr Leben lang hart gearbeitet, die meiste Zeit in der Bäckerei in Wimbush; sie hatte sich für ihre Familie aufgeopfert; als Rentnerin war sie gern durch England und Irland gereist, und auch ins Ausland. Paul hatte keine Ahnung gehabt, als man ihn nach den liebsten Kirchenliedern seiner Mutter gefragt hatte. Sie war nie eine Kirchgängerin gewesen, auch wenn sie sich verschämt, ja fast kokett für religiöse Themen interessiert hatte. Ein paar Titel aus seiner Kindheit waren ihm eingefallen: »Auf einem grünen Hügel ...« und »Ihr Pilger ....« Am Ende des Gottesdienstes wurden an einer Leiste ruckartig Gardinen um den Sarg gezogen, ehe er weggeschoben wurde.

Pauls Cousine Christine hatte angeboten, nach der Beerdigung bei sich zu Hause einen kleinen Empfang zu geben, weil »das Krem«, wie sie es morbide vertraulich nannte, nicht allzu weit entfernt war. Bei dem Gottesdienst und Empfang war viel Familie anwesend, was ihn rührte, denn Evelyn war die Letzte ihrer Generation, und nach dem heutigen Tag würde vermutlich keiner der Trauergäste mehr für einem Besuch zurückkehren. Chris legte Wert darauf, neben ihm zu sitzen und ihm die Hände zu drücken, ihre Knie berührten sich. Er mochte ihr langes, unscheinbares Gesicht mit der Brille, ihre graue ordentlich geschnittene Kurzhaarfrisur, den etwas missglückt über die Schulter geworfenen Seidenschal; sie war selbstbewusst und lustig. Die meisten Cousins und Cousinen seiner Generation hatten sich gut geschlagen und den archetypischen Aufstieg der Baby-Boomer aus der Klasse ihrer Eltern geschafft, waren in der Lokalverwaltung oder in Krankenhäusern tätig oder arbeiteten im mittleren Management. Chris war Schulsekretärin, ihr Mann Geschäftsführer in einer Firma für die Wartung von Fotokopierern. Ihr Haus war gemütlich und liebevoll eingerichtet.

Paul und Chris dachten gern an alte Zeiten zurück, über viel anderes konnten sie nicht reden. Ihre Erinnerungen an die Familie waren weitaus detaillierter als seine, als hätte sie sich allem Anschein zum Trotz nur einen Schritt von dieser Welt entfernt: Sie trauerte ihr nicht nach, redete aber, als hätte sie noch nicht damit abgeschlossen, obwohl ihre Eltern schon lange tot waren. Sie erinnerte sich noch, dass sie sich mit anderen eine Außentoilette im Garten geteilt und von einem mit Zeitungspapier abgedeckten Tisch gegessen hatten. Im Zuge der Slumsanierungen war sie als Neunjährige mit ihrer Familie aus dem Stadtzentrum weggezogen, genau wie seine Eltern, als er noch ein Baby war. In ihrer Sozialwohnung in einer der neuen Siedlungen hatte Chris' Mutter plötzlich Tischdecken, Vorhänge und Teppiche hervorgeholt, die sie, eingewickelt in Plastik, aufbewahrt hatte, weil sie zu gut waren, um sie zu benutzen. Nach all den Jahren erzählte Chris die Geschichte mit einer wütenden Amüsiertheit über dieses vergeudete Leben, dieses »Ohne-Auskommen« und »Für-später-Aufheben«.

In den Tagen nach der Beerdigung saß Paul stundenlang unproduktiv in seinem Arbeitszimmer und gab vor, an seiner Rezension zu arbeiten. Er schrieb und löschte wieder, gaukelte sich selbst den Durchbruch vor, nur um dann festzustellen, dass jeder Durchbruch in einer weiteren Sackgasse endete. Nach einer Weile ging er über den Hof in Elises Werkstatt. Sie hatte die alte baufällige Scheune in ein Atelier umgebaut, als sie nach Tre Rhiw gezogen waren; sie konnte mauern, klempnern und verputzen, außerdem hatte sie Strom in alle Nebengebäude verlegt. Am Anfang ihrer Beziehung hatte sie seine handwerkliche Inkompetenz überrascht: War sein Vater nicht Arbeiter gewesen? Elises Vater hatte erst als General in der Armee gedient und später als Militärberater in Washington gearbeitet. Paul hatte erklärt, dass sein Vater, ein Einrichter für Werkzeugmaschinen in einer

Schraubenfabrik, nie etwas im Haus gemacht hatte, er wollte nicht die Arbeit eines anderen übernehmen. In einem Fachgebiet, das so speziell wie seines war, lernte man keine übertragbaren Fähigkeiten. Und die Schweizer Maschinen, für die er in seinen letzten Arbeitsjahren zuständig war, liefen ohnehin schon vollautomatisch.

In die Seitenwand der Scheune waren große Glastüren eingelassen, die für maximales Tageslicht sorgten. Dahinter befand sich eine Reihe mit biegsamen, anmutigen Zitterpappeln, die vom Fluss, am Haus vorbei und bis hin zur Straße verlief. Die Bäume dämpften das grelle Sonnenlicht oder, was öfter vorkam, schützten das Haus vor heftigem Wind und Regen. In der Scheune schwammen in den vom Sonnenlicht gelben Flächen winzige Staubpartikel, die von dem Tuch stammten, das Elise zum Abdecken einer frühviktorianischen Chaiselongue benutzte, ein himbeerroter Samt mit einem zarten Muster, das an winzige Blätter erinnerte. Auf der Suche nach ausgefallenen Stücken durchstreifte ihre Geschäftspartnerin Ruth Ausverkäufe und Auktionslokale, suchte Käufer für die aufgearbeiteten Produkte und lieferte sie aus; Elise reparierte, polsterte auf und polierte, wenn nötig. Die beiden hatten ein untrügliches Gespür dafür, aufgegebenen Trödel aufzuspüren und das Potenzial darin zu entdecken: Die Sachen sahen immer aus, als wären sie aus *Alice im Wunderland* geschmuggelt worden, voller Spott und Magie. Tre Rhiw war gespickt mit Schätzen: Nach einiger Zeit verschwanden die prall gepolsterten Zweiersofas, die trüben Spiegel und zierlichen Sekretäre, an die Paul sich gewöhnt hatte, wurden an Kunden weiterverkauft und durch neue Kuriositäten ersetzt.

Elise, die gerade einen schweren Stoff durch die Nähmaschine schob, hielt inne, nahm die Brille ab, die sie mittlerweile für Feinarbeiten brauchte, lächelte und wischte sich mit dem Ärmel übers Gesicht. »Warum setzt du nicht einen Kaffee auf«, schlug sie mit tröstender Stimme vor.

Eigentlich wollte er nicht mit ihr über sein Befinden sprechen, aber es sprudelte unwillkürlich aus ihm hervor. »Ich stecke fest. Es kommt nichts mehr.«

»Wieso schreibst du nicht über Evelyn? Du weißt schon, über ihr Leben, die ganze Geschichte, wie sie fast ausgewandert wäre, die Arbeit in der Bäckerei und so weiter. Das ist doch ziemlich interessant.«

Er hasste die Vorstellung, das Leben seiner Mutter in Material zu verwandeln und den Glanz eines harten Arbeiterlebens für sich zu beanspruchen, wo er sie doch in Wirklichkeit bewusst zurückgewiesen und sich von ihrer Lebensweise entschieden befreit hatte. Aber mit Elise konnte er darüber nicht diskutieren. Sie schlug ihm das nicht zum ersten Mal vor. Wahrscheinlich fand seine Frau das soziale Milieu, aus dem er stammte – die Arbeiterklasse einer großen Industriestadt – genauso fremd und exotisch wie er das ihre: Springreiten, Internat und ein Haus in Frankreich. Am Anfang ihrer Beziehung hatten sie es aufregend gefunden, ihre jeweilige Klassenherkunft so auszuleben, als wären sie in einem anderen Jahrhundert geboren: Er wäre ihr Diener gewesen und sie seine Herrin, für die sein Akzent und seine

Schroffheit eine unüberwindbare Kluft dargestellt hätten, tiefer als jede Sympathie und Vorstellungskraft.

»Nein, niemals«, hatte Elise beteuert. »So wäre ich nicht gewesen. Nicht jeder war so, es gab immer Gefühle, die solche Grenzen überschritten.«

Das Wetter war heiß und schön. Er machte mit seinem Freund Gerald einen ihrer gewohnten Spaziergänge durch die Landschaft. Sie folgten dem Monnow flussabwärts, wo das Wasser geräuschvoll über Felsen und glattgewaschene Kieselsteine schoss, die sich unter der dicken Wasserlinse nach oben wölbten. Der Weg schmiegte sich anfangs an das Flussufer, dann schlängelte er sich quer durch kleine Felder, aus deren Hecken lautes Vogelgezwitscher und Bienensummen drang. An den untersetzten, bittern Schlehen prangten schneeweiße Blüten, die schmalen Buchenknospen waren zartes hellbraunes Leder, die noch blattlosen Eschen ließen ihre toten Rispen herabhängen. Eine der großen patriarchalen Buchen war in einem starken Sturm vor wenigen Wochen auf den Weg gestürzt, die nackten Wurzeln hochgereckt, während die Knospen am anderen Ende noch flimmerndes Leben vortäuschten. Auf Augenhöhe war das heimliche Loch eines Spechts zu sehen, und ein tiefer Riss im Holz des wuchtigen Baumstamms zeugte von dem Aufprall. Sie mussten hinüberklettern und bewunderten die dicken Falten in der Rinde, dort, wo die Äste nach außen drängten.

Paul sagte, er habe über das alte Schema der menschlichen Zeit als Abfolge schwindender Epochen nachgedacht. Sie entsprächen immer weniger der Intensität und Qualität der ursprünglichen Lebenskraft. Kulturen hätten sich im Laufe der Zeit zunehmend technische Raffinesse angeeignet, aber durch die immer komplexer werdenden Formen brauche sich die Urkraft selbst auf und verlöre an Dichte und Schönheit.

»Und was dann?«, fragte Gerald.

»Die Stoiker glaubten, dass, so wie Wachstum aus einem Samen entsteht, am Ende einer Phase jedes Leben in sich selbst erstirbt, die Form wird zerstört, allein die Kraft bleibt zurück. Wir leben am Ende von etwas, wir zehren etwas auf.«

»Es ist wahrscheinlicher, dass das Leben auf Erden einfach immer weiter ausschweift, weiter, als wir es sehen können. Es erfindet neue Arten von Chaos, erduldet alle möglichen Gräuel, wird wieder zusammengeflickt und verändert die Gestalt der Dinge bis zur Unkenntlichkeit. Jede Generation behauptet, das ist es, wir haben es geschafft, jetzt ist es so weit.«

Gerald war auf feinfühlige Weise intelligent, kritisch, groß, mit einem zerfurchten, pockennarbigen Gesicht, einem kräftigen Kiefer und langem Haar, das er hinter die Ohren klemmte. Er hatte eine Teilzeitstelle (mehr wollte er gar nicht) an der University of Glamorgan, wo er französische Literatur unterrichtete, und er lebte allein in einer unordentlichen Wohnung in Cardiff, mit einem Teppich voller Teeflecken, die aus einer großen Kanne stammten. In den Zimmern roch es streng nach Marihuana, er ernährte sich von Hummus, Pittabrot und schottischen Eiern. Gänzlich ungezähmt konnte er seinem eigenen Rhythmus folgen und sich in jedem schrägen Buch oder Gedanken verlieren, in die er sich verirrte. In unregelmäßigen Abständen arbeiteten Paul und er zusammen an Übersetzungen von Guy Goffette, einem belgischen Lyriker. Manchmal dachte Paul, dass Geralds Freiheit genau das war, wonach er selbst sich am meisten sehnte und woran ihn die Ablenkung durch seine Familie hinderte. Aber er schreckte auch davor zurück, denn was ihn an die Kinder band, schien ihm lebensrettend. Er empfand sie als einen Segen, der die berauschende Unausgewogenheit eines verkopften Lebens ausglich.

Paul beklagte einige Sanierungen im Tal, die hässliche Umwandlung von Scheunen in Feriendomizile. Häuser, in denen früher Landarbeiter gewohnt hatten, erzielten heute Unsummen, als unterläge die ländliche Gegend einem kranken Zauber, in dem das Wesen der Dinge auf unsichtbare Weise durch ein bloßes Scheinbild ersetzt wurde. Gerald hielt sein Bedauern für romantisch; er fragte Paul, ob er sich die unhygienischen Behausungen der armen Landbewohner zurückwünsche.

»Hast du mit Gerald geredet?«, fragte Elise später. Sie saß in dem langen T-Shirt, das sie zum Schlafen trug, im Schlafzimmer vor dem Spiegel und reinigte ihr Gesicht.

»Worüber?«

»Über Evelyn, wie du dich fühlst. Aber das ist wohl unwahrscheinlich. Ihr zwei redet nie über wichtige Dinge.«

»Tun wir durchaus.«

Sie zog lange Grimassen, um die Haut zu dehnen, und

rieb sie mit öligen Wattebäuschen ab; ein Band hielt ihr Haar aus dem Gesicht. Als sie fertig war, stellte sie sich vor ihn, der auf der Bettkante saß, strich ihm mit den Fingern das Haar nach hinten, betrachtete stirnrunzelnd sein Stirnrunzeln und nahm ihn ins Verhör.

»Sag mir, wie du dich fühlst. Warum erzählst du es mir nicht?«

»Mir geht es gut.«

In der Nacht erwachte er und war sicher, dass seine Mutter nah bei ihm im Schlafzimmer war. Die hellen Vorhänge am Fenster bauschten sich und wehten im nächtlichen Wind; er hatte die wirre Vorstellung, dass er krank und zum Schlafen in ihr Bett gelegt worden war, so wie manchmal in seiner Kindheit. Evelyn hatte ihn dann geweckt, wenn sie spätnachts im Zimmer herumlief und sich leise auszog. Er bildete sich ein, den alten Petroleumofen zu riechen, und richtete sich mühsam auf, schweißbedeckt und schuldbewusst, atemlos. Elise schlief mit dem Rücken zu ihm, ein Hügel unter der Bettdecke, Haarkranz auf dem Kissen. Aus dem Flur drang Licht durch den Spalt, wo die Arretierung kaputt war und die Tür nie ganz schloss; der Spiegel der Frisierkommode fing es auf und schimmerte wie flaches Wasser.

Als Teenager hatte er seine Mutter für eine bemerkenswerte und einzigartige Frau gehalten, die nur durch ihre beschränkten Möglichkeiten daran gehindert wurde, mehr aus ihrem Leben zu machen. Sie war körperlich ungeschickt, gutaussehend, aber in zwischenmenschlichen Beziehungen unbeholfen, auf schüchterne Art arrogant. Als würde es etwas erklären, hatte sie immer davon erzählt, wie sie nach dem Tod ihrer Eltern fast nach Kanada ausgewandert wäre: Sie war eine pflichtbewusste Tochter gewesen und hatte beide während langer Krankheiten gepflegt. Alle Dokumente waren schon ausgefüllt, sagte sie. Doch dann, in letzter Minute, hatte sie mit Ende dreißig seinen Vater geheiratet und Paul bekommen, lange nachdem sie die Hoffnung auf ein eigenes Kind aufgegeben hatte. Als er klein war, hatte sie oft sein Gesicht zwischen ihren Händen gehalten, und er hatte in ihrem Blick seine Verheißung gesehen, die sie überraschte und mit Freude erfüllte, die Begabung, für die sie keine Erklärung hatte.

III

Pia kam nicht nach Hause. Sie rief ihre Mutter weiterhin an und beteuerte, es gehe ihr gut, doch als Annelies Kontakt zur Universität aufnahm, sagte man ihr, sie besuche keinen ihrer Kurse mehr. Paul fuhr nach London, weil er nicht wusste, wie er sonst helfen sollte. Annelies lebte seit Jahren in einem Reihenhaus nahe der Green Lanes in Harringay, wo er sich manchmal wie in Istanbul oder Ankara vorkam: Die Ladenschilder waren ihm unverständlich, die überall aufgetürmte Fülle von Obst und Gemüse, beleuchtet von Elektrolampen unter grünen Plastikmarkisen, die Cafés mit Baklava und Kaffeemaschinen aus Messing in den Fenstern, alles um sieben Uhr abends noch offen, mit den üppigen Gerüchen nach Lamm und Knoblauch aus den Restaurants. Annelies' kleines Haus war vollgestopft und luftlos, Schweiß glitzerte auf der gebräunten, sommersprossigen Haut über ihrer Brust. Sie trug ein ärmelloses geblümtes Kleid; die kupferfarbenen Strähnchen in ihren Locken mischten sich langsam mit Grau. Sie saßen in der Küche, und Annelies öffnete eine Flasche Gewürztraminer, den er nicht mochte, aber trank, weil es nichts anderes gab. An den Küchenwänden und auf der gestrichenen Bank am Tisch klebten Schablonenherzen. Wohin er auch sah, waren Herzen: Kühlschrankmagneten, Postkarten, Geschirrtücher, sogar herzförmige, vom Strand mitgebrachte Kieselsteine. Annelies arbeitete für den Flüchtlingsrat und half Asylsuchenden, Berufung gegen ihre Abschiebung einzulegen. Daneben wirkte Pauls halbrealisierte Schreibkarriere wie eine schäbige Ausflucht.

»Was machen wir jetzt, Paul? Hast du mit ihr geredet?«

»Sie geht nicht ans Handy, wenn sie sieht, dass ich es bin. Ich habe Becky gebeten, ihr eine SMS zu schicken, auf die sie dasselbe geantwortet hat – sie meldet sich bald, kein Grund zur Sorge.«

»Aber sie hat ihr Studium geschmissen. Wie soll ich mir da keine Sorgen machen? Wie ernährt sie sich, würde ich gern wissen? Wovon zahlt sie ihre Miete, wo immer sie wohnt? Wenn sie anruft, gibt sie keine Antwort auf diese Fragen! Du solltest sie hören, Paul, sie klingt nicht wie sie selbst. Irgendwas stimmt nicht, das weiß ich. Ich habe sie angefleht, mir zu sagen, wo sie ist, aber sie legt einfach auf.

Insgeheim dachte Paul, dass Pias Studienabbruch keine große Rolle spielte. Vielleicht war es sogar gut für sie, einen Vorgeschmack auf das Leben außerhalb der schulischen Routine und der Sicherheit im Haus ihrer Mutter zu bekommen. Sie gehörte zu den Mädchen, die es durch die Schule geschafft hatten, indem sie perfekte Ränder gezogen, ihre Überschriften rot unterstrichen und ihre Projektarbeiten aus dem Internet ausgeschnitten und eingefügt hatten. Aber er hatte Mitleid mit Annelies, die in ihrer Verzweiflung aus dem normalen Muster ihrer Beziehung zu ihm herausgerissen wurde. Normalerweise hätte sie sich nie an ihn gewandt oder ihm gezeigt, dass sie Angst hatte. Sie wirkte durcheinander, in diesem Haus, in dem Pia allgegenwärtig war: Ihre kindlichen Zeichnungen hingen gerahmt an der Wand, Fotos von ihr in jedem Alter an der Pinnwand, jugendlicher Modeschmuck baumelte an Becherhaken, und in der Ecke standen rote Highheels, die bestimmt nicht Annelies gehörten. Sein Eindruck war, dass seine Tochter das Haus in ihrer Abwesenheit stärker prägte als zu der Zeit, als sie hier wohnte.

Er fragte Annelies nach dem Streit, den sie gehabt hatten.

»Es war nichts. Ich bin in ihr Zimmer gegangen, ohne anzuklopfen, mehr nicht. Was treibt sie dort, dass sie es verbergen muss? Sie hat nur mit ihren Schminksachen herumgespielt, das konnte ich sehen. Ich habe sie gefragt, ob sie denn nichts für ihr Studium machen muss.«

Annelies sah keine Notwendigkeit für Schlösser an Badezimmertüren; als sie mit Paul verheiratet war, hatte sie ihm beim Schreiben oft über die Schulter geblickt und nicht verstanden, warum ihn das rasend machte. Und am Anfang hatte es ihm gefallen, wenn sie sich furchtlos vor ihm ausgezogen hatte oder beim Urlaub in Schweden, abseits der felsigen Inseln, zu denen sie gerudert waren, ohne mit der Wimper zu zucken ins eiskalte Wasser getaucht war, während er noch zimperlich über die Steine stakste.

»Ich bin tolerant«, sagte sie jetzt, »das weißt du. Aber was ist mit Drogen, Geschlechtskrankheiten? Sie muss einen Freund haben, da bin ich mir sicher, und Pia will nicht, dass ich ihn kennenlerne.«

»Sie ist nicht dumm, sie ist ein vernünftiges, gesundes Mädchen. Wir müssen ihr vertrauen, mehr können wir nicht tun. Ich werde mit dem Studentenwerk an der Greenwich reden, obwohl ich nicht glaube, dass sie irgendwas wissen. Vielleicht kann ich ein paar ihrer Freunde finden.«

Jetzt, wo sie abwesend war, hatte er das Gefühl, Pia kaum zu kennen, obwohl ihm die Zeit, die sie in ihrer Kindheit zusammen verbracht hatten, wenn er an den Wochenenden auf sie aufgepasst hatte, manchmal sträflich lang vorgekommen war und er sich zu seiner Arbeit und seinen Büchern zurückgewünscht hatte. Ein lebhaftes, beeinflussbares, unruhiges Kind hätte ihn mit Sicherheit aufgerüttelt – selbst damals, als Vater, der viel zu jung war –, doch diese Eigenschaften hatte er in Pia vergeblich gesucht, oder sie hatte seine Suche torpediert. Stattdessen hatte sie sich ihm gegenüber stur, launisch und unnachgiebig verhalten. In Museen oder in der National Gallery war sie schwerfällig hinter ihm hergelatscht und hatte sich die Gemälde angeschaut, wenn er sie dazu aufforderte, sich aber geweigert, den Inhalt des Gesehenen zu verstehen. Die Bücher, die er ihr kaufte, blieben ungelesen. In den Museumsshops stand sie schmachtend vor den Plüschtieren mit Comicgesichtern: Es schien ihr mehr daran zu liegen, Dinge zu kaufen, als sie zu sehen und zu begreifen.

Er übernachtete bei Freunden und fuhr am nächsten Tag nach Greenwich, weil er sich mehr davon versprach, persönlich nachzufragen als am Telefon: Aber sie durften ihm keine Auskunft geben. Nicht einmal zu ihrem Stundenplan, damit er sich bei ihren Kommilitonen erkundigen könnte? Die junge Frau betrachtete ihn mit geduldiger Feindseligkeit.

»Ich weiß, das ist schwer für Eltern«, sagte sie. »Aber Studenten sind Erwachsene. Wenn Sie hier einen Kurs besuchen würden, würden Sie auch nicht wollen, dass wir Ihre persönlichen Daten an jeden x-Beliebigen weitergeben.«

»Aber ihrer Mutter haben sie gesagt, dass Pia nicht mehr studiert.«

»Ich weiß nicht, wer diese Information herausgegeben hat.«

Er war schockiert, dass man ihn ausschloss; er hatte auf die Kraft seiner selbstbewussten Besorgnis gesetzt und den Charme, den er bei diesem teiggesichtigen Mädchen mit Brille hatte spielen lassen. Als er am Abend zuvor mit Annelies gesprochen hatte, hatte er ihre Angst nicht ernst genommen. Jetzt, auf dem Weg zurück nach Paddington, kamen ihm die Menschenmengen, die sich von den Straßen in die Eingänge der U-Bahn-Station ergossen, wie ein unendlicher Strom vor: Der Verstand, dachte er, war von Natur aus nicht dafür geschaffen, die Vielzahl dieser angesammelten Leben in einer Großstadt, diese aufgetürmte Ballung von Lebensatomen aufzunehmen. Wenn Pia ihnen in diesen Massen entglitten war, war sie unauffindbar – wenn sie es wollte. Ihr Handy war die einzige dürftige Verbindung, die sie zu ihr hatten: Was, wenn sie nicht mehr anrufen würde oder es verlor? Wie konnten sie dann hoffen, sie aufzuspüren?

Als er von der U-Bahn in Paddington mit der Menge Richtung Ausgang schlurfte, schaute er kurz zum gegenüberliegenden Bahnsteig und war plötzlich sicher, Pia dort warten zu sehen. Sie überragte die Leute vor ihr und starrte dem einfahrenden Zug entgegen, das helle Haar auf Schulterhöhe links und rechts zu einem Schwanz gebunden, die schwarze Jacke bis zum Hals geschlossen. Wäre sie eine Unbekannte gewesen, dann hätte er ein ernstes, verträumtes Mädchen gesehen, nicht unattraktiv, aber altmodisch, irgendwie dünnhäutig und verletzlich. Paul rief ihren Namen, brachte die dem Ausgang zustrebende Menge durcheinander und kämpfte sich zur Kante des Bahnsteigs vor, um ihre Aufmerksamkeit zu erregen, winkte mit den Armen. Er bildete sich ein, dass sie den Kopf wandte und in seine Richtung schaute – andererseits schauten alle, und in dem Moment donnerte der Zug herein und verdeckte ihm die Sicht, bevor er seine Tochter vermutlich mit sich nahm. Abgeschnitten von ihr, stand er winkend da, das Objekt der allgemeinen trägen Aufmerksamkeit.

Für den Fall, dass sie auf einen anderen Zug oder auf ihn wartete, eilte er zum gegenüberliegenden Bahnsteig, doch als er dort ankam, war der Zug natürlich weg und Pia mit ihm, falls sie je dort gewesen war. Sofort begann er daran zu zweifeln, dass er sie gesehen hatte. Vermutlich war es ein anderes Mädchen gewesen, blond und groß wie Pia, im richtigen Augenblick erschienen, um seine Ängste zu schüren. Er war aufgewühlt von seiner übertriebenen Reaktion und seiner Enttäuschung, die sich, als er sich etwas beruhigte, in eine sich endlos drehende Schleife von Sorgen verwandelten. Auf der Rückfahrt im Zug telefonierte eine Frau auf einem Platz in der Nähe, für ihn nicht sichtbar, in voller Lautstärke und füllte jeden Spalt seiner Privatsphäre aus, sodass er sich nicht auf sein Buch konzentrieren konnte. »Ich finde, das ist ein schönes Gefühl ... vorhin hast du gesagt, du willst weitermachen ... für jeden, der sich emotional entwickelt ... es ist eine andere Art von Schmerz, ein heilsamer ...«

Als er nach Tre Rhiw zurückkam, lag der Garten noch im letzten, schräg einfallenden Sonnenschein; das Gras und die Sträucher glänzten, als wäre das Licht gelbes Öl. Der Zauber des schönen Frühlingswetters hielt an, doch die allgemeine Freude darüber war wegen des Klimawandels von Nervosität getrübt. Die Mädchen spielten mit den Ziegen und fütterten sie mit Gemüseresten. Joni hatte keine Angst vor Tieren und behandelte sie wie Freunde: Sie schlang den Arm um den Hals der Ziegen, hätschelte ihnen die Ohren und küsste ihre grau-getüpfelten rosa Lippen, wohl wissend, wie dreist und wirkungsvoll ihr Vorgehen war. Becky war zurückhaltender, bedacht auf die Gefühle der Ziegen, und bot ihnen mit ausgestreckter Hand vorsichtig Futter an, wie man es ihr beigebracht hatte. Die Tiere tolerierten die beiden und kauten mit wackelnden Bärten eifrig weiter, die fremdartigen Augen nach hinten gerichtet, als wären sie unfreiwillige Zeugen von Visionen. Elise saß mit Sonnenbrille auf einem der Liegestühle, die sie mit Stoffresten von ihrer Arbeit bedeckt hatte, und klimperte mit den Eiswürfeln in ihrem Campari; oben aus ihrem Kopf schien sich eine mit Trauben behängte phantastische Weinrebe zu winden. Sie winkte Paul mit ihrem Drink zu und sagte ihm, er solle noch einen Liegestuhl aus dem Haus mitbringen. Als er ihr erzählte, er glaube, Pia in Paddington gesehen zu haben, hielt Elise das für möglich: Schließlich trug sie eine schwarze Jacke, sie könnte auf der Rückfahrt von Südwales gewesen sein, nach einem Besuch bei Freunden im Dorf.

»Ohne uns Bescheid zu geben, dass sie hier war?«

»Vielleicht, wenn sie nicht will, dass wir wissen, was sie vorhat. Sie will nicht, dass du ihr Druck machst, wieder aufs College zu gehen.«

»Welche Freunde eigentlich?«

»Sie mag den jungen Willis.«

»Wie kann sie nur?«

Paul verstand sich nicht mit den Willis.

»Sie sind sich ziemlich ähnlich, findest du nicht?«, sagte Elise. »Pia und James.«

Sie versicherte ihm, dass er sich keine Sorgen machen müsse.

»Ich bin sicher, Pia geht es gut. Sie braucht wahrscheinlich ein bisschen Freiraum für sich. Annelies kann ziemlich erdrückend sein, die Gute.«

Elise zog den Rock ihres Kleids etwas höher, um ihre Waden der Sonne preiszugeben, streifte ihre Flipflops ab und streckte ihre kräftigen braunen Zehen aus, die Nägel zinnoberrot lackiert. »Machst du dir vielleicht nur Sorgen, weil du ein schlechtes Gewissen hast, nachdem ich dich jahrelang daran erinnern musste, Pia wenigstens anzurufen?«

Paul ging ins Haus, um sich einen Drink zu holen. In der langen, mit Steinplatten gefliesten Küche, gebaut wie eine Festung gegen das Wetter, verdichtete sich die Dunkelheit, während die tief eingelassenen Fenster noch im Licht erstrahlten; eine in Scheiben geschnittene Orange auf dem Tisch würzte die Luft. Er versuchte nicht daran zu denken, wie er Pia vernachlässigt hatte: Es war sinnlos, ein Sichgehenlassen, das ihr nichts nützte. In seinem Arbeitszimmer wühlte er in den Schachteln mit Evelyns Sachen herum: Bei bestimmten Gegenständen, die er herausnahm, kehrten Erinnerungen aus seiner Kindheit zurück: eine Keksdose aus Porzellan mit geflochtenem Griff, eine lasierte Schmuckschatulle, die eine Melodie spielte, wenn man den Deckel öffnete. Beides war nur zur Ansicht in einem Schrank mit Glastüren im Wohnzimmer aufbewahrt worden, als handelte es sich um religiöse Symbole; zusammengepackt in der Schachtel schienen sie noch immer schwach nach dem Filz zu riechen, mit dem die Borde ausgekleidet waren, auch wenn der Schrank bei Evelyns erstem Umzug zurückgelassen worden war.

Auf dem Boden der Schachtel lagen Ausgaben seiner Bücher – das über Hardys Romane, seine Doktorarbeit; das über Tiere in Kindergeschichten und sein letztes über Zoos. Er hatte sie seiner Mutter geschenkt, als sie erschienen waren, und sie hatte sie stolz auf ihr Regal gestellt und ihm versichert, sie würde sie lesen, auch wenn er sich nur vorstellen konnte, wie sie die Seiten vor ihren Augen pflichtschuldig verarbeitete und erleichtert das Ende erreichte, als hätte sie einen vorgeschriebenen, für sie unverständlichen Fortbildungskurs absolviert.

Das Land hinter Tre Rhiw fiel zum Fluss hin schräg ab: Erst der Garten, dann das struppige Stückchen Wiese, wo die Ziegen eingezäunt waren, Elise ihre Hühner hielt und ein bisschen Gemüse anbaute. Als sie neu eingezogen waren, grenzte ihr Grundstück an drei kleine Felder, die einem alten Ehepaar gehörten, das für die Landwirtschaft zu alt war: Sie hatten nur noch zwei ausgediente Pferde und einen Esel, um das Gras kurz zu halten. Auf diesen alten Feldern befanden sich uralte halbrunde Ameisenhaufen, wie man sie nur noch auf Land fand, das nicht mit Schwermaschinen bearbeitet wurde; und es wuchsen dort kleine Gruppen von Haselnussbüschen, überzogen mit spinnwebartigen Flechten, und buschiges Gras, zwischen dem im Frühling und Sommer Leinkraut, Storchschnabel und Kornblumen wogten.

Als der alte Mann starb und die Frau zu ihrer Tochter nach Pontypool zog, wurde ihr Haus samt dem Land von Willis aufgekauft, einem Bauern am anderen Ende des Dorfs, der ganze Längen von uralten Hecken herausriss, um aus den drei Feldern eines zu machen, und dabei die Haselbüsche und die Ameisenhaufen unterpflügte. Paul hatte ihn wütend zur Rede gestellt und ihm mit einer Anzeige gedroht, obwohl es vermutlich keine Gesetze gegen das Begangene gab. Elise sprach von vollendeten Tatsachen, sie sollten das Ganze auf sich beruhen lassen, es sich mit Willis zu verderben sei sinnlos, sie müssten alle zusammenleben. Ohnehin könne nichts die verschwundenen Hecken zurückholen, die wahrscheinlich über Jahrhunderte gewachsen waren. Seitdem schien Willis immer dann Hühnermist auf dem Feld zu verteilen oder Unkrautvernichtungsmittel zu sprühen, wenn sie eine Sommerparty im Freien gaben: Elise war sicher, er tat das nur, weil Paul ihn bedrängt hatte. Im Dorf war er offenbar nicht beliebt. Willis war Engländer, er hatte ein einheimisches Mädchen geheiratet.

Elise schlug vor, Paul solle Willis' Sohn fragen, ob Pia sich bei ihm gemeldet hätte. Er schob es ein paar Tage vor sich her, doch als keine Nachrichten von ihr kamen, machte er sich eines Vormittags widerstrebend auf den Weg nach Blackbrook. Es war ein schimmliges, zwischen alten ungepflegten Apfelbäumen stehendes Gebäude gewesen, die moosbedeckten Dachschindeln dick wie Pflastersteine, die Zimmer innen seit einem halben Jahrhundert unverändert. Willis hatte alles bis auf die Steinwände freigelegt, neue Fenster mit Kunststoffrahmen eingesetzt, die vom Zigarettenrauch nikotinbraunen Decken neu verputzt, weiße gemeißelte Pferdeköpfe auf die Torpfosten gesetzt und seine Satellitenschüssel oben an der Mauer befestigt. Das Haus war so farblos und kahl, dass es Paul fast unwirklich vorkam, wie aus einem Traum oder einem Film. Als er den betonierten Hof überquerte, sah er Willis, der im klimatisierten

Führerhäuschen eines Traktors den Motor laufen ließ und konzentriert den Geräuschen lauschte: Ein stämmiger Mann mit rotblondem Haar und Riesenpranken, die Gesichtszüge unter den Sommersprossen fast ausgelöscht.

»Das Scheißding läuft nicht rund«, sagte er. »Irgendwo hängt es fest.«

»Ist James in der Nähe?«

»Was soll er denn angestellt haben?«

»Er hat nichts angestellt. Ich will ihn um einen Gefallen bitten.«

Willis nickte in Richtung der riesigen, offenen Wellblechscheune. »Spritzt den Stall aus. Passen Sie auf Ihre Schuhe auf. Mir tut er nie einen Gefallen.«

Paul folgte dem Geräusch des Hochdruckschlauchs und ging vorsichtig an den mit Schmutzwasser gefüllten Betonrinnen vorbei; nach der Helligkeit draußen wirkte die Scheune dunkel, und der Tiergestank war überwältigend. Der Junge drehte das Wasser ab, als Paul sich näherte und seine Augen sich an das düstere Licht gewöhnten. James war wie sein Vater rotblond und sommersprossig, aber größer und dünn, starr vor Widerwillen über seine Arbeit gebeugt.

»Wie ging es Pia, als du sie das letzte Mal gesehen hast?«

»Warum?«

»Wir machen uns Sorgen um sie.«

Er zuckte mit den Schultern. »Anscheinend ganz gut.«

»Wann war das? Warst du in London, um sie zu treffen? Oder ist sie hier unten gewesen?«

Der Junge drehte das Wasser wieder auf und richtete den Strahl in die Ecken der Buchten. »Weiß nicht, wann.«

»Hast du gewusst, dass sie ihr Studium abgebrochen hat?«

»Kann sein, dass sie was davon erwähnt hat. Ich kann mich nicht erinnern.«

Er fragte, ob James wisse, wo sie zu erreichen sei, aber angeblich hatte er nur ihre Handynummer.

Am Anfang war Pia zu den Willis' gegangen, um mit James auf der Playstation zu spielen. Das Landleben hatte sie gelangweilt, sie las nicht gern und ging auch nicht gern spazieren. Paul und Elise waren froh, dass sie wenigstens Anschluss gefunden hatte. Als sie älter wurde, vermutete Elise, dass zwischen ihr und James etwas lief oder dass Pia in ihn verknallt war, was sie jedoch trocken und überzeugend abstritt: Sie stand nicht auf ihn, waren nur Freunde, die sich gut verstanden. Und es stimmte, denn wenn man die beiden in den Gassen herumlungern oder hingefläzt vor dem Fernseher sah, wirkten sie ungezwungen wie Geschwister: Ihre schlaffen, schlaksigen Körper ließen keinerlei sexuelle Spannung erkennen. Paul konnte sich nicht vorstellen, worüber die zwei sich unterhielten. James wirkte ziemlich einsilbig, versunken in wirrem Groll. Manchmal fuhren sie mit dem Zug zum Tanzen nach Cardiff, oder Pia verbrachte die Abende in Blackbrook. Willis hatte eine alte Scheune in eine Art Nebengebäude umgewandelt, wo seine Söhne unabhängig leben konnten, mit einem Spielezimmer und einer Küche. Nachdem die beiden älteren Söhne den Hof verlassen hatten, vermietete ihre Mutter im Sommer einen Teil als Ferienwohnung. Willis hatte offenbar gewollt, dass sie blieben und beim Ausbau des Geschäfts halfen (neben der Landwirtschaft stellten sie Eis her und verkauften Weihnachtsbäume, wofür sie mehrere Leute aus dem Dorf anstellten); es kursierten Gerüchte über die Auseinandersetzungen, die die Söhne früher mit ihrem Vater geführt hatten. Jedenfalls waren die Jungs weg.

Elise gab eine Dinnerparty. »Tut das gut?« Sie massierte die verspannten Muskeln in Pauls Nacken und Schultern. »Bist du jetzt bereit, gastfreundlich zu sein?«

Er fühlte sich bereit, doch als die Party nahte, war er dafür nicht in der Stimmung. Es waren Elises Freunde und nicht seine. (Gerald als Gast hatte sie abgelehnt. »Ich mag Gerald, aber er ist nicht gerade stubenrein, du verstehst, was ich meine? Er ist nicht gesellschaftsfähig.«) Ruth und ihr Mann kamen, dann noch ein Paar, das sie beim Warten auf den Schulbus kennengelernt hatten. Die meisten Leute, die sie im Dorf kannten, waren Zugezogene, aber Ruth war hier geboren, ihr Bruder hatte den Bauernhof geerbt, auf dem sie aufgewachsen war. Sie war klein und patent, mit gepflegten hübschen Zügen und dunklen Locken, die sie hinten zusammenband; Paul fand sie steif und prüde. Einmal hatten er und sie sich heftig über die walisische Sprache gestritten. Er war sicher, dass Elise sich bei ihr über seine Beschäftigung mit Büchern und über sein Schreiben beklagte, und über sein Versäumnis, seinen Teil der häuslichen

Pflichten zu übernehmen, obwohl Elises Arbeit mehr zum Familieneinkommen beitrug als seines.

Elise hatte ihn gewarnt, er solle bei der Party nicht »alles verderben«, sich an der Unterhaltung beteiligen und sie aktiv vorantreiben; aber er fand den Abend langweilig, eine gesellschaftliche Musik, die als Untermalung zum Essen auf und ab perlte. Alle am Tisch, Männer wie Frauen, waren irgendwo in den frühen Vierzigern; unwillkürlich sah Paul die ersten Zeichen der Alterung auf ihren Gesichtern, die kleinen schlaffen Hautpartien um Mund und Kiefer, die Tränensäcke unter den Augen, den Beginn des Knitterns und Bröselns, das sie in ihre zerfallenden älteren Ichs verwandeln würde. Sie unterhielten sich über Kostümfilme im Fernsehen. Jemand sagte, dass nichts sich wirklich verändere und dass sich, wohin man auch sehe, unter den Perücken und Kleidern dieselben Muster abspielten, dieselbe menschliche Natur befand. Paul entgegnete, seiner Ansicht nach liege das nur daran, dass Fernsehdramen die Zuschauer von dieser Gleichheit überzeugen wollten, dass sie eine tröstliche Illusion sei, ein Betrug.

In Ruths Wange zuckte ein Muskel und wappnete sich gegen ihn, während sie mit der Gabel in ihrem Reis herumstocherte. »Wie meinst du das?«

»Menschliche Kulturen bewegen sich in der Zeit vorwärts wie durch ein Ventil, in dem es kein Zurück gibt. Das Wesentliche der Erfahrung wird immer wieder verändert, ohne die Möglichkeit einer Rückkehr oder Wiederherstellung. Geschichte ist die Geschichte von Verlust.«

»Aber es gibt auch Gewinne«, widersprach Elise.
»Die Menschenrechte zum Beispiel oder die Behandlung von Frauen. Die Abschaffung der Sklaverei.«
»Und Empfängnisverhütung.«
»Folgt daraus«, sagte Paul, »dass sich Gewinn und Verlust in der Summe zwangsläufig ausgleichen? Wer könnte entscheiden, dass wir mehr gewonnen haben?«
»Oder mehr verloren.«
»Was wäre, wenn das Aussterben in der Natur die Vorwärtsbewegung unserer menschlichen Kultur in der Zeit spiegelte und dabei einzelne Möglichkeiten und Merkmale ausgelöscht werden, bis es insgesamt weniger gibt, viel weniger?«
»Sollen wir uns alle aufhängen?«, fragte Ruth.
Alle waren irgendwie sauer auf ihn, warfen ihm Sehnsucht nach Vergangenem vor, einen regressiven Geschmack für alles Alte, Gleichgültigkeit gegenüber allem, was in der Vergangenheit ungerecht war oder Leiden verursacht hatte.
»Wir leben in einer anderen Zeit«, sagte Ruths Mann. »Jede Generation glaubt, dass die Vergangenheit zwangsläufig besser war. Als ich ein Junge war, brauchte man seine Haustür nicht abzuschließen, der Rock'n'Roll war besser, solche Sachen.«
Paul brachte nicht die Kraft auf zu erklären, dass er nur gemeint hatte, die Vergangenheit sei kostbar, weil sie anders war, nicht besser. Als ihre Gäste weg waren, erledigten Paul und Elise in erschöpftem Schweigen den Abwasch in der Küche: Sie besaßen keine Spülmaschine. Er arbeitete sich stoisch von Gläsern durch

Teller zu schweren Töpfen durch, die im Spülwasser schwimmende Reiskörner und safrangelbe Fettaugen hinterließen. Elise packte die Reste weg, trocknete ab und stellte Geschirr zurück, versetzte die Räume wieder in den ursprünglichen Zustand und schob den schweren Tisch geräuschvoll über die Fliesen. Ihr sorgfältig drapiertes rotes Stretchkleid hatte seine Form verloren und hing schlaff über ihrem Bauch, und im Deckenlicht, das sie nach dem Aufbruch der Gäste eingeschaltet hatten, glänzten ihre Wangen ölig. Paul fand, dass er sich ehrenvoll geschlagen hatte, wenn man bedachte, wie elend er sich den ganzen Abend gefühlt hatte, in der Flut von sinnlosem Geschwätz, an das sich am nächsten Tag niemand mehr erinnern würde. Elise verstand Geselligkeit als eine Aneinanderreihung komplizierter Verpflichtungen, als gegenseitiges Gefälligsein, während er keinen Sinn in Gesprächen sah, bei denen man nicht offen seine Meinung sagte. Die Ironie war, dass sie sich auf einer Party kennengelernt hatten, bei der Elise ihn aus einer Auseinandersetzung gerettet hatte, die fast zu Handgreiflichkeiten geführt hätte. Warum wurden Frauen von solchen störenden Reibungskräften in Männern angezogen, die sie dann später zu glätten versuchten?

Im Bett drehte Elise Paul feindselig und erschöpft den Rücken zu. Normalerweise schlief er an die Landschaft ihres Körpers geschmiegt ein; jetzt aber lag er verstoßen am kalten Bettrand und wusste nicht, wohin mit seinen Armen und Beinen. Manchmal erschien seine Frau ihm kleinlich und in Eitelkeit verfangen zu sein. Dann wieder war sie übermächtig und übertraf ihn; er war kleiner, er war das Defizit, er war der Lahme. Vielleicht lag er falsch, was Dinner-Partys anging. Vielleicht kam es wirklich nur auf Freundlichkeit an.

IV

In seinem Arbeitszimmer versuchte Paul zu schreiben, aber etwas lenkte ihn ab, blockierte das Licht am Fenster. Becky, die auf der Ferse kauerte, klopfte an die Scheibe und winkte ihn dringend in den Garten. Offenbar wollte sie ihm etwas zeigen, das sie gebastelt hatte: Wie ihre Mutter war sie handwerklich begabt. Aber sie ging im Gras auf und ab und sprach, als ahmte sie einen Erwachsenen nach, mit bedächtiger Stimme in das rosa Handy, das sie zu Weihnachten bekommen hatte, wedelte mit den Händen, verzog übertrieben das Gesicht. Paul war gegen das Handy gewesen; dafür war sie mit Sicherheit noch zu jung.

»Und wie läuft es so bei dir?«, fragte Becky leutselig in das Handy.

Unterdessen gab sie Paul mit den Augen und der freien Hand Zeichen, zeigte auf das Handy, bewegte stumm die Lippen. »Wie toll«, sagte sie. »Und wo wohnst du? Ist es da schön? Willst du mit Daddy reden? Ich hole ihn schnell.«

Paul begriff, dass es offenbar Pia war.

»Sie machen sich Sorgen«, erklärte Becky Pia, »aber auf eine nette Art.«

Sie winkte Paul zu sich und presste ihm dann rasch das Telefon ans Ohr, als könnten sie Pia verlieren, wenn sie sie nicht darin gefangen hielten. Paul befürchtete kurz, dass sie weg wäre. »Pia? Pia? Bist du da?«

Er wusste nicht, was er sagen sollte. Sollte er erwähnen, dass er sie neulich in der U-Bahn gesehen hatte? Das könnte sie verschrecken und so aussehen, als spionierte er sie aus und wüsste alles über sie. Als sie jünger war, hatte er wochenlang nicht mit ihr gesprochen. Jetzt sah er ihr beharrliches Schweigen in der Leitung als etwas Kostbares, und er hatte Angst, ein falsches Wort zu sagen.

»Bist du da?«

»Hallo, Dad.«

Ihre Stimme klang normal, doch dahinter drang ein unbekanntes Echo zu ihm, wo immer sie sein mochte. Er bot sein ganzes Geschick auf, um sie aufzumuntern und ihrem Gespräch keine allzu große Bedeutung beizumessen. Pia versicherte ihm, es ginge ihr gut, beide erwähnten das Studium nicht, er fragte nicht, bei wem sie wohnte oder was sie vorhatte, und er wollte ihr am Telefon auch nichts vom Tod ihrer Nana erzählen. Noch während er sie beruhigte, überkam ihn die alte Gereiztheit darüber, dass er ihr alles aus der Nase ziehen musste: Sie sprach in kurzen, widerwilligen Wortkaskaden, durchsetzt mit den slangartigen Einsprengseln, die Kinder der Mittelschicht so gern benutzten. »Komischerweise«, sagte er, »muss ich am Donnerstag sowieso nach London.« (Eine Lüge, die er sich spontan ausdachte.) »Wollen wir uns nicht treffen? Wo immer du willst. Pia, bist du noch da?«

»Nur wenn du versprichst, Mom nichts zu sagen. Und auch nicht Elise.«

Pia war erwachsen, dachte er, sie hatte ein Recht auf ihre Geheimnisse. »In Ordnung.«

»Dann ruf ich dich am Donnerstag wieder an«, sagte sie.

Würde sie ihn wirklich anrufen? Kaum hatte sie aufgelegt, befielen ihn Zweifel.

Becky fragte, ob er und Pia sich treffen würden, worauf er ihr antwortete, dass es Pia gut ginge, sie aber für ein Treffen noch nicht bereit sei. Becky errötete leicht unter ihren Sommersprossen, vielleicht weil sie ahnte, dass er log. Aber wenn er es Elise verschwieg, durfte er auch Becky nichts sagen. Wenn Pia nicht auftauchen würde, würde er sein Schweigen brechen.

»War es gut, dass ich dich gerufen habe, als ich sie am Telefon hatte?«

»Sehr gut.« Er hob sie hoch und küsste sie. »Du warst wie ein Detektiv im Fernsehen.«

In dieser Nacht träumte er wieder von Evelyn: Stundenlang warteten sie zusammen in einer sich wälzenden, gesichtslosen Menschenmenge, standen eingezwängt für etwas an, das sie nie erreichten, voller Angst, sie hätten nicht die richtigen Papiere bei sich. Im Traum dämmerte ihm irgendwann, dass Evelyn Schlange stand, um auszuwandern, dass die schwarzen Kolosse, die neben der steinernen Plattform aufragten, auf der sie warteten, Schiffe waren. Als er aufwachte und sich an ihre unbedachte freundschaftliche Nähe im Traum erinnerte, fühlte er sich einsam.

Er erzählte Elise, er würde sich mit Stella treffen, was glaubwürdig klang – sie war eine alte Freundin, die für die BBC arbeitete, er hatte mehrere Sendungen mit ihr gemacht. Als der Zug in London ankam, rief er Pia an. Es dauerte ziemlich lange, ehe sie sich meldete.

»Dad, ich weiß nicht, ob das eine gute Idee ist.«

Sie klang, als hätte er sie geweckt, ihre Stimme zäh und träge vom Schlaf. Er hingegen war seit Stunden wach; für ihn war der Tag schon halb vorbei.

»Was ist mit dem Termin, zu dem du musst?«, fragte sie. »Wollen wir uns nicht lieber danach treffen?«

»Der ist später. Heute Abend.«

»Mir hätte der Abend besser gepasst. Ich muss heute einiges erledigen.«

Er glaubte ihr nicht. »Wo bist du? Gib mir die Adresse, dann komme ich gleich vorbei, ich bleibe nicht lange. Ich habe meinen Teil des Versprechens gehalten, ich habe kein Wort zu deiner Mutter und Elise gesagt.«

Sie war zu langsam und zu schläfrig, um ihn abzuwimmeln; er schrieb die Adresse auf den Rand seiner Zeitung. Sie wohnte irgendwo in Nähe der Pentonville Road, und sie sagte, er müsse bei King's Cross aussteigen; nachdem er aufgelegt hatte, kaufte er ein A–Z, um sich anzusehen, wohin genau er gehen musste. Es überraschte ihn, dass sie so zentral wohnte, er hatte damit gerechnet, in irgendeinen Außenbezirk fahren zu müssen. Schließlich fand er den Weg zu einem trostlosen, hässlichen Häuserblock mit Sozialwohnungen, der sich auf einer Insel aus dem ihn gnadenlos umtosenden Verkehrsstrom erhob. Es war heiß, und die Abgase, die von den Autos aufstiegen, hingen schwer wie getrübtes Glas in der Luft; es dauerte ein paar Minuten, bis er das richtige System von Übergängen gefunden hatte, um zum Eingang zu gelangen. Der Block war nicht hoch, nur drei oder vier Stockwerke, und von einer hohen Mauer umgeben, was ihm aufgrund des weißblauen Anstrichs irgendwie das Aussehen eines schmuddeligen Containerschiffs auf hoher See verlieh.

Es gab eine Türsprechanlage: Pia öffnete ihm und bat ihn, drinnen an der Tür zu warten. Ein Pförtner in einer verglasten Kabine, der den *Daily Mirror* las, nahm keine Notiz von Paul. Feuertüren schepperten in einiger Entfernung, und in dem halligen Betontreppenhaus hörte er, wie Pias Schritte näher kamen. Er war unerwartet gerührt, während er auf sie wartete. Dass es seine älteste Tochter hierher verschlagen hatte, erschütterte seine gewohnte Vorstellung von ihr, die er stets nur durch die Fürsorge ihrer Mutter isoliert gesehen hatte: In diesem Haus war sie trotz Türsprechanlage und Pförtner wahrscheinlich nicht sicher. Noch während er sich sorgte, faszinierte ihn gleichzeitig die Vorstellung, dass sie diese Bleibe der Sicherheit vorgezogen hatte. Sie riss die letzte Tür auf. Der Pförtner in der Kabine sagte etwas mit einem derart starken westindischen Akzent, dass Paul ihn nicht verstand; Pia hatte offenbar keine Probleme, sie antwortete sofort, allerdings so, als wollte sie nicht in ein Gespräch verwickelt werden. Aus ihrem Tonfall schloss er, dass sie eigentlich gar nicht in dieser Wohnung sein durfte und unangenehmen Fragen ausweichen wollte.

Sobald er sie sah, war er sicher, dass die Frau auf dem Bahnsteig in Paddington vor einigen Wochen Pia gewesen war. Ihr Haar war wie damals auf Schulterhöhe links und rechts zu einem Schwanz gebunden, und das erinnerte ihn an Mädchen in grobkörnigen Sixties-Filmen über die britische Arbeiterklasse, auf deren jungen Gesichtern sich bereits Spuren von Erschöpfung und Sorgenfalten abzeichneten, was einen Teil ihres Sexappeals ausmachte. Pias Haar war sauber, aber ihr Gesicht blass und ungeschminkt. Sie hatte eine schäbige schwarze Strickjacke um sich geschlungen, deren Gürtel lose herabhing, die Arme darüber verschränkt. Sie wirkte um Jahre gealtert seit ihrem letzten Treffen, als sie gemeinsam zum Essen ausgegangen waren und er noch immer ein Kind in ihr gesehen hatte. Vielleicht wollte sie es verbergen, aber er sah sofort, dass sie schwanger war. Nicht hochschwanger, aber da sie knochig und dünn war, deutlich erkennbar. Auf dem Bahnsteig in der U-Bahn hatte er es nicht sehen können, weil Leute vor ihr gestanden hatten.

Er konnte nicht fassen, dass sie daran nicht gedacht hatten, keiner von ihnen.

Pia war scheu und ängstlich, als sie ihren Vater durch ein trostloses Treppenhaus an einer Reihe schwerer gefängnisartiger Metalltüren vorbeiführte. Um ihre Nervosität zu überspielen, plapperte sie unentwegt und erzählte ihm, dass dieser Wohnblock in den Achtzigern berüchtigt für seine Drogenkonsumenten und ihre Verbrechen gewesen sei, dass man ihn in den Neunzigern gesäubert, mit einem Sicherheitszaun und einem Pförtnereingang versehen habe. Die Schwangerschaft blieb noch unerwähnt, obwohl Paul, als er sie geküsst hatte, den fremden, harten Klumpen gespürt hatte. Vielleicht glaubte sie sogar, er hätte nichts bemerkt. Es war ihm peinlich, das Thema anzuschneiden, er wollte lieber warten, bis sie irgendwo angekommen und wirklich allein waren. Nach zwei Stockwerken hielten sie vor einer rotgestrichenen Tür, die von einem schmalen Betonflur abging. Pia hatte die Wohnungsschlüssel in der Tasche ihrer Strickjacke, doch bevor sie die Tür öffnete, kam sie nah an sein Ohr und flüsterte ihm eindringlich zu:

»Vergiss nicht, du hast versprochen, keinem was davon zu erzählen.«

Es war nicht der Moment, um energisch klarzustellen, dass ihm das Versprechen in Unkenntnis der vollen Umstände abverlangt worden war. Sie traten durch einen engen Flur in ein kleines Wohnzimmer mit einer Fensterfront entlang einer Wand. Wegen der heruntergezogenen Jalousien war das Licht düster, und nur dort, wo die Lamellen kaputt oder verbogen waren, fiel hier und da ein heller weißer Strahl herein. Ein riesiger Flachbildfernseher war auf den Nachrichtenkanal eingestellt, auf dem Sofa hatte jemand in einem hergerichteten Bett geschlafen, es aber nicht weggeräumt. Die ganze Wohnung roch nach muffigem Bettzeug, nach Zigaretten und stark nach Marihuana. Eine Tür stand einen Spaltbreit offen, vermutlich führte sie ins Schlafzimmer, das ebenfalls dunkel war: Vom Flur gingen das

Bad und eine etwa schrankgroße Küche ab. Die Badtür hing aus den Angeln, lehnte schief an der Wand.

»Ist ein ziemliches Durcheinander«, sagte Pia, als falle es ihr zum ersten Mal auf.

Sie fing an, Becher und Teller vom Fußboden aufzusammeln.

Paul dachte, dass er sie von hier wegholen musste, dies war kein geeigneter Ort für die Entwicklung des Babys seiner Tochter. Er wollte gerade etwas in diesem Sinne sagen, als ein Mann aus dem Schlafzimmer trat.

»Das ist Marek«, sagte Pia. »Das ist mein Dad.«

Marek streckte die Hand aus.

Paul hatte geahnt, dass Pia vermutlich mit einem Freund zusammenlebte, doch er hatte sich jemanden in ihrem Alter vorgestellt, jemanden wie James Willis oder vielleicht einen Kommilitonen, der sein Studium abgebrochen hatte; an einen Erwachsenen hatte er nicht eine Sekunde gedacht. Dieser Mann war zwar kein Hüne, sondern mittelgroß und leicht gebaut, aber er hatte nichts Jungenhaftes oder Unfertiges an sich. In seiner Schlankheit schien sich eine Energie und Autorität zu bündeln, auf die Paul nicht im Geringsten vorbereitet war. Sein dunkles, lockiges Haar war raspelkurz geschnitten, wie eine enge Lammfellmütze: In dem düsteren Licht sah er aus wie mindestens dreißig. Er drückte Pauls Hand fest und kurz, dann ließ er sie los; in der anderen Hand hielt er ein mit Tabak gefülltes Zigarettenpapierchen. Als er fertiggedreht hatte, leckte er rasch und routiniert über das Papier, dann bot er Paul Tabak und Papierchen an.

»Rauchen Sie?«

Paul antwortete, er rauche schon lange nicht mehr.

»Es stört Sie hoffentlich nicht?«

Der Mann zündete seine Zigarette an, ohne Pauls Antwort abzuwarten, aber auf eine mehr oder weniger kam es in diesem Zimmer ohnehin nicht an. Falls er Pole war – Marek war doch bestimmt ein polnischer Name? –, wusste er vielleicht nichts über die Auswirkungen des Rauchens auf ein ungeborenes Kind. Aus polnischer Sicht war die ganze Angst vielleicht nur albernes Getue. Konnte das wirklich Pias Liebhaber sein? Schließlich hatte jemand auf dem Sofa geschlafen. Vielleicht schätzte Paul die ganze Situation falsch ein.

»Wir haben keine Milch.« Pia hielt immer noch die schmutzigen Teller in der Hand, die sie aufgesammelt hatte. »Aber ich kann Kaffee machen, wenn es dir nichts ausmacht, ihn schwarz zu trinken.«

»Mach Kaffee«, sagte Marek.

Er klang auf liebevolle und unverschämte Weise intim. Pia lächelte unwillkürlich. »In dieser Wohnung ist es so heiß!«, sagte sie. Mit der freien Hand zog sie mühsam eine Jalousie halb hoch und öffnete dann das Fenster. »Eigentlich gibt es hier draußen einen Dachgarten, aber keiner kümmert sich darum.«

Der Stadtlärm war plötzlich bei ihnen im Zimmer, dazu das weiße Licht, in dem ihre Gesichter aussahen wie geschält. Marek hatte einen schönen, runden Kopf, aber seine attraktiven Züge wirkten trotz seines Lächelns angespannt; seine Augen waren nicht groß, aber tiefschwarz und von dichten Wimpern gesäumt, dunkle

Höhlen in einem hellen Teint. Jack Vettrianos Paar, das auf einem Strand unter einem Schirm tanzt, hing ziemlich schief an der Wand; außerdem ein Foto von einer Giraffe in der Savanne. Das hellbraune Kunstledersofa zeigte Risse. Das Fenster überblickte einen Parkplatz und dahinter einen weiteren Flügel des Wohnblocks. Zwischen zwei Fußwegen befand sich ein tiefer gelegenes, mit Erde aufgeschüttetes Areal; das hochgeschossene Unkraut war in der Hitze abgestorben und vertrocknet.

»Ist das Ihre Wohnung?«, fragte er Marek.

»Sie gehört meiner Schwester. Sie lässt uns hier wohnen. Als Pia bei ihrer Mutter ausgezogen ist, konnte ich sie nicht mit zu mir nehmen, da war es nicht schön.«

»Das ist eine äußerst merkwürdige Situation«, sagte Paul. »Meine Tochter ist offenbar schwanger. Oder bilde ich mir das nur ein? Was geht hier vor?«

Pia errötete und zog verlegen die Strickjacke über ihren Bauch. »Ich war mir nicht sicher, ob du es merkst.«

»Mach Kaffee«, sagte Marek. »Ich rede.«

»Und du hast diesen Stecker aus der Lippe genommen.«

Pia nickte in Richtung Marek. »Er hat ihm nicht gefallen.«

»Mir auch nicht«, sagte Paul. »Aber für mich hast du ihn nicht rausgenommen.«

Marek lachte.

»Eigentlich würde ich gern allein mit Pia reden«, sagte Paul. »Lass uns rausgehen und ein Café suchen.«

Er merkte, wie die beiden sich über Blicke heimlich austauschten.

»Hier geht es auch«, sagte Marek. »Sie will hierbleiben.«

Paul folgte Pia in die Küche, wo sich ungewaschene Töpfe und Geschirr in der Spüle stapelten und der Mülleimer zu voll war, um ihn zu schließen. »Wir haben Mäuse«, sagte sie mit dem Rücken zu ihm und füllte Wasser in den Kessel. »Die sind echt süß.«

»Können wir nicht irgendwo hingehen? Wir müssen reden.«

»Es hat keinen Sinn, Dad.«

»Was geht hier vor, Liebes? Was hast du dir da eingebrockt?«

»Ich wusste, du würdest es nicht verstehen«, sagte sie. »Aber ich will genau das.«

»Versuch es. Versuch es mir zu erklären.«

Er konnte ihr Gesicht nicht sehen; ihre Schultern waren angespannt. Er erinnerte sich, wie sie ihm in den Museen, in die er sie früher mitgenommen hatte, mit müden Beinen auf dem eiskalten Fußboden hinterhergeschlurft war und widerwillig den Strom seines Wissens über sich hatte ergehen lassen, der ihr vermutlich endlos vorgekommen war.

»Na schön«, sagte er. »Wenn es das ist, was du willst, ist es in Ordnung.«

Sie machte Instantkaffee, spülte schmutzige Becher unter dem Wasserhahn aus und rieb die dunklen Ränder darin mit dem Finger weg. Er fragte, ob sie schon bei einem Arzt gewesen sei, was sie bejahte und dass sie nächste Woche mit Anna, Mareks Schwester, zu einem Termin im Krankenhaus gehe.

»Du denkst an eine Abtreibung?«

Sie war schockiert. »Nein! Dafür ist es zu spät. Viel zu spät!«

Es sei nicht klar, sagte sie, wie weit genau die Schwangerschaft fortgeschritten sei; offenbar gab es Unklarheiten wegen ihrer Zeitangaben. »Sie warten auf den Scan. Dann wissen sie es genau.«

Sie schien sich dem Ganzen – den Zeitangaben, Terminen und Unvermeidbarkeiten – in verträumter Passivität ergeben zu haben: Am liebsten hätte er sie wachgerüttelt. Während sie sich unterhielten, konnte Marek im Nebenzimmer zweifellos alles mithören, in dieser Wohnung, in der es keine Privatsphäre gab. Paul hatte das Gefühl, er müsse Pia von ihrer Großmutter erzählen, konnte sich aber nicht dazu durchringen, es vor einem Fremden zu tun. Als sie inmitten des Chaos von Laken, Bettdecke und überquellenden Aschenbechern im Wohnzimmer vor Pias schrecklichem Kaffee saßen und sich unterhielten, versuchte er herauszufinden, wie Marek seinen Lebensunterhalt verdiente und wie die Aussichten standen, Pia und ein Kind zu finanzieren. Während der gesamten Unterhaltung spuckte der Fernseher seine Nachrichten aus: Irak, der Zeitpunkt von Blairs Rücktritt, ein bei einem Unfall tödlich verunglückter Gleisarbeiter, das in Portugal entführte Kind noch immer vermisst. Das Gequassel lenkte Paul ab, doch die anderen störte es nicht. Angesichts seiner eigenen Geschichte mit Pia spürte er, wie absurd es war, dass er die Rolle des beleidigten, schützenden Vaters spielte; und es sah fast so aus, als ahnte Marek das, denn amüsiert versuchte er, ihm über diesen Zwiespalt hinwegzuhelfen.

»Keine Sorge, Geld ist genug da. Wir werden auch eine schönere Wohnung als die hier finden, viel schöner. Alles wird gut.«

Er sagte, er arbeite im Import-Export-Geschäft, polnische Delikatessen. Er wolle Geld machen, indem er in jeder Stadt und jeder Straße polnische Läden eröffnete. War er ein Hochstapler oder ein Phantast? Der Zustand der Wohnung ließ kaum auf einen erfolgreichen Unternehmer schließen: Es sei denn, er handelte mit Drogen, in kleinem Maßstab. Paul hatte in schlimmeren Zimmern als diesem gehaust, vor zwanzig Jahren, als er in dieser Szene war. Alles an der Wohnung und der Situation machte ihn misstrauisch und ließ ihn um Pia fürchten. Und dennoch konnte er sich, während sie sich unterhielten, allmählich vorstellen, welche Macht von diesem Mann ausging, dass sie ihm vertraute. Lächelnd, mit der wackelnden Zigarette im Mund, gestikulierte er viel mit den Händen und war irgendwie lustig, ohne etwas besonders Lustiges zu sagen: Gleichzeitig strahlte er eine ernsthafte Kompetenz aus, als stecke hinter der unglaublichen Oberfläche seiner Worte noch eine andere ergreifende und melancholische Botschaft.

Allem Anschein nach hatten sie sich über Mareks Schwester kennengelernt. Als Pia noch studierte, hatte sie einen Teilzeitjob in einem Café gehabt, in dem die Schwester arbeitete. Paul erinnerte sich, dass Annelies in dem Café nach Pia gesucht und man ihr mitgeteilt hatte, sie habe gekündigt. Sie hatte gekündigt, erfuhr er jetzt, weil ihr am Anfang der Schwangerschaft ständig übel war.

»Aber das ist jetzt vorbei, und es geht mir gut, richtig gut. Langsam sollte ich mich nach was Neuem umsehen.«

Marek zupfte sie liebevoll am Haar, als wollte er sich in seiner Rolle als derjenige, der alles im Griff hatte, vor Paul beweisen. »Mir wäre lieber, wenn sie einfach zu Hause bleibt, auf sich aufpasst und die Wohnung hübsch macht.«

Wie es aussah, gelang es ihr nicht besonders gut, die Wohnung hübsch zu machen. Aber sie waren eben erst aufgestanden. Vielleicht sah die Wohnung im Laufe des Tages ja besser aus.

Als Paul aufbrach, bat er Pia, ihn nach unten zu begleiten. Außer Sichtweite der Wohnungstür, allein auf einem Absatz im Treppenhaus, das nach billigem Desinfektionsmittel roch, erzählte er ihr von ihrer Großmutter. Während ihr dämmerte, was er ihr mitteilte, verzog sich ihr Mund zu einem hilflosen, hässlichen Weinen. Er dachte, wie sehr sie sich doch von seinen anderen Töchtern unterschied. Sie schienen das fertige, weltgewandte Bewusstsein ihrer Mutter zu haben, als strahlte aus jeder ihrer Gesten und jeder Einzelheit ihres Äußeren ein besonderer Glanz. Pia war zwar in der Stadt aufgewachsen, aber sie war ungeschliffen und schlicht, mit ihrem dicken strohgleichen Haar und den grobschlächtigen Händen. Vielleicht liebten ihre Halbschwestern sie genau deshalb so sehr und nahmen regen Anteil an ihrem

Eintritt ins Erwachsenenleben. Sie riss sich zusammen, zog ein Taschentuch aus dem Ärmel und wischte sich das Gesicht ab.

»Jetzt geht es wieder.«

»In diesem Zustand kann ich dich nicht zurücklassen. Willst du nicht doch lieber mit mir kommen? Wir gehen einen anständigen Kaffee trinken.«

»Es war nur der Schock, mehr nicht. Weil ich keine Ahnung hatte.«

»Wir konnten dir das doch nicht als Nachricht auf dem Handy hinterlassen.«

Konnte sie über den Tod einer alten Frau, die sie seit Monaten nicht besucht hatte, tatsächlich so untröstlich sein? Als Kind hatte sie den Tod ihrer Hamster bitterlich beweint. Wahrscheinlich speisten sich ihre Vorstellungen von einem Baby aus demselben Vorrat an stereotypen Gefühlen, als wäre es ein Kätzchen oder eine Puppe, mit der sie spielen konnte. Es gelang ihm nicht, sie zu überreden, mit nach draußen zu kommen; sie verabschiedeten sich am Eingang des Wohnblocks. In letzter Minute klammerte sie sich an ihn und bat ihn, ihrer Mutter nichts zu sagen. Er konnte sich nicht annähernd Annelies' Reaktion vorstellen, sobald sie die ganze Wahrheit über die Lage ihrer Tochter erfuhr. Ihm war angst und bange bei der Überlegung, ob er sie einweihen sollte oder nicht.

»Sag ihr noch nichts, bitte, jetzt noch nicht. Du hast es versprochen.«

V

Nach der Rückkehr von seinem Besuch in London stellte Paul fest, dass ihm die frühere Freude an seinen täglichen Verrichtungen – die Stunden in seinem Arbeitszimmer, die langen Spaziergänge, das Abholen der Kinder vom Bus nach der Schule, die Sprachkurse für ausländische Studenten an der Universität – in einem einzigen kurzen Augenblick abhandengekommen war. Er war unruhig, konnte nicht am Computer sitzen. Elise arbeitete an einem Satz zierlicher edwardianischer Esszimmerstühle; sie schienen ihre eigene ausschweifende Party zu feiern, wie sie da gedrängt auf dem Steinboden in ihrer Werkstatt standen, für einen gemütlichen Plausch zusammengerückte, einander zugewandte Grüppchen, deren Innereien aus den Rissen in dem schmutzigen alten purpurnen Samt hervorquollen.

»Was ist los mit dir?« Sie sah ihn fragend an und legte die Metallzange beiseite, die sie zum Heraushebeln der Nägel benutzte. Auf ihrem Gesicht waren verschwitzte Schmutzstreifen, und die Luft in der Werkstatt war schmierig vom Staub, der sich seit hundert Jahren in den Stühlen angestaut hatte. »Was ist in London passiert? Hat ihnen die Idee für die Radiosendung nicht gefallen?«

»Das ist nicht das Problem.«

Vorerst erwähnte er nichts von seinem Besuch bei Pia, obwohl er die missliche Angelegenheit gern weitergereicht und sich davon befreit hätte. Als Annelies anrief, sagte er ihr nur, Becky habe mit ihr gesprochen, Pia gehe es gut. Sie wohne bei Freunden.

»Warum will sie mich dann nicht sehen, Paul? Was habe ich ihr Schreckliches getan?«

Paul hatte vor, Pia in der folgenden Woche wieder in London zu besuchen. Er würde ihr klarmachen, dass er mit ihrer Mutter sprechen musste und nicht mehr länger schweigen konnte.

Auf der Fahrt nach Cardiff, wo er Gerald besuchen wollte, wirkten die heruntergekommenen Außenbezirke der Stadt verblichen und nackt in der fahlen Sonne: Wellblechschuppen aus dem Versandhandel, die Rückseiten neuer Wohnsiedlungen, ein weiteres Billighotel aus rotem Backstein. Manchmal empfand Paul ihre Entscheidung für das Landleben als Fehler und wünschte, sie würden in der Stadt leben. Geralds Wohnung befand sich im obersten Stockwerk eines viktorianischen Hauses neben einem Park. Die gesamte Hitze im Haus stieg in seinen Dachboden hinauf und knallte durch die Schieferplatten auf dem Dach; obwohl sämtliche Fenster weit offen standen, war die Luft stickig. Während Gerald Tee kochte, stand Paul am Fenster und schaute hinaus auf die schattige, ausladende Krone einer Blutbuche, einer von vielen, die an der Straße entlang des Parks gepflanzt waren. Der Laster eines Kesselflickers fuhr auf der Suche nach Altmetall im ersten Gang vorbei, und ein Junge, der zwischen den verrosteten Kühlschränken und Herden stand, sang »Altes Eisen, habt ihr altes Eisen«. Paul sagte, er sei der letzte der alten Straßenhöker, volltönend und schneidend wie ein Muezzin. Obwohl Gerald entgegnete, dass die Kesselflicker alte Frauen um ihr Geld prellten, konnte er Pauls aufgeregte, ungeduldige Stimmung nicht verderben. Er war voller Emotionen, ausgelöst durch ein lange zurückliegendes schmerzvolles Ereignis. An seinem Platz am Fenster rechnete er halbwegs damit, eine junge Frau zu sehen, die er gekannt und mit der er eine Affäre gehabt hatte; sie hatte in der Nähe gelebt und war oft im Park spazieren gegangen. Er erinnerte sich an ihre fast schon religiöse Einstellung zur Literatur und meinte zu sehen, wie sie mit großen Schritten den Weg unter den Bäumen entlangging – groß und ernst, attraktiv, mit schrägen, zweifelnden braunen Augen. Aber wahrscheinlich hatte sie ihr Haus inzwischen verkauft und war weggezogen.

Gerald saß im Schneidersitz da, um seinen Tee zu trinken und sich einen Joint zu drehen, wobei ihm als Unterlage ein Buch diente, das er gerade las und auf den Knien balancierte. Es handelte von den Neuplatonikern des frühen Christentums, Plotin und Porphyr. Er erklärte eine Idee aus dem Buch – dass die Erfindung von Formen durch die Vorstellungskraft des menschlichen Verstandes eine Nachahmung und Weiterführung der Arbeit der Weltseele sei, die Formen in der Natur erfinde. Paul rauchte nicht mehr oft Marihuana – Elise mochte es nicht, sie sagte, er sei dann langweilig und schnarche –, doch an diesem Nachmittag brauchte er es. Die schläfrige Hitze und das Gras riefen ihm die Jahre zwischen seiner ersten und zweiten Ehe in Erinnerung, als er an der Sprachenschule unterrichtet hatte. Paul war nach Paris gezogen, und Gerald war ihm gefolgt. Der Schlafrhythmus, den Paul sich damals angewöhnt hatte, sei »katastrophal« gewesen, sagte jedenfalls Elise; er hatte nur stundenweise an der Schule unterrichtet, war oft bis drei, vier Uhr morgens aufgeblieben, um zu lesen oder sich mit einem kleinen Kreis von Freunden zu unterhalten.

Während Gerald redete, dachte Paul über Pias Schwangerschaft nach, sah sie nicht nur als ein Problem und ein Desaster. Er fand es verblüffend, dass Pia, die einst aus einem winzigen gefalteten Gebilde unsichtbar im Bauch ihrer Mutter entstanden war, nun in ihrem entfalteten, entwickelten Ich denselben Prozess vollzog; gefaltete Gebilde innerhalb von Gebilden. Wie anders war es doch beim Mann, dessen Entfaltung in seinem biologischen Ich endete, das sich nicht teilen ließ. Die Rolle des Mannes in dieser endlosen Abfolge war ein Akt des Glaubens, ganz gleich, wie festgelegt die Wissenschaft war. Ein Franzose hatte mal zu ihm gesagt, die Rolle des Mannes bei der Zeugung eines Kindes sei in etwa »diese« – und hatte auf den Gehsteig gespuckt.

Vielleicht war dieser Gedankengang nur eine Folge des Joints gewesen.

»Deine Augen sehen komisch aus«, sagte Elise zu ihm,

als er nach Hause kam. »Das Zeug, das Gerald jetzt raucht, ist zu stark für dich, du bist das nicht gewöhnt.«

Eines Nachmittags kam James Willis bei Paul vorbei, als Elise mit Ruth bei einem Ausverkauf war und die Mädchen in der Schule waren. Paul hatte sich in der Küche etwas zu essen gemacht – nachdem er im Kühlschrank einen Rest Pastete gefunden und beiläufig den *Guardian* gelesen hatte, alles, nur um nicht vor dem Computer zu sitzen –, als der Junge plötzlich gebückt in der Tür stand, leicht verunsichert wegen seiner schmutzigen Stiefel auf der Fußmatte. Neulich in der Scheune war es zu dunkel gewesen, Paul hatte ihn nicht richtig sehen können: die gebeugte linkische Größe, den hormonellen Schock des Heranwachsenden, der ihm noch immer im Gesicht stand, die davon geschwollenen Lippen, verschlafenen Augen, schwer herabhängenden Hände. Er war lang und blass; beim Sprechen senkte er den Blick. In seiner Lippe war ein Stecker wie der, den Pia herausgenommen hatte.

James kam mit einer Nachricht von seinem Vater, der wollte, dass Paul die Zitterpappeln an der Grenze zwischen den beiden Grundstücken stutzte. Willis hatte in diesem Jahr auf dem benachbarten Feld Elefantengras für Biokraftstoff gepflanzt. Offenbar dachte Willis, der Mähdrescher könne wegen der Bäume am Ende des Feldes nicht richtig wenden.

»Wenn ihr keine Kettensäge habt, leiht Dad euch seine.«

»Du machst Witze«, sagte Paul. »Dein Vater ist verrückt, total verrückt. Die Bäume stehen niemandem im Weg. Hast du sie dir mal angesehen?«

James zuckte die Schultern. »Ich richte bloß aus, was er sagt.«

»Sag ihm, er ist verrückt. Und sag ihm auch, er soll sich nicht unterstehen, diese Scheißbäume anzurühren. Sie stehen auf meinem Grundstück.«

»Er streitet das ab.«

Dass Willis den Jungen mit dieser Nachricht vorbeischickte, war an sich schon grausam; wahrscheinlich ärgerte es ihn, dass sich sein Sohn, wie locker auch immer, einer verhassten Familie verbunden fühlte. Paul bat ihn herein, holte Bier aus dem Kühlschrank. James stand misstrauisch am Tisch und trank.

»Dein Vater liegt wirklich falsch, was diese Bäume angeht. Du weißt schon, ob sie auf seinem oder meinem Land stehen. Für den Mähdrescher ist jede Menge Platz zum Wenden.«

»Das Ding ist riesig.«

Paul erklärte weiter, warum Biokraftstoff sowieso eine schlechte Idee war. Er bemerkte ein Flackern in den Augen des Jungen, ein zweifellos spöttisches über Pauls verstädterte Ansicht, über die Vorstellung, dass sein Vater sich auf die eine oder andere Weise um die Ethik einer Nutzpflanze scheren würde. Paul erzählte ihm, dass er Pia gesehen hatte. James wusste es schon, offenbar hatten er und Pia miteinander telefoniert.

»Weißt du etwas über diesen Mann: Marek?«, fragte Paul, um die Chance zu nutzen. »Was hältst du von ihm? Wer ist er?«

James trank einen Schluck, wischte sich mit dem Ärmel über den Mund. »Sie hat mir von ihm erzählt, mehr nicht.«

»Glaubst du, sie ist sicher bei ihm? Können wir ihm trauen?«

»Das geht mich nichts an.«

»Nein? Seid ihr zwei nicht befreundet?«

»Das ist ihre Sache.«

»Und die andere Geschichte? Weißt du darüber auch Bescheid?«

James war sichtlich erschrocken. »Ich dachte, sie wollte es dir noch nicht sagen.«

»Das musste man gar nicht. War ja nicht zu übersehen.«

»Oh. Daran hatte ich nicht gedacht.«

Kein Wunder, dass Pia einen Mann diesem Jungen vorgezogen hatte, dem die Bürde des leidenden Jugendlichen anzusehen war, der rot wurde, der auf dem Weg nach draußen über die eigenen Füße stolperte, die Fäuste tief in den Taschen, und sogar vergaß, Paul für das Bier zu danken. Wahrscheinlich dachte Pia, dass man ihr die eigene Jugend abgenommen und sie sich in die Hände eines Mannes begeben hatte, der es verstand, alles zu regeln. Die Willis-Söhne waren immer linkisch gewesen, hatten nicht zu den anderen Kindern im Dorf gepasst. Beim Sprechen ahmten sie einen näselnden amerikanischen Tonfall nach, sie hingen immer zusammen und alberten auf ihren teuren Quads herum, die ihr Vater ihnen gekauft hatte. Der Älteste hatte sein erstes Auto zu Schrott gefahren, bevor er wegging, war betrunken damit gegen einen Baum gefahren. Aber im Gegensatz zu seinen Brüdern war James wenigstens kein Angeber, der sich nach außen hin kultiviert gab.

Paul erzählte Ruths Bruder von den Willis' und der Kettensäge; als er und Gerald eines Abends auf ein Bier in den Dorfpub gingen, stand Alun an der Bar. Er lachte und sagte, Willis sei ein Spinner, aber wenn die Bäume auf seinem Land stünden, könne Paul nicht viel machen, und ein bisschen Stutzen würde ihnen nicht schaden. Er war freundlich, aber Paul merkte, dass Alun ihn stets bewusst auf Abstand hielt, vielleicht wegen der Dinge, die Ruth ihm erzählte, vielleicht aber auch nur aufgrund seiner Einschätzung von Paul: englisch, eigensinnig, arrogant. Er wollte nicht mit Paul gegen Willis Partei ergreifen.

Alun war klein und breitbrüstig, sah gut aus. Er hielt lakritzschwarze Schafe auf den Hügeln und eine kleine Rinderherde auf dem roten Boden der besseren Felder; sie betrieben einen Hofladen, in dem seine Frau Obst aus eigenem Anbau verkaufte. Obwohl Paul und Ruth sich nicht verstanden, mochte Paul die Anständigkeit und Schüchternheit ihres Bruders; er hatte Alun von dem Moment an, seit sie hierhergezogen waren, mit der Landschaft und der Umgebung identifiziert, was vermutlich romantisch war. Gerald fand, er verkläre das Ganze. Auch Gerald war auf einem Bauernhof groß geworden, inmitten der Moorlandschaft von North Yorkshire. Er war dankbar gewesen, als er das Landleben hinter sich lassen konnte, und hatte nicht viel übrig für Bauern, auch wenn sich – zu Pauls Überraschung – zeigte, dass er, im Gegensatz zu ihm, auf eine unbeschwerte Art mit Alun plaudern konnte, meistens über Geld, Geld und Maschinen, über die endlosen Rückschläge, die den Lebensrhythmus der Bergbauern zu bestimmen schienen und ihnen die Existenz erschwerten. Im Augenblick machte ihnen die Dürre zu schaffen.

In der folgenden Woche musste Paul tatsächlich nach London, um ein Pausengespräch aufzunehmen, das er für Radio 3 geschrieben hatte. Am späten Nachmittag, als er fertig war, machte er sich auf den Weg zu Pia; er hatte angerufen, um sie an seinen Besuch zu erinnern, aber sie war nicht rangegangen. Er drückte den Knopf an der Sprechanlage auf dem furchteinflößenden Außentor und war erleichtert, als ihre knisternde Stimme misstrauisch und unsicher antwortete.

»Pia, ich bin's, Dad.«

»Mist, Dad. Ich bin nicht fertig. Jetzt ist kein guter Zeitpunkt.«

Hinter seinem ungeschützten Rücken toste der Verkehr um den Inselblock. Genauso stellte er sich die Hölle vor: Der unerbittliche, pausenlose Druck von Fahrzeugen, unterwegs zu Zielen, die insgesamt absurd waren, jedes unter seinem atomisierten eigenen Zwang, zusammengeführt in diesem schmutzigen Strom, der die Luft mit Abgasen und Lärm verpestete.

»Aber jetzt bin ich schon mal da. Lass mich rein.«

Es folgte eine Pause, dann Resignation. »Ich komme nach unten.«

Als sie erschien, trug sie dieselbe schwarze Strickjacke wie beim letzten Mal, über einem rosa Nachthemd und Hausschuhen. Ihr Gesicht war teigig, und sie war ungekämmt, ihre Haare hingen lose über den Schultern; er schätzte, dass sie gerade aus dem Bett kam. Unter ihrem Nachthemd zeichnete sich eindrucksvoll ihr geschwollener Bauch ab.

»Ich hab vergessen, dass du heute kommst.«

Als er ihr nach oben zur Wohnung folgte, beflügelte ihn etwas an der Umgebung, während er gleichzeitig fest entschlossen war, Pia hier rauszuholen. Er wappnete sich für eine erneute Begegnung mit Marek, wollte ihm genauer auf den Zahn fühlen, was immer er dabei herausfinden würde: Als er feststellte, dass außer Pia niemand zu Hause war, war er fast enttäuscht. Pia sagte, sie seien ausgegangen.

»Sie?«

»Marek und Anna.«

Der Fernseher lief natürlich. Die Wohnung sah etwas besser aus als beim letzten Mal: Das Bettzeug lag gefaltet auf dem Fußboden, die Jalousien waren halb hochgezogen. Trotz der offenen Fenster roch es penetrant nach Marihuana. Vielleicht war Pia doch nicht im Bett gewesen, sondern hatte aufgeräumt: In der Küche stand ein Stapel Geschirr in einer Schüssel mit frischem Seifenwasser, und während sie wartete, dass das Teewasser kochte, spülte sie ein paar Teller ab und stellte sie aufs Abtropfbrett. Als Paul sich nach ihrer Schwangerschaft und dem Termin im Krankenhaus erkundigte, wurde ihr Gesichtsausdruck genauso vage wie beim letzten Mal. Dem Scan zufolge gingen die Ärzte von der achtundzwanzigsten Woche oder so aus. Alles sei gut.

»Siehst du. Ich hab dir gesagt, dass es für einen Abbruch zu spät ist.«

»Und willst du das Baby behalten? Oder gibst du es zur Adoption frei?«

»Keine Ahnung. Wir werden sehen. Ich hab noch nicht entschieden, was ich mache.«

Sie sagte das ganz nebenbei, als ginge es um eine Entscheidung zwischen zwei Studienfächern.

»Ernährst du dich richtig? Musst du nicht Vitamine und so zu dir nehmen?«

»Darum kümmert sich Anna.«

»In dieser Wohnung wird geraucht. Du weißt sicher, wie schädlich das für die Entwicklung eines Fötus ist.«

»Ach, Dad.«

»Was denn?«

»Als ich klein war, hast du ständig in meiner Nähe geraucht. Ich hab dich immer angefleht, damit aufzuhören.«

»Ach ja? Das ist nicht dasselbe. Außerdem, nur weil ich ein Idiot war, musst du nicht auch einer sein.«

Pia zog sich im Schlafzimmer an, während Paul seinen Tee trank. Als sie herauskam, trug sie ein neues Stretchtop, das ihr, wie sie sagte, Marek gekauft habe, grau mit riesigen gelben Blumen; es spannte über ihrem Bauch und betonte ihn, wie das bei Schwangeren jetzt Mode war. Dann setzte sie sich zu ihm aufs Sofa und schminkte sich geschickt und routiniert, schaute dabei hochkonzentriert in einen kleinen Handspiegel und trug erstaunlich viel Zeug auf: Make-up, um ihre Hautunreinheiten abzudecken, blauen Kajal um die Augen, blaue Wimperntusche, Lidschatten, hellen Lippenstift.

»Was ist?«, fragte sie nervös, als sie fertig war und Flaschen und Tuben in ein Schminktäschchen zurückpackte. »Bin ich zu stark geschminkt?«

Paul fand das viele Make-up auf ihrem Gesicht bedenklich. Als sie aufstand, um ihr Haar zu bürsten, war er verblüfft und hatte das Gefühl, als wäre eine neue Person bei ihnen im Zimmer. Er stellte sich ihren Tagesablauf vor – lange schlafen, halbherzig aufräumen, anziehen und schminken, auf die Rückkehr ihres Liebhabers warten. Als er fragte, ob sie die Uni nicht vermissen würde, schauderte sie, als hätte er sie an ein anderes Leben erinnert.

»Gott, nein. Ich habe mich dort so elend gefühlt.«

»Wenn du ein Baby hast«, sagte er, »wird sich einiges ändern. Aufstehen um drei Uhr nachmittags ist dann vorbei.«

»Du traust mir nie zu, dass ich etwas gut mache.«

Er versuchte ihr zu erklären, dass er das so nicht gemeint habe; er wolle nur nicht, dass das Baby ihren Höhenflug ruiniere und sie zu früh auf die Erde zurückhole. »Und ich muss deiner Mutter endlich etwas sagen. Sie ist außer sich vor Sorge, wie du dir vorstellen kannst.«

»Sag ihr, dass du mit mir gesprochen hast und es mir gut geht. Sag ihr, dass ich mich bald melde.«

»Warum willst du sie nicht sehen? Nur um sie zu beruhigen.«

»Das würde nicht funktionieren, oder? Sie wäre alles andere als beruhigt, wenn sie wüsste, was Sache ist. Sie wäre hyperaktiv. Du kennst sie.«

Paul empfand es als niederträchtig, Pias Geheimnis zu bewahren, als versuche er, billige Siege über Annelies zu erringen und mit ihr um das Vertrauen ihrer Tochter zu buhlen, wofür er sich angesichts seiner Vorgeschichte keinerlei Rechte verdient hatte. Pias abwehrende Haltung gegenüber ihrer Mutter überraschte ihn.

»Sie akzeptiert, dass du erwachsen bist, du darfst frei entscheiden, was du willst.«

Vor dem Spiegel zog Pia die Bürste durch ihr Haar und drehte sich um. »Genau das will ich. Und ich werde sie besuchen, aber jetzt noch nicht.

Als Marek und Anna zurückkamen, wurde Paul klar, dass Anna, genau wie ihr Bruder, eine starke Persönlichkeit war und dass Pia sich von beiden angezogen gefühlt hatte, nicht nur von ihm. Beide bewegten sich schnell und energisch, leicht herablassend, sie füllten den Raum aus; Paul erkannte, dass sie überzeugend wirkten, auch wenn er nicht sicher war, ob er sie mochte, und noch nicht verstand, was genau ihre Beziehung zu seiner Tochter ausmachte oder ob diese Beziehung für sie gesund war. Marek begrüßte Pia mit derselben Geste wie beim letzten Mal, zupfte sie liebevoll am Haar; in seiner Nähe rutschte Pia in eine verwirrte Unterwürfigkeit ab. Paul konnte fast verstehen, dass sie in dem geblümten Oberteil und mit dem geschminkten Gesicht, gepaart mit dem hellen Teint und der Trägheit, die durch die

Schwangerschaft verstärkt wurde, durchaus anziehend wirken konnte.

Annas Jeans und weißes T-Shirt schmiegten sich eng an ihre schlanke Figur: Vermutlich war sie nicht viel älter als Pia, doch an ihr wirkte alles vollkommen und gefestigt. Ihr glattes, rotbraun gefärbtes Haar war auf Schulterlänge gestutzt; ihr schmales Gesicht war schön, jungenhaft, die Haut unter den Augen leicht bläulich, auf einer Wange ein dunkles Muttermal. Als sie einander vorgestellt wurden, meinte Paul, allein durch das Berühren ihrer Hand zu erkennen, dass sie keine Engländerin war: Unter der feinkörnigen Haut glaubte er, leichtere Knochen zu spüren, einen grazileren Bewegungsmechanismus. Ihre Nägel waren schwarz lackiert, die Finger von Nikotin gefleckt. Anna fing an, mit Pia zu schimpfen: Ob sie anständig gegessen habe? Sie brauche ein Frühstück und ein Mittagessen. »Wann bist du aufgestanden? Schlaf nicht zu viel, du brauchst Bewegung.«

Pia verteidigte sich halbherzig und genoss das Theater, das um sie gemacht wurde.

»Das ist ein Familientreffen, stimmt's?« Marek brachte eine Flasche Schnaps aus dem Kühlschrank in der Küche und drei kleine Gläser. »Die neue Familie. Gut, dass wir zusammen sind.«

»Schöne Familie«, sagte Anna, »nur hat sie kein Zuhause.«

»Anna hat die Nase voll von uns«, sagte ihr Bruder verständnisvoll. »Wir bringen ihre schöne, aufgeräumte Wohnung durcheinander.«

»Überrascht mich nicht«, sagte Paul. »Es ist eine kleine Wohnung.«

»Wir finden bald eine größere. Dann bist du uns los, Anna, und wirst uns vermissen.«

Pia sagte, sie wolle wieder im Café arbeiten, das bringe etwas Geld. Sie bräuchten mehr als das, scherzte Marek liebevoll, viel mehr. Der eiskalte Sliwowitz, von dem Pia nichts trank, schmeckte köstlich in diesem von der tiefstehenden Sonne überhitzten Raum. Eigentlich war Paul gekommen, um Pia zu überreden, wenigstens für eine Weile mit nach Hause zu kommen, um alles zu überdenken; doch er merkte, wie er selbst immer weiter in ihr Leben hier hineingezogen wurde, ohne eine der Erklärungen zu erhalten, die er eigentlich verlangen sollte. Niemand schien zu glauben, dass etwas der Erklärung bedürfe. Er hatte keine Ahnung, ob die Möglichkeiten, die Marek und Anna lebhaft diskutierten, realistisch waren. Angeblich hatten sie sich Geschäftsräume angesehen, waren anscheinend aber auch gleichzeitig an Kleinhändler herangetreten, die sie mit Waren beliefern wollten. Marek bat Paul, ihm das Prinzip der Erbpacht zu erklären, wozu er nicht in der Lage war, weil er selbst nicht wusste, wie sie im Einzelnen funktionierte. Waren die beiden wirklich imstande, Geld zu verdienen und sich um Pia zu kümmern? Beide sprachen gut Englisch, aber manchmal verfielen sie ins Polnische, und dann sah Paul von einem zum anderen, als sähe er einen Film ohne Untertitel, aus dem er vielleicht schlau würde, wenn er sich nur stark genug konzentrierte. Was würde Annelies von ihm halten, wenn sie sehen würde, wie er sich verführen ließ – oder Elise? Marek schenkte Paul mehrere Male nach.

Anna sagte, sie wolle ihr eigenes kleines Geschäft eröffnen, ein Outlet für Freunde, die Schmuck herstellten: »Sehr originell, gute Qualität.« Sie hob ihr Haar und zeigte Paul silberne Ohrringe, kleine gezackte Blitze, besetzt mit winzigen Steinen, Schmuck, wie man ihn an jedem Stand kaufen konnte. Er fragte sich skrupulös, ob sie vielleicht dachten, er hätte Geld, und sich für ihre Projekte Unterstützung von ihm erhofften. Vielleicht war Marek verheiratet oder hatte zumindest andere Frauen in Polen. An einem Punkt zog er sogar in Zweifel, ob Anna Mareks Schwester war: Aber es gab eine fast verborgene Ähnlichkeit zwischen den beiden, die zwar nicht offensichtlich, aber unverkennbar war, wenn man sie erst einmal entdeckt hatte, nämlich wie ihre dunklen Augen in den Höhlen lagen, sodass ihr Bewusstsein sich hinter ihren Gesichtern zu sammeln schien und von dort nach außen drang.

Als er sie fragte, woher sie kämen, antworteten sie, aus Lódź, aber offenbar waren sie nicht daran interessiert, näher auf ihr Zuhause einzugehen. Paul war vor langer Zeit zweimal in Polen gewesen, aber seine Vorstellung von dem Land stammte hauptsächlich von den Dichtern, die er gelesen hatte. Diese beiden wollten bestimmt nicht, dass er all die alten Verbindungen, den alten Müll ausgrub, sie wollten nicht wissen, dass er als Student einen Solidarność-Button getragen hatte. Sie waren zu jung, um sich an das Leben im alten Polen, hinter dem eisernen Vorhang zu erinnern, und er wusste nicht viel über das Leben im neuen. Im Moment jedenfalls waren sie Londoner, die in ihrem Leben aufgingen und sich in der Hauptstadt mehr zu Hause fühlten als er. Als ihm einfiel, dass er zum Zug musste, und schließlich ging, gelang es ihm, Pia halb aus der Tür auf den Gehsteig zu ziehen. Wahrscheinlich hielt sie ihn für betrunken.

»Du musst mir etwas versprechen«, sagte er mit leiser, drängender Stimme. »Wenn sie etwas von dir verlangen, das du nicht willst, rufst du mich sofort an, ja?«

Er sah, wie ihre Augen sich unter den blau bemalten Lidern weiteten. »Ich weiß nicht, wovon du redest«, sagte sie. »Meinst du Drogen?«

»Egal. Du musst nichts tun, was du nicht willst.«

Ihm war selbst nicht klar, was genau er befürchtete, und er schämte sich fast ein wenig für seine Gedanken. Lag es nur daran, dass Pias Auserwählter ein Ausländer war?

Sie schüttelte seine Hand von ihrem Arm ab, um wieder ins Haus zu gehen. »Ich hab's dir gesagt. Es ist genau das, was ich will.«

VI

Elises abendliche Routine war ihm bestens vertraut: Das Gähnen, das Abschminken, das Glas Wasser, das sie nur selten trank, das Kissen, das sie gern unter ihre Wange zog, ihr Wecker, der unerbittlich für den nächsten Morgen gestellt war. Ein neues Detail war die Brille, die sie inzwischen zum Lesen brauchte, eine Tatsache, die in Paul gemischte Gefühle auslöste: Einerseits einen Schauder über das mittlere Lebensalter, in dem sie ihm stets ein klein wenig voraus war; andererseits eine heftige Zuneigung, die ihn an eine Figur in einem der Bergman-Filme aus der mittleren Schaffensphase erinnerte, in denen Frauen versuchen, sich ihrer selbst, ihrer Vergangenheit und Sexualität zu bemächtigen. War es diese Phase, die Elise gerade durchlebte? Neben ihrem Bett lag ein Stapel moderner Romane, in die er selten einen Blick warf; sie schienen ihm ziemlich austauschbar, das, was Leute »Frauenliteratur« nannten. Das Problem des Zusammenlebens schien darin zu liegen, dass man in einem äußerst verworrenen Kampf um Rechtfertigung gefangen war, indem man Dinge besser nicht unvoreingenommen aus der Sicht des anderen betrachten sollte.

Meistens beendete sie ihre Lektüre mit einem kleinen Seufzer und lächelte entschuldigend, ergab sich dann aber sinnlich brummend dem Schlaf und ließ ihn gestrandet in ihrem Kielwasser zurück. Es war zu heiß, um sich nachts von hinten an sie zu schmiegen; wenn er seine Hand auf ihre Brüste legte, schienen sie ihm glühend heiß; sie wimmelte ihn ab, ohne richtig wach zu werden, nuschelte nur unmutig. Mit dem Rücken zu ihr lag er eingerollt auf der anderen Bettseite und versuchte einzuschlafen, indem er in Gedanken immer wieder durch die Zimmer seiner Kindheit streifte und sich an ihre finsteren Ecken erinnerte, die ihm früher in ihrer schlafwandlerischen Vertrautheit banal vorgekommen waren und nun die tiefsten Geheimnisse in sich bargen. Es gab niemanden, der sich sonst an sie erinnerte. Er durchsuchte Schubladen und Schränke: die Haarklammern, Gummibänder und Staub, die bröckelnden Badewürfel, halb vollgeklebte Heftchen mit Rabattmarken von Green Shield. In einer zu einem Blumenkorb gefalteten Karte aus glänzendem Papier steckten Stecknadeln und Nadeln. Ein altes Rasiermesser mit Knochengriff, das noch jahrelang herumhing, nachdem sein Vater angefangen hatte, sich elektrisch zu rasieren. Das Haus selbst war inzwischen verschwunden, er hatte auf Google Earth danach gesucht, und obwohl es die meisten Straßen noch gab, klaffte eine Lücke, wo man offenbar vier oder fünf dieser ärmlichen Häuser abgerissen hatte, schäbig gebaut aus gepresster Asche vor erst sechzig Jahren, als Lösung für das innerstädtische Slumproblem in Birmingham. Er hatte dieses Haus gehasst, aber die Entdeckung, dass es verschwunden war empfand er als einen Schlag, als hätte man ihn um etwas geprellt.

Eines Nachts wachte er laut stöhnend aus einem Alptraum auf, in dem seine Mutter allein im Krankenhaus starb, festgeschnallt in einem Metallbett mit Gittern; sie zuckte in heftigen Krämpfen, um sie herum nur Schläuche und Monitore. Sein Stöhnen weckte auch Elise.

»So war es bestimmt nicht«, beruhigte sie ihn, umarmte und wiegte ihn. »Sie wissen, was sie tun müssen, wie man die Patienten mit Morphium entlastet und es ihnen so angenehm wie möglich macht. Als Dad im Sterben lag, wussten die Schwestern genau, wie man ihn aufstützt, seine Lippen befeuchtet, ihm die Hand hält und mit ihm spricht. Sie kennen sich damit aus.«

Er glaubte ihr nicht, aber er war dankbar und gierig nach ihrem Trost, der dazu führte, dass sie sich zärtlich und vertraut liebten. Zu Pauls Überraschung tauchten währenddessen Bilder von dem polnischen Mädchen vor seinem geistigen Auge auf: ihre harte, herablassende Art, das Muttermal auf ihrer Wange, ihre dunklen Augen, die jungen Brüste unter dem engen T-Shirt. Er stellte sich vor, wie sie ihn, mitgerissen von sexueller Erregung, in ihrer ihm unverständlichen Sprache anflehte: Es war eine grobe, leicht erniedrigende Szene, als wollte er sie bestrafen oder etwas beweisen. Die ganze Zeit, in der er tatsächlich in Annas Nähe gewesen war, hatte er nicht gemerkt, dass so etwas in ihm arbeitete und sich später Bahn brechen würde. Das Klischee vom Mann im mittleren Alter beschämte ihn, die Phantasien von einer Freundin seiner eigenen Tochter, die vermutlich nicht viel älter war als Pia selbst. Er versuchte, stattdessen die junge Frau aus der Vergangenheit heraufzubeschwören, die er an Geralds Fenster gesehen hatte – aber es gelang ihm nicht, ihre Züge blieben verschwommen.

In der kleinen Kammer, wo der Fernseher stand, einem fensterlosen Raum zwischen Flur und Küche, sah Paul sich zusammen mit den Mädchen Natursendungen an; sie lümmelten auf einem alten Sofa mit kaputter Lehne. Wenn Joni etwas nicht interessierte, streckte sie sich oben auf der Lehne aus, lutschte an ihrer Kuscheldecke, schrammte mit ihrem hochgereckten Fuß an der Wand entlang und trat an die Ecke eines Plakats für eine Lucian-Freud-Ausstellung. Jonis Unbekümmertheit trieb Becky in den Wahnsinn, und nachdem sie ziemlich lange geduldig war, fielen die beiden quiekend und keuchend und kneifend übereinander her. Als Paul sie schließlich trennte, spürte er ihre Hitze, intensiv und vertraut wie junge Tiere in einer Höhle.

Manche dieser Sendungen bekümmerten ihn wegen ihrer beiläufig apokalyptischen Sprache. Er wollte die Mädchen davor beschützen, sich anhören zu müssen, dass die Schönheit der Welt ruiniert wurde, ihre kostbaren Landschaften zugebaut oder immer kleiner wurden, das Tierleben durch Verschmutzung vergiftet. Aber die Mädchen nahmen alles in sich auf und wirkten recht zuversichtlich. Vielleicht waren sie abgehärtet, weil sie alldem ständig ausgesetzt waren; aber vielleicht würde ihnen auch ein schrecklicher Nihilismus eingepflanzt, der im Verborgenen lauerte, bis sie erwachsen wären und wüssten, was es heißt zu verzweifeln. Paul erinnerte sich an eine Geographiestunde in der Schule über das geschichtete Leben in den Wäldern am Äquator – damals hatte ihn die Vorstellung beflügelt, dass Tiere ihr ganzes Leben in diesem Kronendach verbrachten, ohne je auf die Erde kommen zu müssen. Er hatte nicht unbedingt dort hinreisen wollen, um den Wald mit eigenen Augen zu sehen, doch das Wissen, dass es ihn gab, war wie eine Reserve in seinem Denken, eine Garantie, dass irgendwo luftige Schönheit herrschte.

»Mir macht das keine Sorgen«, erwiderte Elise. »Sie scheinen gut zurechtzukommen. Ist Bildung nicht die größte Hoffnung für Veränderung? Diese Generation sollte als leidenschaftliche Umweltschützer aufwachsen. Die Sendungen wollen keinen Pessimismus verbreiten, aber sie müssen den Kindern die Wahrheit sagen, oder? Du willst ihnen doch nicht ernsthaft weismachen, dass alles in Ordnung ist.«

»Ich fürchte, das macht sie hilflos. Man braucht komplexe Zusammenhänge, um die Informationen zu verarbeiten, die sie bekommen.«

»Braucht man das? Für mich ist das meiste ziemlich überschaubar. Zum Glück bleibt nicht alles den Leuten überlassen, die komplexe Zusammenhänge verstehen. Wenn dem so wäre, würde vielleicht nie etwas erreicht werden.«

Gerald aß oft bei ihnen zu Abend. Elise hatte nichts dagegen einzuwenden, solange keine anderen Gäste da waren. Sie machte sogar ziemlich viel Wirbel um ihn, kochte Gerichte, die er mochte und zog ihn damit auf, dass er nicht richtig für sich sorge. Paul hatte ihr von den schottischen Eiern und dem Hummus erzählt. »Machst du eigentlich auch mal sauber?«, fragte sie. »Gerald, hast du schon mal deine Toilette geputzt?« Die Mädchen freuten sich diebisch und genossen kichernd das Spiel. Gerald erwiderte, er habe einmal Toilettenreiniger gekauft und spritze manchmal welchen in die Schüssel. Das machte man doch damit, oder? Paul war sicher, dass sein Freund übertrieb und bei den Scherzen nur mitspielte, denn so schlimm sah die Toilette seines Wissens gar nicht aus. Gerald erzählte ihnen, er hänge der Theorie an, der zufolge Zimmer nach einer gewissen Zeit nicht mehr schmutziger würden: Sauberer wurden sie zwar nicht, aber eben auch nicht schlimmer.

Elise gab sich entsetzt. »Darf ich vielleicht mal vorbeikommen und für dich aufräumen? Es würde nur ein paar Stunden dauern. Und ich würde auch keins deiner kostbaren Bücher anfassen, versprochen.«

Es war ein Scherz, aber Paul stellte überrascht fest, dass sie insgeheim nichts dagegen hatte. Um das Aufräumen ging es ihr nicht, aber sie fand die Vorstellung faszinierend, einen Blick in Geralds Wohnung zu werfen, in der sie noch nie gewesen war. Joni schlang ihre dünnen Arme um Geralds Knie und versuchte, ihn zu beschwatzen. »Wir möchten kommen, wir möchten dich mal in deiner stinkigen Wohnung besuchen!«

Gerald meinte, er würde sie liebend gern zum Tee einladen und zu diesem Anlass sogar Kuchen und Crumpets besorgen. »Solange du keine Angst vor Spinnen hast.«

»Spinnen? Nein …« Joni zögerte. »Sind sie groß?«

»Wie steht es mit Fledermäusen?«

»Hast du nicht!« Becky quiekte entzückt, sie war unsicher.

»Oder Kakerlaken?«

Er machte ihnen weis, dass er mit einem ganzen Zoo von Tieren lebte, und gestand Paul und Elise später, das mit den Kakerlaken sei wahr. Nach dem Essen half er Elise beim Gemüsegießen: Er war stark wie ein Ochse, konnte mühelos zwei volle Kannen tragen. Paul stellte sich vor, wie Gerald als Junge im Winter Heu vom Anhänger eines Traktors gehievt hatte oder den Schafen mit einem Hufmesser das überzählige tote Horn von den Klauen geschnitten hatte. Er hatte Paul erzählt, dass ihm bei der Arbeit oft Lösungen für Matheprobleme eingefallen waren. Um Wasser zu sparen, hatte Elise eine Tonne aufgestellt, in der gebrauchtes Wasser aus der Küche und dem Bad gesammelt wurde, um es im Garten wiederzuverwenden; nach mehreren Gängen mit den Kannen schloss Gerald einen Schlauch an, der von der Regentonne bis zum Gemüsebeet verlief. Elise war begeistert von ihm. Als die Arbeit erledigt war und Becky und Joni die Ziegen fütterten, saßen sie zu dritt draußen im späten Sonnenschein und tranken Gin Tonics.

»Warum hast du eigentlich keine Freundin, Gerald?«, fragte Elise.

»Liegt wahrscheinlich an den Kakerlaken.«
»Nein, im Ernst. Obwohl die Kakerlaken vermutlich nicht hilfreich sind. Was ist aus Katherine geworden? Sie war nett.«

»Sie *war* nett.« Gerald rauchte verstohlen einen Joint und versteckte ihn zwischen den Zügen unter seinem Liegestuhl, damit die Mädchen ihn nicht entdeckten.

»Und Martine, die aus Heidelberg. Sie war auch nett.«

»Ging zurück nach Heidelberg.«

Elise lachte, als wäre er unmöglich, aber auch, als freute es sie, dass er sich nicht viel aus diesen Frauen machte und nichts preisgab.

»Warum bleibt er denn nie über Nacht?«, fragte sie Paul, als Gerald gegangen war, um seinen Zug zu erwischen. »Es muss schrecklich für ihn sein, in diese trostlose Wohnung zurückzugehen.«

»Sie ist nicht trostlos. So mag er es nun mal. Er teilt sich seine Zeit gern selbst ein, liest, solange er will, macht sich mitten in der Nacht einen Tee, wenn ihm danach ist.«

»Das könnte er auch hier, wir hätten nichts dagegen.«

Gerald hatte Paul einmal erzählt, dass er an Orten, wo andere Leute schliefen, in Panik geriet – er hatte ein Problem mit der Vorstellung, dass sie atmeten oder so ähnlich. Wahrscheinlich war das auch ein Teil der Geschichte mit seinen Freundinnen. Wenn man zu lange allein lebte, war es vielleicht einfach zu anstrengend, mit den gewohnten Lebensformen zu brechen und sie mit einem anderen Menschen neu zu gestalten. Diese Frauen, Katherine und die anderen, hatten sich mit unschuldiger Begeisterung auf Gerald eingelassen und waren erschüttert, als sie aufwachten. Es hatte etwas Grausames, wie er ihnen die kalte Schulter zeigte, wenn er sie aus seinem Leben entfernen musste.

»Es ist beruhigend, mit ihm zu arbeiten«, sagte Elise. »Zuerst ist es komisch, nicht miteinander zu reden, aber dann gewöhnt man sich daran. Früher dachte ich, er will nicht mit mir reden, weil ich ihm nicht intellektuell genug bin.«

Paul log, er müsse wieder nach London, um seine Agentin zu treffen. Er wand sich innerlich bei der Lüge – Elise hatte ihn noch nicht freigesprochen von den Lügen, die er ihr aufgetischt hatte, als er die junge Frau in Cardiff traf –, aber zumindest log er diesmal nicht zu seinem eigenen Vorteil, sondern zu Pias. Er ging direkt zu ihrer Wohnung, ohne Pia vorzuwarnen. Auf der ganzen Fahrt dorthin, erst im Zug, wo er die dürre Landschaft betrachtete, und dann in der U-Bahn, legte er sich zurecht, wie er seine Tochter überreden würde, mit ihm nach Hause zu kommen. Sie sollte während ihrer Schwangerschaft auf sich aufpassen, sie sollte verantwortungsbewusst an die Zukunft denken, sie sollte bei ihrer Familie sein, die sie am meisten lieben und schätzen würde. Vielleicht konnte er sie überreden, eine Tasche zu packen und auf der Stelle mit ihm zu gehen: Er würde sie nach Hause zu Annelies bringen oder mit zu sich nach Tre Rhiw nehmen, wo immer sie hinwollte. Der Gedanke, sie triumphierend in ihr altes Leben zurückzuführen, wühlte ihn auf. In der U-Bahn schottete ihn seine Mission vor den Menschen ringsum ab, ihr Sprachgewirr drang nicht zu ihm durch, während sie sich in der Hitze schwankend an Haltegriffen festhielten, die Körper teilnahmslos intim, die Gesichter vor neugierigen Blicken verschlossen.

Als er den Wohnblock erreichte, klingelte er an der Türsprechanlage. Jemand schien abzuheben, doch als er hineinsprach, antwortete niemand, und nach einer Weile wurde aufgelegt. Den Gedanken, dass niemand zu Hause sein könnte oder niemand ihn sehen wollte, hatte er auf dem Weg hierher verdrängt. Er klingelte wieder, und diesmal hob niemand ab. Pias Handy war ausgeschaltet, als er sie anrief. Es war absurd, dass er diese Möglichkeit ausgeschlossen hatte; jetzt war er ratlos. In einem zwielichtigen Café irgendwo an der Pentonville Road las er eine Stunde lang Zeitung, dann probierte er es wieder auf dem Handy und an der Türsprechanlage. Er versuchte, den Pförtner zu überreden, ihn hineinzulassen. »Ich bin sicher, sie sind da. Vielleicht ist das Telefon kaputt.« Der Pförtner probierte es selbst. »Es funktioniert. Niemand da.«

Paul verbrachte den Tag in der British Library, und am Abend, als die Sonne unterging und das helle Tageslicht sich allmählich verdichtete, kehrte er zurück. Als er sich dem Wohnblock näherte, versuchte er herauszufinden, welche Wohnung Annas war: Bei einer im zweiten Stock brannte Licht, und er meinte, die Reihe der schiefen, halb hochgezogenen Jalousien zu erkennen, aber er war nicht sicher, ob sie im richtigen Verhältnis zum Eingang oder zu dem Dachgarten lagen, dessen verwelkte Stoppeln über eine Brüstung ragten und sich als Saum vor einem königsblau werdenden Himmel abzeichneten. Wieder nahm niemand ab, als er an der Sprechanlage klingelte. Hinter ihm donnerte der Verkehr, ein breiter Strom, teuflisch in seinem nächtlichen Geplärre, Fluten von roten und weißen Lichtern. Er überquerte die Straße, um sich die beleuchtete Wohnung von der anderen Seite anzusehen. Jemand bewegte sich dort, ging hinter den Jalousien hin und her, als räume er auf oder mache sich ausgehfertig. Wenn das die richtige Wohnung war, konnte es Pia sein; aber er musste diesen Schatten neutral betrachten, falls es der eines Fremden war. Es konnte auch Anna sein oder ihr Bruder. Es hätte der Schatten eines schlanken jungen Mannes sein können.

Paul hatte vergessen, dass er Pia retten wollte; stattdessen fühlte er sich ausgeschlossen von dem, was sie und die beiden anderen gerade machten. Diese Sorge hatte ihn seit Jahren nicht mehr geplagt, er dachte, er hätte sie mit seiner Jugend hinter sich gelassen: Teil eines Geschehens sein zu wollen und sich ausgeschlossen zu fühlen. Er wollte nicht von London in sein stilles Landleben zurückkehren. Doch es tat sich nichts. Niemand ging in den Wohnblock oder kam heraus, während er dastand und ihn beobachtete.

Annelies zu besuchen schien ihm besser zu sein, als den Zug nach Hause zu nehmen; er nahm sich vor, ihr endlich von Pia zu erzählen. Es wurde langsam Zeit. Falls sie noch nicht gegessen hatte, würde er mit ihr zu einem der Griechen in der Greens Lane gehen. Doch als er ankam, war sie offenbar mitten in einem geselligen Beisammensein. Es roch nach Essen, als sie die Haustür öffnete, und aus ihrem Esszimmer hörte er Frauenstimmen und Gelächter. Es tat ihm leid, als er merkte, was sein unangekündigter Besuch bei Annelies auslöste: Sie machte sich auf einen schrecklichen Schlag gefasst.

»Alles in Ordnung«, beruhigte er sie. »Keine Angst, alles ist gut. Wenn du Gäste hast, geh ich wieder und ruf dich morgen an.«

»Gibt's was Neues von Pia?«

»Nichts Schlimmes, du musst dir keine Sorgen machen.«

»Paul! Glaubst du wirklich, ich kann warten? Hast du sie gesehen?«

Sie zog ihn in das kleine Wohnzimmer, das leer, aber für den späteren Umzug ihrer Gäste dorthin bereits vorbereitet war, brennende Lampen, Blumen auf dem Tisch. Es gab rotweiß karierte Kissen und einen gestreiften Läufer, auf dem Kaminsims standen gerahmte Fotos von Pia.

»Was ist? Jetzt sag schon.«

Paul erzählte ihr, dass Pia schwanger war und er es mit eigenen Augen gesehen hatte. Er sagte, sie lebe mit einem Mann zusammen, dem Vater des Kindes. Aus einem unerfindlichen Grund tat er so, als wäre er Marek nicht begegnet, und erwähnte auch nicht seine Schwester oder dass die beiden Polen waren.

»Woher weißt du das alles? Wann hast du sie gesehen? Heute?«

»Heute nicht. Letzte Woche. Aber sie wollte, dass ich es dir noch nicht erzähle.«

»Du weißt seit einer Woche, dass meine Tochter schwanger ist und hast mir nichts gesagt?«

»Ich hatte Angst, wir könnten sie wieder verlieren, wenn ich mein Versprechen breche und sie vielleicht den Kontakt abbricht.«

»Gut, Paul. Das ist nicht das Ende der Welt. Unser Hausarzt ist Pias alter Freund, er hat für alles Verständnis, wir können sie sofort irgendwo hinbringen, notfalls privat, wenn es schneller geht. Wer ist dieser Mann überhaupt? Weißt du, wo sie wohnt?«

Die Krise und der Gedanke, dass Paul Zugang zu Pia hatte, bewog Annelies, sich gegen seine Sicht der Dinge zu wehren und über sie hinwegzusetzen. Ihr stämmiger Körper und ihre steifen drahtigen Locken, ihr gesenkter Kopf und die vor Anspannung eingezogenen Schultern erinnerten ihn an einen Wachhund, der seinem Auftrag treu bleibt.

»Sie will das Kind bekommen. Für eine Abtreibung ist es angeblich zu spät.«

»Das ist ein Scherz, oder?«

Die Stimmen im Nebenzimmer waren verstummt. Zwei Frauen spähten aus der Tür und fragten Annelies, ob alles in Ordnung sei, als könne von Paul eine Gefahr ausgehen. Annelies sagte, dass ihre Tochter schwanger sei und Paul ihr nicht sagen wolle, wo sie sich aufhalte. Als er versuchte, Annelies davon zu überzeugen, dass ihre Verbindung zu Pia zu unsicher und es zu riskant wäre, sie aufs Spiel zu setzen, stellte er sich vor, dass all diese Frauen, wer immer sie waren – Annelies' Arbeitskolleginnen, ihre Strickgruppe oder ihr Buchclub – gegen ihn verbündet waren.

»Wer ist der Mann, mit dem sie zusammen ist? Was will er von meiner Tochter?«

Paul erklärte, dass Pia und Marek sich liebten. Kaum waren die Worte aus seinem Mund, konnte er nicht fassen, dass er sie ausgesprochen hatte. Annelies' Verachtung war verletzend. »Und du glaubst, das ändert irgendwas? Was ist das für eine Liebe, wenn sie ihrer Mutter nichts davon erzählen will? Gib mir einfach ihre Adresse. Ich will zu ihr. Ich flehe dich an. Bitte.«

Eine der Frauen gab zu bedenken, dass, wenn Pia mit ihrer Freiheit experimentierte, es vielleicht am besten wäre, das zu respektieren. Annelies tat den Vorschlag ab, als wischte sie Spinnweben weg. Paul wusste nicht genau, warum er das Ganze so entschlossen durchhielt und sich weigerte, ihr Pias Aufenthaltsort zu nennen. Vielleicht befürchtete er, sie könnte in eine brenzligere Situation hineinplatzen, als er sie beschrieben hatte. Aufgrund ihrer Arbeit kannte Annelies die Bedingungen, unter denen Arbeitsmigranten manchmal leben mussten, und die Wohnung an sich war gar nicht so übel. Aber sie würde allergisch auf die Mäuse, das Chaos und das Marihuana reagieren, darauf, dass Pia mitten am Nachmittag aufstand und die drei unmögliche Pläne für die Zukunft sponnen und sich gewagten Phantasien hingaben.

Am nächsten Tag erzählte er Elise in etwa dasselbe wie Annelies am Abend zuvor.

»Du musst ihr die Adresse geben«, sagte Elise.

»Dann wird Pia keinen von uns beiden mehr sehen wollen.«

»Sie ist ihre Tochter, Paul! Stell dir vor, wie ich mich fühlen würde, wenn es um Becky oder Joni ginge. Ich würde dir nie verzeihen, wenn du mir etwas so Wichtiges vorenthalten würdest.«

»Aber Pia ist zwanzig.«

»Das ist nicht dein Grund. Du hast etwas vor. Schon bei deinen häufigen Fahrten nach London dachte ich mir, dass du irgendwas vorhast. Ich hatte mich gefragt, ob vielleicht eine andere Frau dahintersteckt, und jetzt stellt sich heraus, dass es nur Pia ist. Pia, schwanger.«

VII

Später in der Woche erwachte Paul vom Kreischen einer Säge und dem Geruch nach verbranntem Holz, der durch das offene Fenster hereinwehte. Er zog seinen Bademantel an, rannte nach unten und aus dem Haus, wo Willis die erste Zitterpappel schon halb abgeschnitten hatte, in einer Wolke aus Sägemehl, erschreckend wie Blut, die Benzindämpfe von der Säge dick in der Luft. James war bei ihm. Elise in ihrem Kimono war bereits draußen; sie hatte die Mädchen am Frühstückstisch zurückgelassen, und jetzt warteten sie tränenüberströmt an der Haustür. Sie schrie Willis an, ließ in ihrer Verzweiflung ihre gewohnte Zurückhaltung fallen. Als Paul Willis' Gesichtsausdruck sah – gefiltert durch einen kokett flirrenden Fächer aus Blättern des gemeuchelten und halb gefällten Baums –, wurde ihm klar, dass er die Pappel aus genau diesem Grund fällte: Sie sollten beide in ihren Nachtkleidern herauskommen, ihn an einem schönen Morgen über eine Mauer hinweg beschimpfen und als müßige Spätaufsteher bloßgestellt werden, während arbeitende Männer schwitzten. Als wäre er ein Exorzist, der sie gezwungen hatte, endlich in ihrer wahren Gestalt zu erscheinen.

Das sei ein Skandal, schimpften sie. Die Pappeln gehörten ihm nicht, sie stünden auf dem Tre-Rhiw-Grundstück (das war umstritten und aus den Urkunden nicht deutlich ersichtlich), es sei rechtswidrig, ohne ihre Erlaubnis dürfe er die Bäume nicht anrühren, und die würden sie ihm niemals geben. Sie würden ihn verklagen, eine einstweilige Verfügung erlangen. Und überhaupt, warum wollte er sie eigentlich stutzen? Willis behauptete, die Bäume stünden den landwirtschaftlichen Maschinen im Weg. »Unsinn«, sagte Paul. »Das Ganze ist pure scheißaggressive Zerstörungswut, mehr nicht.«

James lehnte unterdessen an der Säge, lächelte auf das Gras und das Sägemehl rings um seine Füße hinab und schmunzelte in sich hinein.

»Aber finden Sie die Bäume denn nicht schön?«, fragte Elise hastig.

»Bäume sind einfach Bäume«, entgegnete Willis.

Irgendwann ließ er sich widerwillig darauf ein, den Rest der Bäume zumindest für diesen Tag zu verschonen: Wahrscheinlich nur, weil auch er nicht ganz sicher war, wem sie gehörten. Als Paul die Mädchen zur Bushaltestelle gebracht hatte und zurückkam, saß Elise noch immer im Kimono am Küchentisch und nippte an ihrem kalten Kaffee. Es überraschte ihn zu sehen, dass sie geweint hatte; das kam nicht oft vor bei ihr. Sie hielt ein durchweichtes Taschentuchknäuel in der Hand.

»Die gehören hierher und wir nicht«, sagte sie. »Egal, wie lange wir hier wohnen.«

»Er gehört nicht hierher, El. Er ist Engländer, er kommt von außerhalb. Du hast selbst gesagt, er ist nicht beliebt. Die anderen Bauern im Dorf sind nicht wie er: Sie lieben dieses Land. Und was er macht, ist ein Fehler, auch in Bezug auf die Landwirtschaft: Die Bäume schützen vor dem Wind. Die Pappelschösslinge tragen dazu bei, den Boden zu festigen. Er fällt sie nur, um uns auf den Pelz zu rücken.«

»Aber der Grund, warum er uns so hasst und übel mitspielt, ist real. Er bearbeitet das Land. Und was sind wir? Wir sind nichts, wir spielen hier nur. Die Landschaft, in der er seinen Lebensunterhalt verdient, ist für uns nur ein Vergnügungspark. Das weiß er genau, und er weiß auch, dass uns das bewusst ist. Selbst wenn wir unser ganzes Leben hier verbringen, holen wir das nicht auf.«

Paul war wütend über ihren Fatalismus, weil er selbst anfällig dafür war. »Ich fühle mich nicht schuldig«, sagte er. »Arbeiten wir hier etwa nicht? Wer sagt, dass ihm seine Art von Arbeit, bei der er hauptsächlich tierischen Lebensraum zerstört und vergiftet, das Recht gibt, Bäume zu fällen? Wir Steuerzahler subventionieren Bauern wie ihn, damit sie die Landschaft hüten und schützen. Ich rufe einen Anwalt an, um eine einstweilige Verfügung gegen ihn zu erwirken.«

»Bitte nicht. Mach das Ganze nicht schlimmer, als es schon ist. Ich will keinen Krieg mit ihnen. Wir können neue Bäume pflanzen. Wir setzen eine Reihe auf unserer Seite der Mauer. Ruth sagt, er will Feinde aus uns machen.«

»Was hat Ruth damit zu tun? Hast du sie angerufen, während ich weg war?«

»Sie kommt von hier und weiß, wie alles läuft. Wir müssen die Leute vom Land respektieren. Vergiss nicht, dass Willis nicht der einzige Engländer hier ist.«

»Mir gefällt nicht, dass du Ruth in etwas einbeziehst, das nur uns angeht.«

Sie zankten sich wie schon lange nicht mehr, und ihr Streit artete fast sofort in einen alten idiotischen Zwist darüber aus, wer am meisten im Haus machte, wer am härtesten arbeitete, wer eine schlimmere Zeit durchmachte. Während sie stritten, räumte Elise den Frühstückstisch ab, kratzte wütend Rice Krispies in den Komposteimer und kippte übriggebliebenen kalten Tee in die Spüle. An diesem Morgen hatte niemand richtig zu Ende gefrühstückt. Paul spürte eine wachsende Erregung, eine Art Entspannung. Sie kamen auf das gefährliche Thema von Elises Familie zu sprechen. Er sagte, er sei nie dahintergekommen, was ihre Mutter eigentlich den ganzen Tag gemacht habe, abgesehen davon, ihre Garderobe auszuwählen und Dienstboten herumzukommandieren.

»Sei nicht albern, wir hatten keine ›Dienstboten‹, jedenfalls nicht so, wie es bei dir klingt. Nur als wir in Washington waren.«

Er behauptete, es habe etwas Ungesundes, wie ihre Familie an Truhen voller Papiere hing: Tagebücher und Memoiren, Andenken an Hunde und Pferde, Fotos von Häusern, in denen sie gelebt hatten, Amateurfilme. Ihre Schwestern hätten stundenlange Tonbandaufnahmen mit Erinnerungen ihrer Eltern.

»Für wen hebt ihr das auf? Wen, glaubst du, wird das je interessieren?«

»Ich bin schockiert«, sagte sie. »Als ich dir von den Tonbändern erzählt habe, hätte ich mir nie träumen lassen, dass du all diese hässlichen Sachen denkst.«

»Die Tonbänder könnten mir nicht gleichgültiger sein. Aber du musst zugeben, deine Familie schleppt ziemlich viel schweres Gepäck mit sich herum.«

»Nein, aus dir spricht nichts als Gemeinheit. Etwas Erbärmliches, das kleinmachen will, was anderen wichtig ist. Ist die Gemeinheit auf deinen Hintergrund zurückzuführen, haben deine Eltern sie dir mitgegeben? Bist du neidisch auf die vielen Erinnerungen, die wir haben?«

»Ich kann nicht fassen, dass du tatsächlich das Wort ›Hintergrund‹ benutzt. Was bist du, mein verdammter Sozialarbeiter?«

»Untersteh dich bloß nicht, Politik ins Spiel zu bringen.«

Willis wäre hocherfreut gewesen, sie zu hören, dachte Paul. Genauso stellte er sich vermutlich das Privatleben von Leuten wie ihnen vor, degeneriert, weil sie zu viel Zeit hatten, sich in Gedanken zu versteigen.

Elise sagte, sie müsse arbeiten und ging in die Scheune. Paul stand eine Weile in dem beengten winzigen Schlafzimmer oben. Die Decke lag noch so auf dem Bett, wie er sie zurückgelassen hatte, als er die Säge hörte. Seine Wut auf Elise und seine Wut auf Willis' Anschlag auf den Baum vermischten sich schmerzhaft. Das Schlafzimmer kam ihm bedrückend weiblich vor, der Frisiertisch mit seinen Parfümflakons und Kosmetikdöschen, die Musselinvorhänge an den Fenstern, der rosa gestreifte Bettbezug. Wie war er dazu gekommen, sich alldem zu unterwerfen? Unten beendete Elise vermutlich die Arbeit an den kleinen Esszimmerstühlen. Sie hatte den Stoff so zugeschnitten, dass in der Mitte von jedem Sitzpolster eine einzige schwarze Rose vor einem altrosa Hintergrund prangte. Ruth hatte für den gesamten Satz von zwölf Stühlen einen Käufer gefunden, und jemand wollte Fotos davon für ein Lifestyle-Magazin, was gut fürs Geschäft wäre. Manchmal gestaltete Elise eines der Zimmer in Tre Rhiw um, wenn sie für eines der Magazine ein Fotoshooting vorbereitete; strich die Wände neu, violett, pink oder grün, holte Möbelstücke aus der Scheune, die dort auf ihren Verkauf warteten, und nähte auf die Schnelle neue Vorhänge. Für all das wurde sie zusätzlich bezahlt. Die Säume steckte sie nur fest oder heftete sie provisorisch wie für ein Bühnenbild, und sie schenkte sich die Mühe, hinter Eckschränken oder einem Sofa zu streichen. Danach wurde diese Ausstattung für Monate das Ambiente ihres wirklichen Lebens, bis alles für ein neues Shooting verändert wurde.

Paul warf ein paar Sachen zusammen mit zwei Büchern in eine Tasche, steckte aus alter Gewohnheit seinen Pass in die Gesäßtasche, sein Laptop in den Tragekoffer, verließ dann das Haus und ging auf der Straße zum Bahnhof. Er benutzte nicht den Pfad durch den Garten und am Fluss entlang, sodass Elise ihn von der Werkstatt aus nicht weggehen sehen konnte. Die fehlende Zitterpappel hinterließ eine rohe Lücke im Himmel, die ihn schockartig traf und ihm wie ein Tatort vorkam: Der gefällte schlanke Stamm lag ausgestreckt auf der roten Erde, die neuen kupferfarbenen Blätter zitterten noch lebhaft im Wind, der Tod war noch nicht durch die langsamen Saftkanäle zu ihnen gedrungen. Sollte er bleiben und einen Anwalt anrufen? Aber Elise war ohnehin dagegen. Er redete sich ein, es sei vergeblich, sich um ein paar Bäume zu grämen, wenn das extreme Wetter in diesem Jahr so voller katastrophaler Vorzeichen war. Sie alle schlafwandelten auf den Rand eines großen Abgrunds zu wie verwöhnte treuherzige Kinder, die glaubten, sie könnten sich immer in wohliger Sicherheit wiegen.

Im Zug verspürte er unerklärlicherweise dieselbe Erregung wie bei den beiden Malen, als er anderen Frauen nachgestellt hatte, seit er mit Elise zusammen war. Elise wusste nur über eine Bescheid, die letzte – eine Waliserin, die Frau aus dem Park. Seit drei Jahren hatte er nichts dergleichen mehr gemacht und hatte es auch jetzt nicht vor, aber er konnte auch sein Buch nicht lesen; sein Herz raste unangenehm. Während der Zug langsam durch die Außenbezirke Londons kroch und kaum vorankam, betrachtete er die komplizierte menschgemachte Wildnis neben den Gleisen, als hielte sie eine Freiheit verheißende Botschaft für ihn bereit: schwarz gestrichene Mauern, beschrieben mit weißen Zahlen und geschmückt mit Girlanden aus Stromkabeln, inmitten des Schmutzes blühende Weidenröschen und Sommerflieder, ein Wellblechschuppen mit Vorhängeschloss, die Tür aus den Angeln. Die Schönheit des massiven alten Mauerwerks und der verrosteten uralten Maschinen weckte in ihm eine messerscharfe Sehnsucht nach der alten Welt der Industriearbeit, zu der seine Eltern gehört hatten.

Es gab verschiedene Freunde, die ihm ohne Weiteres für ein, zwei Nächte Unterkunft gewährt hätten, doch die wollte er noch nicht sehen: Stattdessen ging er sofort zu der Wohnung, in der Pia lebte. Er redete sich ein, es sei nur ein Zwischenstopp, nicht sein endgültiges Ziel. Auf dem gesamten Weg dorthin trug ihn die Gewissheit, dass ihm das Glück heute hold und jemand zu Hause sein würde, obwohl Pia vor ein paar Tagen, als er das letzte Mal mit ihr gesprochen hatte, bei der Arbeit war. Im Hintergrund hatte er die Geräuschkulisse eines Cafés gehört, schepperndes Geschirr und Geplapper. Er hatte sie angerufen, um ihr mitzuteilen, dass er Annelies zumindest teilweise erzählt hatte, in welcher Lage sie sich befand. »Ich weiß«, hatte Pia gesagt. »Sie hat mich angerufen. Sie ist ziemlich ausgerastet, wie nicht anders zu erwarten. Zuerst hat sie sich bemüht, ruhig zu bleiben, dann ist sie ausgetickt. Aber das ist in Ordnung. Besser, sie gewöhnt sich langsam an den Gedanken.«

Mareks Schwester meldete sich an der Sprechanlage. Als er sagte, er sei Paul, schien sie keine Ahnung zu haben, wer er war.

»Pias Vater.«

»Oh, Pia ist nicht da.«

»Darf ich reinkommen? Ich möchte mit dir reden.«

Nach kurzem Zögern drückte sie den Summer, und er fand den Weg zur Wohnung allein. Anna wartete an der offenen Tür auf ihn. Anfangs fand er sie nicht so attraktiv, wie er sie in Erinnerung hatte. Sie trug wieder Jeans und ein ärmelloses T-Shirt mit dem Logo eines Leichtathletik-Teams von irgendeiner amerikanischen Universität. Einer ihrer Schneidezähne war schartig und verfärbt, sie war wirklich wahnsinnig dünn; wieder fragte er sich, ob womöglich Drogen im Spiel waren. Drinnen bot sie ihm eine Zigarette an, und er genoss es, den Rauch in seine Lunge zu ziehen. Sie saß im Schneidersitz an einem Ende des Sofas.

»Ich bin für ein paar Tage in London«, erklärte Paul.

»Willst du hierbleiben?«

Genau das wollte er, obwohl ihm das erst klar wurde, als sie es anbot. Aber es war bestimmt kein Platz; die Wohnung wirkte sogar noch beengter als bei seinem letzten Besuch, denn an sämtlichen Wänden standen gestapelte Kartons, die vermutlich etwas mit Mareks Import-Projekt zu tun hatten. Die polnische Beschriftung lieferte ihm keinen Hinweis auf den Inhalt. Dachte Anna etwa, er würde sich auf den Boden legen, während sie neben ihm auf dem Sofa schlief? Er erinnerte sich an seinen Traum über sie.

»Kein Problem. Ich bleibe bei meinem Freund.«

Es war nicht schlimm, dass sie einen Freund hatte, im Gegenteil. Er hatte sich nie etwas anderes vorgestellt.

»Ich würde gern bleiben. Nur für ein paar Tage.«

»Gut, in Ordnung. Dann bist du in Pias Nähe.«

Anna war nicht unbedingt schön, aber ihre Bewegungen waren geschmeidig und energisch zugleich; an ihr war nichts grob, weder ihre Handgelenke und Schlüsselbeine, die sich unter ihrem losen T-Shirt porzellanzart abzeichneten, noch der Schönheitsfleck auf ihrer Wange, der markant war wie ein Mal auf der Maske von einem dieser Nachttiere, ein Lemur oder ein Lori. Sie erklärte, dass sie ihm keinen Wohnungsschlüssel geben könne. Die Verwaltung gab die Schlüssel nur an die im Vertrag genannten Mieter aus, und sie nachmachen zu lassen sei unmöglich. Er müsse anrufen, um sich zu vergewissern, dass jemand da war, um ihn hereinzulassen.

»Die beobachten unser Kommen und Gehen«, sagte sie. »Wir wissen nicht, ob sie der Verwaltung melden, dass Marek und Pia hier wohnen. Vielleicht werden wir rausgeschmissen, aber na und? Wir besorgen uns ohnehin bald eine bessere Wohnung.«

Anna sagte, dass Marek sich nach einer Garage umsah, um die Kartons zu lagern, die hätten ihnen noch mehr Ärger mit dem Pförtner eingebracht. Offenbar enthielten sie Kekse, Lech-Bier und Schinken; laut Anna hatten sie einen »sehr guten Deal« gemacht. Während sie darauf warteten, dass ihr Geschäft in Gang kam, arbeite sie wieder im Café, zusammen mit Pia; er habe sie nur zu Hause erwischt, weil dies ihr freier Nachmittag war. Paul fragte, ob ihr Freund Pole sei; sie verneinte, er sei Australier und verkaufe Computer Software an den Einzelhandel, arbeite oft in Nordirland. »Belfast ist eine schöne Stadt«, sagte sie. »Vielleicht überlege ich mir, ob ich dort hinziehe.«

Paul war auch so gewesen, als er jung war: Immer fasziniert von Nachrichten von anderswo, immer von dem Wunsch beseelt, an einem neuen Ort von vorne anzufangen. Aber dann hatte er es sich anders überlegt und stattdessen sesshaft werden wollen.

Er musste zur Toilette. Die Tür war noch nicht wieder in die Angeln gehoben worden: Er pinkelte so lautlos wie möglich. Beim Händewaschen schnitt er Grimassen im Spiegel. Als Junge war er hübsch gewesen, er hatte einige an ihm interessierte Lehrer abwehren müssen. Jetzt war er fünfzehn Kilo schwerer, sein Gesicht war fülliger und dunkler geworden, seine Haarfarbe ausgelaugt. Für wie alt mochte Anna ihn wohl halten? Dennoch war es eine Tatsache, die fast eine biologische Richtigkeit besaß, dass Männer seines Alters sich oft mit jungen Frauen zusammentaten.

Am Nachmittag ging er nach draußen und wanderte durch die Straßen. Eigentlich hatte er vorgehabt, von zu Hause wegzukommen, um sich mit frischer, reiner Leidenschaft auf sein Schreiben zu konzentrieren, aber inzwischen dachte er kaum noch daran, als hätte er es in einem anderen Leben zurückgelassen. Er bewegte sich durch Menschenmengen und ging Seitenstraßen entlang, bis er müde war, kaufte geschmuggelte Zigaretten von einem Straßenhändler, machte halt bei einer Bar, vor der Tische auf dem Gehsteig standen, und las bei zwei Bieren die Zeitung. Als er Elise anrief, ging sie nicht ans Telefon. Er hinterließ eine Nachricht und sagte, er übernachte bei seinen alten Freunden Stella und John und käme in ein paar Tagen nach Hause. Stella war sein Kontakt bei der BBC. Die Lüge fühlte sich schal an in seinem Mund, aber er streifte sie mühelos ab.

VIII

Die Tage, die er in Pias Wohnung verbrachte, wurden zu Wochen. Am ersten Abend, als er sich in dem winzigen Wohnzimmer bettfertig machte, schien ihm das Ganze unmöglich; er dachte, am nächsten Morgen müsse er gehen. Hier könne er nie schlafen. Pia fand es »komisch«, dass er bei ihr wohnte. Er hörte, wie sie sich im Zimmer nebenan auszogen, seine Tochter und dieser Fremde, der vielleicht gut oder nicht gut für sie war: Sie öffneten Schubladen, stießen gegen Möbel und unterhielten sich mit leisen, vertrauten Stimmen, die gerade so eben nicht zu verstehen waren. Die Gipskartonwände stellten nur eine dürftige Trennung dar, eigentlich war es, als schliefen sie alle promisk zusammen, dem Himmel ausgeliefert. Es wurde nie richtig dunkel: Licht und Lärm strömten von der Straße herein. Der Verkehr wälzte sich endlos dahin und ließ nur gegen Morgen etwas nach. Verglichen damit war sein Bett in Tre Rhiw eine tief in die Erde gegrabene Höhle.

In den folgenden Nächten gewöhnte er sich an den Lärm und fing an, ihn sich als Gezeitenstrom vorzustellen, der den Wohnblock in den frühen Morgenstunden von seinem Liegeplatz gleiten und aufs Meer davontreiben ließ. Wenn er sich die Decke über den Kopf zog, roch er einen Hauch von Annas Schweiß, ihr moschusartiges Parfüm. Er dachte, er würde nie schlafen, und fiel dann Nacht für Nacht in Stunden samtenen Vergessens, wachte um drei oder vier am Morgen von den Lastwagen und vom Natriumlicht auf, aufgeregt und ängstlich, wusste nicht, wo er war. Einmal legten die Nachbarn im Morgengrauen plötzlich laute Musik auf: Wahrscheinlich waren sie von einer Party zurückgekommen und wollten sie noch ein bisschen verlängern. Marek kam sofort aus dem Schlafzimmer, knöpfte im Gehen seine Jeans zu. Sie hörten ihn mit der Faust an die Nachbartür hämmern, ohne vorher auch nur zu klingeln. Dann folgte Geschrei, dann Stille. Von da an gab es nie wieder Ärger mit ihnen.

Im Großen und Ganzen seien die Bewohner im Haus nicht übel und ziemlich ruhig, sagte Pia. Ein Mieter über ihnen hatte offenbar »psychische Probleme«, wie sie es nannte. Meistens war er in Ordnung, solange er seine Medikamente nahm, aber zweimal hatte er Wasser in die zugestöpselte Spüle laufen lassen, und es war nach unten in ihre Wohnung geflossen. Wenn man ihn zur Rede stellte, wurde er streitlustig und gewalttätig, deshalb hatten sie die Nummer seines Sozialarbeiters, um im Notfall anzurufen. Marek sagte, es sei sinnlos, Leute wie ihn auf die Gemeinschaft loszulassen, um anderen das Leben zu vergällen. »Wenn er nicht für sich selbst sorgen will, warum sollten wir es tun?« Paul verwies auf die Grausamkeit und die Nutzlosigkeit des alten Verwahrungssystems. Er sagte, die Gesellschaft habe eine

Fürsorgepflicht gegenüber ihren schwächeren Mitgliedern.

»Hast du ihn gesehen?«, fragte Marek. »Der ist gar nicht so schwach.«

Tatsächlich war der Schizophrene ein Hüne mit breiten, rundlichen Schultern und hüftlangem rötlich-braunem Haar, der ziemlich harmlos wirkte, als Paul ihm ein paar Mal auf der Treppe begegnete. Allem Anschein nach hatte er seine Wohnung gekauft, als das *Right to Buy*-Programm noch funktionierte, deshalb konnte ihn die Verwaltung nicht anderswo unterbringen. Marek störte es nicht, wenn Paul und er verschiedener Meinung waren. Er hörte ihm aufmerksam zu, fast liebevoll; irgendwie hing das mit seinen Gefühlen für ihn als Pias Vater zusammen, als verlange ihre Beziehung aufgrund Pias Schwangerschaft besondere Rücksicht Paul gegenüber. Er riss einen der Kartons auf und holte eine Flasche Wodka heraus, aromatisiert mit etwas, das er nicht übersetzen konnte; aus dem Bild auf dem Etikett schloss Paul, dass es sich wohl um Vogelbeeren handelte. Während Marek einschenkte, erklärte er geduldig, dass Paul falschliege und die Leute es einem nicht dankten, wenn man zu weich mit ihnen umging, sondern sich langfristig gegen einen richteten, und dass ein zu großzügiges Wohlfahrtssystem nur eine ganze Unterschicht von Kriminellen und Tunichtguten anzöge, die nur darauf warte, es auszunutzen.

»Ich würde es ausnutzen«, sagte er entwaffnend, »wenn man es mir erlaubt. Man darf es mir nicht erlauben.«

Obwohl Mareks Ansichten und seine Doktrin direkt aus der Regenbogenpresse hätten stammen können, wirkten sie angesichts seiner Gutmütigkeit und unbändigen Energie irgendwie nicht befremdlich. Er redete darüber, wie schwierig es werden könnte, wenn das Kind da wäre, aber Paul wusste, dass er das nicht wirklich glaubte, sein Selbstvertrauen war unerschütterlich. Alles, was Marek sagte, schien durch eine notorisch humorvolle Ironie geschützt. Seine Neugier war unerschöpflich, er war eine Fundgrube an Wissen, eignete sich rasch an, was er lernen wollte (seit Pauls letztem Besuch zum Beispiel hatte er alles über Erbpacht herausgefunden, und im Augenblick interessierte er sich brennend für die Umgestaltungsarbeiten in King's Cross).

Erst als Paul mehrere Tage in der Wohnung verbracht hatte, fiel ihm auf, dass es abgesehen von einem zerfledderten Wörterbuch und zwei Kochbüchern nirgendwo Bücher gab. Da waren DVDs, hauptsächlich Hollywood-Produktionen, zusammen mit ein paar polnischen Filmen, die nach Thriller aussahen – aber kein Kieslowski oder Wadja. Paul hatte schon immer eine abergläubische Angst davor gehabt, irgendwo ohne Bücher eingesperrt zu sein; nun war der Fall eingetreten, und es war ihm nicht bewusst aufgefallen. Vor langer Zeit, als er noch studierte und im Sommer nach Hause fuhr, um in der Brauerei zu arbeiten, hatte er die Bücher in seinem Zimmer fast wie eine Festung gegen das lektürefreie Haus aufgebaut. Jetzt, bei Pia, war es ihm egal. Aus Tre Rhiw hatte er sich etwas Lektüre für den

Zug mitgenommen, ohne sie anzurühren. Und auch die Tasche mit dem Laptop hatte er nicht ein einziges Mal geöffnet.

Am Morgen stand Pia früh auf, um ins Café zu gehen. Paul vergrub sein Gesicht tiefer in die Sofakissen, während sie in dem Chaos im Wohnzimmer umhertapste und nach Sachen suchte, die sie für die Arbeit brauchte. Trotz der Schwangerschaft war sie leichtfüßig. Er bekam mit, wie sie in der Kochnische gehorsam frühstückte, weil Anna darauf bestand, sie müsse regelmäßig essen. Marek ging gewöhnlich nicht lange nach Pia. Wenn sie beide weg waren und die Tür hinter ihnen ins Schloss fiel, empfand Paul die in der Wohnung eingekehrte Stille wie einen strafbaren Luxus, in dem er versank und dem Ende von Träumen nachjagte, die ungewöhnlich lebhaft und wichtig schienen. Langsam war ihm vertraut, wie das Licht über den Fußboden der Wohnung wanderte, in Streifen zerlegt durch die Jalousien, wie der Lärm und die Hitze des Tages im Zimmer zunahmen, bis er beides nicht mehr ignorieren konnte. Wenn er angezogen war, unternahm er manchmal den Versuch aufzuräumen, verstaute nicht nur sein Bettzeug im Schlafzimmer, sondern nahm auch das vom Vorabend übriggebliebene Chaos in der Küche in Angriff, weichte Töpfe ein und spülte Teller ab. Danach sah es nie viel anders aus als zuvor. Selbst wenn die Fenster ganz geöffnet waren, war es immer heiß, und es hing immer ein süßlicher Geruch nach Fäulnis in der Luft, der entweder aus der Wohnung stammte oder von draußen hereinschwebte.

Mehrmals besuchte er Pia bei der Arbeit, in einem Café in Islington, das auf französisches Kleingebäck spezialisiert war. Das erste Mal stieß er zufällig darauf, als er ziellos durch die Straßen streifte; ihm wurde erst klar, wo er sich befand, als er Pia durch ein Fenster in ihrer langen weißen Schürze einen Tisch abräumen sah. Als er sich vorgestellt hatte, dass Pia und Anna zusammenarbeiteten, hatte er Pia als ungeschickten Lehrling vor sich gesehen, der unter Annas Anleitung agierte. Seine Tochter, die immer beschützt worden war und nie für ihren Lebensunterhalt hatte arbeiten müssen, würde sich mit Sicherheit keiner Arbeitsdisziplin unterwerfen können. An der Universität, die eigentlich hätte leicht sein sollen, war sie gescheitert. Jetzt aber sah er, dass sie diese Arbeit gut beherrschte, sie war zuverlässig und tüchtig. Sie trug das schwere Tablett mit Geschirr sicher zwischen den Tischen hindurch, ging dann zurück und nahm Bestellungen auf, wartete geduldig mit ihrem Stift und dem kleinen Block, und ebenso geduldig erklärte sie den Kunden das Kuchenangebot, das sich Reihe um Reihe über der Theke erhob: rosa und beige Meringues, Makronen, mit Obst oder Vanillepudding gefüllte Küchlein, mit Kakao bestäubte Schokoladentrüffel. Die Frauen beäugten alles mit hungrigem Verlangen und zögerten ihre Entscheidung hinaus. Er merkte, wie Pias Schwangerschaft sie berührte. Es war kein Café, in dem Paul normalerweise eingekehrt wäre, es war schick und teuer, mit klobigen langen Tischen aus geöltem Holz und cremefarbenen Emaillampen. Die Kundschaft war attraktiv, gut gekleidet, laut.

Während er sie durch das Fenster beobachtete, spürte Pia seinen Blick auf sich und hob den Kopf; ein Lächeln überzog ihr auf die Arbeit konzentriertes Gesicht, und sie winkte ihn herein, brachte ihm Kaffee und versuchte, ihn zu einem Stück Kuchen zu überreden. Er wollte keinen Kuchen, aber der Kaffee war gut, und es störte ihn nicht, dazusitzen und Zeitung zu lesen, während seine Tochter hinter ihm zwischen den Tischen hin und her eilte, mit der Zange Gebäck aufpickte und an der Kasse Rechnungen einlöste. Als er ein andermal in das Café kam, machte sie an der Gaggia-Maschine gerade Kaffee, klopfte den alten Satz aus und presste neues Pulver hinein, zeichnete Formen in den Schaum auf den Cappuccini. Sie gewöhnte sich an ihn und vergaß, nervös zu sein, wenn er sie beobachtete. Ihm wurde klar, dass er in Pias Kindheit ihre Fähigkeit übersehen hatte, zuverlässig und anmutig zu arbeiten; er hatte sich mit seinen eigenen Gewissheiten darüber hinweggesetzt.

Anna war im Café ganz anders. Manchmal kam sie abends vorbei, um mit Marek Geschäftliches zu besprechen, aber nach dem ersten Tag hatte er sie nicht mehr oft in der Wohnung gesehen. Bei der Arbeit war sie ernst, angespannt, leistungsfähig, eine kleine strenge Falte zwischen den gezupften Augenbrauen. Ihr Haar war nach hinten gekämmt, und unter der um die Hüfte gebundenen Schürze war sie beunruhigend dünn: Ihr fester junger Körper schien an sich schon eine Herausforderung zu sein, eine Form der Verachtung. Paul merkte, wie die Kunden sich zu ihr hingezogen fühlten, als wollten sie ihr den Hof machen, ihr schmeicheln und sie erweichen, und sie spielte damit, drehte die sexuelle Spannung hoch, ohne etwas zu geben. Zu ihm hingegen war sie freundlich, als wären sie Verschworene, berechnete ihm zu wenig, brachte ihm Kuchen, den er nicht bestellt hatte und nur auf dem Teller liegen ließ. »Greif zu, der ist gut«, sagte sie. »Iss. Sie berechnen zu viel. Ich sehe die Rechnungen, ich weiß, was hier läuft. Nimm ihn mit nach Hause, iss ihn heute Abend.«

Annas voreingenommene Haltung gegenüber Autoritäten war auffällig und lächerlich, doch aus irgendeinem Grund – vermutlich wegen Pia – akzeptierte sie Paul. Wie ihr Bruder wachte sie penibel über ihn, als müsste er aufgemuntert und verhätschelt werden. Er fragte sich, ob womöglich eine böse Absicht dahintersteckte, konnte aber nichts finden. Sie wussten, dass er kein Geld hatte. Je länger er auf ihrem Sofa schlief, desto sicherer mussten sie sein, dass er keine Macht hatte. Ihre Großzügigkeit konnte eigentlich nur abergläubischer und romantischer Natur sein. Wahrscheinlich glaubten sie an das Mysterium des kommenden Kindes, das sie alle zu einer ziemlich dubiosen Familie zusammenschweißte.

»Wie schön für dich«, sagte Anna zu Pia, »dass du deinen Vater um dich hast. Das ist gut.«

Er hatte keine Ahnung, was Anna von ihm, dem Großvater in spe, denken würde, wenn sie wüsste, dass er nachts von ihr träumte. Vielleicht ahnte sie es. Diese Träume vollzogen sich an den Rändern, wo bewusste Phantasie in Schlaf überging, sodass er alles in allem nicht dafür verantwortlich war. In einem Traum liebte er sie in einem Hotelzimmer, genauso scheußlich wie das im Travelodge in Birmingham. Anna kam mit noch nassem Haar aus der Dusche, das kalte Wasser sickerte in die Kissen und Laken auf dem Bett. Sie lag mit dem Rücken zu ihm, und er legte seinen Mund auf die Knubbel ihrer Rückenwirbel, die unter ihrer hellen, kaffeebraunen Haut vorstanden, die sich kalt anfühlte und von Gänsehaut überzogen war. Er strich mit der Hand über ihre Rippen den flachen Bauch hinab zu ihrem mageren Becken. In dem Traum war die Hitze gewichen, und es regnete draußen, die Fensterscheiben verschwammen vom strömenden Wasser, das Zimmer erfüllt vom Rauschen des Regens und dem Gurgeln in den Gullys. Die Bedeutung des Ganzen war infantil und erniedrigend. Und dennoch banden ihn die Träume unmerklich und gegen jede Vernunft langsam an die reale Anna, als wollten sie ihm suggerieren, er würde sie kennen.

Marek lieh sich von einem Freund einen Lieferwagen, einen schmutzigen verbeulten weißen Vauxhall Combo, in dem er die Kartons voller Kekse und Bier transportieren und versuchen wollte, sie zu verkaufen. Da Paul vor mehr als zwanzig Jahren, noch vor Pias Geburt, in London als Fahrer eines Lieferwagens gearbeitet hatte, bot er seine Hilfe an, denn er hatte ohnehin nichts zu tun. Marek fuhr nicht gern. Paul war froh, seine Tage mit einer Arbeit auszufüllen, die ihn ermüdete, ohne ihm abzuverlangen, sein Innenleben zu sondieren. Der Lieferwagen ließ sich schwer handhaben, die Lenkung war hinüber und der Motor röhrte im ersten Gang, aber er bekam den Wagen in den Griff und fand sich auf den alten Routen gut zurecht, nur bei geänderten Einbahnstraßenführungen oder beim Umgehen der City-Maut-Zone geriet er ins Stocken. Marek erklärte ihm, warum die Maut eine schlechte Idee sei und nicht funktioniere. Paul schenkte es sich, darüber zu diskutieren, es war ihm egal.

Paul und Marek waren ein gutes Team bei der Arbeit. Manchmal schwiegen sie eine längere Zeit, dann brach Marek in eine Art absurden Humor aus, der, wie Paul sich erinnerte, zu diesem fragmentierten Dasein auf der Straße gehörte, bei dem man vorübergehend in das verrückte Durcheinander einheimischen Lebens eintauchte und dann wieder herausgerissen wurde. Wenn er abends die Augen schloss, meinte er manchmal, noch immer zu fahren und in die Dunkelheit zu rasen. Jeder, den sie trafen, war irgendwie lustig. Marek hielt sich für einen guten Imitator, auch wenn Paul ihm sagte, alle seine Imitationen klängen einfach nur polnisch. Es gab ziemlich viele polnische Läden, aber sie verkauften auch an asiatische und arabische Lebensmittelgeschäfte. Er gewöhnte sich an die spezielle Atmosphäre in diesen Läden, manche besser, andere schlechter – ihren muffigen sauren Geruch, die Regale, beladen mit welken, aus ihrer natürlichen Umgebung entfernten Waren, die bleichen, in trüber Lake schwimmenden Gewürzgurken, dunkles Roggenbrot, blaue Blitze aus den elektrischen Insektenfallen, den Klang der polnischen Stimmen, die bei Ladenschluss vor Fenstern und Türen heruntergezogenen Metallgitter. Er schnappte ein paar Grußworte auf, ja und nein, einige Namen.

Zum Mittagessen brachte Marek Bauernkrakauer und Brot mit, und sie aßen vor dem Lieferwagen sitzend, spülten es mit Cola hinunter oder Tee aus Pappbechern, den sie in einem Café gekauft hatten, mit einem Schuss Wodka, nicht genug, um betrunken zu werden, aber genug, um ein bisschen abzuheben. Hätte man sie angehalten, wäre vermutlich nichts passiert. Wie auch immer, Paul fragte Marek nie, ob er eine Lizenz besaß, um seine Sachen zu verkaufen, wenn man sie also angehalten hätte, wäre der Alkohol wahrscheinlich ihr geringstes Problem gewesen. In einer Wohnstraße ließ Marek Paul manchmal zehn Minuten warten, während er kurz bei »Freunden« vorbeischaute. »Alles in Ordnung«, beruhigte Marek ihn. »Nur ein Gefallen, ein kleines bisschen Gras. Nichts Schlimmes.« Paul hatte das Gefühl, in die alte Zeit zurückzugleiten, in der er zwanzig und leichtsinnig war, als wäre sein handfestes Leben zwischen damals und heute weggeschmolzen. Einmal sah er beim Hineintragen einer Lieferung sein Spiegelbild im Schaufenster und war verblüfft, einen Mann mittleren Alters zu sehen.

Marek hatte eine Mietgarage in einer Seitenstraße in Kennington gefunden, wo er die nicht verderblichen Waren lagerte. Im Gegensatz zu dem schmutzigen Verkehr und Krach kam Paul sich bei den Besuchen in der Garage fast wie irgendwo auf dem Land oder wie in der Vergangenheit vor, mit den roten Backsteinmauern, den kleinen verwilderten Gärten und mit Brettern zugenagelten Handwerksläden. Aus dem Mauerwerk wuchs rosa Baldrian. Als sie einmal bei leerlaufendem Motor den Lieferwagen beluden, fragte Marek ihn nach seinen jüngeren Töchtern. Paul wollte nicht über sie sprechen; was immer er sagte, schien kompromittierend, weil er nicht angemessen erklären konnte, was ihn hier in London von ihnen fernhielt. Er wollte sie sich lieber nicht allzu lebhaft vorstellen und redete sich ein, er würde bald nach Hause fahren, dass er ja eigentlich kaum weg gewesen sei und sie es vermutlich gar nicht gemerkt hätten.

»Du hast nur Mädchen«, sagte Marek. »Jetzt habe ich dir einen Jungen gemacht.«

»Bist du sicher, dass es ein Junge ist?«

»Ich weiß es. Ich mache Jungs. In Polen habe ich schon einen Sohn, er ist zehn. Ein netter Junge. Seine Mutter versucht, ihn gegen mich aufzuhetzen, aber er hört nicht auf sie. Leider sehe ihn nicht sehr oft, aber was soll ich machen? Ich bin hier, ich schicke Geld.«

»Weiß Pia davon?«

»Alles gut. Sie hat damit kein Problem. Diese Frau in Polen hasst mich. Wir waren nie verheiratet, sie war damals mit einem anderen zusammen. Es war ein großer Fehler. Bis auf den Jungen, der ist in Ordnung.«

Er holte ein Foto aus seiner Brieftasche. Ein dünner Junge in Shorts grinste auf einem Klettergerüst über die Schulter in die Kamera. Er war hellblond, hatte aber die dunklen Augen und den kleinen Schädel seines Vaters, schön und rund wie eine Nuss.

Am Ende von Pauls erstem Arbeitstag bestand Marek darauf, ihn auszuzahlen, und steckte ihm gefaltete Geldscheine in die Hemdtasche. Paul sah es als Ehrensache an, das Geld anzunehmen, obwohl er Marek klarzumachen versuchte, die Arbeit sei eine Gegenleistung für seinen Schlafplatz auf dem Sofa. Tatsächlich brauchte er im Augenblick kein Geld. Als er das letzte Mal beim Geldautomaten war und mit einem überzogenen Konto rechnete, hatte er festgestellt, dass er mehrere tausend Pfund im Plus war; das konnte nur heißen, dass der Rest der Ersparnisse seiner Mutter durch die Testamentseröffnung gegangen und auf sein Konto überwiesen worden war. Eigentlich hatte er sich vorgenommen, Pia irgendwann ein paar Tausend davon zu schenken, als Unterstützung für das Baby, es ihr aber noch nicht gesagt. Er bemühte sich, Mareks Geld in Getränke und Lebensmittel für den gemeinsamen Haushalt umzusetzen. Wenn er die Stunden zusammenrechnete, verdiente er mit seiner Lieferarbeit vermutlich mehr als mit dem Schreiben.

Paul besuchte Stella und John in Tufnell Park. An der Tür kämpfte Stella mit dem Hund, einem großen, überzüchteten Tier, das nur aus seidigen Locken und Nervosität bestand und Besucher zur Begrüßung begeistert ansprang.

»Sie ist schamlos«, entschuldigte Stella sich und hielt den Hund am Halsband fest. »Sie geht mit jedem mit. Komm rein.«

Die Hundekrallen rutschten auf den Fliesen im großen Flur, der auf elegante Weise unordentlich war und sich in einem riesigen Spiegel mit abblätterndem vergoldetem Rahmen spiegelte. Ein aufgebrachter Hirschkopf diente als Briefbeschwerer auf einem Stapel alter Ausgaben des *Times Literary Supplement*. Paul fand, dass Stella ihn leicht vorwurfsvoll auf die Wange küsste: Sie hatte zweifellos mit Elise gesprochen und war zu dem Schluss gekommen, er treibe wieder seine alten Spielchen. Aus einem unerfindlichen Grund schreckte er davor zurück, ihr das Gegenteil zu versichern. Stella war klein und direkt, sie trug einen Pixie-Cut und baumelnde Ohrringe, hatte Altphilologie studiert. Sie und John waren seine Freunde, nicht Elises; Elise sagte, Stella erinnere sie an eine Schulsprecherin.

Paul verbrachte den Abend in seinem gewohnten Sessel in Stellas Arbeitszimmer und trank Johns fünfundzwanzig Jahre alten Talisker; John war mit Kunden unterwegs, er war Partner einer Anwaltskanzlei. Der Hund lag hoffnungsvoll und ruhig auf seinem Teppich und hielt mühsam die Augen offen, während die Falten auf seinem flachen Kopf zuckten.

»Elise ist außer sich«, warf Stella ihm vor. »Sie hat keine Ahnung, wo du bist. Du hast ihr erzählt, du wärst bei uns. Es war schrecklich, als sie anrief und ich nicht wusste, wovon sie redet. Was ist los, Paul? Verhältst du dich wieder wie ein Scheißkerl?«

»Es ist nicht, was du denkst«, sagte er vage.

»Ich weiß nicht, was ich denke.«

»Ich kümmere mich um Pia.«

»Elise hat mir erzählt, dass Pia schwanger ist. Wohnst du bei ihr? Das arme Mädchen. Hast du eine Vorstellung, was für eine Katastrophe ein Baby in Pias Alter wäre? Sie würde vor Verzweiflung die Wände hochgehen.«

Paul sagte, es sei zu spät, an der Schwangerschaft sei nichts mehr zu ändern.

»Und wer ist der Typ? Traust du ihm?«

An den Wänden des Arbeitszimmers hingen Originaldrucke von Eric Ravilious, auf dem Tisch stand eine Maquette von Barbara Hepworth, auf den Bücherregalen Erstausgaben von Hughes und Larkin. Das Zimmer war Paul äußerst vertraut, wie eine zweite Haut; dennoch haftete noch der Geruch des Lieferwagens an ihm – Knoblauchwurst, Benzin und heißer Gummi –, und auch der Verkehr schien noch in diesem abrupten Stopp-Start-Rhythmus durch sein Blut zu fließen. Mit Stella geriet er in einen Streit über Ausbildung, insbesondere Pias Ausbildung, und war selbst überrascht, wie seine aufgestaute Streitlust sich Luft machte.

»Das Ganze ist ein Schwindel, die liberale Fiktion von Aufklärung. Bildung ist ein Kastensystem, ein enges Tor, aufgestellt, um Kinder abzufertigen. Um durchzukommen, müssen sie gebrochen und dann wieder zusammengeflickt werden. Die Eltern der Mittelschicht statten sie mit Fetischwerten aus, weil sie selbst getestet und gebrochen wurden, sie geben den verborgenen Schaden weiter.«

»Du redest Unsinn«, sagte Stella. »Das Problem ist doch, dass für Pia alles auf dem Spiel steht; das ist real und nicht damit zu vergleichen, wie du Leute auf Partys ärgerst.«

Irgendwann im Laufe ihrer Auseinandersetzung entspannte sich Paul zunehmend, fühlte sich wieder wie zu Hause und vergaß seine ungute neue Lebensphase in

der Wohnung. Er dachte liebevoll über Stella nach, die ihm kerzengerade gegenübersaß, mit den nachdrücklich baumelnden Ohrringen, der Hundekopf unterwürfig auf ihrem Schoß. In den alten Greenham-Zeiten hatte sie zu denen gehört, die Zäune durchbrachen, um Silos zu besprühen, und war wiederholt festgenommen worden. Sie war ehrenhaft und pflichtbewusst. Am Ende des Abends überredete sie ihn, in Tre Rhiw anzurufen. Taktvollerweise ließ sie ihn zum Telefonieren allein und ging unterdessen Kaffee kochen. Er rechnete mit dem eingeschalteten Anrufbeantworter und war erschüttert, als er tatsächlich Elises zaghafte, fast zittrige Stimme am anderen Ende der Leitung hörte.
»Hallo?«
»Elise, ich bin's.«
Seine Stimme schien in die leere häusliche Stille der Nacht zu fallen. Sie sah nicht fern, er hätte es im Hintergrund gehört. Er war überrascht, dass sie so spät noch wach war.
»Wo bist du?«
»Bei Stella.«
»Nein, bist du nicht. Das weiß ich genau, ich hab sie angerufen.«
»Heute Abend bin ich wirklich hier. Ich rufe von Stellas Telefon an. Wenn du willst, kannst du hinterher die 1471 anrufen.«
Er erklärte, dass er bei Pia wohnte, sein Handy leer war, er vergessen hatte, das Ladegerät mitzunehmen. Ihm war klar, dass Elise auf etwas anderes, auf mehr als das wartete. Eigentlich sollte sie sich gegen ihn wehren,

ihn bestrafen; dennoch klang ihre Stimme in seinen Ohren irritierend vertraut, als hätte sein Anruf sie unvorbereitet erwischt, bevor sie sich verschanzen konnte.

»Du hättest wenigstens die Mädchen anrufen können.«

»Ich weiß. Es tut mir leid. Ich werde sie anrufen.«

Er wartete auf die Frage, wann er nach Hause käme.

»Um ehrlich zu sein, hier stimmt etwas nicht, Paul. Ich glaube, Gerald ist krank.«

»Wie krank?«

Elise machte sich Sorgen, dass er eine Art Zusammenbruch hätte. »Vielleicht ist es nichts, er kommt mir nur so komisch vor, er verhält sich merkwürdig. Vielleicht solltest du zurückkommen, mehr nicht.«

»Was meinst du mit komisch? Findest du ihn nicht immer komisch?«

Schweigen trat ein, und er dachte, dass sie vermutlich nach den richtigen Worten suchte, um ihre Sorge zu beschreiben. »Wie kommst du darauf? Hast du mit ihm gesprochen?«

»Hör zu, ist nicht wichtig. Vergiss es einfach, wahrscheinlich bilde ich es mir nur ein.«

Er vergaß zu fragen, ob Willis die anderen Bäume schon gefällt hatte.

IX

Eines Morgens fuhr Paul Marek nach Heathrow zu einem Treffen mit einem seiner Exporteure, der in London zwischen zwei Flügen ein paar Stunden warten musste. Offenbar war er auch ein alter Schulfreund: klein und dick, mit kahlgeschorenem Kopf und Engelsmund. Marek steckte immer in Jeans, doch dieser Mann trug einen Anzug und eine dünne Lederkrawatte, dazu eine Aktentasche. Mit einem Arm um Pauls Schultern und dem anderen um die seines Freundes stellte Marek sie einander vor.

»Nicht nur mein Fahrer, auch Vater meiner Freundin Pia, die wunderschön ist und mir sehr am Herzen liegt.«

Paul wurde in die Hitze dieses Fremden gepresst, roch an ihm die verschiedenen Gewürze aus Warschau, wo er am Morgen aufgewacht war und gefrühstückt hatte. Als sie sich die Hand gaben, leuchteten die Augen des Mannes verschlagen.

»Marek, du wirst Familienvater?«

»Ich mag Familie!«, behauptete Marek. »Mit der richtigen Familie mag ich das.«

»Ich folge ihm auf Schritt und Tritt«, sagte Paul scherzhaft, »um ihn im Auge zu behalten.«

»Und wie geht es Anna?«

»Du kennst Anna. Macht mir ständig Stress, wir müssen das Geschäft aufbauen. Sie ist eine Sklaventreiberin.«

»Das ist gut für dich! Ohne Anna bist du zu glücklich, du wärst nur faul.«

Marek und sein Freund gönnten sich um elf am Vormittag ein kühles Blondes in einem auf alt gemachten Pub, getäfelt mit gebeiztem Holz, das man der großen Leere des Flughafens abgetrotzt hatte. Paul überließ die beiden ihren Plänen und schlenderte umher; in ihrem Geschäft spielte er keine Rolle, und er wusste ohnehin, dass sie bald ins Polnische verfallen würden. Er verabscheute Flughäfen, war seit mehreren Jahren in keinem mehr gewesen – für Auslandsreisen hatte es ihnen in letzter Zeit an Geld gefehlt. Aus einem selbst auferlegten Aberglauben heraus hatte er noch nie in einem Flughafen oder in einem Flugzeug gegessen, als gäbe es dort eine Unterwelt und er müsste fürchten, etwas von sich zurückzulassen, wenn er von deren Früchten kostete. Heute ließ er sich vom langsamen Strom der Menschen im Transit mittragen, vorbei an der sich wiederholenden Schleife von Geschäften. Selbst die echten Waren in diesen Geschäften – Whiskey, ein Buch über die Ursprünge des Ersten Weltkriegs – schienen durch den Ort zu Schatten ihrer selbst degradiert zu werden. Er kaufte eine Zeitung, setzte sich aber nicht hin, um sie zu lesen. Stattdessen starrte er zu den Abflugtafeln hoch.

Ihm kam der Gedanke, dass er sofort überall hinfliegen könnte. Die vielen Tausender auf seinem Konto reichten für ein Ticket, und sein Pass steckte – er überprüfte es – immer noch in der Gesäßtasche seiner Hose. Auf der Fahrt nach Heathrow hatte er nur daran gedacht, nach dem Treffen mit Marek wieder nach London zurückzukehren. Aber Marek konnte selbst fahren. Paul hatte vorgehabt, früher oder später, vielleicht nächste Woche, zu Elise und den Mädchen in Tre Rhiw zurückzukehren: Dort war sein wirkliches Leben. Und wenn er nicht zurückgehen würde? Was, wenn sein Leben anderswo und ganz anders weiterginge? Auf der Tafel wechselten die beschrifteten Anzeigen leise flüsternd die Ortsnamen: Dubrovnik, Rom, Odessa, Kairo, Damaskus. Seine Idee war keine intellektuelle Geburt; das heftige Verlangen, das ihn plötzlich durchströmte, brachte ihn kurz aus der Fassung. Selbst wenn er Elise die Hälfte des Geldes geben würde, besäße er noch genug für ein Ticket irgendwohin und ein Zimmer, sobald er dort war. Ein Zimmer, wo er zu sich selbst finden könnte. Genügend Geld, um eine Weile über die Runden zu kommen, denn er wusste, wie man genügsam lebte.

In den zehn oder zwanzig Minuten, in denen er diese Möglichkeit in Betracht zog, war sie so real, dass er danach die unvollendete Ausführung in seinen Muskeln, in seinem verspannten Kiefer spürte; er hatte vorgehabt, zum Informationstisch zu gehen, um sich nach Last-Minute-Tickets zu erkundigen und herauszufinden, wohin er fliegen könnte, dann hätte er seine Karte aus der Brieftasche herausgeholt und bezahlt. Vorher müsste er Marek die Schlüssel für den Lieferwagen zurückbringen.

Die Tür stand offen, er könnte sie ohne Gepäck mühelos passieren. Früher folgte er solchen spontanen Ideen; etwas Unentschiedenes in ihm, das beiseitegelegt und vergessen worden war, nahm das Abenteuer mit rasendem Herz an. Vor seinem geistigen Auge sah er, wie er irgendwo, in ein paar Stunden, aus einem Zimmer in ein anderes Licht trat: Um Kleider, Zahnbürste, Rasierer zu kaufen, ohne die Namen dafür zu kennen. Er würde ein Lokal suchen und essen gehen oder sich auf der Straße etwas zum Mitnehmen kaufen. Der Ort wäre vielleicht schmutzig und armselig, hätte vielleicht Steinwälle, auf denen die Bevölkerung abends spazieren ging, um die frische Luft zu genießen, vielleicht mit Blick aufs Meer, vielleicht auch nicht. Paul fühlte sich an einem Dreh- und Angelpunkt in seinem Leben, an dem er gefährlich in der Schwebe hing: Wenn er sich rührte, würde er zu dem Informationstisch gehen, und von da an würde sich alles andere ergeben. Er musste nur stillhalten. Wenn er ging, würde ihm niemand verzeihen, auch er sich selbst nicht – die Freiheit würde für immer einen leeren Raum in ihm schaffen. Die Botschaft, dass er stillhalten musste, durchdrang seine Knochen und seine Zellen. Schließlich kam Marek, der nach ihm suchte.

Pias Knöchel schwollen an, und der Arzt sagte ihr, sie müsse sich ausruhen, von der Arbeit freinehmen. Nachts schlief sie schlecht. Marek war bekümmert, saß mit ihren großen weißen Füßen im Schoß da und massierte sie. Wenn Paul morgens das Sofa räumte, machte sie es sich dort bequem und schaltete den Fernseher ein. Manchmal wartete sie gar nicht, bis er das Bettzeug weggeräumt hatte, schenkte es sich, die Jalousien zu öffnen. Lustlos und unwohl wechselte sie ständig die Position. Sie schminkte sich im künstlichen Licht.

»Soll ich dir vielleicht etwas vorlesen?«, fragte Paul eines Tages, nicht lange nach dem Heathrow-Ausflug, als Marek ihn nicht brauchte, weil er irgendwo in der Stadt zu tun hatte. Paul, der nichts mit sich anzufangen wusste, hatte sogar daran gedacht, zum Arbeiten in die Bibliothek zu gehen. Er konnte den Gedanken nicht ertragen, dass Pia sich den Kopf mit dem Unsinn füllte, der tagsüber im Fernsehen lief. Wenn er *Große Erwartungen* oder *Emma* kaufen würde, könnte er vielleicht beim Lesen manches überspringen, wenn er merkte, dass sie sich langweile.

»Mir vorlesen? Dad, hast du vergessen, dass ich zwanzig bin?«

Sie war unnachgiebig, als verdächtigte sie ihn eines ausgeklügelten Plans, mit dessen Hilfe er sie zur Wiederaufnahme ihres Studiums bewegen wollte. Sie ließ sich lediglich darauf ein, dass er in der Videothek DVDs auslieh, die sie sich nachmittags gemeinsam ansahen. Ihr Geschmack war nicht kitschig, wie er erwartet hatte. Sie mochte kluge Thriller wie *Michael Clayton* und *No Country for Old Men*. Als sie mit der ersten Staffel von *The Wire* anfingen, begriff sie das Geschehen schneller als er.

»Vermisst du deine Freunde nicht?«, fragte er sie. »Was ist mit deinen alten Freundinnen aus der Schule? Oder von der Uni?«

»Am Anfang, nachdem ich hierhergezogen war, hab ich mich mit einigen aus der Schule getroffen. Aber als ich wusste, dass ich schwanger bin, konnte ich nicht mehr mit ihnen trinken gehen, und was anderes wollen sie ja nicht. Ich vermisse nur James.«

»James Willis? Tatsächlich? Ist er nicht ein bisschen tollpatschig?«

»James und ich sind Seelenverwandte. Wir denken immer gleichzeitig dasselbe. Einer von uns sagt, was der andere gerade sagen wollte. Deswegen konnten wir nie zusammen ausgehen.«

»Wenn ich mit ihm reden will, bringt er keinen Ton heraus.«

»Weil du eben du bist, Dad. Sich mit dir zu unterhalten ist nicht ganz einfach.«

Er erzählte ihr von Willis senior, der gekommen war, um die Pappeln in Tre Rhiw zu stutzen.

»War James auch dabei? Das hat er nie erwähnt.«

»Er hat die verdammte Säge bedient.«

Sie lachte, und er erinnerte sich wieder an die Einzelheiten jenes Morgens, die aus der Perspektive dieser Wohnung betrachtet äußerst komisch wirkten. Als er ihr von seinem Streit mit Elise erzählte, ergriff sie Partei für Elise und sagte, sich Mr Willis wegen der Bäume zum Feind zu machen, lohne nicht. Es war klar, dass sie gar nicht genau wusste, von welchen Bäumen er redete, und sie meinte, sie könnten jederzeit neue pflanzen. Paul hatte sich gefragt, ob sie die Gelegenheit nutzen und ihn gegen Elise unterstützen würde. Sie hatte sich nicht immer mit ihrer Stiefmutter verstanden. Elise war mitunter ziemlich unverblümt, und als Pia jünger war, hatte Elise sie für starrköpfig und unzugänglich gehalten. Am Anfang, als sie noch häufiger bei ihnen war, noch vor Beckys Geburt, war sie manchmal krank vor Heimweh nach ihrer Mutter; aber Elise konnte ihr noch so gut zureden, sie hatte immer mit einem kleinen falschen Lächeln behauptet, es gehe ihr gut, während sie auf der Bettkante saß und mit den Füßen schaukelte. Elise fand es immer zugleich herzzerreißend und zum Verzweifeln, wie sie ihren Rucksack ganz ordentlich auspackte und die Turnschuhe paarweise an die Wand stellte.

Pias schwangerer Bauch war mittlerweile furchterregend, ein aufgeblähtes Gewölbe; ihr Nabel stülpte sich nach außen, sie spannte den Stoff ihres T-Shirts darüber, um ihn Paul zu zeigen. Als sie ihm anbot, seine Hand auf ihren Bauch zu legen, um zu spüren, wie das Baby trat, lehnte er ab; doch in der beengten Wohnung war es manchmal unvermeidlich, dass er und sein künftiges Enkelkind Tuchfühlung aufnahmen. Pias Stimmung schien sich mit der fortschreitenden Schwangerschaft zu verändern. Sie verlor ihre Mädchenhaftigkeit, war weniger launisch, grübelte mehr. Einmal sagte sie leidenschaftlich, sie wünschte, ihre Nana hätte das Baby sehen können, und in dem Moment wurde ihm bewusst, dass er nicht mehr von seiner Mutter geträumt hatte, seit er bei Pia lebte. Sie legte sich eine kleine Sammlung von Babysachen zu. Als er sich erinnerte, wie sie im Café ihr Tablett balanciert und geduldig Kuchen ausgesucht hatte, fragte er sich, ob sie am Ende vielleicht doch ein

Talent für die Mutterschaft hätte, wenn es erst einmal so weit wäre. Vielleicht fügten sich in diese Rolle am leichtesten Frauen, die nicht gegen ihren eigenen Willen ankämpften.

Er bemühte sich, seiner Tochter den Aufenthalt in der Wohnung so angenehm wie möglich zu gestalten, und kaufte Blumen, brachte frische Lebensmittel und jede Menge Obst mit nach Hause. Marek bemitleidete Pia, weil sie den ganzen Tag ans Sofa gebunden war, aber es war auch schwer vorstellbar, dass er solche häuslichen Einkäufe erledigte. Stattdessen kam er mit Sachen zurück, die er zu Schnäppchenpreisen erstanden hatte: Einen komplizierten Kinderwagen auf drei Rädern, ein Babyphon, etwas Unmögliches, das sich Baby-Gym nannte. Es war kein Platz, um die Sachen aus ihren Schachteln auszupacken.

Paul rief aus einer Telefonzelle in der Upper Street in Tre Rhiw an. Beklommen wartete er darauf, dass Elise abnahm, und halbwegs rechnete er damit, wieder in ihr letztes Gespräch mit seiner vertrauten Unbefangenheit am späten Abend verpflanzt zu werden. Mitten am Nachmittag jedoch klang ihre Stimme ganz anders, schroff. Sie gab ihm zu verstehen, dass jeder Satz einem unglaublich stressigen Tag abgetrotzt wurde, zwischen Auftragsdruck in der Werkstatt und Versorgung der Kinder.

»Du hast Zeit gefunden anzurufen«, sagte sie. »Wie schön von dir.«

Er konnte ihre Empörung verstehen, versuchte erst

gar nicht, sich zu verteidigen. Aber er hatte den Eindruck, dass diese Empörung dick aufgetragen war, wie eine Maske über irgendeiner anderen Erregung. Er versteifte sich auf den Gedanken, dass sie sich mit Ruth gegen ihn verschworen hatte; oder mit ihrer Schwester Mirrie, die übers Wochenende in Tre Rhiw gewesen war.

Die Mädchen klangen am Telefon um Jahre jünger. Becky war scheu, und er brachte kaum ein Wort aus ihr heraus. Er konnte sich vorstellen, wie sie unter ihren Sommersprossen errötete, reglos dastand und konzentriert in die Sprechmuschel murmelte.

»Was machst du in London, Daddy?«

Er erzählte ihr, dass er bei ihrer älteren Schwester sei. Becky schien über das Baby Bescheid zu wissen, denn sie kicherte verschämt, als sie es erwähnte; er erklärte, genau deshalb habe er ein Auge auf Pia, um sicherzugehen, dass alles in Ordnung sei. Joni war oberflächlich, als hätte sie ihn schon fast vergessen. Sie konnte es kaum abwarten, ihrer Mutter den Hörer zurückzugeben.

»War Willis noch mal da?«, fragte er Elise.

»Er war noch mal da.« Sie lachte kurz und bitter. »Er hat mir die in Stückholz geschnittenen Stämme zum Kauf angeboten.«

»Der Mann ist unglaublich.«

»Ja, nun. Ich hatte andere Sorgen.«

Er erkundigte sich nach Gerald, ob sie Kontakt zu ihm gehabt hatte. Elise sorgte sich offenbar nicht mehr, dass er zusammengebrochen sein könnte. »Er hat viel Zeit hier draußen verbracht«, sagte sie. »Ich glaube, das tut ihm gut. Er und Mirrie haben sich gut verstanden.«

Paul hielt das für nicht sehr wahrscheinlich, aber er verkniff sich einen Kommentar.

Anna kam nach der Arbeit vorbei, um ihnen zu erzählen, dass Annelies im Café nach Pia gesucht hatte. Zum Glück, sagte sie, habe niemand Pias Verbindung zu ihr erwähnt oder verraten, dass Pia in ihrer Wohnung lebte. Sie hatten ihr nur Pias Handynummer gegeben, die Annelies ja schon hatte.

»Ich rufe sie an«, sagte Pia. »Ich werde sie besuchen. Es wird langsam Zeit.«

»Das musst du nicht. Es ist deine Entscheidung. Lass dich nicht von ihr erpressen.«

Paul ermutigte Pia, sich bei ihrer Mutter zu melden. Anna schien bei dem Gedanken an Pias Mutter vor Feindseligkeit zu glühen, als wäre Pia vor einer Unterdrückung geflohen. Neben Anna wirkte Pia beruhigend und fest wie ein Fels. Annelies' Auftritt im Café – die fehlende Kooperationsbereitschaft hatte sie offenbar verstimmt – hatte einen Vorgeschmack darauf gegeben, wie sie die neuen Freunde ihrer Tochter samt ihrem fröhlichen Haushalt und ihren Aussichten einschätzte.

Paul hatte Annas australischen Freund noch nicht kennengelernt. Er war für einige Zeit in Belfast, doch selbst, als er zurück war, erwähnte ihn Anna nicht oft. Und wenn, dann mit verhaltener Ungeduld; war er ihr vielleicht zu formbar, überlegte Paul, oder nicht formbar genug? Anna verbrachte wieder mehr Zeit in der

Wohnung, und Paul wusste, er sollte gehen, in ihren eigenen Räumen Platz für sie schaffen, auch wenn sie das nie durchblicken ließ und es vermutlich nicht wollte. Auf eine verrückte Weise hatten sie ihn als Teil ihrer improvisierten Familie akzeptiert. Marek zog ihn liebevoll auf, nannte ihn einen Intellektuellen, karikierte ihn als weltfremden Idealisten. Wenn Anna abends oder auch nachmittags nicht arbeitete, bekam Paul mit, dass sie und Marek sich manchmal, abgesehen von dem vielen Marihuana, das sie rauchten, wahrscheinlich mit Pillen oder Koks zudröhnten: Unter dem Vorwand, sie müssten über ihr Geschäft sprechen, verschwanden sie in die Küche oder ins Schlafzimmer und kamen aufgedreht und fahrig zurück. Vor Pia hielten sie das Zeug mit übertriebener Fürsorge fern, und aus einer Art Höflichkeit auch vor Paul, was er rührend und zugleich leicht verletzend fand, als hielten sie ihn für zu unschuldig oder einfach zu alt.

Eines Abends führte Marek Pia zum Essen aus, weil sie gesagt hatte, den ganzen Tag an einem Ort festzusitzen mache sie noch verrückt. Während die beiden weg waren, erzählte Anna Paul von ihren Problemen zu Hause in Polen. Die Fenster in der Wohnung standen offen, und nach einem Tag, an dem sich kein Lüftchen geregt hatte, wehte zumindest jetzt kühle Luft herein. Der orangerote Himmel draußen war von Schatten verhängt: Wolken, die sich jeden Abend am Horizont zusammenbrauten, aber keinen Regen brachten. Sie saßen im Halbdunkel da, ohne das Licht anzuschalten, und Anna, im Schneidersitz auf dem Sofa neben ihm,

Haarsträhnen in den Augen, klopfte im überquellenden Aschenbecher das Ende ihrer Zigarette ab. Sie erzählte in ihren gewohnten abrupten Sätzen, teilnahmslos. Ihr Vater sei krank, vor einem Jahr habe man Knochenkrebs diagnostiziert. Sie fragte sich, ob die Diagnose stimmte, denn es sei allgemein bekannt, dass polnische Krankenhäuser Fehler machten.

»Ich bezweifle, dass sie ihm die beste Pflege zukommen lassen. Ich traue ihnen nicht.«

Er hörte mitfühlend zu, stellte taktvolle Fragen. Sie sagte, ihr Vater sei ein starker Mann, körperlich klein, aber sehr stark, der in seinem ganzen Leben nicht einen Tag krank gewesen sei. Er habe als Kontrolleur in einer Fabrik für Haushaltsreiniger gearbeitet, wäre jetzt aber schon seit Monaten zu Hause. »Wer weiß, welche Chemikalien sie da verwendet oder ob sie die richtigen Schutzmaßnahmen für ihn getroffen haben.«

Ihre Mutter lebte noch, aber ihre Eltern waren getrennt. Paul entnahm ihren Ausführungen, dass sie und Marek ihren Vater nicht gesehen und auch nicht gesprochen hatten, seit er krank war – und auch davor schon eine beträchtliche Zeit lang nicht. Er fragte nicht nach dem Grund. Mit dem Geld, das Marek ihm als Tageslohn zahlte, hätten sie sich einen Billigflug nach Hause leisten können. Anna saß da, die Schultern fast bis zu den Ohren hochgezogen: trotzig, entfremdet. Er war überwältigt von der Anziehungskraft, die sie auf ihn ausübte, sie kam ihm vor wie ein unglückliches schönes Tier, in Gefangenschaft zusammengekauert.

Als sie sich vorbeugte, um ihre Zigarette auszudrücken, konnte er im orangen Licht die kleinen Hügel ihrer bloßen Brüste unter ihrem T-Shirt sehen, überraschend weich und prall an ihrem dünnen Körper. Er streckte die Hand aus und befühlte mit den Fingern den Halsausschnitt ihres Shirts, berührte dann ihre heiße Haut und griff in das Dunkel unter dem Stoff, umfasste eine Brust und spürte die Brustwarze in seiner Hand. Das weiche Fleisch unterschied sich sehr vom Rest ihres Körpers: Die Weichheit schien eine unerwartete, hoffnungsvolle Botschaft auszusenden. Ein paar Sekunden lang löste Anna sich nicht von ihm. Doch als er sich vorneigte, um sie zu küssen, riss sie blitzschnell den Kopf nach unten und biss ihn in die Innenseite seines Unterarms, nicht fest genug, um die Haut zu durchdringen, aber genug, dass er aufschrie und zurückschreckte. Lachend schüttelte sie ihm den Finger und sah ihn stirnrunzelnd an.

»Ganz schön frech.«

Er erinnerte sich, wie es ihn als Junge nach der Räubertochter in Hans Andersens *Schneekönigin* verlangt hatte, die ihr Lieblingsrentier mit einem langen Messer an der Kehle gekitzelt hatte. Der Bluterguss, den Annas Biss auf seinem Arm hinterließ, war wochenlang zu sehen.

Paul träumte, er sei in Willis' Hof. Die blanke, saubere Ordnung in dem Traum hatte etwas Unheimliches, das Licht glich der zähflüssigen Stille vor einem Sturm. Willis' Pferde schüttelten die Köpfe über den Klöntüren, um die Fliegen zu verscheuchen, und er hörte ihre Hufe auf dem nicht sichtbaren Kopfsteinpflaster scharren.

Eine Art weißgetünchter Laubengang schien um den Hof zu führen, wie in einem Kloster (das war nur im Traum, nicht im wirklichen Blackbrook). Am Rande der Aufmerksamkeit nahm Paul eine Gestalt war, die sich in den wechselnden Schatten ständig bewegte: Sie arbeitete steif, beugte den langen Rücken. Ein Metalleimer schepperte auf den Steinfliesen, ein Mopp landete im Wasser. Er konnte das Gesicht seiner Mutter nicht sehen, war sich aber sicher, dass sie es war. Er erkannte das alte Nylonkleid, das sie immer zur Hausarbeit trug: weiße Zickzacklinien auf marineblauem Grund, die weichen Falten lose zusammengehalten. Sogar im Traum dachte er, dass dieses Kleid unbeachtet am Grund seiner Erinnerung gelegen hatte, und freute sich, es wiedergefunden zu haben. Wer konnte wissen, welche anderen Entdeckungen ihn noch erwarteten, wenn er nur weiter in den Hof vordringen könnte?

Das war alles, sonst passierte nichts. Er erinnerte sich überhaupt nur an den Traum, weil er mittendrin von einem Störgeräusch in der Wohnung geweckt wurde. Schwitzend setzte er sich auf, warf die Decke zurück und dachte, er wäre von gewalttätigen Geräuschen wachgerüttelt worden. Ob der Schizophrene oben wieder Ärger machte? Irgendwo knallte es. Bevor Paul sich vollends aus dem Traum gesammelt hatte, rief er nach seiner Tochter, um festzustellen, ob alles in Ordnung war mit ihr. Dann folgte Stille, allerdings keine leere Stille, eher ein unruhiger Nachhall. Er erkannte zu spät, dass das Geräusch des Liebesspiels in seinen Schlaf gedrungen war: das Knallen kam wahrscheinlich von dem billigen Bett, das direkt an der Wand stand, und die Geräusche waren den Liebenden vielleicht unwillkürlich entfahren, sosehr Pia sich bemüht haben mochte, sie vor den Ohren ihres Vaters zu verbergen. Kein Wunder, dass sich das als etwas Gewaltsames in der Luft entlud. An den ersten Abenden, als Paul in der Wohnung schlief, hatte er sich verlegen gefragt, ob seine Anwesenheit hinter diesen dünnen Wänden für seine Tochter und Marek hemmend sein könnte; weil er sie nie hörte, hatte er sich leicht beruhigt eingeredet, dass sie in Pias fortgeschrittenem schwangerem Zustand vielleicht nicht mehr miteinander schliefen oder die Wände letztlich doch schalldicht waren.

Die Schlafzimmertür ging auf, Pia kam in ihrem Nachthemd heraus und schloss die Tür hinter sich. Er fand, dass sie sehr wütend wirkte.

»Dad? Du hast geschrien.«

»Tut mir leid. Ich glaube, ich bin aus einem Traum aufgewacht. Einem Alptraum.«

Mit der Decke auf dem Schoß saß er aufrecht auf dem Sofa. Im Licht der Straßenlampen war ihr Nachthemd ziemlich durchsichtig, er sah ihre aufgetriebene Figur darunter – lange Beine, runder Bauch, schwer werdende Brüste – ein einschüchternder Anblick, als stünde sie nackt vor ihm. Zum ersten Mal erschien ihm die Schwangerschaft als krasses äußeres Zeichen für das Sexualleben seiner Tochter.

»Wie lange willst du noch bleiben, Dad? Eigentlich ist hier wirklich kein Platz. Kannst du nicht woanders unterkommen? So geht das einfach nicht.«

In der Bank hob Paul zweitausend Pfund ab, die man ihm in einem braunen Umschlag übergab. Als er ins Café ging, um sich von Anna zu verabschieden, drückte er ihr den Umschlag in die Hand.

»Bitte, nimm es«, sagte er. »Ich bin unerwartet an Geld gekommen. In den nächsten Monaten werdet ihr jede Menge zusätzliche Ausgaben haben, bei deinem kranken Vater und allem.«

Das Café war voll und brummte. An mehreren Tischen warteten Gäste auf die Aufnahme ihrer Bestellung.

»Oh. Vielen Dank.«

Anna warf einen kurzen Blick auf den Umschlag. Sie öffnete ihn nicht, um hineinzusehen, steckte ihn nur in den Geldbeutel, den die Bedienungen um die Taille trugen, und sah sich rasch um, ob die anderen Angestellten sie beobachteten. Aber vermutlich hatte sie das dicke Geldbündel gespürt. Ihrer Miene war nicht zu entnehmen, ob sie sich durch das Geschenk beleidigt fühlte, ob sie dafür dankbar war oder es sogar als leichten Triumph empfand.

»Es war sehr freundlich von dir, mich in der Wohnung aufzunehmen. In meiner Stunde der Not.«

»Kein Problem.«

Sie war unnahbar, als hätte sein Geschenk ihn wieder in einen Fremden zurückverwandelt, einen Kunden. Er hatte sich ausgemalt, sie zum Abschied zu küssen, nur ein flüchtiges erwachsenes Küsschen auf die Wange. Aber das schaffte er unter keinen Umständen vor all diesen Leuten.

X

Als Paul durch den Garten ging, schien durch das Fehlen der Pappeln in Tre Rhiw alles entstellt. Der weite Himmel und die abschüssigen Felder zeigten sich in einem neuen Verhältnis zum Haus, das sich kahl in den Vordergrund drängte. Auf der näher liegenden Seite der Gartenmauer stand eine Reihe neuer, ganz junger Bäume, jeder mit einem Pfahl und einer beigen Schutzhülle versehen – diese ohne ihn unternommene Bepflanzung war ein weiterer Schock. Die Erde rings um die Bäume war noch frisch, doch über den kleinen Schutzhüllen flatterten leuchtende gelbgrüne Blätter wie Flaggen und stellten ihr Wachstum zur Schau. Bei dieser trockenen Hitze goss Elise sie vermutlich jeden Abend. Die Werkstatttüren standen an beiden Seiten offen; Paul ging hinein und rechnete fast damit, sie dort zu treffen.

Auch die Haustür stand offen. Er hörte den Fernseher, als er den Hof durchquerte, wo die Sonne mit einer neuen Heftigkeit einfiel, weil sie nicht durch die Bäume gefiltert wurde. Als er in das erstickende Halbdunkel des Flurs trat, war er für einen kurzen Moment lang blind. Er spähte in das Kabuff, wo die Fernsehbilder leicht flimmerten, und atmete tief die vertraute schale Vormittagsluft ein: muffige Kissen, Fürze von kleinen Mädchen, säuerliche, aus Müslischalen verschüttete Milch.

»Hallo! Da ist Daddy!«, sagte Becky fröhlich überrascht, ohne sich zu rühren.

»Wo ist er?«

Joni musste sich den Hals verrenken, damit sie ihn um Gerald herum sehen konnte, dessen massige Gestalt zwischen den Mädchen auf dem Sofa lümmelte. Sie kuschelten sich an ihn, Gerald hatte seine Arme um sie gelegt. Bis Pauls Augen sich an das Licht gewöhnten, wirkte Gerald eher wie ein Schatten als wie eine eindeutige Gestalt. Dann sah er die Ohren, hinter die Gerald seine Haare gesteckt hatte; für einen Mann seiner Statur wirkten sie blass und filigran. Er blickte zu Paul hoch.

»Ach, du bist's!«, sagte Elise, die aus der Küche kam und sich die Hände an ihrer gestreiften Metzgerschürze abwischte. Sie trug ihr Haar anders, hatte es im Nacken locker zu einem Pferdeschwanz gebunden; offenbar hatte sie es in seiner Abwesenheit wachsen lassen. Er hätte nicht gedacht, lange genug weg gewesen zu sein, dass in der Zwischenzeit jemandes Haar hatte wachsen können.

»Du hättest anrufen können«, sagte sie. »Um uns vorzuwarnen, dass du kommst.«

»Aber jetzt bin ich da. Wer hat dir geholfen, die Bäume zu pflanzen?«

»Gerald.«

Gerald schien sich wieder auf den Fernseher zu konzentrieren. Die Moderatoren dieser Kindersendungen waren verrückt, sie verzogen entsetzt ihr Gesicht oder überschlugen sich vor Begeisterung.

»Ich setze Kaffee auf«, sagte Elise. »Wollt ihr beide welchen?«

»Bitte«, sagte Gerald, ohne aufzublicken.

Paul folgte ihr in die Küche. Im Licht sah er, dass die Haare seiner Frau am Scheitel ein Stück herausgewachsen waren: Nicht unbedingt grau, aber eine verblichene Nichtfarbe, heller als der kräftige Honigton des restlichen Haars. Er konnte sich noch nicht setzen, war zu unruhig und ging durch den Raum, hob Dinge auf und stellte sie ab – die Pfeffermühle, die Tafel für die Einkaufslisten, die Plastikflasche mit Geschirrspülmittel, die Vanilleschote in einem Zuckerglas –, als könnten sie sich in seiner Abwesenheit verändert haben.

»Um Himmels willen«, sagte Elise und hob den Deckel vom Herd, um den Kessel aufzusetzen. »Setz dich, Paul.«

In der Küche roch es nach Gebäck, auf einem Drahtgestell kühlten kleine Kuchen aus. Er wollte sie von hinten um die Taille fassen. Irgendetwas an ihren Bewegungen und ihrer Haltung hatte sich verändert. Auch ihr Parfüm roch anders.

»Noch nicht«, sagte sie und schob ihn weg. »Lass mich den Kaffee machen. Stell doch den Sonnenschirm auf, dann trinken wir ihn im Garten. Das Wetter ist so schön.«

»Mir ist aufgefallen, dass der Garten ohne die Bäume jetzt voll in der Sonne liegt.«

»Wir dürfen nicht ständig an diese Bäume denken. Es ist sinnlos, sich darüber aufzuregen.«

»Erzähl mir von dem Tag, als Willis wiedergekommen ist.«

»Nicht jetzt.«

Sie erklärte, dass sie die neuen Pappeln von Evelyns Geld bezahlt hatte, weil sie fand, es sei gut, es für etwas Dauerhaftes auszugeben, das sie immer an Evelyn erinnern würde, wenigstens solange sie in Tre Rhiw lebten. Es klang wie eine Rechtfertigung, ziemlich streitlustig.

Bislang seien die neuen Bäume gut angewachsen, sie hätten alle überlebt.

»Gerald hat gegraben, und ich gab die Anweisungen. Wir haben sie alle an einem Tag gepflanzt.«

»Gutes Team.«

»Es hat ihm gutgetan, Paul. Er war übel dran.«

Sie senkte die Stimme, weil sie Gerald noch bei den Kindern in der Kammer wähnte, und rührte den Kaffee in der Kanne um. Im selben Moment beobachtete Paul durchs Küchenfenster, wie Gerald blinzelnd in den Hof trat. Aus den Tiefen des Winterschlafs in der Kammer gerissen und überrascht vom grellen Licht, geriet er ins Stolpern. Mit den Händen in den Taschen und gesenktem Kopf ging er in seinem gewohnten Watschelgang durch den Garten in Richtung des Wegs am Fluss entlang zum Bahnhof. Paul wies Elise nicht auf Geralds Aufbruch hin.

»Am Anfang, als er hier war, konnte er kein Buch oder auch nur die Zeitung lesen. Ich musste seinen Fachbereich in der Universität anrufen und ihn krankmelden. An manchen Tagen ist er nur aufgestanden, um zur Toilette zu gehen. Er lag mit geschlossenen Augen da oder sah fern. Er fing an zu riechen, das fiel sogar den Mädchen auf. Am Ende ließ ich ihm ein Bad ein und zwang ihn, in die Wanne zu steigen, in der Zwischenzeit habe ich seine Sachen in die Waschmaschine gesteckt. Ich habe ihm eine Zahnbürste und saubere Unterwäsche gekauft. Ruth meinte, ich soll einen Arzt rufen. Ich hatte Angst, dass er sich etwas antut.«

»El, du hättest mir sagen sollen, wie schlimm es um ihn steht. Dann wäre ich nach Hause gekommen.«

»Ich hab es doch versucht, als du mich von Stella aus angerufen hast.«

»Du hast mir nicht die ganze Geschichte erzählt, nicht so.«

»Als ich ihn fragte, ob ich einen Arzt rufen soll, meinte er, es wäre hilfreich, wenn er seine Antidepressiva hätte, also bin ich nach Cardiff gefahren, um sie aus seiner Wohnung zu holen. Du hast mir nie erzählt, wie es bei ihm aussieht. Der reinste Horror.«

Bei dem Gedanken an die Wohnung schien die volle Kaffeekanne in ihrer Hand kurz zu zittern.

»Und haben sie geholfen?«

»Hat was geholfen?«

»Die Antidepressiva.«

»Ja, ich glaube schon. Jedenfalls ist seine Verfassung inzwischen viel besser. Sag ihm doch bitte, der Kaffee ist fertig.«

»Er ist weg. Vor fünf Minuten habe ich ihn weggehen sehen. Ich schätze, er wollte wohl doch keinen Kaffee.«

»Wer ist weg? Gerald? Wohin?«

»Er ist durch den Garten gegangen, ich nehme an, in Richtung Bahnhof.«

Elise rannte in den Hof hinaus und den halben Garten hinunter, blieb dann stehen, legte die Hand über die Augen und hielt Ausschau nach Gerald, aber er war nicht mehr zu sehen. Sie eilte in die Küche zurück und nahm ihre Schürze ab, als wollte sie ihm hinterherlaufen. »Mein Gott, du hast keine Ahnung! Wie konntest du ihn einfach gehen lassen? Du hast keine Ahnung, wie ernst die Lage hier war.«

»Mir kam er ganz normal vor. Er ist ein freier Mensch: Wenn er den Zug nach Hause nehmen will, ist das seine Sache. Du hast gesagt, dass es ihm besser geht.«

»Aber hat er Geld für den Zug? Hat er seine Schlüssel?«

»Wenn nicht, wird er wohl zurückkommen müssen.«

Elise ging mit erhobenen Fäusten auf ihn los. »Alles war so ungewiss. Und dann kommst du hereingeplatzt, ohne jedes Verständnis.«

Sie versetzte Paul Schläge auf Schultern und Brust, die nicht sehr wehtaten; er musste seinen Kopf abwenden, um ihnen zu entgehen, was es ihm erschwerte, ihre Handgelenke festzuhalten. Dann versetzte sie ihm eine feste Ohrfeige, die schmerzhafter war, worauf er sie schubste und sie gegen das Abtropfgestell fiel. Geschirr knallte in die Spüle.

Becky und Joni, aufgerüttelt aus ihrem Fernsehkoma, beobachteten das Ganze an der Tür.

»Wo ist Gerald?«, fragte Becky, als appellierte sie an die einzige vernünftige Person in dem ganzen Chaos.

»Er ist weg«, sagte Elise ausdruckslos, traurig.

Sie nahm ein Geschirrtuch und wischte sich Tränen aus dem Gesicht, dann nahm sie einen der abkühlenden Felsenkekse vom Drahtgestell. »Ich sollte die nicht essen. Die Kalorien wandern sofort in meine Oberschenkel.«

Paul schenkte Kaffee ein und machte den Mädchen Milchshakes. Dann saßen sie zu viert kleinlaut am Tisch und aßen Kekse.

Gerald kam nicht zurück.

Am Nachmittag hörte Elise in ihrer Werkstatt Leonard Cohen, während sie eine kaputte alte Lackschatulle mit Perlmuttintarsien zerlegte, die Ruth bei einem Ausverkauf auf dem Land erstanden hatte. Paul sah seine Post durch, die Elise auf den Schreibtisch in seinem Arbeitszimmer gelegt hatte, anschließend seine E-Mails.

Etwas war zwischen Gerald und Elise vorgefallen, während er weg war. Elise wollte nicht darüber sprechen.

»Wenn du auf Sex anspielst«, sagte sie und betonte das Wort verächtlich, »bist du auf dem Holzweg. Ich weiß, wie du denkst. Aber er ist nicht wie du.«

Paul versuchte, vernünftig zu sein. »Na schön, dann eben kein Sex. Freut mich.«

»Wie kannst du es wagen? Wie kannst du es wagen, dich ohne Vorwarnung oder Erklärung davonzumachen und nach London zu verschwinden, und dann kommst du zurück und glaubst, du kannst mich zur Rechenschaft ziehen und hast das Recht, über mein Privatleben Bescheid zu wissen?«

»Ich habe nicht das Recht. Deswegen frage ich dich nicht.«

Als er ihr sagte, er liebe sie, schluchzte sie nur heftig und trug den Plastikkorb in den Hof, um die Wäsche aufzuhängen. Paul ging davon aus, dass sie sich Gerald an den Hals geworfen hatte, und er hatte sie abblitzen lassen. Oder dass sie vorgehabt hatte, sich ihm an den Hals zu werfen und er genau zu der Zeit zurückgekommen war und alles vermasselt hatte. Er stellte sich in allen Einzelheiten vor, wie sie nach Cardiff fuhr, um Geralds Antidepressiva zu holen, wie sie das Auto neben dem grünen städtischen Freizeitgelände parkte, an dem großen düsteren alten Haus nach der Hausnummer suchte und mit Geralds Schlüssel die Wohnung aufschloss: Eine eifrige kompetente Frau mit einem wohltätigen Auftrag. Wahrscheinlich war sie schockiert von dem Chaos und hatte sich Beispiele gemerkt, die sie Ruth hinterher aufgeregt aufzählte: schimmliges Pittabrot im Kühlschrank, der Riss in der Wand, die schmutzige Toilette. Vielleicht spülte sie sogar das Geschirr. Vor seinem geistigen Auge hatte sie es nicht eilig. Er sah, wie sie die Tür hinter sich schloss, als sie ankam, sich ziemlich lange mit dem Rücken dagegenlehnte und alles in sich aufnahm. Noch ehe sie anfing, die Tabletten zu suchen, stellte er sich vor, setzte sie sich in einen von Geralds kaputten Sesseln, die Handtasche auf dem Schoß, die Augen geschlossen, und legte ihre Wange an den speckigen alten Chintz, atmete in dem leeren Raum die muffige heiße Luft ein. In seiner Vorstellung trug sie ihr Haar auf die neue Weise.

»Gerald ist anders«, sagte Elise. »Er lebt ehrlicher.«

Paul, der ziemlich verstört und eifersüchtig war, versuchte ihr klarzumachen, dass Ehrlichkeit nicht alles sei. Einer der Fixpunkte ihres gemeinsamen Lebens war, dass Elise Gerald komisch fand und seine Gleichgültigkeit gegenüber allem Materiellen missbilligte. Aber jetzt litt sie mit einer atemlosen Aufregung, zuckte jedes Mal zusammen, wenn das Telefon klingelte, und manchmal sah Paul, dass sie geweint hatte. Paul schlief im winzigen Fernsehzimmer. Das Bettzeug lag schon gefaltet auf dem Sofa, wahrscheinlich von Gerald. Mitten in der Nacht wachte er beklommen auf und musste nach draußen, wo er nur in Boxer-Shorts und T-Shirt durchs Gras lief und sich vor Zecken an seinen bloßen Beinen fürchtete. Die Sterne leuchteten hell, und die Ziegen hoben sich als blasse Gestalten vor der Dunkelheit ringsum ab; sie trotteten zum Zaun herüber, um neugierig zu beobachten, was er wohl vorhatte. Eine Eule jagte in den nahegelegenen Feldern. Er vermisste London.

Elise fragte nach Pias Wohnung, aber wie er dort gelebt hatte, schien sie nicht wirklich zu interessieren.

»Und wie geht es Pia? Wie ist ihr Freund denn so?«

Er beschrieb Marek mit Bedacht, stellte ihn vernünftiger und geschäftstüchtiger dar, als er in Wirklichkeit war, und erwähnte die Existenz von Anna mit keinem Wort. Er rechnete damit, dass Elise, die ihre gemeinsamen Bankkonten führte, das fehlende Geld bemerkte, aber sie sagte nichts, sodass sie es entweder nicht registrierte oder es ihr egal war. Vielleicht nahm sie an, er hätte es Pia gegeben. Als er mit Pia telefonierte, versicherte sie ihm, dass alles in Ordnung sei. Die Schwellung in ihren Knöcheln habe nachgelassen, im Krankenhaus sei man zufrieden mit ihr. Außerdem habe sie Annelies besucht, es sei nicht allzu schlecht gelaufen.

Paul übernahm das Gießen der neuen Bäume. Laut Wettervorhersage sollte die Hitze bald enden. James Willis lieferte das geschnittene Stückholz von den alten Bäumen; Paul bezahlte es und stapelte es im Nebengebäude, obwohl er nachschlug und herausfand, dass Pappelholz nicht gut brannte. Eines Abends gingen sie alle zusammen mit Ruth zum Otterbeobachten: Ein Stück weiter oben am Fluss sollte angeblich eine Familie leben. Ruths Mann hatte sie im Mondschein spielen sehen. Elise zitterte in ihrem ärmellosen Kleid, weil sie im späten Sonnenschein aufgebrochen waren und sie vergessen hatte, eine Strickjacke mitzunehmen. Ruth warnte die Mädchen, dass Otter scheue Tiere seien und sich vermutlich nicht blicken ließen. Sie zeigte ihnen eine schmutzige Senke auf der Böschung, wo die Otter tagsüber vielleicht schliefen, und die Fischotterlosung in der Nähe, ein schwärzliches Durcheinander von Fischschuppen und Bruchstücken von Knochen, wahrscheinlich von Aalen. Sie beobachteten die Stelle hinter einem Schirm aus Haselnussbüschen am gegenüberliegenden Ufer; der Mond ging unsichtbar hinter einem Hügel auf, und sein Leuchten breitete sich langsam am Himmel aus, dann schwebte er über ihnen.

Paul fand den Gehorsam und die Geduld der Mädchen rührend; er spürte die Disziplin in ihren kleinen, an ihn gekauerten Körpern. Elise wickelte sich eine der Decken um die Schultern, die sie zum Sitzen mitgebracht hatte – sie warteten über eine Stunde, ohne etwas zu sehen. Becky flehte sie an, noch länger zu bleiben. Angeblich hatte sie etwas im Wasser entdeckt, das aussah wie »ein kleines Kräuseln, als würde eine Nase vorspitzen«, doch Elise beklagte sich, sie würde starr vor Kälte. Obwohl sie sich um eine muntere, scherzhafte Stimme bemühte, hörte Paul die unterschwellige Anspannung heraus. Auf dem Rückweg war Becky eingeschnappt; Joni quengelte und war müde, und Paul trug sie. Zum ersten Mal, seit er wieder zu Hause war, durfte er sie auf den Arm nehmen. Sie legte den Kopf auf seine Schulter, ihr feines Babyhaar kitzelte ihn an der Wange. Am Morgen beim Frühstück hatte sie ihm nicht erlaubt, die Spitze ihres Eis abzuschlagen, und gesagt, sie wolle Gerald: »Und nicht dich.«

Paul fing an, etwas Neues zu schreiben: Nicht unbedingt ein Memoir, sondern eine Rückbesinnung auf sein frühes Interesse an der Natur. Er wollte nicht allzu viel darüber nachdenken, war aber zuversichtlich, dass etwas dabei herauskommen würde. In der Schule hatte er mal einen Preis gewonnen, ein Buch über das Erforschen der Landschaft, in dem die verschiedenen Fußabdrücke von Tieren diagrammatisch als ordentlich beschriftete schwarze Tintenflecke dargestellt waren: Dachs, Fuchs, Reh, Rothirsch und so fort. Er hatte sie alle hingebungsvoll gelernt, zusammen mit den Tierexkrementen, den Blattformen und den verschiedenen Nüssen und Beeren, als wäre die Natur eine Art

Code, wie Latein lernen; er war überzeugt, wenn er nur hart genug arbeiten würde, um den Code zu knacken, könnte er in die schöne mythische Welt vordringen, die er dahinter vermutete. Aus der Zentralbibliothek in Birmingham lieh er sich weitere Naturbücher aus und fuhr samstagmorgens mit dem Bus in die Stadt, um sie gegen neue zu tauschen. Danach traf er oft seinen Vater, der Samstags am Mittag Feierabend machte, vor den Wellblechtoren der Schraubenfabrik, in der er arbeitete. Wenn Paul zu früh dort war, lehnte er sich auf der Pflasterstraße, die von den Mauern der fensterlosen Rückseiten der Fabriken begrenzt wurde, mit dem Rücken an das Tor und fing an, das erste Buch zu lesen. Ihm war nie in den Sinn gekommen, die Natur in seiner unmittelbaren Umgebung zu suchen. Die Bücher lagen sicher in dem Einkaufsnetz aus Nylon zwischen seinen Füßen. Damals trug er auch am Wochenende Socken und die Schnürschuhe für die Schule, die dünnen Knie nackt unter seinen Shorts.

»Du musst hinfahren und sicherstellen, dass es ihm gut geht«, sagte Elise und meinte Gerald.

Es war früh am Morgen, noch im Nachthemd war sie im Bad, putzte sich die Zähne, spuckte ins Waschbecken und beobachtete Paul im Spiegel.

»Fahr du doch.«

Er war vom Sofa in der Kammer nach oben gekommen, weil er pinkeln musste; er war nicht sicher, ob er beim derzeitigen Stand der Dinge zwischen ihnen einfach pinkeln sollte, während sie im selben Raum war.

Ihre Augen fixierten ihn. Dann schrubbte sie energisch die Rückseite ihrer hinteren Backenzähne.

»Es geht ihm bestimmt gut. Andernfalls hätten wir von ihm gehört.«

Sie spuckte wieder aus. »Na schön. Dann fahre ich«, sagte sie.

»Vielleicht ist er gar nicht da. Im Sommer fährt er oft zu seinen Eltern.«

Sie drehte den Wasserhahn voll auf.

Später am Morgen hörte er sie mit dem Auto wegfahren. Er lief durch das ganze Haus, da er es zum ersten Mal seit seiner Rückkehr allein für sich hatte. Er probierte die Schubladen in der Lackschatulle, die Elise reparierte, goss mit dem Schlauch die Bäume und das Gemüse, spritzte die Rabatten und Eimer sauber, obwohl dafür eigentlich nicht die richtige Tageszeit war. Dann drang er wieder in die ausgesetzte Stille des Hauses ein und suchte nach weiteren Aufgaben, doch Elise hatte das Frühstücksgeschirr abgewaschen, also räumte er ein bisschen auf, zog die Decken auf den Betten der Mädchen glatt. In den oberen Zimmern, wo die Sonne auf das Dach knallte, war es bereits heiß. Sein Arbeitszimmer war kühl. Er las ein Buch über Ökologie und Elegie, das man ihm zum Rezensieren geschickt hatte. Nach zwei Stunden hörte er das Auto zurückkommen. Elise eilte durch das Haus in ihre Werkstatt, ihre Absätze klackten auf den Steinplatten im Hof. Offenbar hatte sie ihre schicken Schuhe zum Ausgehen angezogen. Er folgte ihr.

»Wie geht es Gerald?«

Sie trug Lidschatten, Lippenstift und eine neue, seidenartige, mit fliederfarbenen Blumen bedruckte Bluse, die er nicht kannte. Die Fahrt nach Cardiff dauerte ungefähr eine Stunde: Sie konnte nicht lange bei Gerald gewesen sein, selbst wenn sie ihn gesehen hatte.

Während sie mit zusammengekniffenen Augen an der Nähmaschine saß und versuchte, ohne ihre Brille den Faden einzufädeln, ihn befeuchtete und zum Öhr führte, behauptete sie, sie wisse nicht, wovon er rede, sie habe sich mit Ruth auf einem Bauernhof eine Kommode angesehen, die zum Verkauf stehe. Er glaubte ihr nicht. Vielleicht hatte sie Gerald besuchen wollen, und er war nicht zu Hause gewesen. Oder sie hatte ihn angetroffen, und er hatte sich ihr gegenüber verschlossen gezeigt.

»Gut, aber du hast gesagt, du machst dir Sorgen um ihn?«

»Er ist dein Freund, Paul. Du solltest dir Sorgen um ihn machen.«

Zum Mittagessen aßen sie unter dem Sonnenschirm im Hof Reste. Elise schlug vor, am nächsten Tag ein paar Leute zum Grillen einzuladen, bevor das Wetter umschlagen würde.

»Wenn du möchtest.«

Er hörte sie herumtelefonieren.

»Ich habe eine Nachricht auf Geralds Anrufbeantworter hinterlassen«, sagte sie. »Aber willst du es nicht auch noch mal probieren? Versuch ihn zu überreden, dass er kommt. Es wäre gut für ihn.«

Paul versuchte es pflichtschuldig. Geralds Telefon war abgeschaltet; er hinterließ eine weitere Nachricht.

Den nächsten Tag verbrachte Elise mit dem Vorbereiten von Essen: mariniertes Hühnchen und Fisch und Gemüse für das Barbecue, kleine frittierte Brotfladen, ein mit Nusskrokant garnierter Käsekuchen, selbstgemachtes Pflaumeneis. Paul fand den Aufwand für eine spontane Einladung etwas übertrieben, doch als er ihr das zu sagen versuchte, fuhr sie ihn wütend an, das Gesicht vom Frittieren gerötet. Am Vormittag schickte sie ihn mit einer Einkaufsliste nach Abergavenny, hauptsächlich wegen der Getränke; stattdessen fuhr er die ganze Strecke nach Cardiff, um bei Gerald vorbeizuschauen, obwohl er fast damit rechnete, er würde nicht aufmachen, weil es noch zu früh war. Doch falls Gerald überrascht war, ihn zu sehen – Paul stand vermutlich genau dort, wo seine Frau am Tag zuvor gestanden hatte und nicht hereingebeten worden war –, zögerte er nur kurz und leicht verwirrt, schwankte ein wenig auf den Füßen (klein wie seine Ohren), ehe er sich, wie üblich, wortlos umdrehte und vor Paul durch die feuchtkalte, abgestandene Luft die drei Treppen zu seiner Höhle unterm Dach hochging.

Drinnen lagen schwarze Plastiksäcke mit Altpapier und Küchenabfällen offen auf dem Fußboden, und der Schlauch eines an der Wand eingestöpselten Staubsaugers schlängelte sich auf dem Teppich. Die Fenster standen offen, und der Wind, der anderes Wetter ankündigen sollte, rüttelte an den mitgenommenen pflaumendunklen Blättern der Blutbuche. Keiner von beiden verlor ein Wort über die laufende Reinigungsaktion; Paul fühlte sich unwohl, als wäre er in die Privatsphäre seines Freundes eingedrungen. Gerald kochte Tee, maß sorgfältig ab und rührte gründlich um. Er sagte, er versuche das Rauchen aufzugeben und backe sein Marihuana stattdessen in Schokoladen-Brownies aus einer Fertigmischung. Er brachte einige in einer Keksdose aus der Küche mit und bot sie Paul an, der nicht in Versuchung geriet. Die Brownies sahen trocken aus. Gerald verdrückte zwei mit einer Miene, als erledige er eine notwendige Prozedur. Er erkundigte sich nach den Mädchen, dann zeigte er Paul ein Buch, das er gerade las, über verschiedene Kulturen und ihre voneinander abweichenden sprachlichen Kategorisierungen von Emotionen.

»Die Ilongot auf den Philippinen haben ein Wort, das die Reaktion auf einen Verstoß gegen eine gemeinschaftliche Norm beschreibt.«

»Dafür gibt es im Englischen doch bestimmt auch ein Wort.«

»Fällt dir eins ein?«

Paul fielen nur Wörter ein, die keine Emotionen ausdrückten, zum Beispiel »ehrenwert« und »Sündenbock«.

»Und das russische Wort *toska*«, sagte Gerald, »bedeutet ›wie man sich fühlt, wenn man sich Geschehnisse wünscht und weiß, sie werden nicht eintreffen‹.«

»Sehr russisch.«

»Das ist der springende Punkt.«

Paul lud ihn zu dem Barbecue am Abend ein und schlug vor, sie könnten jetzt zusammen zurückfahren, doch Gerald meinte, er sei am Nachmittag beschäftigt.

»Ich gebe dir Bescheid. Vielleicht komme ich später vorbei.«

»Elise macht sich Sorgen um dich. Sie glaubt, es geht dir schlecht.«

»Es ging mir schlecht. Inzwischen fühle ich mich besser. Elise hat mich überredet, ein Bad zu nehmen, das war schon mal ein Anfang, für den ich dankbar bin. Und sie ist hierhergefahren, als ich bei euch war, und hat meine Tabletten geholt.«

Paul tat, als wüsste er nichts davon. »Sie war hier?«

»Sie hat sogar etwas vergessen. Bringst du es ihr zurück?«

Gerald durchwühlte die Haufen auf seinem Schreibtisch, bis er einen bedruckten Seidenschal fand, den Paul erkannte. Er roch nach Elise.

»Haben die Tabletten gewirkt?«

»Sie haben gewirkt, wie sie es müssen. Im Verhältnis zu kleinen kulturellen Unterschieden sind sie brutale chemische Keulen. Eine feinsinnige Wissenschaft ist das nicht.«

Elise beschwerte sich, weil er stundenlang weg gewesen war. Paul erzählte ihr nichts von seinem Besuch bei Gerald. Es war seine Aufgabe, das Feuer in dem großen Grill in Gang zu bringen, den Elise aus Steinen von einem der verfallenen Nebengebäude gebaut hatte, der Rost stammte vom hiesigen Schmied. Becky und Joni kamen mit dem ersten Aufgebot an Gästen nach Hause, Kinder und Eltern aus der Schule. Die Kinderbande schlug bald über die Stränge, rannte um das Haus herum und durch den Garten, ein paar Winzlinge wackelten hinter ihnen her bis zum Fluss hinunter, wo Becky die Kleinen mütterlich in ihre schützenden Arme nahm, während Joni sich von einem Baumast schwang, um zu zeigen, dass es ihrer war, und mit den Beinen über dem Wasser strampelte. Dann rannten sie wieder zurück. Die diversen Eltern riefen ihnen Ermahnungen und Verbote zu.

Elise hatte einen Sommerpunch gemacht, in dem Minze, Borretsch und Erdbeeren schwammen, serviert in einem überfrorenen Glaskrug aus der Tiefkühltruhe. Sie hatte geduscht und ihr Haar gewaschen, wirkte gefasst und zurückhaltend in ihrer neuen Bluse. Paul hörte, wie sie die Otter-Geschichte erzählte, als wäre sie lustig, dass er und die Mädchen hätten bleiben und in der Dunkelheit ins Nichts starren wollen, während sie steif gefroren war. Am Anfang achtete sie darauf, nicht zu viel zu trinken, weil sie noch die Brotfladen im Ofen warm machen, auf Servierplatten legen und gleichzeitig den Grill im Auge behalten musste; doch als jeder etwas zu essen hatte, wurde sie leichtsinniger. Eins oder zwei der kleineren Kinder waren mittlerweile eingeschlafen und oben ins Bett gelegt worden; der Rest spielte Verstecken, am Haus, im Garten und in den Feldern. Das Licht verkroch sich am Horizont hinter violetten Wolkenbänken; die alten Apfelbäume warfen dunstige Schatten auf die Wiese, in denen die schleichenden oder rennenden Gestalten der Kinder verschwammen und ihre Geräusche verstärkt wurden: Ein dumpfes Getrappel von Schritten, wenn sie sich in Sicherheit brachten, oder ein jäher Aufschrei als Zeichen der Niederlage. Die älteren Kinder organisierten das Spiel, einer von Ruths Jungen und ein Mädchen. Joni begriff die Regeln nicht oder wollte sie nicht befolgen; sie rannte kreischend weiter, auch wenn sie berührt worden war.

»Das war dringend nötig«, sagte Elise, nachdem sie gierig mehrere Schlucke Punch getrunken hatte und sich entspannt an die Lehne ihres Rohrsessels fallen ließ. »Darauf habe ich mich schon den ganzen Tag gefreut. Ist es nicht perfekt? Was für ein perfekter Abend!«

Auch das Essen sei perfekt, stimmten alle zu.

Mit Carwen, einem Freund, der als Erziehungsbeauftragter für das nahegelegene Naturschutzgebiet arbeitete, unterhielt Paul sich über das, was er am Nachmittag in dem Buch über Elegie gelesen hatte, über die Asymmetrie in komplexen Systemen – wie unglaublich lange es dauerte, sie aufzubauen, und wie schnell sie zerstört werden konnten: Das galt für gesellschaftliche und kulturelle Systeme ebenso wie für lebende Organismen.

»Es ist eine Tragödie, die in der Struktur der Dinge angelegt ist.«

»So kann man es natürlich auch sehen«, sagte Carwen. »Aber als knallharter Wissenschaftler sehe ich Zerstörung auch als reinigend, sie ebnet den Weg für neue Systeme.«

»Haben so Tyrannen nicht ihre Kriege gerechtfertigt?«, fragte Ruth.

»Wir können es uns nicht leisten, das Ganze vor dem Hintergrund einer langen Zeitspanne zu sehen«, sagte Paul.

»Ich hasse das Wort Tragödie«, sagte ein anderer. »Heutzutage ist alles eine verdammte Tragödie. Die Leute verwenden das Wort ›Tragödie‹, wenn sie nur einen Unfall meinen oder etwas Trauriges.«

»Verdirb nicht alles, Paul. Sei nicht so ein Schwarzmaler.«

Aber in Wirklichkeit amüsierte er sich. Die Erwartungen an sein neues Buch stimmten ihn optimistisch. Er fühlte sich diesen Leuten zugetan, sogar einigen, die er nicht gut kannte, ja sogar Ruth. Ruth sah gut aus, sie trug eine Art langen, gemusterten Kittel über ihrer Jeans, dadurch wirkte sie weniger zugeknöpft, mädchenhafter. Seit dem Abend, als sie auf die Otter gewartet hatten, war sie nett zu ihm gewesen – als zöge sie sich etwas von ihrer Solidarität mit Elise zurück und empfinde Mitleid mit ihm.

Er nahm einen Anruf auf dem Handy entgegen und eilte in den Garten hinunter, wo der Empfang besser war. Elise erstarrte in ihrem Sessel, als sie das Klingeln hörte, und er wusste, sie war von ihrer Unterhaltung abgelenkt und versuchte herauszufinden, mit wem er sprach: Danach winkte er sie zu sich, damit sie reden konnten. Als sie aufstand, wackelte sie auf ihren hohen Absätzen, streifte ihre Schuhe ab und ging barfuß über das Gras. Fledermäuse flogen in scharfen, dünnen Linien durch die graue Luft. In der Dämmerung war ihr Gesicht verschwommen, nur ihre hellen Kleider sah er deutlich, ihr dunkles Dekolleté unter dem offenen oberen Knopf ihrer Bluse.

»Wer war das? Gerald? Kommt er noch?«

Sie lallte nicht, aber ihr Tonfall war aggressiv, als wäre eine verborgene Barriere zwischen ihnen gefallen. Dort, wo ihre Füße das Gras zertraten, stieg ein sehnsüchtiger grüner Duft auf und zerrte an seinen Gefühlen. Er ahnte, wie Elise zumute war, ihre Zermürbtheit, als ginge etwas Wichtiges vor sich und man hinderte sie, daran teilzuhaben, sodass alles, was sie zu geben hatte, all ihre Schönheit, ungenutzt blieb.

»Es war Pia«, erklärte er. »Ich muss los. Irgendetwas stimmt nicht, keine Ahnung was, ich weiß nicht genau, wo sie ist, aber sie ist aus der Wohnung ausgezogen, und ich muss sie abholen.«

»Ach, verdammt, Paul. Mist! Du kannst doch gar nicht mehr fahren. Du bist betrunken.«

»Bin ich nicht. Ich hatte nur zwei Gläser.«

»Wieso geht sie nicht zu Annelies?«

»Sie ist schon irgendwo auf dem Weg hierher. Sie ist getrampt und steht an einer Tankstelle, weiß aber nicht, an welcher, sie will mich zurückrufen.«

»Kann sie nicht den Bus nehmen?«

»Sie ist schwanger, El. Und ich weiß nicht, was sie bewogen hat, wegzugehen. Ich habe Angst um sie.«

»Na schön. In Ordnung.«

»Ich komme und entschuldige mich bei den Gästen.«

XI

Bevor er den Motor startete, schaute er auf seinem Handy nach, ob Pia eine Nachricht hinterlassen hatte. Er stellte fest, dass er eine SMS von Gerald verpasst hatte, in der er mitteilte, er sei unterwegs. Er hielt es nicht für nötig, Elise Bescheid zu geben. Gerald würde schon persönlich auftauchen.

Paul war sicher, dass er fahrtüchtig war, obwohl er wahrscheinlich mehr als die zwei zugegebenen Gläser getrunken hatte. Er fuhr gerne nachts. Die leeren Straßen waren so banal wie tagsüber – im Schutz der Nacht veränderten sie sich und gaben ihm das Gefühl, durch eine andere, mystisch aufgeladene Landschaft zu fahren. Er war voller Sorge um Pia, weil er keine Ahnung hatte, was los war. Am Telefon hatte sie ihm keine Einzelheiten erzählen wollen, aber sie klang weinerlich, kurz angebunden, verzweifelt. Ob sie etwas über Marek herausgefunden hatte, womit sie nicht leben konnte? Vielleicht war er verhaftet worden oder man wollte ihn abschieben; vielleicht war es etwas Persönliches, oder noch schlimmer, er war ein abartiger, grausamer Typ, an dessen Seite er, Paul, gelebt hatte, ohne es zu merken. Vielleicht hatte Marek nur gewartet, bis Paul weg war, um sein wahres Gesicht zu zeigen. Als er versuchte, sich den Mann vorzustellen, den er gemocht hatte, stieß er auf die verschlossene Tür von Mareks unbekanntem Leben. Die Zeit in dieser Londoner Wohnung verblasste bereits, als hätte sie ihm nie gehört. Wenn er aus der Distanz in Tre Rhiw darüber nachdachte, schockierten ihn der zwanglose Drogenkonsum, die planlose Zukunft, die halbherzigen Vorbereitungen auf die Ankunft des Babys.

Diese Sorgen kreisten ständig durch seinen Kopf, aber er spürte auch eine gewisse Erregung: Da war er und raste durch die Nacht seiner Tochter entgegen, die ihn dringend brauchte. Er empfand diese Rettung als erleichternd und reinigend; eine klare Herausforderung, der er gerecht werden und entsprechen konnte. Irgendwann, nachdem er die Brücke nach England überquert hatte, geriet er trotz der späten Stunde in stockenden Verkehr, der sich auf einer Spur drängte. Zum Glück kam der Verkehr nie zum Erliegen, und es dauerte nicht lange, bis er die Ursache der Verzögerung erreichte und passierte: Ein Unfall, der lange genug zurücklag, dass der Krankenwagen mittlerweile eingetroffen und die Polizei im Einsatz war. Zwei kleine Autos waren ins Schleudern geraten und standen in entgegengesetzter Fahrtrichtung da; die mittlere Leitplanke war eingedellt, überall lagen Trümmer und zerbrochenes Glas. Abergläubisch und aus Respekt hielt Paul nicht nach Schwerverletzten Ausschau; er registrierte, dass zwischen den fluoreszierenden Jacken der Rettungshelfer ein paar verstörte junge Leute standen, die aus ihrem

Leben in dieses Unglück gerissen worden waren. Er beschleunigte auf der vor ihm liegenden leeren Autobahn. Als sein Telefon klingelte, hielt er auf dem Seitenstreifen, ängstlicher als sonst, nachdem er den Unfall gesehen hatte. Pia schrieb, sie sei an der Raststätte Strensham, und Paul antwortete, dass er in einer knappen Stunde bei ihr wäre.

Zu dieser späten Stunde wirkte die Raststätte gespenstisch: Die Angestellten, die plaudernd im Foyer standen, waren den Kunden zahlenmäßig überlegen und drehten sich um, als er eintrat. Ein Mann schob einen Eimer auf einem Rollwagen und putzte den Boden. Paul entdeckte Pia in dem Café sofort, eingepackt in eine Windjacke saß sie mit dem Rücken zu ihm, ihr Haar links und rechts zu einem Schwanz gebunden, der Rucksack an den Nebentisch gestützt. Ihr Anblick, ganz allein und überaus vertraut, versetzte ihm einen Stich, und er ging rasch zu ihr. Als sie sich umdrehte, fiel ihm auf, dass sie den Stecker wieder in der Lippe hatte. Sie war sehr blass und ungeschminkt. Ihr mürrischer Gesichtsausdruck erinnerte ihn an ihre Kindheit.
»Mann, ich hätte es keine Sekunde länger hier ausgehalten«, sagte sie. »Alle starren mich an.«
»Wahrscheinlich sind sie nur besorgt um dich. Eine schwangere junge Frau, die spätnachts allein hier wartet. Du bist ein kleines Rätsel. Und was hast du dir eigentlich dabei gedacht, per Anhalter zu fahren? Du hättest mich gleich anrufen sollen.«
»Ich hatte eine Mitfahrgelegenheit bei einem Last-

wagenfahrer, aber er ist hier abgebogen. Es ist besser, wenn man schwanger ist, dann kommen sie nicht auf dumme Gedanken.«

»Mir war nicht klar, dass du schon früher getrampt bist.«

Sie zuckte die Schultern. »Na ja, wenn ich getrampt bin, habe ich es Mum natürlich nicht erzählt.« Als er sich nach unten neigte, um sie zu umarmen, lehnte sie ihren Kopf gehorsam an seine Jacke.

»Was ist mit Marek passiert? Warum bist du weggegangen?«

»Nichts ist passiert.«

»Aber dir geht es gut? Er hat dir nicht wehgetan?«

Sie schob verärgert ihre leere Tasse über den Tisch, und fürs Erste hakte er nicht weiter nach.

»Willst du noch einen Kaffee oder irgendwas essen, bevor wir aufbrechen?«

Pia wollte nur weg. Im Auto durchwühlte sie die CDs im Handschuhfach und verkündete, dass er nichts Ordentliches zum Auflegen hätte; sie schaltete das Radio ein, das er auf klassische Musik eingestellt hatte, dann schaltete sie es wieder aus. Sie fühlte sich unwohl unter dem Sicherheitsgurt, wölbte den Rücken und rutschte unruhig auf dem Sitz herum; er erinnerte sich, dass Elise das ebenfalls gemacht hatte, als sie schwanger war. Er empfand es als Triumph, mit Pia neben sich nach Hause zu fahren – als wäre die Mission damit erfüllt, auf die er sich vor Wochen und Monaten begeben hatte, als er nach ihr zu suchen begann. Er brachte seine Tochter nach Hause, er würde sich um sie kümmern.

»Komm bloß nicht auf falsche Gedanken«, sagte Pia und verlagerte wieder ihre Position, als entlade sich der Vorwurf aus ihrem körperlichen Unwohlsein. »Es ist nichts passiert.«

»Aber etwas muss vorgefallen sein.«

»Ich hab's mir anders überlegt. Mehr nicht.«

»Dann muss etwas vorgefallen sein, das dich veranlasst hat, es dir anders zu überlegen.«

Sie wandte ihr Gesicht von ihm ab und schaute aus dem Fenster. Dieser Abschnitt der Autobahn war beleuchtet, die vorbeischnellenden hohen Stangen der Lampen und die hängenden Lichtschleier verliehen der Umgebung eine leere, kathedralenhafte Erhabenheit. Dann erreichten sie das Steilufer über dem flachen Mündungstal und sahen vorne die beiden beleuchteten Brücken, die sich über dem Wasser nach Wales spannten. Paul bemühte sich, das Schweigen zu wahren, um nicht abzuwürgen, was womöglich gleich kam. Falls sie etwas Beschämendes herausgefunden hatte, würde sie nicht wollen, dass er es erriet.

»Es liegt an mir«, sagte sie. »Es war mein Fehler.«

Als hätte Paul etwas anderes behauptet, beharrte sie darauf, dass Marek ein guter Mensch sei, er und Anna seien freundlich und großzügig. Und Marek liebte sie wirklich. Sie sei sicher, dass es ihm ernst war und er eine Familie mit ihr gründen wollte.

»Keine Ahnung, warum ich das gemacht habe.«

»Was hast du denn gemacht?«

»Etwas sehr Dummes«, sagte Pia. Sie hatte vorgetäuscht, dass das Baby von Marek war.

Eigentlich sei das nicht so schlimm, wie es sich anhöre. Als sie zusammenkamen, hatte sie keine Ahnung gehabt, dass sie schwanger war. Sie hatte Marek gemocht, er kam oft ins Café, um Anna zu sehen; sie mochte die Art, wie er sie umschwärmte, fand es romantisch. Er war anders als die englischen Jungs, mit denen sie studierte, erwachsen, verglichen mit ihnen. Und ihm war zuerst klar geworden, warum ihr immer übel war; er fragte sie nach ihrem Zyklus und allem. Sobald sie ihre Lage begriffen hatte, wusste sie, dass Marek nicht der Vater war, weil sie sich schon ein paar Wochen so gefühlt hatte, bevor etwas mit ihm gelaufen war. Aber er hatte natürlich nicht in Zweifel gezogen, dass es sein Kind war. Und sie hatte es ihm gegenüber nicht richtiggestellt. Zuerst hatte sie gedacht, wenn sie es ohnehin abtreiben würde, wäre es sinnlos, die Sache richtigzustellen. Doch dann hatte sie es nicht abtreiben lassen. Die Daten, die man ihr im Krankenhaus gegeben hatte, hatten bestätigt, was sie bereits wusste; sie hatte Marek und Anna diesbezüglich angelogen.

Sie fuhren durch einen vorübergehenden Regenschauer, und Paul schaltete die Scheibenwischer an.

»Und wer ist dann der Vater?«

»Wer glaubst du wohl? James natürlich.«

»Oh.« Paul überlegte kurz. »Weiß James, dass er der Vater ist?«

Sie schüttelte den Kopf.

Eine Weile fuhr er schweigend weiter. Sie kamen an der Unfallstelle vorbei, die er auf der Hinfahrt gesehen hatte: der Verkehr führte immer noch einspurig daran vorbei, aber die Rettungskräfte waren verschwunden, und Männer manövrierten die Autowracks auf einen Abschleppwagen.

»Du bist sauer auf mich«, sagte Pia. »Ich wusste, du wärst sauer auf mich.«

»Ich bin nicht sauer auf dich.«

Tatsächlich fühlte er sich irgendwie verletzt und enttäuscht. Er war bereit gewesen, sich über Marek und Anna aufzuregen, und jetzt fühlte er sich stattdessen unwohl und schuldig, als wäre er in Pias Täuschungsmanöver den beiden gegenüber verwickelt. Er hatte sie für zuverlässig gehalten – ein zuverlässiges, anständiges englisches Mädchen –, doch das war sie nicht. Er hatte sich vorgestellt, sie hätte sich ihrem Abenteuer in gutem Glauben hingegeben; jetzt stellte er sich nur vor, wie überrascht, empört oder verzweifelt Marek und Anna waren, wenn sie die Nachricht lasen, die Pia angeblich zurückgelassen hatte. Pia zufolge wussten die beiden nicht, wie sie zu finden wäre – die Adresse ihrer Mutter besaßen sie nicht, und von Paul wussten sie nur, dass er irgendwo in Wales lebte. Sie wollte ihre Handynummer ändern. Von James hatte sie ihnen nie erzählt. Außerdem würden die beiden sie ohnehin nicht suchen.

Ihre Stimme klang kleinlaut und niedergeschlagen.

»Ich will frei sein. Ich will einfach wieder ich selbst sein.«

Auf der Zufahrtsstraße zum Dorf bat sie ihn, nach Blackbrook zu fahren und sie dort abzusetzen. Paul wäre nie eingefallen, dass sie nicht mit ihm nach Tre Rhiw fahren wollte, zumindest für diese eine Nacht. Bei dem Gedanken, ohne sie nach Hause zu kommen, verlor er die Beherrschung und hielt so abrupt auf dem Grünstreifen an, dass Brombeerschösslinge das Fenster auf seiner Seite streiften.

»Du bist unvernünftig«, sagte er. »Es ist zwei Uhr morgens. Wir können sie nicht um diese Zeit wecken. Es gibt nichts, das nicht bis morgen warten kann.«

»Wir klingeln im Nebenhaus. Dann hört es nur James. Ich wollte ihn anrufen, aber er hat sein Handy abgeschaltet.«

»Ich finde, du solltest auf mich hören, nachdem ich dich so weit gefahren habe.«

Pia löste ihren Sicherheitsgurt, öffnete die Autotür und stieg schwerfällig aus. Ein kühler Lufthauch störte die Wärme im Auto; der feine Regenschauer hatte ausgedörrte Erde befeuchtet und einen ranzigen Pflanzengestank erzeugt. Paul wusste, wo sie sich befanden: Jenseits der dichten unsichtbaren Haselnuss- und Schlehenhecke standen die fußhohen Schösslinge in Willis' Feldern.

»Ich kenne den Weg von hier aus«, sagte Pia. »Kein Problem.«

»Sei nicht albern. Es ist stockdunkel.«

»Ich muss mit James reden.«

»Du kannst morgen früh mit ihm reden.«

Im Licht der Scheinwerfer sah er sie die Straße entlanggehen, bockig, schwerfällig, den Rücken ihm trotzig zugewandt, dann stolperte sie über etwas, ein

Schlagloch oder einen Stein. Er fuhr ihr nach und ließ sein Fenster herunter.

»Was ist mit deinem Rucksack?«

»Den lass ich morgen von James abholen.«

»Gut, ich gebe nach. Pia, steig ein. Ich bring dich hin.«

Sie atmete schwer, als sie wieder einstieg. Paul bildete sich ein, dass sie weinte; sie ließ das Fenster auf ihrer Seite herunter und hielt ihr Gesicht in die Dunkelheit. An der Gabelung der Zufahrt nahm Paul den unteren Weg, der zu den umgebauten Nebengebäuden führte, wo James ein Zimmer bewohnte. Als er anhielt, ging eine Sicherheitsleuchte an und über ihnen, im Haupthaus, fing ein Hund an zu bellen. Paul hasste Willis' gesichtslosen Umbau mit den hässlichen neuen Dachziegeln aus Glaskeramik und den Kunststofffenstern, die die Seele der alten Scheune bloßlegten und auflösten.

»Das ist wirklich keine gute Idee«, sagte er.

»Keine Angst.«

»Du weißt, Willis ist ein Spinner. Und er hasst mich.«

»Es geht nicht immer nur um dich, Dad.«

Sie stiegen zusammen aus, und Pia klingelte. Sie warteten, während Pia noch zweimal klingelte und sie den Widerhall im Haus hörten. Dann ging sie mit gespreizten Knien auf Augenhöhe mit dem Briefkasten in die Hocke und rief mit einer Stimme durch den Schlitz, die zugleich gedämpft und dringlich klingen sollte.

»James! James!«

Im Haus polterte jemand eine Holztreppe herunter. Pia schaffte es gerade noch rechtzeitig, sich aufzurichten, bevor die Tür nach innen aufschwang; Paul sah, wie sie, die mit James rechnete, erleichtert nach vorne sackte. Aber es war Mrs Willis, die hinter der Tür stand: stämmig, untersetzt, das grauschwarze Haar so kurz geschnitten, dass es wie eine Bürste vom Kopf abstand. Wahrscheinlich war sie aus dem Schlaf gerissen worden, denn sie sah nicht gut aus, wirkte finster und abwehrend in ihrem unpassend weiblichen rosa Nachthemd.

»Was ist los?«

»Tut mir wirklich leid, Susan«, sagte Pia. »Ich wusste nicht, dass du hier drüben schläfst. Ich wollte dich nicht wecken. Ich wollte zu James.«

»Ach ja, plötzlich willst du?«

Hinter den Augen der Frau blitze ihre Intelligenz auf und flitzte zwischen Paul und Pias tränenverschmiertem Gesicht, ihrer angeschwollenen Gestalt hin und her. Der Flur und das Treppenhaus hinter Susan Willis verströmten die Neutralität einer Ferienwohnung, ohne jegliches persönliches Dekor, alles sauber und blank.

Paul konnte nichts dafür, dass er erschöpft und wie ein Engländer klang. »Ich wollte Pia davon abhalten, zu dieser ungünstigen Zeit zu kommen. Aber sie war unnachgiebig.«

Unnachgiebig war ein Wort, das er eigentlich nie benutzte.

»Ist er da?«, bohrte Pia verzweifelt nach.

Im selben Moment erschien James auf der Treppe, mit aufgedunsenem Gesicht und schlaftrunken blinzelnd, in Boxershorts und schlabberigem T-Shirt, an den Beinen ein struppiger blonder Flaum. In seinem benebelten Zustand verfehlte er ein paar Stufen und schaffte es gerade noch, sich am Geländer festzuhalten, um nicht kopfüber nach unten zu stürzen. Susan Willis starrte Pia immer noch an, berechnend, verwirrt – aber offenbar hatte sie nicht vor, sich empört oder erschüttert zu zeigen. Paul hatte sie bisher nur im Vorbeigehen gesehen, und ein- oder zweimal hatte er mit ihr gesprochen, als er zum Eisholen losgeschickt worden war und sie ihn im Laden bedient hatte. Damals war ihm die ironische Ader in ihr nicht aufgefallen. Vielleicht schlief sie im Nebenhaus, um von ihrem Mann getrennt zu sein.

»Sie möchte mit James reden«, sagte Paul. »Aber wir können auch morgen Vormittag vorbeikommen, wenn es Ihnen lieber ist, dass sie nicht bleibt.«

»Sie kann bleiben, wenn sie will«, sagte Susan skeptisch. »Wenn James das auch will.«

»Was ist los?«, sagte James. »Was macht sie hier?«

»Sie will mit dir reden. Sieht so aus, als hättet ihr tatsächlich was zu besprechen.«

»Das hat nichts mit mir zu tun«, sagte James.

»Doch, hat es«, sagte Pia.

»Genau das hat sie mir auch erzählt«, sagte Paul, »als wir im Auto auf der Fahrt hierher waren.«

»Ich hab so getan, als hättest du nichts damit zu tun. Einmal wäre ich fast gekommen, um dir die Wahrheit zu sagen. Ich hatte schon die Fahrkarte in Paddington gekauft, bin dann aber doch nicht in den Zug gestiegen. Das heißt, ich bin eingestiegen und in letzter Minute wieder ausgestiegen.«

»Ich glaube dir nicht«, sagte James.

Er rieb sich zweifelnd und widerstrebend die Augen,

nachdem diese Enthüllung ihn endgültig aus seinem tiefen, jugendlichen Schlaf gerissen hatte. Auch Pia wirkte schockiert, als löste ihre Enthüllung nicht die Reaktion aus, die sie sich zuvor ausgemalt hatte.

»Es wird ein Mädchen«, sagte sie schüchtern. »Anscheinend wird es ein Mädchen.«

Als Paul geboren wurde, hatte seine Mutter mit einem Mädchen gerechnet, sie hatten schon einen Mädchennamen ausgesucht. Es gab ein Ammenmärchen: Man ließ einen Ring an einem Faden über dem ungeborenen Kind baumeln und beobachtete, ob er sich in Uhrzeigerrichtung oder gegen sie drehte. So viel zu Ammenmärchen. Evelyn war nicht enttäuscht, sondern erleichtert gewesen. Als er noch zu Hause lebte, hatte sie ihm einmal gesagt, dass sie keine Tochter hatte haben wollen, die nur zur Schinderei geboren wäre. Ein Sohn konnte weggehen und ein anderes Leben führen. Vielleicht hatte sie später anders darüber gedacht, als Paul sie in seinem neuen Leben zurückgelassen hatte – er besuchte sie nicht sehr oft, wusste nicht, wie er die endlosen, wichtigen Einzelheiten ihres Alltags mit ihr am Telefon durchkauen sollte. Eine Tochter wäre vielleicht die bessere Wahl gewesen.

Paul saß noch eine Zeit lang im Auto, nachdem Pia im Haus der Willis' verschwunden war. Wenn Evelyn noch leben würde, hätte sie die Vorstellung von einer schwangeren, unverheirateten Pia verabscheut; sie hätte nicht verstanden, warum alle das so ruhig hinnahmen, als wäre es nichts Folgenschweres. Die Welt drehte sich, und die alten Grundmuster, die einst verlässlich wie das Leben selbst schienen, waren überkommen und vergessen. Es gab keinen Ort mehr, den er aufsuchen konnte, um sich an seine Mutter zu erinnern. Vielleicht stand ihr Name in einem Buch im Krematorium – oder gab es das nur in Kirchen? –, Name um Name in ordentlicher schwarzer Schönschrift, mit einem bestickten Lesezeichen in der aufgeschlagenen Seite, pelzig von toten Motten und Staub. Er dachte lieber im Dunkeln an sie. Sie hatte ihn wieder heimgesucht, seit er aus London zurück war, allerdings nicht mit derselben Wucht wie am Anfang. In seinen Träumen lösten sich die Knoten ihrer bangen Ängstlichkeit, und ihr totes Ich zeigte sich sogar versöhnlich. Paul war hundemüde, er schlief fast im Auto ein. Er hatte keine Lust mehr, die letzten fünfhundert Meter zu fahren.

Er suchte überall im Haus, ohne recht zu wissen, was er erwartete. Ob Gerald hier irgendwo bei Elise war? Das Chaos der Grillparty stand aufgetürmt in der Küche, schmutzige Teller, eine schändliche Batterie von Flaschen, übriggebliebenes Essen, nicht im Kühlschrank verstaute Essensreste. Oben im Zimmer der Mädchen lagen Gästematratzen auf dem Fußboden, auf denen zusammengerollte Kinder unter Decken oder in Schlafsäcken lagen. Alle schliefen inmitten von Spuren abgebrochener Spiele, die Spielzeugkiste umgekippt, zertrampelte Verkleidungskostüme auf dem Boden, wo sie abgeworfen worden waren. Er stieß die Tür zum Schlafzimmer auf der anderen Seite des Treppenabsatzes auf, die wie immer angelehnt war. Sie schwang lautlos zurück und offenbarte nur das im Spiegel gefangene Licht aus dem Treppenhaus, die große weiße Tagesdecke, die unberührt auf ihrem Bett lag, Elises Kosmetiktasche auf dem Frisiertisch, aus der Stifte, Pinzetten und Farbtöpfchen ragten. Das offene Fenster klapperte an seinem Schnapper; der Regenschauer hatte den Geruch nach Erde und Wachstum im Garten geweckt. Motten zappelten in der leuchtenden Papierkugel auf dem Treppenabsatz hinter ihm.

Es war nicht zu übersehen: Elise war nicht da.

Waren all diese Kinder im Haus ohne sie sicher?

Am Fenster meinte er, blasse Gestalten zu erkennen, die sich auf der Wiese bewegten. Er ging absichtlich polternd die Treppe hinunter, ließ den Wasserhahn in der Küche geräuschvoll laufen und rief aus der Hintertür nach ihr. Als er aus dem erleuchteten Haus in den Hof trat, ihn durchquerte und in den Garten ging, hatte er das Gefühl, als drückte er gegen eine Haut aus Dunkelheit, die er schließlich durchbrach, um mit vorsichtigen Schritten und angezogenen Knien in einem dichteren Medium zu waten, unsicher, wo er die Füße aufsetzte.

»El? Wo bist du?«

Auch sie schien etwas zu durchbrechen, als sie plötzlich vor ihm stand und die Nacht sich um ihre Gestalt lichtete. Offenbar hatte sie über ihre Bluse einen Pullover angezogen, als es kühler wurde, doch anhand ihrer Größe im Verhältnis zu seiner Schulter merkte er, dass sie noch barfuß war. Trotz des Abstands zwischen ihnen spürte er, unsichtbar im Dunkel, ihren äußerst vertrauten skeptischen Blick.

»Paul? Bist du das? Wo hast du Pia gelassen?«

»In Blackbrook. Sie wollte bei James bleiben.«

»Das ist gut, denn die Matratzen sind alle mit Kindern belegt. Worum ging es denn? Ist alles in Ordnung?«

Paul erzählte ihr mehr oder weniger, was passiert war, Pias Schwindel und Flucht, dass sie Susan Willis mitten in der Nacht geweckt hatten. »Ich kann es nicht fassen, jetzt sind wir mit den widerlichen Willis' auch noch verbandelt. Zumindest genetisch. Ein Alptraum.«

Elise sagte, sie habe Pias Zeitangaben von vornherein merkwürdig gefunden. Auf den Bildern, die sie Becky geschickt hatte, habe sie zu dick ausgesehen.

»War die Party noch gut, nachdem ich weg war?«

»Es war eine Trinkerparty. Wir haben zu viel getrunken.«

»Wart ihr lustig betrunken oder gefährlich betrunken?«

»Jetzt bin ich jedenfalls nüchtern. Schon seit Stunden. Ich habe einen Spaziergang unter den Apfelbäumen gemacht. Schon verrückt, was man in der Dunkelheit alles sehen und hören kann. Die Augen gewöhnen sich daran. Es war schön hier draußen.«

»Ist Gerald aufgetaucht?«

Sie antwortete sorglos, leichthin. »Ja, er war da. Aber du weißt ja, wie er ist. In Gesellschaft macht er den Mund nicht auf. Er sitzt nur da – es ist zum Verzweifeln. Man fragt sich ständig, ob er alles und jeden beurteilt oder ob er einfach nur nichts wahrnimmt.«

»Er ist nun mal kein Partygänger.«

»Jemand hat die Lautsprecher nach draußen geholt, und wir haben getanzt, aber Gerald hatte keine Lust. Dann habe ich mich umgesehen, und er war verschwunden. Wahrscheinlich ist er mit dem letzten Zug gefahren. Aber ich habe ihm angeboten zu bleiben. Schließlich war dies wochenlang fast sein Zuhause, als er krank war. Wir haben uns sehr nahegestanden, als er hier war und ich mich um ihn gekümmert habe. An einem Abend musste ich ihn stundenlang halten, Paul, er hatte eine schlimme Panikattacke. Aber es ist nichts passiert, verstehst du, ich habe ihn nur gehalten.«

Paul nahm das in sich auf.

»Egal«, sagte er. »Du kennst ihn ja. So ist er eben, er kommt und geht. Er lebt in seiner eigenen Welt.«

Die Leuchtfackeln in den Blumentöpfen waren schon vor Stunden abgebrannt, der Garten lag im Dunkeln. Sie spähten durch das erhellte Küchenfenster: auf die schmutzigen Geschirrstapel, die öligen Reste, die verstellten Stühle, die an die Balken gepinnten staubigen Kräutersträußchen, Strohpüppchen und Postkarten, die Schulmitteilungen an der Kühlschranktür.

»Wer immer in diesem Haus lebt«, sagte Elise, »ich bin froh, dass nicht wir es sind. Es ist ein dreckiges Chaos.«

»Ich auch. Ich bin auch froh darüber.«

»Ich fände es schrecklich, jetzt reinzugehen und mit dem Abwasch anzufangen.«

Ihre Stimme klang unbekümmert; als er ihr jedoch die Schultern massierte, spürte Paul ihre Enttäuschung und Schmach, fest wie ein verknotetes Seil. Ihr Pullover glitschte unter seinen knetenden Fingern über ihre seidige Bluse. Durch seine Hand fühlte er sich mit ihrem bewegten Innenleben verbunden, das ihm meist verschlossen blieb, weil es tiefer und chaotischer war, als es sich in ihren Gesprächen je offenbarte. Ihm war, als würde er sie kaum kennen, diese Frau und Mutter seiner Kinder. Als sie sich kennenlernten, hatte er sich von ihr angezogen gefühlt, weil er sie für vollkommen und furchtlos hielt, mit dem ganzen strahlenden Dünkel der Klasse, aus der sie kam. Jetzt war es so, als trete sie aus dieser Identität heraus – ließe sie zurück wie eine Hülle – in etwas Neues und Gewagteres. Er war ergriffen und sehnte sich nach ihr bei dem Gedanken, wie sie, bevor er nach Hause kam, unter den Bäumen auf der Wiese allein umhergestreift war, dort, wo die Kinder in der Dämmerung gespielt hatten. Was war ihr wohl die ganze Zeit durch den Kopf gegangen?

»Lass uns noch ein bisschen draußen bleiben«, sagte er. »Wir machen einen kleinen Spaziergang.«

»Dir ist klar, dass es wahnsinnig spät ist. Morgen sind wir völlig erledigt. Die Kinder stehen im Morgengrauen auf der Matte.«

»Ich weiß. Aber es ist schön hier.«

Anfangs waren sie beide wieder blind, als sie sich dem Garten zuwandten, weil sie zu lange in das Küchenlicht geblickt hatten. Paul versprach, mit den Kindern am Morgen aufzustehen.

»Wie du meinst«, sagte Elise. »Wenn du es versprichst, habe ich nichts dagegen.«

Nur Kinder

I

Cora am Vorabend ihrer Hochzeit, vor zwölf Jahren. Schon vor Tagesanbruch war sie in der vertrauten Umgebung ihres Elternhauses, im Bett ihrer Kindheit, vom Geräusch des Regens erwacht, der auf das Dach prasselte und in den Gullys rauschte. Die Gardinen, die durch das offene Fenster ins Freie wehten, waren am Saum durchnässt. Sie stand auf und kniete sich auf den Fenstersitz, wo noch einige ihrer alten Puppen und Teddybären aufgereiht waren – sie war nicht kindisch, aber ihre Kindheit lag ja wirklich noch nicht lange zurück. Das Reihenhaus überblickte einen schmalen Streifen des Parks: Sie lehnte sich aus dem Fenster, atmete den frischen Duft der gesättigten Erde, der pitschnassen, ächzenden Bäume ein. Ihr war es egal, dass der Regen alles ruinierte, ihr war alles egal, was den äußeren Rahmen der Hochzeit betraf, für den ihre Mutter sich so ins Zeug legte: Blumen, Gästeliste, Caterer. Cora war nicht religiös erzogen worden, und sie hatte nie einer Kirche angehört, aber ihre religiöse Prägung war stark; sie konzentrierte sich auf das Geheimnis dessen, was vor ihr lag. Außerdem wähnte sie sich in einem Kontinuum mit den ernsten, leidenschaftlichen Frauen, über deren Hochzeiten sie in Romanen gelesen hatte: Kitty in *Anna Karenina*, Anna Brangwen in *Der Regenbogen*. Sie empfand den Regen als einen Segen, wie sie da in ihrem verwaschenen Schlafanzug saß und ihre Gedanken in die Nacht hinausschweiften. Sie sah sich als eine Gestalt außerhalb ihrer eigenen Selbstwahrnehmung, symbolisch, fast wie ein Opfer.

Später am Morgen hatte das Wetter ohnehin aufgeklart, und die Sonne brannte auf das von kleinen Tropfen benetzte Gras im Park, als sie am Arm ihres Vaters von ihrer Haustür zu der kleinen Kirche an der Ecke ging, während ihr weißes Kleid im Schmutz des Bürgersteigs der Stadt Cardiff schleifte. Normalerweise gingen sie nur in diese Kirche, wenn sie für ein Konzert genutzt wurde; bei Anlässen, die ihr Musiklehrer organisierte, hatte Cora dort Klarinette gespielt. Ihre Mutter hatte Qualen ausgestanden und überlegt, ob sie das Kleid aus dem nassen Dreck heben sollte, aber Angst gehabt, sich ihrer eigensinnigen Tochter zu widersetzen. Cora hatte es genossen, wie das Gewicht der Röcke gegen ihre Beine klatschte, wie die Passanten und Hundeausführer im Park stehen blieben, um sie zu beobachten; sie hatte ihre Mutter ausgelacht.

An diese Szenen dachte sie inzwischen nur noch voller Hohn. Ihr wurde übel davon.

Heute konnte sie nicht einmal mehr mit Robert leben. Sie wohnte wieder im Haus ihrer Eltern und schlief in ihrem alten Zimmer, auch wenn sie alles verändert hatte.

Robert wartete darauf, dass sie von ihrer Arbeit in der Bibliothek nach Hause kam. Da er keinen Schlüssel für das Haus hatte, vertrieb er sich die Zeit im Park. Dafür, dass Frühling war, war es heiß; er zog seinen Pullover aus, knotete ihn um die Hüfte und hatte das Gefühl, unter den wenigen Hundeausführern und Müttern mit Buggys und kleinen Kindern wahrscheinlich noch mehr aufzufallen als sonst (er war über eins neunzig groß, fünfzehn Jahre älter als Cora, kräftig, ungelenk). Er hatte nur eine schmale Aktentasche bei sich, weil er davon ausging, später wieder mit dem Zug nach London zurückzufahren. Mit Cora hatte er seit Wochen nicht mehr gesprochen. Sie nahm seine Anrufe nicht an, und von der Arbeit in der Bibliothek wusste er nur, weil seine Schwester es ihm erzählt hatte.

Cora rechnete nicht mit ihm. Robert ging einer Arbeit nach – er hatte einen ziemlich hochrangigen Posten im Innenministerium –, die ihn befähigte, ruhig über das Gespräch nachzudenken, das er mit ihr führen musste. Es wurde Zeit, ihr ein paar direkte Fragen zu stellen, und sie mussten einzuhaltende Absprachen treffen. Er war es gewöhnt, unschöne Notwendigkeiten entschieden anzupacken. Aufgeregt war er nur, weil er nicht wusste, wie sie auf sein Erscheinen reagieren würde, ob sie sauer wäre, dass er ihr auflauerte. Was würde er in ihrem Gesicht entdecken, bevor sie die Maske aufsetzte, an die er sich gewöhnt hatte: Ekel? Den Impuls, die Flucht zu ergreifen? Cora war groß – nicht so groß wie er, doch als Paar hatten sie übertrieben viel Raum eingenommen –, mit langen Beinen und einer schmalen, hohen Taille, wohlgeformten Hüften. Er erinnerte sich, dass sie eine recht gute Läuferin war und als Mädchen bei Bezirksmeisterschaften offenbar sogar ein gewisses Niveau erreicht hatte – allerdings waren ihre Trainer der Ansicht, ihre Technik sei zu exzentrisch, um weiterzukommen: Ihre großen Füße schlenkerten nach außen, und sie lief mit erhobenen Händen. Cora war das egal, das lange Training hatte sie ohnehin gelangweilt; ihre Vorliebe galt der Lyrik.

Am Ende waren Roberts Bedenken unnötig: Er erwartete sie aus der falschen Richtung. Cora hatte vermutlich genug Zeit gehabt, um ihn zu beobachten und ihre Miene hinter ihrer Sonnenbrille anzupassen, bevor sie sich ihm von hinten näherte und ihn am Arm berührte.

»Hallo. Was treibst du denn hier?«

Die fahle Helligkeit lenkte ihn ab, war wie ein Licht in seinen Augen. In seiner Verwirrung erkannte er sie kaum; sie trug Sachen, die er irgendwie nicht kannte, einen Rock und eine kurzärmelige weiße Leinenbluse. Sie sah gut aus, überraschenderweise aber viel älter, als er sie sich je vorgestellt hatte. Robert stellte fest, dass sie ihre neue Rolle vollkommen ausfüllte – allein, tatkräftig, tapfer und hingebungsvoll in ihrem bescheidenen Job, hin und wieder vielleicht von einer Phase heimlichen Leidens geplagt. Ihre Hand wirkte nackt ohne Ehe- und Verlobungsring. Sie trug ihr Haar immer noch lang: dickes, sauberes hellbraunes Haar, akkurat abgeschnitten unterhalb der Schultern. Dort, wo sie ihn berührt hatte, schmerzte sein Arm spürbar.

»Entschuldige. Ich überfalle dich nicht gern so ohne Vorwarnung. Aber da du am Telefon nicht reden wolltest, schien mir das die einzige ...«
»Schon gut. Macht nichts. Willst du mit reinkommen? Du hast Glück, dass ich dich hier drüben entdeckt habe. Wie lange hättest du gewartet, wenn ich dich nicht gesehen hätte? Mir ist heiß, ich muss was Kaltes trinken.«
An der Haustür suchte sie in ihrem Weidenkorb nach dem Schlüssel und konnte ihn eine Weile nicht finden. Im Laufe ihrer gemeinsamen Jahre hatte sie unzählige Schlüssel verloren; es wäre ihr peinlich gewesen, wenn sie diesen jetzt auch verloren hätte. Robert war genauso erleichtert wie sie, als sie ihn zwischen dem Rest der weiblichen Utensilien herausfischte: Portemonnaie, Apfel, Sonnencreme, Telefon, Kosmetiktasche, Buch, Taschentücher.

Im Haus war es herrlich kühl und schattig, weil Cora die Jalousien heruntergelassen hatte, bevor sie mittags aufgebrochen war (sie arbeitete nur halbtags in der Bibliothek). Ohne zu fragen, machte sie Robert einen Gin Tonic, sein Standardgetränk. Sich selbst schenkte sie Tonic ein, gab Eis und Limone dazu und, nach kurzem Zögern, auch einen Schuss Gin. Sie standen in der Küche.
»Also ...«
»Ich bin nicht gekommen, um dich zu belästigen«, sagte er. »Es geht nur um ein paar praktische Absprachen über die Wohnung und so weiter. Natürlich gehört sie zur Hälfte dir.«

»Ich will meine Hälfte nicht.«

»Mit den Anwälten ist schon alles geklärt. Aber ich würde gern deinen Namen aus der Hypothek streichen lassen, sonst wärst du haftbar, wenn mir etwas zustößt. Und wir sollten deinen Namen vielleicht auch beim Bankkonto löschen lassen. Wenn du möchtest.«

Robert litt, wenn er ihren Namen neben seinem auf dem Scheckbuch und den Kontoauszügen sah.

»Ich habe Unterlagen dabei, die du unterschreiben musst.«

Er fing an, den Reißverschluss der Aktenmappe auf dem Küchentisch zu öffnen.

»Ich will nichts.«

Sie drehte sich um und schritt mit ihrem Drink durch den großen Raum im Erdgeschoss des Hauses. Er folgte ihr. Weil sie Hemmungen wegen ihrer Größe hatte, trug sie immer flache Schuhe, heute braune Budapester, auf dem Zeh verziert mit einer im Leder eingekerbten Blume.

»Ich kann jetzt nicht darüber reden, Robert.«

»Du hast hier alles sehr schön gemacht.«

»O Gott!«

Es war ein unscheinbares spätviktorianisches Reihenhaus am schmalen Ende eines langen Parks, innen kleiner, als es von vorne aussah; ihre Eltern hatten es kurz nach ihrer Hochzeit in den späten Sechzigern gekauft. Cora hatte es geerbt und seitdem so viel daran verändert, dass Robert das alte Haus seiner Schwiegereltern kaum wiedererkannte: Aus den beiden Wohnzimmern hatte sie einen Raum gemacht, die Küche um einen Wintergarten erweitert, die Fußböden abgeschliffen, alles weiß gestrichen und den Großteil der alten Möbel ersetzt. Die Renovierungsarbeiten hatte sie ausführen lassen, als sie noch bei ihm in London lebte; anfangs hatten sie so darüber gesprochen, als wollte sie es verkaufen, wenn alles fertig war. An den Wänden hingen noch einige gerahmte geologische Karten ihres Vaters, vermutlich aufbewahrt wegen der ästhetischen Wirkung. Eine Frage beschäftigte ihn: War es noch derselbe Ort wie damals, als Alan und Rhian hier lebten, oder war ein Haus eine Abfolge von Unterkünften, die in demselben Gebilde aus Stein und Ziegeln und Holz nacheinander erblühten.

Cora empfand Roberts Anwesenheit als einen fast körperlichen Schock. Ihr Atem ging schwer und unregelmäßig, der Klang ihrer Stimme kam ihr schriller und kindlicher vor. Wenn Robert nicht da war, schrumpfte ihre Vorstellung von ihm zu etwas Kleinem und Brauchbarem wie einem Spielzeug, und sie vergaß, wie er ihre Gedanken besetzte. Ihre Zimmer – die ihr neues Leben waren – wirkten mit Robert darin kleiner; außerdem interessierte er sich nicht wirklich für ihre geschmackvollen Kleinigkeiten, die hübschen Becher zum Beispiel, die sie Stück für Stück und mit großer Freude für die Küche ausgesucht hatte. Aus alter Gewohnheit duckte Robert sich, wenn er durch Türen ging, auch wenn es nicht notwendig war, und er roch, kein schlechter Geruch – Schweiß, Wolle, Seife und noch etwas, eichig mit einer Basisnote von Limone –, aber aufdringlich männlich und penetrant. Er hatte ein grässliches Hemd an, das er mit Sicherheit in einer Zellophanpackung auf dem Heimweg von der Arbeit in einem dieser Touristenläden gekauft hatte. Sein Haar – sehr dunkler alter Tabak, durchsetzt mit Grau – hing in dünnen Locken über dem Kragen; er musste dringend zum Friseur. Sie konnte ihm nicht richtig in sein mitgenommenes, vom Leben gezeichnetes Gesicht mit dem starken, fleckigen Bartwuchs über den rasierten Hängebacken blicken, weil sie sich schämte, wie vertraut es ihr war. Inzwischen fand sie es unerträglich, wenn sie an ihre ersten Bekenntnisse und Intimitäten mit Robert dachte.

Ohne zu fragen, schaltete er in ihrem kahlen weißen Wohnzimmer den Fernseher ein und sah sich im Stehen die Nachrichten an, während er seinen Gin schluckte, die Eiswürfel im Glas herumschwenkte und etwas Politisches, worüber er aus Insiderkreisen natürlich schon Bescheid wusste, mit einem ironischen Brummen kommentierte. Sollte sie in ihrem eigenen Haus herumstehen und warten, während er sich über den neuesten Skandal informierte? Sie ließ die Jalousien an den vorderen Fenstern hochschnellen, und kühne Lichtquadrate fielen auf die nackten Dielen. Nichts konnte die Hierarchie seiner Prioritäten erschüttern, in der Arbeit eine feste äußere Größe einnahm, wo persönliche Dinge sich ihren Platz suchen mussten. Früher hatte sie es genossen, sich auf die richtige Form zurechtzustutzen, um hineinzupassen.

»Ich bin überrascht, dass du Zeit gefunden hast, hier runterzufahren«, sagte sie.

Er erwiderte arglos, er habe sich gedacht, einen Nachmittag könnten sie ohne ihn auskommen.

Nur einen Nachmittag.

»Ich will nichts«, sagte sie wieder, um seine Aufmerksamkeit auf sich zu lenken. »Wenn du mir etwas hinterlässt und dann stirbst, schenke ich es einfach Frankie.«

»Das ist natürlich deine Entscheidung«, erwiderte er vernünftig. »Allerdings habe ich nicht vor, in nächster Zeit zu sterben. Aber ich würde dir gern etwas Geld geben, bis du hier angekommen bist. Du hättest vor jedem ordentlichen Gericht ein Recht darauf. Steck deinen Anteil in die Wohnung.« Er schaltete den Fernseher aus. »Schönes Gerät.«

»Du willst mich kontrollieren, indem du mich bezahlst.«

Komischerweise erinnerte er sich deutlich daran, dass sie dasselbe zu ihrer Mutter gesagt hatte, als sie vor Jahren wegen der Hochzeit stritten. Damals war es kein ernster Streit gewesen, danach hatten sie und Rhian geweint und sich versöhnt wie immer. Steckte jetzt vielleicht ein Körnchen Wahrheit dahinter? Natürlich wünschte er, er könnte sie kontrollieren, aber diese Möglichkeit hatte er aus realistischen Gründen längst aufgegeben. Er mochte gekränkt sein, aber er wollte wirklich nicht, dass sie bei ihrem mutigen neuen Abenteuer, hier zu leben, auf der Nase landete oder es ihr an etwas fehlte. Und er selbst brauchte das Geld nicht. Aber falls sie recht hatte, würde er sie nicht drängen und nur bitten, die Papiere für das gemeinsame Bankkonto zu unterschreiben.

»Sie haben mit der Untersuchung des Feuers im Auffanglager angefangen«, sagte er. »Nächste Woche sage ich als Zeuge aus.«

Das war bedeutsam, aber keiner der beiden zeigte eine Reaktion darauf.

»Frankie hat mir davon erzählt. Oh, da fällt mir ein: Sie besucht mich dieses Wochenende mit den Kindern.«

Frankie war Roberts Schwester, Coras gleichaltrige beste Freundin. Eigentlich hatten sie sich durch Frankie kennengelernt. Cora und Frankie hatten an der Universität von Leeds gemeinsam Englisch studiert, und ihr viel älterer Bruder hatte sich aus seinem schon damals vielbeschäftigten Leben freigenommen, um an der Abschlussfeier teilzunehmen.

»Ich weiß. Sie hat es mir erzählt. Sie freut sich schon. Und du hast nichts gegen die Invasion?«

Cora zuckte zusammen, als hätte er sie ertappt: Dieses Haus mit seinen weißen Wänden, den Teppichen auf den polierten Böden, auf denen man ausrutschen konnte, und den Schätzen auf den niedrigen Regalen war nicht gerade für Kinder geeignet.

»Ich bin nicht einsam, weißt du«, sagte sie verärgert und setzte mit dem gewohnten Schwung ihre deutlich lesbare Unterschrift auf das Formular.

In der Bibliothek kam Cora sich manchmal vor, als wäre sie auf den Grund eines tiefen Brunnens gefallen. Es war kein unangenehmes Gefühl. Sie hatte nicht geahnt, dass es einen Job wie diesen geben könnte, der ihrem Ich so wenig abverlangte und ihr so viel Raum zum Tagträumen ließ. Am Anfang hatte sie ihre Aufgabe darin gesehen, die Benutzer zu ermutigen und mit ihnen über die von ihnen ausgewählten Bücher zu sprechen, aber sie lernte schnell, dass die meisten sie schockiert ansahen, wenn sie das versuchte, als wäre ihre Lektüre etwas Geheimes, in das sie eingedrungen war. Der ganze Sinn ihrer Rolle bestand darin, neutral zu bleiben, stellte sie fest, nicht engagiert oder bemüht. Der Austausch zwischen ihr und den Benutzern an der Ausleihe – die Bücher nehmen, sie aufschlagen, Datum einstempeln und sie zurückgeben – war ein beruhigendes gemeinschaftliches Ritual. Selbst mit den Asylbewerbern, die in die Bibliothek kamen, um im Internet nach hilfreichen Informationen für ihre Gesuche zu recherchieren, diskutierte sie nicht über den Inhalt ihrer Suche; sie arbeiteten sich nur gemeinsam durch den Prozess, es zu finden. Diese Befreiung von einer künstlichen Beziehung empfanden offenbar beide Seiten als erleichternd. In London hatte sie achtzehn Monate lang einen abgewiesenen Asylbewerber besucht, der auf seine Abschiebung wartete (das Problem lag nicht bei ihm, sondern bei den simbabwischen Behörden, deren zerfallende Bürokratie es unmöglich machte, die notwendigen Papiere zu erhalten). Die Erinnerung daran weckte immer noch Schuldgefühle und Verwirrung: Sie hatte ihn nicht gemocht, sie hatte ihn im Stich gelassen.

Wenn sie morgens arbeitete, war ihre erste Aufgabe die Überprüfung der Arbeitsschutzvorgaben. Sie musste nachsehen, ob geputzt worden war, die Regale fest verschraubt waren, dass niemand über den Teppich stolpern konnte; außerdem musste sie nach draußen in den kleinen Garten zwischen der Bibliothek und der Straße gehen und sicherstellen, dass keine Nadeln von

Drogensüchtigen herumlagen. (Sie hatte noch nie welche gefunden; vielleicht trat dieses Problem eher in den näher zum Stadtzentrum gelegenen Bibliotheken auf.) Die Bibliothek lag an einer vielbefahrenen Kreuzung mit Pendlerverkehr aus den Tälern. Sie war eine Schenkung der Carnegie-Stiftung aus dem frühen zwanzigsten Jahrhundert, gebaut wie eine merkwürdig geformte Kirche mit zwei Hauptschiffen im rechten Winkel und hohen Fenstern mit Scheiben aus grünlichem Glas, in ehrwürdigem Abstand von der trubeligen Einkaufsstraße mit niedrigen Fastfood-Läden, skurrilen Cafés, billigen Minimärkten und Friseuren. Über dem Eingang war die Inschrift »Frei für die Öffentlichkeit« in Stein gemeißelt, was Cora rührte und ihre Sehnsucht nach dem Idealismus einer anderen Epoche weckte, obwohl es heute im Grunde viel mehr frei zugängliche Einrichtungen gab. Der Belegschaftsraum überblickte den viktorianischen Stadtfriedhof, ein Naturschutzgebiet für wildlebende Tiere. Manchmal nahm sie dort ihr Mittagessen zu sich.

Cora erzählte ihren Kolleginnen, sie sei geschieden, obwohl es noch nicht stimmte. Annette, die Hauptbibliothekarin – lang, dramatisch hässliches Gesicht, rotes Haar, straffer, vorstehender Busen –, war geschieden und hatte erwachsene Kinder. Cora hatte sich zunächst vor ihrer beißenden Ironie und empfindlichen Neigung in Acht genommen, schnell beleidigt zu sein. Es war immer Annette, die sich mit ihrem jovialen Schandmaul energisch die renitenten Trunkenbolde vorknöpfte, die hin und wieder vorbeikamen. Cora stellte fest, dass sie einige von Annettes Verhaltensmustern übernahm, obwohl diese mindestens zwanzig Jahre älter war. Sie fing an, ihr eigenes Schwarzbrot zu backen, und trat dem Chor bei, in dem Annette sang, der sich einmal pro Woche abends traf und an allem von Pachelbels *Kanon* bis zum Beatles-Medley versuchte. An einem Wochenende hatten sie für einen karitativen Zweck in einem Einkaufszentrum in der Innenstadt gesungen.

In der Bibliothek war der Straßenlärm gedämpft, genau wie das Licht, das durch die schlierigen grünlichen Glasfenster fiel. Wenn es draußen regnete oder der Himmel dunkel wurde, verdichtete sich die familiäre Atmosphäre um das Klacken der Computertastaturen und piependen Scanner. Lichtleisten hingen an Ketten von der Decke. Nachdem Cora die Zeitungen auf Englisch, Urdu und Arabisch gestempelt und bereitgelegt hatte, druckte sie die »Bestell«-Liste der von anderen Bibliotheken angeforderten Bücher aus, holte sie aus den Regalen, scannte sie, versah sie mit einem Etikett und schlang ein Gummiband drum herum, abholbereit. Gelegentlich wurde sie von einem Benutzer unterbrochen, der an der Ausleihe etwas wollte. Die Bibliothekare unterhielten sich mit halblauten Stimmen.

In ihrem Lehrerjob an einer Berufsschule in London war Cora tatkräftig und entschieden gewesen; beim Vorbereiten des Unterrichts und Korrigieren hatte sie sich aufgerieben, sich für ihre Schüler stark gemacht und gegen bürokratische Vorgaben zur Wehr gesetzt. Aber nie war sie das Gefühl losgeworden, dass diese Arbeit, aus der in den Augen aller anderen eine echte Karriere hätte werden können, für den Übergang bestimmt war, bis sie etwas gefunden hatte, was ihr Leben erfüllte. Bei ihrer Arbeit in der Bibliothek, die ihr nicht halb so viel einbrachte und ihre Fähigkeiten nicht annähernd ausschöpfte, konnte sie sich vorstellen, alt zu werden. Aber sie bemühte sich auch, ihre Phantasie zu zügeln. Sie wusste, wie leicht man sich selbst belügen und auf eine dieser Inseln des Stillstands geraten konnte, wo man nicht mehr den Horizont sah, an dem sich mögliche Veränderungen auftaten.

Das Wetter blieb schön für Frankies Besuch. Während Cora die Betten im Gästezimmer bezog, hörte sie, wie draußen das Auto hielt und sich die familiäre Flut unter Frankies Drängen, gutem Zureden und dem Wimmern des Babys ergoss. Cora ging durch den letzten angehaltenen Atemzug der Leere und Stille im Haus langsam nach unten und wartete am Fuß der Treppe, bis eins der Kinder schließlich klingelte – »Lass *mich* das machen« –, den Deckel des Briefkastens in einem aufgeregten Handgemenge hob und hindurchspähte – »Ist sie da?« –, dann seine kleinen Hände durchsteckte und sie im Halbdunkel des Flurs hin und her drehte, als wäre es Wasser. Als sie die Tür öffnete, standen sie plötzlich schüchtern auf der Schwelle, beide wegen der Hitze ausgezogen bis auf ihre Shorts, bleiche dünne Oberkörper: Der ältere Johnny, ihr Patensohn, schob seine dunkelhaarige Schwester wie ein Ausstellungsstück vor und schlurfte hinterher.

»Cora, schau mal!«, sagte er.

Lulu hob ihren Arm und zeigte ihr pinke Plastikarmbänder, die sie in die eine und dann in die andere Richtung fallen ließ.

»Hallo, ihr zwei.«

Während sie die beiden umarmte und überschwänglich begrüßte, hatte sie das Gefühl, als müsse sie sich gewaltsam aus ihrer erwachsenen Einsamkeit reißen; das war nicht passiert, als sie die Kinder in London ständig gesehen hatte, und wohl ein weiterer Aspekt ihres neuen Lebens. Frankie kämpfte sich als Letzte herein, beladen mit Taschen, das Baby auf der Hüfte. Nach dieser letzten Geburt hatte sie es aufgegeben, ihre Figur schlank zu halten, und trug Jogginghosen mit irgendwelchen weiten Oberteilen, die sie wahllos aus dem vollen Bügelkorb holte – manchmal Hemden von ihrem Mann Drum. Cora dachte peinlich berührt an das Sommerkleid, das sie ausgewählt hatte, nachdem sie vor dem Spiegel andere Sachen ausprobiert hatte.

»Scheiße, ist das heiß!«, sagte Frankie. »Die Autobahn war ein Alptraum. Ich hab von deinem schönen Bad geträumt. Hältst du ihn bitte, während ich mich frisch mache?«

Magnus war aus dem Schlaf geweckt worden. An seinem Kopf klebten vom Schweiß dunkle rotbraune Haarsträhnen, und er roch nach aufgestoßener Milch, während er rotwangig in Coras Armen zappelte und den Mund öffnete, um zu weinen. Um ihn abzulenken, ging sie mit ihm in die Küche und dann weiter in den Garten, küsste ihn auf den Kopf und redete aufmunternden Unsinn. Das Leinenkleid war die falsche Wahl gewesen; es würde bald zerknittert sein und aussehen wie ein Lappen. Die beiden anderen standen auf einem Stuhl, tranken aus der Leitung und verspritzten überall Wasser, weil sie den Hahn zu weit aufgedreht hatten. Das Baby war fasziniert vom Anblick der Nachbarskatze auf der Mauer; dann verrenkte es sich den Kopf, um Coras Gesicht einer ernsten, eingehenden Prüfung zu unterziehen. Einen Moment lang meinte sie, dass er aussah wie Robert: Umgeben von der Familie ihres Mannes fühlte sie sich gefangen.

In ihrer gemeinsamen Zeit an der Universität war es Cora gewesen und nicht Frankie, die mit Sicherheit wusste, dass sie Kinder wollte. Frankie war klug, sie hatte mit »Sehr gut« abgeschlossen und strebte entschieden eine akademische Laufbahn an; für Leute, die sie gerade erst kennenlernten, war das überraschend, denn vom Typ her war sie eher sportlich und herb: rundes, rosiges, hübsches Gesicht, wirre kastanienbraune Locken, mit Waden, die damals kein Gramm Fett zu viel hatten, aber kräftig waren wie junge Baumstämme. Sie hatte ihr Haar schwarz gefärbt, umrandete ihre Augen mit Kajal, nahm Drogen, doch all ihre Bemühungen konnten ihrem souveränen Verstand und ihrer Gesundheit nichts anhaben. Als Cora sich in Robert verliebte, befürchtete sie, ihre Freundschaft zu Frankie könnte daran zerbrechen: Sie war eines der Dinge aus ihrer Vergangenheit, die sie bereitwillig aufgegeben hätte, um ihn zu haben. Doch die Freundschaft war nur knorrig und verworren geworden, verstrickt mit all den Herausforderungen und unerwarteten Wendungen in ihrem Leben seitdem.

Es gab so viele heikle Punkte, vor denen man sich hüten musste, dass sie es erst gar nicht versuchten.

Als Frankie nach dem Abendessen das Baby stillte, schimmerte das Licht auf der Haut ihrer Brust, die sich vom Saugen zusammenzog und kräuselte. Cora wischte wiederholt mit einem Tuch über die klebrigen Stuhllehnen und Tischkanten, wo die Kinder gesessen hatten.

»Darfst du überhaupt Kaffee trinken?«, fragte sie.

»Ach, ist mir doch egal«, sagte Frankie. »Ich mache alles. Vor allem sollte ich davon die Finger lassen. Schau mich an.«

Außer Schwarzbrot hatte Cora einen Zucchinikuchen gebacken, der noch warm war. Johnny und Lulu trugen ihr Stück auf der Hand in den Garten. Johnny senkte den Kopf und knabberte daran wie ein Vogel; Lulu versuchte, die Katze zu beschwatzen, ihres zu essen. Frankie seufzte entspannt und bewunderte den Kuchen, den Kuchenteller und die Kaffeetasse, weißes Porzellan mit einem blauen Blattmuster.

»Bei dir ist alles so schön. Das heißt aber nicht, dass ich meine Meinung geändert habe. Ich halte es immer noch für einen Riesenfehler, Bob zu verlassen. Aber ich bin auch neidisch. Hier ist alles herrlich ruhig und organisiert. London ist grässlich.«

»Es ist nicht unbedingt so, dass ich ihn verlassen habe. Wir haben uns darauf geeinigt, eine Zeit lang getrennt zu leben.«

»Quatsch, er ist verzweifelt. Du hast ihn verlassen. Nur weil er ein verklemmter Knochen ist, heißt noch lange nicht, dass er nicht leidet.«

»Er will mir ständig Geld geben, Frankie. Neulich Abend hat er mit einer Aktentasche voller Formulare und Unterlagen im Park gewartet, um mich auf dem Heimweg abzupassen. Er will mir die Hälfte der Wohnung vermachen. So denkt er über Beziehungen. Es ist schrecklich. Als gelte es nur, einen Vertrag oder eine rechtliche Grundlage festzulegen. Ihm ist nicht eingefallen, mich zu fragen, wie es mir geht.«

»Das zeigt, wie sehr er leidet, es sieht ihm ähnlich. Tu nicht so, als würdest du ihn nicht kennen.«

»Ich habe ihm gesagt, dass ich nichts anrühren werde. Ich will nichts von allem.«

Frankie stöhnte. »Du hältst dich für hochherzig, aber ihr seid beide gleich schlimm.«

Das Baby hatte die Brustwarze losgelassen und schlief mit offenem Mund ein, aus dem Mundwinkel tröpfelte Milch; Frankie legte es vorsichtig in den Autositz. »Ich habe übrigens auch einen neuen Lebensplan«, sagte sie. »Er wird dir nicht gefallen. Aber du musst ihn akzeptieren, wenn ich deinen akzeptiere. Meiner ist wenigstens tugendhaft. Ich will mich für ein Amt ausbilden lassen.«

»Was für ein Amt?«

Cora dachte an Politik.

»Ein geistliches. Du weißt schon, die gute alte Church of England. Als Vikarin. Siehst du mich nicht schon mit einem Hundekragen?«

»Das ist nicht dein Ernst. Du glaubst doch gar nicht an Gott. Du warst früher Marxistin. Du hast das Establishment immer gehasst.«

»Ich gebe zu, die Kirche ist in vielem ziemlich angestaubt. Aber hinter der Fassade verbergen sich die ganzen anarchischen Themen wie Wahrheit und soziale Gerechtigkeit. Das brauchen wir.«

Frankie erklärte auf einleuchtende Weise, dass sie, wäre sie in Bagdad geboren, Muslimin, Jüdin oder Bahai wäre, aber die naheliegendste Offenbarung wäre natürlich die, in die sie geboren sei, ganz gleich wie mangelhaft und unvollkommen, weil sie in ihrer Geschichte und Kultur verwoben sei.

»Also liebe ich den Protestantismus. Ich liebe ihn gewissermaßen auf romantische Weise. Das ganze anstrengende Um-Gnade-Ringen der individuellen Seele. Das genügt mir.«

»Aber du glaubst nicht an die unmöglichen Dinge wie den Tod und die Auferstehung Jesu.«

Frankies Gesicht nahm manchmal einen Ausdruck taktvoller Geduld an, wenn sie fand, dass Cora keine Ahnung hatte oder einen schwierigen Gedanken nicht verstand. »Doch, schon, obwohl ich mir nicht sicher bin, ob es hilfreich ist, auf diese Entweder-oder-Art daran zu glauben oder nicht zu glauben. Wahrscheinlich glaube ich nicht im wörtlichen Sinn an die Auferstehung. Ich sehe darin eine Möglichkeit, das Geheimnis der Erneuerung auszudrücken, als ein Narrativ.«

Cora spürte, wie ihr Gesicht sich vor Feindseligkeit und falschem Mitgefühl verhärtete. Allem Anschein nach war Frankie seit Lucies Geburt hin und wieder zur Kirche gegangen. Sie hatte mit ihrem Gemeindepriester gesprochen und dann mit einem Berufsberater; beide hatten ihr gesagt, sie könne die Ausbildung in Etappen machen, deshalb dachte sie daran, im März anzufangen, wenn Magnus in die Kinderkrippe ging. Als Cora sich vorzustellen versuchte, was Frankie mit Gnade meinte, schien eine Art Asche durch ihre Brust zu sinken und sich wie ein Gifthauch in ihr festzusetzen. Sie hatte das Gefühl, keine Seele mehr zu haben, und dann dachte sie, dass sie ihre Freundin kaum kannte und sie einander nur aus Gewohnheit verbunden waren. Liebe ist eine bequeme Illusion, dachte sie, die verschleiert, dass jeder absolut für sich alleine steht. Wahrscheinlich hatte sie mit der verbitterten Annette in der Bibliothek mehr gemeinsam als mit Frankie.

»Und was sagt Drum dazu?«

Drum, Frankies Mann, arbeitete in einer großen Wohlfahrtseinrichtung für die Abteilung Strategie und Kampagnen.

»Tja, der ist natürlich ein militanter Atheist. Aber ich glaube, er hofft, dass ich dann zufrieden bin. Oder er hofft, dass er dann mehr Freiraum hat.«

Cora bot an, die Kinder, die hinten im kleinen Garten spielten, mit Sonnencreme einzuschmieren. Im Haus hatte sie jede Spur ihrer Eltern und von deren langem Leben hier fast euphorisch ausgemerzt, als könnte sie es nicht ertragen, daran erinnert zu werden; aber sie hatte keine Sekunde daran gedacht, den Garten anzurühren, abgesehen von dem Stück, das sie für den Wintergarten hatte abzwacken müssen. Ansonsten war er noch genauso, wie ihre Mutter ihn angelegt hatte: niedrige, mit Rosen überwucherte Mauern, ein bizarr gepflasterter Pfad, der sich durchs Gras schlängelte, ein Zwergbirnbaum, der gerade blühte. Aber Cora fehlte Rhians Begabung fürs Gärtnern. Nichts wuchs mehr so gut wie früher: Krankheiten wüteten unter den Pflanzen, Schnecken fraßen sie, die Rosen waren arthritisch und von schwarzen Flecken befallen, im Rasen wuchsen überall Gänseblümchen, sie vergaß die Topfpflanzen zu gießen. Manchmal wusste sie, dass sie Wasser brauchten, und verschob es dann stur auf später. Jedes Mal, wenn sie in den Garten trat, spürte sie seine beruhigende Wirkung und litt gleichzeitig unter ihrem Versagen.

Später am Nachmittag marschierte Cora mit Frankie und den Kindern über die Straße und am Eisengitter entlang zum Parktor, bepackt mit Decken und Kissen, Krabbennetzen, Picknicksachen, Kricket- und Tennisball, einer Flasche Rosé und Gläsern. Beide Frauen ahnten, dass sie wahrscheinlich einem Idyll aus den altmodischen Kinderbüchern glichen, die sie früher gelesen hatten. In anderen Bereichen des langen Parks, der sich über mehr als eineinhalb Kilometer durch den östlichen Teil Cardiffs erstreckte, befanden sich kultivierte Beete, Rasenflächen für Bowling und ein Rosengarten; am anderen Ende war ein See mit einem Uhrenturm, gebaut als Leuchtturm zum Gedenken an Scotts Expedition zum Nordpol, weil die *Terra Nova* einst von den Docks in Cardiff aufgebrochen war. Gegenüber von Coras Haus war der Park weniger ambitioniert gestaltet: gewundene Wege, ausgedünntes Gras unter den auslaufenden Bäumen, staubige Sträucher. Ältere Kinder hatten sich bereits breitgemacht. Johnny beäugte die Szene misstrauisch: Fahrräder lagen auf der Seite im Gras, ein Fußballspiel war im Gang, die Tore mit ausgezogenen T-Shirts markiert, Mädchen planschten wadentief im Bach. Cora, die während ihrer ganzen Kindheit in diesem Park gespielt hatte, hatte das Gefühl, als hätte sie erst gestern den Schlamm des steinigen Bachs zwischen ihren Zehen gespürt, die Angst ihrer Mutter vor Glasscherben und Wundstarrkrampf.

Sie hatten den Korkenzieher vergessen, und Cora ging zurück, um ihn zu holen; Frankie und die Kinder sahen ihr Kleid auf der anderen Seite des Gitterzauns flattern, während sie erhobenen Hauptes gemächlich dahinschritt. Sie winkte ihnen zu, doch Frankie, die einen Ball Richtung Johnnys Schläger warf – er traf ihn, wenn sie nicht weiter als einen Meter entfernt stand –, war verärgert und beunruhigt über Coras Unnahbarkeit in der letzten Zeit. Nach außen hin hatte sie sich schon immer selbstsicher gegeben, als hätte sie eine dicke zweite Haut, wofür Frankie sie bewundert und beneidet hatte; sie nahm an, dass man schön wie Cora sein musste, um so aufzutreten. Es hing damit zusammen, dass sie oft angestarrt wurde und diese übermäßige Aufmerksamkeit zum Selbstschutz abwehrte. Aber ungeachtet dessen war sie früher für ihre Freunde immer zugänglich gewesen; tatsächlich hatte Frankie sie sogar für unkompliziert im besten Sinne gehalten – bewundernswert offen. Jetzt hatte sie ihre Spontanität verloren. Jeder wusste, was Desillusionierung hieß, aber man glaubte nicht wirklich an sie als eine greifbare Kraft, oder zumindest nicht, dass sie so früh einsetzte – schließlich waren sie erst Mitte dreißig. Wenn man Cora ins Gesicht sah, hatte man den Eindruck, als wäre ein Gitter krachend gefallen, eins dieser tristen Dinger, die Ladenbesitzer in Gegenden mit hoher Kriminalität installierten. Frankie war enttäuscht von ihrem Bruder und Cora; sie fand, die beiden hätten etwas mehr Phantasie einsetzen können, um ihre Beziehung vor dem Scheitern zu retten. Sie hätten nicht so schnell aufgeben dürfen, an ihrem Glück zu arbeiten, auch wenn möglicherweise die Kinderlosigkeit schuld war, obwohl Cora das immer bestritt.

Als Cora mit dem Korkenzieher zurückkam, machte Frankie sich eifrig über den Rosé her; beide Freundinnen fühlten sich gestresst bei dem Gedanken, das vor ihnen liegende lange Wochenende ausfüllen zu müssen. Frankie blieb zum ersten Mal über Nacht, seit Cora vor zehn Monaten nach Cardiff gezogen war; beide hatten sich darauf gefreut, und jetzt gierten beide nach dem ersten Kick des Alkohols, als ginge ihnen andernfalls womöglich der Gesprächsstoff aus, was früher nie passiert war.

»Bevor du irgendwas sagst, ich weiß selbst, ich sollte nicht trinken, während ich stille.«

»Er ist ja so ein schwaches Baby, man sieht ihm an, wie sehr das an seinen Kräften zehrt.«

Der riesige Magnus, der auf einer schattigen Ecke der Decke mit fest geballten Fäusten auf dem Rücken schlief, erinnerte Cora an eine rosa Plastikpuppe, die sie früher besessen hatte, deren Lider sich schlossen, wenn man sie kippte. Sie sprachen über die Bibliothek, und obwohl Frankie Interesse für Coras Schilderungen vortäuschte – die friedlichen Abläufe und wie sie in den administrativen Aufgaben aufging –, war Cora so defensiv, als hätte ihre Freundin die üblichen Pietäten ausgesprochen: Dass sie ihre Zeit mit einem Job verschwendete, bei dem sie weder ihren Grips noch ihre Ausbildung nutzte. Cora wünschte, sie wäre allein; eines der Mädchen im Chor hatte ihr eine übriggebliebene Karte für irgendein Theaterstück angeboten – es spielte keine Rolle, welches. Andererseits verwandelten der Sonnenschein, die lärmenden Kinder und der gelegentliche leichte Wind, der die rosa Kerzen in der Rosskastanie riffelte, den Park in ein Bild herrlichen Müßiggangs.

»Bobs glaubt«, sagte Frankie, die ziemlich schnell trank, »dass du ihm das Feuer im Abschiebezentrum nicht verzeihst. Aber ich habe ihm gesagt, so unvernünftig kannst du gar nicht sein. Wie könntest du glauben, dass es sein Fehler war? Laut Weisungslinie muss er die Verantwortung übernehmen, so läuft das in der Regierung. Das hat nichts mit ihm zu tun. Man kann ihm nichts vorwerfen, ihn trifft keine moralische Schuld. Das kannst du nicht denken.«

»Ich dachte, du bist diejenige, die in die Kirche geht. Deine Vorstellung von Gewissen scheint mir ziemlich flexibel.«

»Dann wirfst du es ihm also doch vor.«

»Natürlich nicht«, sagte Cora. »Ich weiß, er ist ein absolut guter Mensch. Gut auf eine Weise, wie ich es nie sein werde. Aber diese Zentren sind unsäglich, es ist furchtbar, dass es sie überhaupt gibt. Ich kann nicht darüber reden, es ist zu schrecklich.«

»Was meinst du mit gut auf eine Weise, wie du es nie sein wirst?«

»Nichts.« Cora fügte hinzu: »Ich kann mir nicht vorstellen, dass Robert gesagt hat, ich würde ihm die Schuld für das Feuer geben. Er würde nie sagen, was er wirklich denkt.«

»Vielleicht nicht mit so vielen Worten.«

»Du solltest dir nichts aus den Fingern saugen, Frank. Worte sind wichtig.«

»Du hast recht. Tut mir leid.«

»Schon gut.«

»Aber ich weiß halt, was er denkt. Er ist mein großer Bruder.«

»Du kannst es nicht wissen, nicht mit absoluter Sicherheit.«

Sie verlagerten ihr Gewicht auf der Decke, jede unzufrieden mit der anderen. Frankie holte hart gekochte Eier und Joghurts aus einer Kühltasche, Cora streckte sich auf dem Rücken aus und zog den Rock ihres Kleides hoch, als wollte sie ihre Beine bräunen. Lulu kam aus dem Gebüsch herbeigeschlendert und setzte sich rittlings auf sie, um ihr einen Regenwurm in einem Eimer zu zeigen.

»Schau mal meine Schlange an.«

»Hüpf nicht auf deiner Tante Cora herum.«

»Sie ist nicht meine Tante.«

»Stört mich nicht«, sagte Cora. »Sie hüpft nicht sehr fest.«

Doch Frankie packte sie unter den Achseln und hob die protestierende und wild mit ihren dünnen Beinen strampelnde Lulu energisch weg. Auf Coras Becken und flachem Bauch blieb nur die Erinnerung an den Kontakt mit Lulus warmem kleinem Körper zurück, lebhaft und verwirrend wie vergangene Woche, als sie einen Star aufheben musste, der versehentlich ins Haus, an die Decke und gegen die Fenster geflogen war, bis er benommen herabfiel – noch Stunden später hatte sie das Gefühl, als habe sein rasender Metabolismus eine Spur in ihren Händen zurückgelassen.

Bei dem Feuer im Abschiebezentrum war niemand ums Leben gekommen, doch ein Häftling in den Fünfzigern, ein Iraner, war einen Tag später an einem Herzinfarkt gestorben, weshalb man den Ombudsmann gebeten hatte, eine interne Untersuchung durchzuführen. Kürzlich erfolgte Kontrollen im Zentrum hatten etwas bessere Zustände seit den Skandalen der Anfangszeit vermeldet, und der zuständige Feuerwehrchef hatte regelmäßige Besuche abgestattet. Wie üblich hatte man sich gegen die Installierung von Sprinklern entschieden – im Fall von Häftlingsprotesten waren sie leicht auszulösen –, aber Robert glaubte nicht, dass sich daraus eine maßgebliche Kritik stricken ließ, da man das Thema bei früheren Untersuchungen gründlich durchgegangen war. Es war ohnehin nicht klar, ob Sprinkler einen wesentlichen Unterschied bei der Ausbreitung des Feuers gemacht hätten. Viel wahrscheinlicher würden Fehler bei der Bauplanung auftauchen – etwa die nicht berücksichtigte Notwendigkeit, bestimmte Abschnitte des Zentrums bei einem Notfall zu isolieren –, aber die konnte man ihm kaum in die Schuhe schieben, weil das Zentrum bereits zwei Jahre in Betrieb war, als er in seine jetzige Position kam. Das Problem lief eher auf die seit langem schwelende Frage hinaus, ob man den Insassen den Kontakt untereinander erlauben sollte – eigentlich durften sie nicht unter Gefängnisbedingungen leben –, und auf die Schwierigkeit, einen Massenprotest unter ihnen zu handhaben oder sie in einem Notfall sicher zu kontrollieren.

Es dürfte nicht allzu schlimm für uns ausgehen, hatte Robert Frankie beruhigt. Natürlich würde er in seinem Bericht zugeben, dass solche Einrichtungen nicht schön waren. Kein Mensch fand sie schön. Von der Behörde könnte nur verlangt werden, dass sie unter den gegebenen Umständen so menschenwürdig wie möglich funktionierten. Es hätte viel schlimmer ausgehen können. Die Mitarbeiter hatten die Vorschriften ziemlich genau befolgt, die Störgrößen, die das Ganze in Gang gesetzt hatten, waren rasch behoben, der Mann, der die Feuer gelegt hatte, hatte eine instabile Vorgeschichte und war erst am Abend zuvor eingeliefert worden, die Evakuierung war vorbildlich abgelaufen, und selbst der Schaden an den Gebäuden hielt sich in Grenzen. Und die wenigen Insassen, die sich abgesetzt hatten, waren innerhalb von Stunden wieder aufgegriffen worden.

Das Feuer hatte vor einem Jahr stattgefunden, als Cora noch in London bei Robert in Regent's Park lebte; er hatte ihr nicht sofort erzählt, dass der Vorfall für ihn Konsequenzen nach sich zog, und zwar nicht, weil er ihr etwas verheimlichen wollte, sondern weil sie zu dem

Zeitpunkt aufgehört hatte, sich für seine Arbeit zu interessieren. (Sie hatte auch aufgehört, Nachrichten zu sehen und Zeitung zu lesen.) Er nahm an, dass sie immer noch um ihre Mutter trauerte, doch das beruhigte ihn nicht, und er wollte keine Diskussion gegen die blinde Kraft ihrer Gefühle führen, die er nur erahnen konnte. Außerdem fiel ihm auf, dass sie es seit einiger Zeit vermied, sich im Schlafzimmer vor ihm auszuziehen, und ihm den Rücken zudrehte, damit er sie nicht nackt sah, wenn sie ihr Oberteil auszog oder aus ihrer Unterhose stieg und schnell in ihre Pyjamajacke schlüpfte, bevor sie ihren Rock ausgezogen hatte. Er wandte den Blick von ihr ab, ging ins Bad und ließ sich Zeit beim Zähneputzen, er achtete peinlich darauf, ihre Privatsphäre zu schützen und machte sich ihre Gehemmtheit zu eigen. Es wurde zur Regel, dass er bis spätabends aufblieb und arbeitete, lange nachdem Cora ihre Korrekturen oder Unterrichtsvorbereitung beendet hatte. Und fast immer schlief sie schon oder tat zumindest so, wenn er zu Bett ging.

Irgendwann hatte Cora von Frankie von dem Feuer erfahren. Als Robert eines Abends von der Arbeit nach Hause kam, lag Cora bereits im Bett. Sie sagte, sie sei krank, ihre Beine hörten nicht auf zu zittern; wahrscheinlich habe sie Fieber oder so.

Er war noch in Anzugjacke und gelockerter Krawatte, seine Haut verschwitzt und pappig von der U-Bahn-Fahrt. »Warum nimmst du dir nicht eine Auszeit von der Schule? Du setzt dich zu sehr unter Druck.«

»Glaubst du wirklich, dass es daran liegt?«, fragte sie

bitter. Sie lag im Schlafanzug mit dem Rücken zu ihm da, hielt die Knie umklammert und schaute aus dem Fenster. Das späte Sonnenlicht warf wechselnde gelbe Rechtecke auf die dünnen Gardinen.

»Ich weiß nicht. Woran liegt es denn?«

»Ich hab's dir doch gesagt, ich bin krank.«

Er legte eine Hand auf ihre Schulter, und es stimmte, sie war glühend heiß, er spürte es durch den dünnen Stoff.

»Ich war bei Frankie«, sagte sie. »Nach dem Unterricht habe ich kurz bei ihr vorbeigeschaut.«

Frankie war zu der Zeit mit Magnus schwanger und hatte gesundheitliche Probleme.

»Wie geht es ihr?«

»Sie hat mir von dem Feuer im Abschiebezentrum erzählt, und von der Untersuchung.«

Er wusste sofort, dass es ein Fehler gewesen war, es ihr zu verschweigen.

»Deswegen musst du dir keine Sorgen machen. Ich bin zuversichtlich, dass alles in Ordnung kommt. In diesen Zentren wurde einiges erfolgreich verändert, seit es sie gibt.«

Er versicherte ihr, dass niemand verletzt worden sei, dass der Mann, der gestorben war, laut seinen Unterlagen an einer bereits vorher existierenden Herzerkrankung litt. Ein Luftzug von draußen wehte die Vorhänge ins Zimmer. Cora drehte sich auf den Rücken und sah ihn an.

»Robert, manchmal machst du mir Angst. Wie fühlt es sich an, solche Sachen zu sagen?«

Unter ihrem prüfenden Blick kam er sich durchsichtig vor, entkernt.

»Entschuldige: Spreche ich wie ein Beamter? Das ist ein Berufsrisiko.«

»Ich werfe dir nichts vor«, sagte sie. »Aber du benutzt diese ruhige, normale Sprache für Zustände, die nicht normal sind.«

»Nein, natürlich sind sie das nicht.«

»In Wirklichkeit sind sie schrecklich. Schmutzig und blutig.«

»Ich nehme an, das ist die Macht der Gewohnheit.«

»Jemand muss diese Arbeit machen, das weiß ich«, sagte sie deprimiert. »Mir ist klar, dass ich im Vergleich dazu gar nichts mache.«

Als Cora eine Zeit lang Thomas besucht hatte, den simbabwischen Häftling, war er in einem Abschiebezentrum außerhalb von Brighton untergebracht, einer alten umgebauten Privatschule, mit einer ausladenden Zeder im Garten – einem Überbleibsel aus der Vergangenheit –, den die Häftlinge nicht betreten durften. Selbst als Besucherin wurde sie einer Leibesvisitation unterzogen und musste ihre Fingerabdrücke hinterlassen. Die beschämenden Vorgänge in der Einrichtung – Thomas hatte ihr erzählt, bei der Einlieferung habe man ihm Stofffesseln angelegt, um ihn am Weglaufen zu hindern – verfolgten sie immer noch, nicht in ihren Träumen, sondern wenn sie schutzlos war, allein mit sich selbst, gepeinigt von ihrem schlechten Gewissen (sie war sein einziger Kontakt in der Außenwelt gewesen und hatte ihre Besuche nach achtzehn Monaten eingestellt). Roberts Feuer hingegen war in einem der neuen, speziell gebauten Zentren ausgebrochen: Backsteingebäude auf Brachflächen, von außen so farblos und nichtssagend wie Versandhandelsdepots oder Einheiten in einem Gewerbegebiet. Die Brutalität der viktorianischen Gefängnisse erwies sich als negative moralische Last, die schwer auf die Erde drückte; dieses moderne Instrumentarium zur Bestrafung stand leichthin und notdürftig in der Landschaft, wie so viele Hüllen oder hässlicher Müll. Das Äußere der Gebäude, dachte Cora, war ein Teil der Illusion, dass alles, was darin geschah, nicht so schrecklich und schmutzig war wie die Verarbeitung von Fleisch und Blut. Die Gebäude ermöglichten die trockenen Sprachhülsen in den Berichten, die Robert las und schrieb.

Frankie wollte Montag früh nach London zurückfahren, wenn Cora zur Arbeit ging. Der Samstagabend war ein ziemlicher Flop. Die beiden Frauen hatten sich stundenlange Gespräche versprochen, sobald die Kinder schliefen, doch als Cora herunterkam, nachdem sie Johnny eine Gutenachtgeschichte vorgelesen hatte, gähnte Frankie, die das Geschirr in die Spülmaschine gestellt hatte, und war bettreif.

»Mein Gott, ich bin so erbärmlich. Das war der Wein in der Sonne. Das verdammte Baby. Schau mich an, ich schlafe praktisch im Stehen!«

Zum Beweis setzte sie ihr Mondgesicht auf – breite Nase, volle Wangen, dicke dunkle Augenbrauen – und zog mit den Fingerspitzen die Lider hoch; ihre mädchenhaften Züge traten stärker hervor und ließen ihre Persönlichkeit so prägnant wie eine Maske erscheinen. Langsam nahm Cora ihr die Vikarin ab. Kaum war Frankie nach oben verschwunden, fühlte Cora sich schlagartig hellwach; ihr Groll verflog wie ein sich lichtender Nebel, und mit dem Gedanken, dass sie eine weitaus organisiertere Mutter abgegeben hätte als Frankie, räumte sie fürsorglich das Chaos ihrer Besucher auf. Sie schenkte sich noch ein Glas Rosé ein, lief barfuß im Erdgeschoss umher und verspürte jetzt, da niemand mehr da war, den starken Wunsch nach Nähe und Gespräch. Ihre schönen Räume verschwendeten unbeachtet ihren Charme an die warme Abendluft; die Fenster waren offen, und die Schritte von der Straße klangen unerwartet nah. In der Küche rödelte die Spülmaschine. Die gewohnte Ruhe im Haus verdichtete sich durch die darin schlafenden Kinder, ihre Unruhe, ihr Rascheln und ihre leisen Schreie: Unerfahren, wie sie war, blieb sie bei jedem neuen Geräusch stehen und horchte besorgt.

Als es dunkel wurde, zündete sie die Kerzen an, die eigentlich Frankie entzücken sollten und sah sich dann zufällig im Spiegel über dem Kamin im vorderen Zimmer, ein Geist in ihrem eigenen Haus mit einem erschreckend feindseligen Blick, ganz anders als der sorgsam prüfende Blick, den sie sich sonst zugestand. Morgens oder wenn sie ausging, schminkte sie sich und legte zufrieden ihre Kleider bereit, als existierte sie außerhalb ihrer selbst wie eine Schaufensterpuppe, deren Schönheit Genüge getan werden musste. Als sie sich jetzt so unvermittelt sah, schien sie etwas zu entdecken, das sie verschwendet und zu verantworten hatte, aber nicht konnte. Ihr Gesicht war nicht breit und verträumt, passend für die ruhige Arbeit in der Bibliothek, wie sie es gern gehabt hätte: Die Kieferpartie war schmaler, die Wangenknochen traten spitz hervor, sie wirkte suchend und frustriert. Der Spiegel war alt, stockfleckig, eine Antiquität, unterteilt in Abschnitte wie ein Triptychon, in einem dünnen vergoldeten Rahmen mit Rissen. In dem leeren Kaminrost darunter befand sich ein Fächer aus gefaltetem Goldpapier mit mehreren goldbesprühten Tannenzapfen.

Sie wollte sich nicht sehen oder über sich nachdenken. Das Bedürfnis nach Kommunikation, das Frankie geweckt und dann durch ihr Zubettgehen enttäuscht hatte, drang gefährlich in den steten Rhythmus ein, den sie sich angewöhnt hatte. Um ihre Unruhe zu bezwingen, schaltete Cora den Fernseher ein und stellte den Ton leise. Sie erinnerte sich, als Kind in einen anderen Fernseher in genau diesem Raum geschaut zu haben, von dem sie einst voller Vertrauen Besitz ergriffen hatte. Das Wohnzimmer war eng gewesen, und die Tapete an den Wänden der vorsichtige Versuch ihrer Mutter, den Geschmack der siebziger Jahre zu treffen – stilisierte rosa Blumen auf schlammgrünem Hintergrund. Jetzt war sie verschwunden, und Cora bedauerte, dass sie nicht wenigstens einen Rest dieser Tapete aufbewahrt hatte, die sie vermutlich als Erstes gesehen hatte, wenn sie morgens die Augen aufschlug; als Teenager hatte sie sich allerdings bei ihrer Mutter beklagt, dass sie sich beim Anblick des Musters vorkam wie ein Frosch in einem Teich. Aber nach dem äußerst schmerzlichen, für sie unvorhergesehenen Tod ihrer Eltern hatte sie alles im Haus verändern wollen und sich wie im Rausch an die Arbeit gemacht. Sie hatte immer geglaubt, sie hätten die Begabung dafür, im Alter zu ihrem Recht zu kommen. Doch ihr Vater, der am University of Wales Institute Bergbauwesen gelehrt hatte, war nur zwei Monate nach dem Eintritt in den vorzeitigen Ruhestand einem tödlichen Herzinfarkt erlegen. Ein Jahr später wurde bei ihrer Mutter akute myeloische Leukämie festgestellt. Cora hatte sich sechs Monate von der Arbeit befreien lassen, um sie zu pflegen.

Magnus weinte mehrmals in der Nacht (arme Frankie, die gerade versuchte, ihn zum Durchschlafen zu bringen), und am Sonntagmorgen wachten Johnny und Lulu früh auf. Cora döste in ihrem Bett und hörte, wie die beiden im von Erwachsenen leergefegten Erdgeschoss aufgeregt und zögernd ihre Freiheit ausprobierten und sich leise unterhielten, Johnny tadelnd und herrisch: »Du darfst nichts anfassen, Lulu!« Sie hoffte, dass sie nichts zerbrachen, und fragte sich träge, wie es wohl wäre, mit einem Geschwisterkind das Haus zu erforschen. Wahrscheinlich gingen sie barfuß zu der Stelle, an der an einem schönen Tag wie diesem die tiefstehende, frühe Sonne die hellen Dielenbretter entlangkroch und sie wärmte: Cora machte das auch gern. Wenn diese lange, schöne Wetterphase unnatürlich war, störte sie das nicht weiter. Außerdem wären sie entzückt von der Nachbarskatze, die wie jeden Morgen miauend draußen auf der Fensterbank saß, obwohl sie sie grundsätzlich nicht fütterte.

Genüsslich drehte sie sich unter dem Baumwolllaken um, das ihr in diesen warmen Nächten genügte, schloss die Augen und schwebte am Rand des Traums, aus dem sie erwacht war, von einer langen tempelähnlichen Säulenhalle, die nach unten abfiel und außer Sichtweite verschwand. Nach zwölf Jahren Ehe war das Alleinschlafen manchmal eine Riesenerleichterung; es war herrlich, die Arme und Beine schwerelos und frei auf einem leeren Raum auszustrecken. In ihrer Erinnerung war Robert in jenen letzten Monaten manchmal eine grüblerische, bedrückende Masse gewesen, die die Matratze auf seiner Seite niederdrückte, bis sie sich an ihrer Bettkannte festklammern musste, damit sie nicht auf ihn rollte. Während sie angespannt auf ihrem schmalen Streifen lag, nagte sein sexuelles Bedürfnis an ihr (»sexuelles Bedürfnis« war die verschämte Bezeichnung ihrer Mutter dafür), auch wenn sie es stur ignorierte und er nie versuchte, sie gegen ihren Willen anzufassen. Dann wieder gab es Phasen in Coras neuem Leben, in denen die einsamen Nächte, durchdrungen von sehnsüchtigen Träumen, ihr derart zusetzten, dass sie sich nach unten schleppte, um sitzend im Sessel zu schlafen. Ihr leeres Bett schien ihr dann entwürdigend, und sie fühlte sich wie eine alte Frau, die alles verloren hatte.

Nach dem Frühstück ging Frankie mit den Kindern in die kleine Kirche, in der Cora geheiratet hatte, während Magnus schlief und sie auf ihn aufpasste. Sie bereitete ein Picknick vor und packte fürsorglich nasse Tücher und

Küchenpapier, Lätzchen, Windeln und Wechselwäsche ein. »Du bist ein Genie«, rief Frankie, und Cora merkte, wie sie fast noch hinzufügen wollte, dass Cora die geborene Mutter wäre, die ihre Rolle ganz natürlich ausfüllen würde, sich aber noch rechtzeitig bremste. Nach der Rückkehr aus ihrer geistigen Versenkung oder was immer es war, schien Frankie von einem neuen Glanz umhüllt, der sie für Cora undurchdringlich machte. Sie hatte sich tatsächlich geschminkt, Lippenstift aufgetragen und ihr wuscheliges Haar gekämmt. Die Kinder waren nach dem Kirchgang vorübergehend ernst und still. Lulu lutschte an ihren im Rock ihres Kleides eingewickelten Fingern; die drei boten ein Bild anmutiger Geschlossenheit. Irgendein Großonkel von Robert und Frankie war Bischof gewesen; auch Frankies Drum, dessen Familie irgendwo in Schottland ein großes Haus mit Land besaß, gehörte dieser Welt an. Solche Muster schlagen sich in den Nachkommen nieder, dachte Cora skeptisch. Das Bild der Geschlossenheit wurde auch nicht zerstört, als Johnny eine Tür aufriss und Lulu im Gesicht traf, es zu Tränen kam und Frankie ihn einen »verdammten Idioten« schimpfte. Vor langer Zeit, als sie sich in Leeds gerade kennenlernten, hatte Cora den unterschiedlichen gesellschaftlichen Hintergrund als beunruhigendes, trennendes Terrain empfunden, das nur zu überwinden wäre, wenn Frankie den ersten versöhnlichen Schritt tat. Cora war als Sozialistin erzogen worden. Ihr Großvater väterlicherseits hatte als Elektriker in einem Kohlebergwerk gearbeitet und sich im Spanischen Bürgerkrieg freiwillig bei den Internationalen Brigaden gemeldet. Sie hatte seit jeher ein leidenschaftliches Gespür für das in der Geschichte begangene Unrecht an ihren Vorfahren gehabt.

An diesem zweiten Tag ihres gemeinsamen Wochenendes verstanden sich die beiden Freundinnen besser, weil sie nicht mehr allzu viel erwarteten. Sie fuhren zum Volksmuseum in St. Fagans; fast leichtfertig verzichteten sie auf die alten, anstrengenden Gewohnheiten, die zu ihrer Vertrautheit gehörten, und waren stattdessen nett, ja sogar höflich zueinander. Ihre langsame Runde durch die walisischen Bauernhäuser und Hütten, eingerichtet im Stil verschiedener Epochen mit qualmenden Herden oder rauchigen Gaslampen, gaben dem ziellosen Tag eine angemessene Form; sie kauften Mehl aus der Wassermühle, fuhren in einer Pferdekutsche. Für Lulu gab es Ziegen, die sie lieben und fürchten konnte, und ihr Picknick wurde zum Glück nicht von Wespen gestört. Cora führte sie zurück zu den winzigen Reihenhäusern von Merthyr Tydfil, die in historischer Abfolge eingerichtet waren: Beginnend in den Siebzigern, reichten sie bis ins frühe neunzehnte Jahrhundert zurück, denn anders hätte sie es nicht ertragen, als sie noch ein romantisches Mädchen war, leidenschaftlich gegen modernen Zerfall, vernarrt in eine unverfälschte Vergangenheit. Jetzt erstickte sie diese Vergangenheit mit ihrer pingeligen Biederkeit, den Sofaschonern und Bügeleisen, Flickenteppichen und verblichenen Fotos von ehrwürdigen Baptistengruppen, allesamt Männer. Als ein Wärter nicht hinsah, spähte Frankie in eine wuchtige alte, auf Walisisch verfasste Bibel, die Cora nicht lesen konnte, obwohl in der Familie ihrer Mutter Walisisch gesprochen wurde. Beide schnitten diskret nicht das Thema Religion an, als sie in die unitarische Kapelle traten, in der die Kanzel demokratisch in der Mitte der Gemeinde stand und klares Licht durch die schlichten Glasfenster fiel.

Coras ersehnte Vorstellung von Kindern wurde immer auf den Kopf gestellt, wenn sie tatsächlich Zeit mit Johnny, Lulu und Magnus verbrachte. Wenn sie für einen Tag von ihrem Geschrei, ihren wirren Freuden und Krisen mitgerissen wurde und den Abdruck der kleinen Körper warm auf ihrer Haut spürte, dachte sie nie an den alten, grausamen Schmerz ihrer Kinderlosigkeit. Anderer Leute Kinder würde sie nie haben wollen. Sie würde immer erleichtert sein – egal, wie sehr sie ihr am Herzen lagen –, wenn die Kinder von jemand anderem am Ende des Tages im Bett lagen; sie konnte sich nicht nach diesen vollkommenen Wesen sehnen, die nur sich selbst sahen. Auf Frankies Kinder war sie nur neidisch, wenn sie nicht da waren, verblasst zu einem Gedanken; außerdem war diese Leerstelle, die sich früher als heftiger Schmerz geäußert hatte, im allgemeinen Trümmerhaufen ihres Lebens zu einem dumpfen Zucken abgeflacht. Entscheidend war nur, dass man es verbarg, damit niemand einen bemitleidete. Und Cora wusste, dass sie das sehr gut konnte. Wenn sie mit Lulu auf der Hüfte herumlief oder Johnny etwas erklärte, ohne ihn zu überfordern, gab sie das Bild einer klugen Tante oder einer beliebten Lehrerin ab. Ein kompromissloser Erwachsener konnte für Kinder manchmal eine bessere Atmosphäre schaffen als eine nachgiebige Mutter. Als Frankie einmal mit Johnny die Toiletten gesucht hatte und Lulu gestolpert war, war Lulu nicht verzweifelt und fand sich mit Coras beschwichtigenden Worten als zweitbestem Trost ab. Das musste reichen. Andere Familien, die beladen mit Taschen und Kinderwagen an ihnen vorbeigingen, hätten nicht sofort sagen können, wer jetzt die Mutter war.

Während die Kinder am Spielplatz auf der Rutsche waren, erklärte Frankie, wie wir mit unserer modernen Sensibilität, die durch den wissenschaftlichen Rationalismus einer mythischen Dimension beraubt wurde, in der Dunkelheit tappten. »Wir haben religiöse Überzeugungen einer falschen Art von Überprüfung unterzogen, als müssten sie im wissenschaftlichen Sinn korrekt sein. Aufgrund unserer Klugheit leben wir deshalb verzweifelt in einem leeren Universum. Wir brauchen die Symbole und Geschichten, die die Idee einer anderen Dimension enthalten, jenseits von der, in der wir tatsächlich leben.«

»Aber nur weil wir sie brauchen, sind sie noch lange nicht wahr. Vielleicht gibt es keine andere Dimension.«

»Nein: Durch die Tatsache, dass wir sie brauchen, werden sie wahr. Wir kreieren diese Dimension durch unsere Vorstellungskraft in kreativer Zusammenarbeit mit den äußeren Lebenskräften und den Geheimnissen der Physik, die sonst keine Möglichkeit haben, bekannt zu werden. Diese Kräfte sind ohne unseren Glauben unvollständig, so wie wir ohne ihre Existenz außerhalb von uns unvollständig sind.«

Cora langweilte sich und zeichnete mit der Spitze ihrer Sandale Figuren in die Rindenschnipsel auf dem Spielplatz.

»Hast du Bobs wegen einem anderen verlassen?«, fragte Frankie plötzlich. »Gibt es jemanden?«

Cora fuhr herum und warf ihr einen verwirrten, tragischen Blick zu. »Siehst du nicht, dass es keinen anderen gibt?«

»Du könntest ihn irgendwo außer Sichtweite versteckt haben.«

»Hab ich aber nicht. Es gibt niemanden.«

»Ist ja gut. Sei nicht sauer, dass ich gefragt habe. Ich habe es nicht wirklich geglaubt. Ich dachte, wenn es einen gäbe, würde ich die Zeichen erkennen und es merken.«

»Ich bin nicht sauer auf dich.«

»Aber ich frage mich immer noch, was zwischen dir und Bobs schiefgelaufen ist. Denn trotz all der Differenzen zwischen dir und dem, was andere gesagt haben, war ich immer überzeugt, dass ihr ein wahrhaft ausgeglichenes Paar seid, das richtig gut zusammenpasst.«

»Was haben denn alle gesagt?«

»Ach, du weißt schon, das Übliche: der Altersunterschied. Die unterschiedlichen Charaktere: Er sei zu trocken und ernst für dich, solche Sachen.«

Vor ihrem geistigen Auge sah Cora ein ausgeglichenes Paar, wie auf einem idealisierenden alten Gemälde: Die Hand der Frau, ein Handschuh ausgezogen – fast, als merkten sie es nicht –, gehalten von der des Mannes; sie saß, er stand hinter ihr, und sie lächelten nicht einander an, sondern den Betrachter.

»Lag es daran, dass er gegen eine künstliche Befruchtung war?«

»Er war nicht dagegen.«

»Ach ja? Das wusste ich nicht ...«

»Damit hat es nichts zu tun. Frank, ich will nicht darüber reden. Auch nicht mit dir, es geht nicht, noch nicht. Du hast dich getäuscht, wir waren kein ausgeglichenes Paar. Das war nur dein Wunschdenken, genau wie das mit der religiösen Dimension. In Robert hast du dich nicht getäuscht, aber in mir.«

Frankie legte einen Arm um ihre Freundin und musste sich ein wenig um Nachsicht und Empathie bemühen, weil Cora schon immer geglaubt hatte, sie könne nach Belieben in den heiligen Räumen ihrer Freundin wüten, während Frankie wusste, dass sie umgekehrt behutsamer vorgehen musste. Frankies Ansicht nach lag das daran, dass Cora das einzige Kind hingebungsvoller Eltern war, die das Innenleben ihrer Tochter mit Samthandschuhen anfassten, als wäre es ein immerwährendes Wunder. Frankie und Roberts Eltern (zwischen den beiden gab es noch zwei Geschwister), die ohnehin oft abwesend waren, hatten ihre Kinder ins Internat gesteckt und waren bei einem Unfall in einem Privatflugzeug in Tunesien ums Leben gekommen, als Frankie sechzehn war. Ihr Vater hatte die dortige Regierung beraten. Dass ihr älterer Bruder in den Jahren nach dem Tod der Eltern für Frankie eine Art Vaterrolle gespielt hatte, war ein weiterer heikler Punkt in Coras Beziehung zu Robert. Als Frankie allmählich ahnte, was Cora wollte, war sie innerlich empört und empfand es fast als einen Tabubruch: Woher sollte man wissen, welche Risiken sich daraus ergaben? Sie wusste nicht, ob Cora je bemerkt hatte, wie schwer es Frankie gefallen war, sich den neuen Umständen anzupassen – der Liebe zwischen ihrem Bruder und ihrer Freundin –, sie zu erkennen, klar und ohne Vorurteile. Jetzt musste sie sich wieder anpassen.

Frankie meinte, sich zu erinnern, in etwa die gleiche Diskussion über Religion mit Cora geführt zu haben, als sie um die zwanzig waren, allerdings mit dem Unterschied, dass sie damals gegenteilige Ansichten zu ihren jetzigen vertreten hatten. Cora war die Hintergründige gewesen, Frankie die entzaubernde Rationalistin. Damals hatte Cora dieselbe leidende Sensibilität an den Tag gelegt, die Frankie zugleich rührte und verzweifeln ließ; nur dass sich hinter diesem Ausdruck ein beschwingtes, erwartungsvolles und lebenshungriges Wesen verbarg. Jetzt ließ sie Frankies Umarmung steif über sich ergehen. Dann schubste jemand Lulu auf der Rutsche, und Frankie musste los, um sie zu retten.

Nach Frankies kurzem Besuch empfand Cora die vertraute Atmosphäre in der Bibliothek als eine Wohltat: das grünliche Licht, die hohen abblätternden rosa Wände und die gedämpfte Stille, unterbrochen durch kleine Eruptionen unterschiedlicher Geräusche, Zeichen von außen, wenn jemand die Eingangstür aufstieß. Dann wieder wünschte sie, Frankie käme zurück, damit sie alles besser machen, netter zu ihrer Freundin sein könnte; sie hatte definitiv nicht freundlich auf Frankies

Plan reagiert, ein Amt in der Kirche zu übernehmen. Manchmal hob sie mitten in der Arbeit den Blick zu den schönen Buntglasscheiben – blaue und gelbe Quadrate mit roten Rauten – über dem Ausgabeschalter, die in einem schmalen Streifen um den Sockel einer Glaskuppel verliefen, wo sich tote Wespen in schmutzigen Haufen sammelten. Dem Architekten hatte zweifellos eine Bibliothek vorgeschwebt, wie sie auf einem Gemälde von Burne-Jones ausgesehen hätte: Verträumte Mitglieder der Öffentlichkeit, die in einem juwelenbesetzten Licht ihren Verstand lieber Tennyson und Keats öffneten als Familiensagas in Großdruck oder wahren Kriminalfällen.

Cora hatte befürchtet, dass Frankies Besuch ihr die Arbeit in der Bibliothek vermiesen könnte; sie hatte entsetzliche Angst davor festzustellen, dass diese neue Zuflucht, die sie am Boden des Abgrunds gefunden hatte, in den sie gefallen war, nur eine weitere dünne Haut der Selbsttäuschung sein könnte. Doch als sie am Montagmorgen ihre übliche Kontrollrunde drehte und in der kleinen Gartenecke im Andenstrauch und Roseneibisch nach nicht vorhandenen Spritzen suchte, kehrte die alte Schwerelosigkeit zurück, und sie fühlte sich beflügelt von der gemütlichen Routine ihrer Umgebung. Sie hatte Frankie im Haus zurückgelassen, die die Kleider und Spielsachen der Kinder chaotisch in riesige Plastiktaschen von Ikea packte. Am Sonntagabend hatten sie die Kinder zu Bett gebracht und sich danach eine Krimiserie im Fernsehen angesehen; Frankie war eingeschlafen und gelegentlich durch ihr eigenes leises

Schnarchen aufgeschreckt, lange bevor der Mörder entlarvt worden war. Beim Abschied am Morgen hatten sie sich übertrieben, aber ohne große Innigkeit umarmt und etwas überspielt, das in ihrer gemeinsam verbrachten Zeit nicht stattgefunden hatte. »Es war schön.« »Es war schön, dass du hier warst.« Sie hatten zu viel gelächelt, darauf bedacht, einander los zu sein, und die Anspannung in Gegenwart ihrer alten Nähe gespürt.

Aufgrund des öffentlichen Kommens und Gehens herrschte in der Bibliothek nie die stickige Innerlichkeit eines Büroarbeitsplatzes; ihre Stunden verliefen immer etwas planlos, was nicht daran lag, dass sie nicht alle ziemlich hart arbeiteten, sondern weil ihre Arbeit letztlich dem Geheimnis des Lesens diente, einem in sich gekehrten, privaten Vorgang. Cora kam sich vor wie in einem kulturellen Außenposten, weit entfernt von aller Hektik, wie ein Landarzt in einem Roman von Tschechow, der Bücher aus Moskau bestellte. Eine ihrer Stammkundinnen, eine lebhafte, zierliche Frau mit schwarz gefärbtem Haar und dickem, maskenhaftem Make-up, brachte ein Bild mit, das sie in einem Kunstkurs gemalt hatte, eingehüllt in einen schwarzen Müllsack, um es ihnen zu zeigen: Ein Clown, der vor einem violetten Hintergrund mit Sternen jonglierte. Cora half einem Iraker bei der Online-Suche nach einem Zeitungsartikel über einen amerikanischen Bombenangriff auf die Stadt Falludscha, und als er ihn ausgedruckt hatte, sagte er aufgewühlt: »Deswegen bin ich in Ihr Land gekommen«, wobei sie nicht wusste, ob er dankbar war für den kostenlosen Zugang zu genauen Informationen oder wütend über die britische Mitwirkung an dem Massaker seiner Landsleute. Sie entwickelte eine liebevolle Phantasie über einen älteren Herrn, der einen Seidenschal trug und ein leidendes, vornehmes Gesicht hatte wie Samuel Beckett; er lieh europäische Kunstfilme auf DVD aus – Visconti, Chabrol, Fassbinder –, und Cora stellte sich vor, dass er eine Gleichgesinnte in ihr erkannte, obwohl sie nie mehr austauschten als das Wechselgeld auf seine Zahlungen von $ 2.50.

Nach der Schule kam zusammen mit einem Schwung von Müttern mit kleineren Kindern eine Gruppe junger Mädchen in blauen Uniformblusen und Hosen und Kopftüchern aus der hiesigen Gesamtschule herein, um vorgeblich gemeinsam Hausaufgaben zu machen. Sie legten ihre Handys vor sich auf den Tisch, verschickten viele SMS und unterhielten sich vertraulich in gepresstem Flüstern, das nie laut wurde, obwohl Brian sie hin und wieder zur Ruhe mahnte. Brian war pedantisch und reizbar, er löste kryptische Kreuzworträtsel und las französische und deutsche Romane im Original; er war leitender Bibliotheksassistent und zählte abends das Bargeld zusammen. Brian und Annette, die beiden Vollzeitkräfte, waren seit Jahren in Bibliotheken tätig und arbeiteten einen Großteil ihrer Frustrationen in der undurchsichtigen Politik des Bibliothekswesens ab; sie fürchteten die drohende Einführung von RFID-Lesegeräten, bei der die Bücherausleihe elektronisch erfolgte. Die anderen Bibliothekshilfskräfte glichen eher Cora, sie waren aus dem einen oder anderen Grund an den Job geraten und blieben vielleicht nicht lange: ein junger Mann, der in einem Laientheater mitwirkte, eine Frau, die ihren Lehrerjob an den Nagel gehängt hatte, als ihre Kinder klein waren, ein schüchternes Mädchen mit Glatzkopf und Piercings, die all ihre Nasen- und Lippenringe herausnahm, wenn sie zur Arbeit kam, obwohl niemand sie je dazu aufgefordert hatte. Irgendwann hatte Cora festgestellt – wie immer zu spät –, dass sie sich den Groll der anderen Hilfskräfte zugezogen hatte, weil sie zu freundlich zu Annette war oder wegen Kleinigkeiten in ihrem Verhalten, für die sie nichts konnte; sie hielten sie für rechthaberisch und selbstherrlich. Annette sagte, was andere dächten, sei unerheblich, darüber zerbreche sie sich nie den Kopf.

»Die Leute müssen mich aushalten«, sagte sie. »Sie müssen mich mögen oder sich mit mir abfinden.«

Cora ging mit ihrem Mittagessen in den kleinen Friedhof, wandelte zwischen den zerschrammten Kiefernstämmen umher, die den Weg säumten, und blieb stehen, um die Inschriften auf den Grabsteinen zu lesen: Protestanten, Katholiken, Waliser, Polen, Iren, Italiener. Manchmal musste sie dem weißen Transporter der Friedhofsarbeiter ausweichen, aber meistens hatte sie den Ort für sich; neue Begräbnisse fanden hier nicht mehr statt, und die alten Gräber wurden nur selten besucht. »In deiner Güte, bete für den Seelenfrieden von Mary Hanrahan.« Ein zweiter Leutnant zur See, »*mort pour la France*«. Ein Unterhaltungsdienstleister, was immer das war, mit einem Grabdenkmal, so verschnörkelt wie eine Jahrmarktsorgel, einschließlich einem Jesus mit einem verlorenen Lamm; ein Schiffslotse; ein Tabakwarenhändler. Sie rechnete aus, wie alt sie waren, als sie starben; wie viele Kinder gestorben waren; wie lange die Frau ihren Mann überlebt hatte. Herbert William Alexander lebte nur dreizehn Tage. Zwillingsbrüder, beide ertrunken, einer mit sieben, einer mit zwanzig. William Tillet starb 1896 mit sechsundsiebzig, »über vierzig Jahre tätig bei Messrs George Elliot und Co. von den Stahlseilwerken, West Bute Dock, Cardiff«. Elstern und flattrige Krähen, mit Federn wie alte Regenjacken, pickten im Gras herum. Auf Tafeln wurde erklärt, dass man aus Naturschutzgründen einen Teil des Friedhofs wie eine altmodische Heuwiese wachsen ließ, die nur einmal im Herbst gemäht wurde, um die Vielfalt von Wildblumenarten und Wildtieren zu fördern. Grauspechte suchten auf warzigen Ameisenhaufen nach Futter. Die Grauhörnchen, deren Lebhaftigkeit in der schweren Stille befremdlich wirkte, waren so furchtlos, dass sie ganz nah herangehen und ihr schnelles Hecheln sehen konnte: Eines buddelte hektisch mit beiden Vorderpfoten, um einen toten Kiefernzapfen zu vergraben, und schleuderte dabei wie verrückt tote Blätter und Erde nach hinten.

Cora saß auf einer Bank, das Gesicht zur Sonne gereckt, und kam sich wie eine Genesende vor, die man ins Freie gebracht hatte, um täglich ein wenig mehr Kraft zu sammeln; allerdings mochte sie sich nicht fragen, wofür sie die Kraft sammeln sollte. Ihre Genesung hatte etwas von einem Teufelskreis: Wenn sie glücklich war, musste sie in die Zukunft blicken – aber glücklich sein konnte sie nur in der Gegenwart. Um sich das Grübeln zu ersparen, nahm sie ihr Buch mit auf den Friedhof und las, während sie ihre Sandwiches aß. In letzter Zeit las sie nichts Anstrengendes: Frauenromane, kommerzielle Romane, von denen einige, wie Annette und sie fanden, bemerkenswert gut geschrieben waren, besser als vieles in der sogenannten gehobenen Literatur, lebensnaher. Inzwischen dachte sie kaum noch an die Literatur, mit der sie sich in ihrem Englischstudium befasst hatte. Ihre Phantasie war vollgestopft mit Frauengeschichten, von denen die meisten mit einem Zusammenbruch wie ihrem begannen, einem Glaubensverlust oder einer verlorenen Liebe, Verluste, die verheerender waren als alles, was sie erlebt hatte. Sie verschlang diese Bücher, eines nach dem anderen, blätterte hastig die Seiten um, fieberte ungeduldig der Auflösung entgegen. Kaum war sie mit einem fertig, fing sie das nächste an.

Wenn sie keine Romane las, arbeitete sie sich langsam durch ein Buch, das die Grundlagen der Geologie darlegte, eine Empfehlung von Brian, als sie ihm von den Karten ihres Vaters erzählte. Sie hatte vor, im Herbst einen Abendkurs in Geologie zu belegen. Am Anfang hatte sie die Karten nur an ihre Wände gehängt, weil sie sie irgendwie tröstlich fand; sie waren ihr so vertraut, dass sie kaum einen Blick an sie verschwendete. Früher hatten sie und ihre Mutter ihren Vater damit aufgezogen, dass er Schaubilder von Steinen lieber mochte als Gemälde und Bücher. Seit kurzem interessierte Cora sich für die Bedeutung der verschiedenen Farben, obwohl ihr genau solche wissenschaftlichen Spezialgebiete fremd waren und womit sie sich schwertat. Als ihr Vater noch lebte, hatte sie die Bedeutung der Karten nie hinterfragt, doch nach seinem Tod fand sie es befremdlich, wenn sie an die vielen Schichten dachte, die sich unter ihren Füßen, unter dem Straßenpflaster und dem Park verbargen – Schlammstein und Sandstein, überlagert von Gletschersediment. Ihr Vater war tolerant und geduldig gewesen, charmant, handwerklich geschickt. Als junger Mann hatte er der Militant Tendency angehört – einer trotzkistischen Gruppe innerhalb der Labour Party –, war aber wieder ausgetreten, weil ihm nicht gefiel, wie sie über einfache Leute sprachen. Er hatte Robert selbst in der Zeit gebilligt, als ihre Mutter gegen die Ehe war, bevor sie ihre Meinung änderte. Das Verhältnis zwischen Cora und ihrem Vater war stets auf schmerzhafte Weise zärtlich gewesen, jeder hatte den anderen vor dem zu schützen versucht, was er als hässlich oder entmutigend empfand. Als er starb, hatte sie eine Art Scham empfunden, als wäre sein anständiges und heiteres Leben böswillig ausgelöscht worden.

Cora änderte ihre Meinung und kam zu dem Schluss, dass Roberts Wunsch, ihre Beziehung – oder ihr Ende – auf eine formalere Grundlage zu stellen, berechtigt war. Vielleicht war sie auch in diesem Punkt, genau wie beim Schwarzbrot, von Annette beeinflusst: Eine Scheidung war eine saubere, sachliche Angelegenheit und besser als das derzeitige Chaos, das zwischen ihnen herrschte und das schwer zu erklären war, wenn jemand fragte. Und wäre Robert im Grunde nicht besser dran, wenn sie ordnungsgemäß geschieden wären? Sie sollte ihn von sich befreien, damit er sich jemand anderen suchen konnte. Vielleicht würde er wieder mit seiner alten Freundin Kontakt aufnehmen, die Cora verdrängt hatte. Sie rief ihn bei der Arbeit an, um ein Treffen zu vereinbaren – irgendwie mochte sie mit ihm nicht über das Telefon in der Wohnung in Regent's Park sprechen, wo sie ihr gemeinsames Leben geführt hatten. Bevor sie ihn anrief, überlegte sie sich genau, was sie ihm sagen und in welchem Tonfall sie mit ihm sprechen wollte, um keine falschen Hoffnungen in ihm zu wecken; doch dann erreichte sie nur seine persönliche Assistentin.

»Elizabeth? Hier ist Cora.«

Früher hatte Elizabeth sie für schusselig gehalten; Cora rief an, weil sie sich ausgeschlossen oder weil sie vergessen hatte, etwas fürs Abendessen einzukaufen, und Robert bat, es auf dem Heimweg zu besorgen. Robert war all ihren Bitten und Schwierigkeiten mit derselben ruhigen Ernsthaftigkeit begegnet, mit der er auf eine Nachricht vom Innenminister reagiert hätte, doch Elizabeth hatte ihre Anliegen als Affront gegen die Bedeutung eines hohen Regierungsbeamten empfunden, auch wenn sie immer höflich bleiben musste. Jetzt genoss sie es wahrscheinlich, dass sie sich rundheraus gleichgültig geben konnte. Das Leben war ohne Cora weitergegangen.

»Tut mir leid, er ist in einer Sitzung«

»Würden Sie ihn bitten, mich anzurufen?«

Es folgte ein kurzes Zögern, das fast persönlich gemeint war. Elizabeth würde ihren Namen nicht aussprechen. »Auf welcher Nummer soll er anrufen?«

Robert hatte ihr bestimmt keine Einzelheiten über den Zusammenbruch seines häuslichen Lebens erzählt, höchstens das unbedingt Nötige.

»Sagen Sie ihm, ich bin in Cardiff. Aber das weiß er ja.«

»Ich richte es ihm aus. Heute Nachmittag ist er sehr beschäftigt.«

Als Cora den Hörer auflegte, wurde sie einen unerwarteten Moment lang – bevor sie die Schwäche unterdrückte – von einem sehnsüchtigen Gefühl nach der altmodischen Ehefrauen-Identität überwältigt, die sie eingebüßt hatte. Sie hatte ihr nicht viel bedeutet, als sie sie noch besaß, und das Wort »Ehefrau« hatte sie nur selten für sich benutzt oder an Robert als ihren Ehemann gedacht. In den ersten Jahren ihrer Ehe schien ihr diese herkömmliche Kategorie irgendwo unterhalb dessen, was sie für Robert sein wollte; in letzter Zeit lag sie außerhalb ihres Spektrums. Sie beschloss, nicht auf Roberts Rückruf zu warten. Es war ihr bibliotheksfreier Tag, und sie hatte vor, in die Stadt zu gehen, um auf dem Markt Fisch zu kaufen. Sie achtete penibel auf ihre Ernährung und kochte nach Rezepten aus ihren Kochbüchern stets mit frischen Zutaten, auch wenn sie manchmal, sobald sie allein an dem mit dem schweren Silberbesteck (ein Hochzeitsgeschenk für ihre Großmutter mütterlicherseits) gedeckten alten Holztisch im Wintergarten saß und aß und das Abendlicht aus dem Garten durch die offene Tür fiel, kaum aufessen konnte, was auf ihrem Teller lag, und den Rest ihrer so akribisch zubereiteten Mahlzeit in den Müll kratzen musste. Sie wagte nicht, sich auf die Waage zu stellen, um zu sehen, wie viel Gewicht sie verloren hatte.

Robert rief fast umgehend zurück; sie verabredeten sich für die folgende Woche zum Mittagessen in London. Cora schlug das Restaurant in der National Portrait Gallery vor, weil sie dort, obwohl sie es beide mochten, nicht oft zusammen gewesen waren. Er sprach so respektvoll über ihre bibliothekfreien Zeiten mit ihr, als fielen sie in dieselbe Kategorie wie die Termine in dem vollen Kalender, den Elizabeth für ihn führte; er spielte seine Stellung so nonchalant herunter, dass Cora sich bemühte, ihm keinen falschen Eindruck zu vermitteln, warum sie ihn sehen wollte.

»Du hast recht«, sagte sie schroff. »Wir sollten die Angelegenheit vernünftiger regeln.«

»Regeln?«

»Um deinetwillen. Es ist ungerecht.«

Es folgte eine kurze Pause, in der er überlegte, was sich hinter ihren Worten verbarg. »Wenn du sagst, ›die Angelegenheit regeln‹ ...?«

»Ich meine, in finanzieller und praktischer Hinsicht.«

»Sicher, ich dachte mir schon, dass du das meinst.«

Als er aufgelegt hatte, stand sie mit dem Hörer an der Brust da, zog an der aufgewickelten Schnur des Telefons und überlegte, ob sie das Richtige getan hatte. War es möglich, dass sie ihn vielleicht doch manipulierte oder mit seinen Gefühlen spielte? Könnte das jemand hinter ihrem Plan für das Mittagessen vermuten – oder dass sie an ihm zerrte und Ausflüge nach London plante, weil sie sich langweilte? Entsetzt über diesen Gedanken, war sie kurz davor, Robert zurückzurufen, um die Verabredung abzublasen, aber das wäre womöglich noch schlimmer und sie würde sich nur noch tiefer hineinreiten. Es zermürbte sie, wie wenig sie sich selbst vertraute.

Am Tag ihrer Fahrt nach London hatten sich diese Bedenken zerstreut; im Zug dachte sie nur daran, wie sie das alles mit Robert am besten regeln könnte. Sie hatte keine Ahnung vom Scheidungsrecht, wusste nur so viel, dass man heutzutage nicht mehr beweisen musste, ob jemand Ehebruch begangen hatte oder gewalttätig oder seelisch grausam gewesen war. Vernünftigerweise hätte sie das vor ihrem Treffen im Internet recherchieren sollen, aber sie hatte zu Hause noch keine Verbindung einrichten lassen, und in der Bibliothek hätte sie etwas so Persönliches nicht nachschlagen können. Sie schreckte ohnehin davor zurück, das Wort einfach so in eine Suchmaschine zu tippen, als wäre es nur ein Thema wie jedes andere. Dann stellte sie sich Robert gelassen als einen alten Freund vor. Scheidung schien ein überzogenes und grobes Mittel zu sein, um sie endgültig zu trennen, zumal sie sich schon so weit voneinander entfernt hatten.

Vor dem Mittagessen mit Robert nahm sie sich eine Stunde Zeit für einen Rundgang durch die Galerie. Nach der heftigen Hitze und den Menschenmengen in der U-Bahn und auf der Straße versank ihr Bewusstsein in dem kühlen Inneren, als fiele es dankbar unter Wasser und öffnete sich dann der Andersartigkeit der Porträts. Sie konzentrierte sich auf das zwanzigste Jahrhundert und sog unbefangen Geschichten in sich auf; nach einer Weile zitterte sie in ihrem ärmellosen Kleid und zog ihre Strickjacke an. Als es Zeit wurde, Robert zu treffen, fuhr sie im Aufzug nach oben, begleitet von elegischen Bildern angehäufter Leben, eines nach dem anderen, voller Farben und Begebenheiten, unbewusste Zeugen ihrer Zeit. Sie kam ein paar Minuten zu früh im Restaurant an und bestellte einen Prosecco, während sie wartete. Die unmittelbare Umgebung – verzerrte Akustik, gut gekleidete Menschen (sie hatte zweifellos schon vergessen, wie man es vermeidet, provinziell auszusehen), berühmter Ausblick auf das malvenfarbene Dächermeer – verlor für einen kurzen Moment ihre Kraft, verdrängt vom Gewicht der langen Vergangenheit.

Robert entdeckte Cora, bevor sie ihn sah: Vollkommen auf sie eingestellt, erkannte er sofort ihre ernste, leicht reumütige Stimmung und wollte sie nicht verderben. Er verstand nichts von Kleidung, aber ihm fiel auf, dass sie weniger großstädtisch wirkte als zu der Zeit, in der sie bei ihm lebte: Wahrscheinlich lag es an dem blauen Strickjäckchen mit den kleinen Knöpfen, das ihr zwar stand, ihn aber an eine Lehrerin erinnerte (er war nicht auf dem neuesten Stand, wie Bibliothekarinnen aussahen). Sie aß gerade nachdenklich die Kirsche von ihrem Drink. In der Nähe von attraktiven Frauen kam er sich normalerweise zu groß und zu wuchtig vor; obwohl Cora schlank war, schien sie seit jeher wie geschaffen für seine Statur zu sein. Sie hatte eine schmale Taille, aber ihre Hüfte war wohlgeformt, wie es derzeit außer Mode war. Während er sich zwischen den Tischen zu ihr durchschlängelte, ignorierte er mindestens zwei Gruppen von Leuten, die er kannte; als Cora ihn erblickte, stand sie halb auf und stieß dabei ihr Glas um, das zum Glück fast leer war. Robert begriff, indem sie aufstand, wollte sie ihm zu verstehen geben, dass sie die Gastgeberin war, die dieses Treffen einberufen hatte: Er durfte keine Anstalten machen, sie zum Essen einzuladen. Er überlegte, wie er sich dem respektvoll fügen könnte, ohne sie bezahlen zu lassen.

»Ich hätte den Prosecco nicht trinken sollen«, sagte sie errötend. »Er ist mir sofort in den Kopf gestiegen.«

»Möchtest du noch einen?«

Er hoffte, dass es nicht so klang, als wollte er sie betrunken machen.

»Nein, bitte nicht. Danke, dass du gekommen bist. Ich nehme an, du hast viel zu tun.«

Er hängte sein Jackett über die Stuhllehne, lockerte seine Krawatte und gab zu, dass die Umstrukturierung ein ziemlicher Alptraum war.

»Welche Umstrukturierung?«

Robert warf ihr einen tadelnden Blick zu: War ihr das wirklich entgangen? Innerhalb der kleinen Westminster-Gemeinde vergaß man leicht, mit welch geringem Interesse die Öffentlichkeit draußen die Erdbeben verfolgte, die sie erschütterten. Er erklärte ihr, dass aus einem Teil des Innenministeriums ein separates Justizministerium wurde.

»Ach ja, natürlich«, sagte Cora unsicher.

Das verfahrenstechnische Nachbeben, sagte er, habe selbst die letzten Ausläufer erfasst: Er helfe bei der sinnvollen Gestaltung der neuen Grenz- und Einwanderungsbehörde.

»Ist das eine gute Sache?«

Er war nie genervt von ihr, aber er mochte ihr auch nicht sein ernstes Interesse an einem Thema darlegen, das sie gar nicht interessierte. »Na ja, ich musste sehr viel mehr Zeit in Croyden verbringen, als mir lieb war.«

»Croyden?«

»Dort ist der Sitz der Behörde. Ich bin zwar noch in der Marsham Street, aber ich wollte sehen, was sich vor Ort tut. Ich gehe davon aus, dass Croyden der Ort ist, an dem die eigentliche Arbeit stattfindet oder zumindest ein Teil davon. Auch wenn man sich dort manchmal etwas abgehoben vorkommt – von bodenständig kann nicht die Rede sein. Was wollen wir essen?«

Obwohl beide in die Speisekarte blickten, waren sie anfangs nicht fähig, sie zu lesen. Ihre bemühte Unterhaltung, die so locker und leicht wirkte, verwirrte sie eher und blendete alles andere aus. In dem Moment, als Cora Robert sah und ihr Glas umstieß, hatte sie gedacht, dass er unmöglich sei, »einfach unmöglich«; aber noch wollte sie nicht enträtseln, was sich hinter dem Gedanken verbarg. Sie hatte ihn nie attraktiv gefunden, aber ihr gefiel sein Äußeres, und anderen Frauen gefiel es auch. Seine Nase war schön, gerade; seine Augen lagen in tiefen Höhlen unter Brauen, die ohne eine Kontrolle buschig wurden. Seine Schultern, Hände und Füße waren groß geraten, seine Bewegungen ziemlich plump. Als er Ende dreißig war und sie ihn kennenlernte, hatte er nicht viel jünger ausgesehen. Manche Männer veränderten sich auf dem Weg vom Kind zum Erwachsenen äußerlich viel stärker als Frauen; und doch erkannte man in Roberts vorsichtigem Blick manchmal deutlicher als in vielen jungenhaften Männern, wie er als Kind gewesen war – weggesperrt in diesen entsetzlichen Schulen, für die seine Eltern ein Vermögen gezahlt hatten. Im Laufe der Jahre hatte Cora das Aufscheinen seiner Kindhaftigkeit mehr geschmerzt als das, was die Leute offensichtlich dachten: Sie hatte sich eine Vaterfigur gesucht.

Als sie schließlich etwas aus der Karte gewählt und bestellt hatten, erzählte Cora ihm von ihrem Rundgang durch die Galerie. »Als ich hinterher in das Restaurant kam, hatte ich das seltsame Gefühl, als hätte sich unsere Gegenwart schon in Vergangenheit verwandelt und wir hätten auch schon mit ihr abgeschlossen. Findest du es nicht auch manchmal seltsam, dass wir nur in diesem einen gegenwärtigen Augenblick leben? Wie ein Licht, das sich entlang eines Fadens bewegt, der hinter und vor uns verläuft. Ich meine, warum ist es *dieser* Augenblick und kein anderer?«

Coras metaphysische Einlassungen landeten immer irgendwo unterhalb von Roberts Radar, der eher auf praktische Folgen ausgerichtet war. »Aber wir haben noch nicht abgeschlossen«, sagte er.

Ob er auf ihre Beziehung anspielte? Cora wurde hellhörig: Er hatte nie dagegen protestiert, dass sie von ihm getrennt leben wollte, und ihren Entschluss fatalistisch akzeptiert. Aber ihr wurde klar, er meinte nur, dass sie nicht tot waren. Sie hatten sich selbst am Hals, sich und ihr laufendes Leben. Um ihn abzulenken, brachte sie ihren Vorschlag mit seiner alten Freundin vor.

»Robert, du solltest mit Bar Kontakt aufnehmen.«

Er wusste nicht sofort, von wem sie sprach.

»Mit Bar? Was für eine abwegige Idee! Warum sollte sie mich sehen wollen? Und warum sollte im Übrigen ich sie sehen wollen? Bar ist wahrscheinlich verheiratet, lebt irgendwo auf einem Bauernhof und hat fünf Kinder.«

Sie merkte, dass ihm die Erwähnung der fünf Kinder gar nicht bewusst war.

»Ich will jetzt wirklich nicht näher darauf eingehen, aber vielleicht wäre es von vornherein besser gewesen, wenn du bei ihr geblieben wärst. Da drüben lächeln dir Leute zu. Kennst du denn jeden?«

»Ich kenne kaum jemanden«, sagte er, ohne sich umzudrehen. »Wie abwegig, dass du plötzlich Bar aufs Tapet bringst.«

»Was sagst du zu diesem Wetter?«, fragte Cora fröhlich, als ihr Essen kam. »Ist das die globale Erwärmung?«

Vor dem Fenster, das sich über die gesamte Länge des Restaurants erstreckte, schien die Sonne auf die fein nuancierte Eintönigkeit der Dächer, versunken in ihrer geheimnisvollen Ruhe über der wimmelnden Geschäftigkeit der Stadt unten. Keine Wolke trübte den Himmel; die Glas- und Metallflächen auf den Dächern blitzten wie Signale.

Robert blickte von seinem Teller auf und schaute sie an.

»Wahrscheinlich nur eine normale klimatische Schwankung, wenn auch innerhalb eines sich wandelnden Spektrums.«

Sie aßen beide die drei Gänge des Mittagsmenüs. Cora fand alles köstlich – in Roberts vertrautem Orbit stellte sich ihr alter Appetit wieder ein. Sie hatte Kalbsleber mit Blumenkohl in Bechamelsauce und knusprigen Speck. Robert verputzte seine Portionen wie Snacks, und er trank zwei Gläser Bordeaux – er war kein Weinkenner, ihn langweilte zu viel Getue, aber er mochte fruchtige Rote. Er musste essen, um seinen schweren Körper und sein eisernes Stehvermögen zu nähren, und er konnte viel trinken, ohne dass es ihm zusetzte, auch wenn er normalerweise mittags keinen Alkohol trank.

Es war erstaunlich normal, gemeinsam zu essen.

»Ich glaube, wir sollten die Scheidung einreichen«, sagte Cora, als sie mit ihrem Lachs in Sauce hollandaise fast fertig war. Robert, der sich mit Messer und Gabel gerade über eine weitere Kartoffel hermachen wollte, legte sein Besteck auf den Teller zurück und setzte dann seine zu Fäusten geballten Hände auf der Tischkante ab, den Blick auf sein Essen gesenkt. Cora erschrak bei der Vorstellung, er könnte anfangen zu weinen, und war zugleich angewidert von ihrer eigenen Taktlosigkeit – obwohl, wann wäre der richtige Zeitpunkt gewesen? Es wäre absurd gewesen zu warten, um die Angelegenheit beim Kaffee zu besprechen, wie *petits fours*.

Aber natürlich würde er nicht weinen, wahrscheinlich bei keinem Anlass – Cora hatte es noch nie bei ihm erlebt – und schon gar nicht wegen einer Frau, dazu in einem Restaurant voller Bekannter. Das war Unsinn, so war er nicht gestrickt. Er nahm nur mit angemessenem

Ernst in sich auf, was sie gesagt hatte. Welcher Mann hätte da einfach mit der Kartoffel weitergemacht?

»Ich weiß nicht viel darüber«, fuhr sie rasch fort, um ihre Verwirrung zu überspielen, und erklärte, sie habe zu Hause noch kein Internet. »Gibt es nicht so was wie unheilbare Zerrüttung einer Ehe? Vielleicht könnten wir uns dafür entscheiden.«

»Ist sie unheilbar zerrüttet?«

Sie merkte, wie sie errötete, und in ihrer Verlegenheit wurde sie plötzlich wütend auf ihn. »Mein Gott, ja, Robert. Hast du denn gar kein Gespür? Fühlt sich unsere Ehe für dich nicht zerrüttet an?«

»Dann hast du recht, und wir sollten die Scheidung einreichen. Es gibt keinen Grund, der dagegenspricht.«

»Danach wärst du frei.«

Er unternahm einen weiteren notwendigen Versuch. »Frankie sagt, es gäbe keinen anderen.«

Die idiotische Formulierung klang unpassend aus seinem Mund; sie wollte die Blöße überspielen, die er sich damit gegeben hatte.

»Darüber musst du dir keine Sorgen machen. Ich will nur allein sein. Wahrscheinlich findest du das unsinnig, aber ich möchte, dass du jemanden findest und glücklich bist. Deshalb sollten wir uns scheiden lassen.«

Nach kurzem Überlegen widmete Robert sich schließlich doch der Kartoffel und schnitt sie auf seinem Teller sorgfältig in Stücke. Dass er vor dem Essen alles kleinschnitt, war eine der irritierenden Angewohnheiten, die Cora der Erziehung zuschrieb, in die man ihn gezwängt hatte.

»Wenn du das willst«, sagte er schließlich.

Sie einigten sich darauf, dass beide ihre Anwälte aufsuchten. Cora würde zu derselben Kanzlei in Cardiff gehen, die sich mit der Hypothek ihrer Eltern, dann ihren Testamenten und schließlich der Übertragung des Grundstücks auf ihren Namen befasst hatte. Während sie ihren Lachs aufaß, musste sie sich mit der Serviette verstohlen die Augen abtupfen, doch im Großen und Ganzen war sie erleichtert, die unangenehme Diskussion hinter sich gebracht zu haben. Danach war es allerdings schwierig, ein neues Gespräch zu beginnen. Cora überlegte fieberhaft und fragte Robert hastig nach seinem Termin vor dem Untersuchungsausschuss; er erwiderte, es sei nicht allzu schlecht gelaufen. Der tägliche Betrieb der Zentren sei an Dritte vergeben worden, und die Hauptaufgabe seines Teams bestehe in der Vorbereitung und Durchführung von Ausschreibeverfahren und der Vereinbarung von Verfahrensrichtlinien; was das anging, sei die Befragung angenehm verlaufen. Sie hätten nichts zu verbergen; tatsächlich sei ihre Arbeit in manchen Bereichen sogar gelobt worden. Er legte eine Pause ein, um einen Schluck Wein zu trinken. Cora vermutete, dass er überlegte, wie viel mehr er ihr noch erzählen sollte, und die Chancen abwog, einen ihrer Streits zu provozieren oder seinem Bedürfnis zu folgen, sie immer ganz ins Bild zu setzen, wenn sie fragte, was seine Art war, die Wahrheit zu erzählen. Aber trotz der relativ lockeren Befragung – fuhr er fort – sehe er dem Ausgang des Verfahrens nicht optimistisch entgegen. Das müsse sie natürlich für sich behalten. Irgendwie schwane ihm, dass etwas in der

Luft liege und die Presse nicht lockerlassen würde. Der verstorbene Iraner war offenbar jemand gewesen, und die Geschichte schlage langsam Wellen.

»Was meinst du mit ›jemand‹? Wir sind alle jemand.«

»Das weiß ich. Ich meinte die Art von jemand, mit dem die Presse etwas anfangen kann, wenn er eines unnatürlichen Todes gestorben ist.«

Bei dem Iraner handle es sich um einen Journalisten, der seit Jahren in London gelebt und sich die Mühe geschenkt habe, seine Visa zu erneuern; einige seiner Geschichten seien in den Achtzigern übersetzt und von einem kleinen Verlag veröffentlicht worden. Eine Zeit lang habe man ihn bei den üblichen Literaturfestivals und Lesungen herumgereicht. Man hätte ihm das Asyl nicht verweigern dürfen, das sei, selbst nach den eigenen behördlichen Kriterien, ein klarer Fehler gewesen – die Entscheider seien manchmal Idioten, das sei oft die Hälfte des Problems. Gegen ihn habe gesprochen, dass er nichts wegen der Visa unternommen habe, bis er aufgegriffen wurde. Der Mann sei depressiv gewesen, habe seit Jahren ein Alkoholproblem gehabt, alle hätten längst vergessen, wer er war, wahrscheinlich habe er nicht mal vorzeigbar ausgesehen, als er vor dem Tribunal stand. Allem Anschein nach habe er auch noch seinen Anwalt verprellt und sich am Ende selbst vertreten, was er mit seinem Gezeter und wirrem Gerede wohl ziemlich vermasselt habe.

»Und dann ist er gestorben.«

»Er hatte ein schwaches Herz. Es hätte jederzeit und überall passieren können.«

»Aber es ist dort passiert. Er musste in einem dieser Zentren sterben.«

»Das war kein schöner Abgang, aber es gibt schlimmere.«

Cora hatte nicht vor, sich mit Robert zu streiten; sie wies nicht darauf hin, dass einem Journalisten und Schriftsteller im Iran, wohin Robert ihn habe zurückschicken wollen, genau einer dieser schlimmeren Abgänge erwartet hätte. Manchmal fand sie es selbst schrecklich, wie sie gegen seine Argumente anrannte und auf ihnen herumhackte, als stünde er ihr im Weg wie ein unbeweglicher Fels. So war es schon gewesen, bevor er zur Einwanderung wechselte und noch für Gefängnisse zuständig war. Sie hatte keine Lust, auf die Einzelheiten seiner dienstlichen Aufgaben einzugehen; er sagte, jemand müsse die Sache übernehmen, solange die Regierung eine Einwanderungspolitik verfolge oder Leute hinter Schloss und Riegel bringen wolle. Lieber mache er es selbst als ein anderer, der es schlechter mache. Wenn er das mit seiner Autorität verkündete, klang es wie eine unangreifbare Verteidigung seiner Arbeit; aber auch ihre Bedenken waren unangreifbar, sie entsprangen ihrem tiefsten Wesen, und sie konnte und wollte nicht lernen, sie zu unterdrücken, auch wenn sie es am Anfang ihrer Beziehung, als sie noch sehr jung war, versucht hatte.

»Und was wurde bei der Untersuchung gelobt?«

Robert erklärte, dass sein Team an einem neuen Plan arbeite, demzufolge jedem Asylsucher innerhalb weniger Tage nach seiner Antragstellung ein »Fallbetreuer«

zugeteilt würde, der seinen Fall in jeder Phase begleite, von der ersten Befragung bis hin zur Integration im Vereinigten Königreich. Oder bis zur Abschiebung, falls nötig.

»War das deine Idee?«

»Meine Empfehlung, in einem offiziellen Bericht.«

»Klingt gut. Dann haben sie wenigstens einen kontinuierlichen Ansprechpartner.«

Er konnte nicht zulassen, dass sie ihm gute Absichten unterstellte. »Das Ganze soll der Effizienz dienen. Die Abläufe beschleunigen, den Rückstau abbauen.«

Die Bedienung brachte die Dessertkarte.

Nach dem Tod ihrer Mutter vor drei Jahren war Cora in einer schlimmen Verfassung gewesen.

In den letzten Krankheitsmonaten ihrer Mutter hatte sie eine gute Schwester abgegeben, tatkräftig und belastbar. Robert war gerührt, dass die eigensinnige junge Frau, die er geheiratet hatte, mit ihrem großen Talent, sich zu vergnügen, so viel Geduld aufbringen konnte. Als Rhian nach einem kurzen Aufenthalt im Krankenhaus zum Sterben nach Hause kam, zeigte Cora sich der Situation gewachsen, als wäre es ein Test wie die vielen anderen, die sie stets mit Bravour bestanden hatte. Sie zeigte ihrer Mutter nicht, wie verzweifelt sie war, und arbeitete Hand in Hand mit den Ärzten und Schwestern, die ins Haus kamen und sie für ihre entschlossene, zupackende Pflege lobten. »Egal was passiert, ich bin bei dir«, hatte sie ruhig zu ihrer Mutter gesagt, und ihre Ruhe hatte sich als hilfreich erwiesen. Im Leben war

Rhian immer missmutig gewesen, aber ziemlich stoisch, als sie es beendete. Kurz vor ihrem Ableben hatte Cora gewusst, wie sie die sterbende Frau vorsichtig und richtig heben musste, damit sie bequemer auf ihren Kissen lag.

Leichtsinnigerweise hatte Robert angenommen – ohne darüber nachzudenken –, dass diese neue Kraft in Cora von Dauer wäre. Doch in den Monaten nach Rhians Tod war sie kaum wiederzuerkennen als die kompetente Schwester mit dem sicheren Gespür dafür, was getan werden musste und was nicht. Ihre alte Kraft war unwiederbringlich gebrochen. Sie weigerte sich, mit ihm über ihre Eltern zu sprechen; voller Mitgefühl für sie, fragte er sich untypischerweise, ob vielleicht eine Therapie helfen würde, aber sie behauptete, sie wolle mit niemandem sprechen. Sie ging nicht mehr aufrecht, sondern gebeugt und beklagte sich über Menstruationsbeschwerden, legte sich eine Wärmflasche auf den Bauch, ging früh zu Bett und sah tagsüber fern. Wenn sie miteinander schliefen, liefen ihr Tränen aus den Augen, die sie vor ihm zu verbergen suchte. Er stellte sich ihren Zusammenbruch als einen Prozess vor, bei dem sie ihre inneren Kraftspeicher zu stark beansprucht hatte und die nun, einmal angezapft, nicht durch eine normale Phase der Ruhe und Erholung aufzufüllen waren. Ihre Seele war verhangen und angegriffen, und Robert litt, weil er sich nicht imstande fühlte, ihr Linderung zu verschaffen.

Rhian war im Februar gestorben; nach Ostern bestand Cora darauf, wieder in den Schuldienst zu gehen. Immerhin musste sie sich dafür morgens anziehen, musste den Unterricht vorbereiten und sich unter ihren Kollegen und Schülern bewegen. Aber er befürchtete, es sei noch zu früh. Eines Abends, als er spät von der Arbeit nach Hause kam, fand er sie im Mantel auf dem Bett sitzend vor, mit zusammengepressten Knien und grauem Gesicht, als hätte sie sich nach der Rückkehr aus der Schule dort niedergelassen und seitdem nicht mehr gerührt. Ihre schwere Aktentasche, vollgestopft mit Büchern und zu korrigierenden Arbeiten, stand zu ihren Füßen.

»Wie lange sitzt du schon hier?«

»Keine Ahnung. Wie spät ist es?«

Während er sich hinkniete, um ihr die Schuhe auszuziehen und ihr aus dem Mantel zu helfen, griff er unklugerweise einen Vorschlag auf, den er ihr schon einmal unterbreitet und den sie heftig abgelehnt hatte. Warum gab sie das Unterrichten an der Berufsschule nicht auf? Einer seiner Freunde habe Beziehungen zu einer Privatschule, die Bedingungen dort seien viel angenehmer, am Anfang könne sie stundenweise unterrichten, die Schüler seien lerneifrig.

Cora schüttelte ihren Arm aus dem Mantel und stieß ihn weg.

»Wieso will dir nicht in den Kopf, dass ich in so einem Laden nicht arbeiten würde, und wenn es die einzige Schule auf Erden wäre? Zufällig sind mir die Jugendlichen, die ich unterrichte, bei weitem lieber. Sie haben keine großen Chancen im Leben, und ich will nicht so tun, als könnte ich viel daran ändern. Aber wenigstens bin ich nützlicher, wenn ich ihnen grundlegende Lese- und Schreibfähigkeiten beibringe, als mit verwöhnten Gören für Oxbridge zu pauken. Und ich habe keine Disziplinprobleme. Ich bin eine erfahrene Lehrerin. Woher beziehst du eigentlich deine Ideen, was in einer Stadt wie London vor sich geht: aus der *Daily Mail*?«

»Aber sieh dich doch an. Du bist völlig am Ende. Du bist es dir schuldig, dich zu schonen. Nur für ein paar Monate, bis du dich besser fühlst.«

»Machst du jetzt meine Prinzipien dafür verantwortlich, dass ich nicht schwanger werde?«

Es fiel ihm schwer, seine Gedanken im Licht dieses neuen Problems zu ordnen; wahrscheinlich hatte er den Kopf geschüttelt, dachte er hinterher, wie der verwirrte Ochse, der er war.

»Schwanger werden? Willst du das denn?«

»Ach Robert, weißt du das wirklich nicht?«

»Aber kriegst du nicht diese Injektionen?«

Sie sagte, vor zwei Jahren habe sie damit aufgehört. Er war verwundert, hinterfragte aber nicht, warum sie das damals nicht mit ihm besprochen oder es ihm zumindest mitgeteilt hatte. Angeblich wollte sie, dass es »eine Überraschung wird«. Er akzeptierte, dass Frauen in diesem Bereich eine natürliche Vorrangstellung einnahmen und die Regeln nach ihren eigenen mysteriösen Gefühlen aufstellen mussten.

Zwei Jahre lang war nichts passiert. In dieser Woche hatte sie Hoffnung geschöpft, doch als sie an dem Abend nach Hause kam, hatte sie ihre Tage bekommen.

»Ich nehme an, dass Rhian Bescheid wusste.«

Nicht nur Rhian, wie sich herausstellte, sondern auch Alan. Coras Kummer beruhte zum Teil auch darauf, dass ihre Eltern gestorben waren, ohne ihre Enkelkinder zu kennen.

Auch wenn er die schwierige Vorbereitungsphase mit den langen Zyklen von Vorfreude und Enttäuschung nicht durchlebt hatte, sah Robert sich plötzlich mit dem anderen Extrem konfrontiert, der Angst vor Kinderlosigkeit. Doch er stellte sich Cora voll und ganz zur Verfügung. Er würde tun, was notwendig war, wenn es sie glücklich machte. Er hatte ohnehin auch immer Kinder gewollt, ohne viel darüber nachzudenken, irgendwann in der Zukunft. Wenn sie schon eine Familie waren, dann schien dies die richtige, die unvermeidliche Form zu sein: Die zwischen ihm und Cora besprochene, schemenhaft gestaffelte Geburt ihrer Kinder, zwei oder drei – nie Babys, wenn er sie sich vorstellte, sondern stramme Kinder in Shorts und Sonnenhüten, mit Angelruten und ihren eigenen Plänen. Sein Bild war geprägt von sich und seinen Geschwistern und von der Kindheitsphase, in der er am glücklichsten war (als er aufs Internat ging und die Sommerferien mit seinen Eltern und Geschwistern – ausgenommen Frankie, die noch nicht geboren war – in einem Haus oben auf den steilen, bewaldeten Klippen von Devon verbracht hatte). Ohne es sich einzugestehen, war auch er überzeugt, dass Kinder das Band seiner Ehe mit Cora besiegeln würden, das er andernfalls, selbst nach all dieser Zeit, als provisorisch und unsicher empfunden hätte. Ohne Kinder könnte sie sich eines Tages so willkürlich von ihm entfernen, wie sie sich ihm seinerzeit an den Hals geworfen hatte.

Also saßen sie vor drei Jahren im Wartezimmer einer Klinik in einem schönen georgianischen Haus in der Wimpole Street, kurz vor ihrem ersten Termin bei einem Reproduktionsmediziner. Robert hatte sich diskret nach den richtigen Leuten erkundigt und herausgefunden, dass diese Klinik die besten Ergebnisse erzielte. Es war ein schwüler, nasser Junitag, und der Wind wehte einen warmen Sprühregen durch die Straßen, von dem die Gehsteige schmierig waren. Cora, die seit Monaten kaum darauf geachtet hatte, was sie am Morgen anzog, hatte sich für diesen Termin mit fieberhafter Sorgfalt gekleidet, als müsste sie den Arzt verführen und nicht um Rat fragen. Jetzt litt sie, weil ihre Satinbluse von Betty Jackson, gemustert und mit einer Schleife am Hals, voller feuchter Flecken und mit Sicherheit völlig unpassend war und außerdem den Anschein erweckte, dass ihr die ganze Sache nicht ernst war. Sie brachte es nicht über sich, den anderen wartenden Paaren in die Augen zu sehen. Hinterher überlegte sie, ob sie nur halluziniert hatte, dass die Wände in diesem Raum, jeder einzelne Quadratmeter, mit Fotos von Babys, lächelnden Müttern und Paaren mit Babys behängt waren. Eigentlich war es zu verrückt, um wahrscheinlich zu sein; und wäre es nicht ohnehin eine unsensible Botschaft, jenen, die nach all den Bemühungen weiterhin nicht schwanger wurden, den schlagenden Gegenbeweis vor Augen zu führen?

Neben ihr war Robert ein dunkles Etwas in Anzug und Krawatte, denn er war von der Arbeit gekommen, um sie hier zu treffen. Stühle an öffentlichen Orten wirkten immer zu klein für ihn, und sie war überrascht, ihn als Patient oder Kunde in einer Schlange wie jeden anderen zu sehen, als strahlte seine ganze Körpersprache inzwischen ohne sein Zutun Autorität und Kontrolle aus. Allerdings deutete nichts darauf hin, dass ihn das Warten störte oder er lieber woanders wäre. Sie fragte sich, welchen Grund er Elizabeth wohl für seine Abwesenheit im Büro genannt hatte: Mit Sicherheit keinen, der Coras Anliegen hier, ihr Versagen oder ihre Verzweiflung betraf. Trotzdem verspürte sie bei diesen Gedanken ein Brennen, als wüsste Elizabeth genau Bescheid – und alle anderen auch. Sie wünschte, Robert wäre nicht in die ganze Prozedur involviert und sie wäre heimlich allein gekommen. Wollte er sie nur trösten und spielte bei einer ihrer Launen mit? Sie erinnerte sich nicht daran, dass sie je über eine Fruchtbarkeitsbehandlung gesprochen hatten, bevor es ein aufgeladenes und wichtiges Thema für sie geworden war, doch als sie jetzt schweigend dasaßen, unterstellte sie ihm eine männliche Geringschätzung für ein solches Verfahren und war überzeugt, ihm wäre es lieber, der Natur ihren Lauf zu lassen und diszipliniert zu akzeptieren, was das Leben vorhersah. Seine Ansichten basierten auf einer langfristigen Perspektive, berücksichtigten das Weltbevölkerungswachstum und betrachteten den Kult um das Kinderkriegen als eine Art Sentimentalität, die sich nur Leute in fortgeschrittenen Wirtschaftssystemen leisten konnten.

Tatsächlich täuschte sie sich gewaltig, was Roberts Gedanken anging, aber sie meinte, diese Ansichten aus seiner vernünftigen, zögernden, eher knurrenden Stimme herauszuhören, die nie unnötig, sondern abgehackt und knapp weitersprach, um nur kein Wort zu verschwenden, und immer etwas zurückhielt. Die Ansichten, die sie ihm unterstellte, erregten und empörten sie, sodass sie am liebsten aufgestanden und im Raum umhergelaufen wäre, sich aber zugleich den anderen Wartenden nicht offenbaren wollte. Robert holte ihr einen Becher Wasser aus dem Spender. Cora stellte sich vage vor, welche Demütigungen sie beide erwarteten, nachdem der Arzt seinen zweifellos beträchtlichen Charme hatte spielen lassen, auch wenn sie nicht sicher war, ob diese Demütigungen heute oder bei einem zweiten Termin stattfinden würden. Es war nicht schlimm, wenn man sie wie eine Puppe herumschob und drangsalierte, sie eingehend untersuchte, das war ihr egal. Aber ihr wurde ganz heiß bei der Vorstellung, wie gekränkt Robert sich in seiner Ehre fühlen musste, eingesperrt mit Zeitschriften in einem kleinen Raum, vielleicht sogar einer Toilette, um eine Probe zu produzieren. Wie konnte sie das zulassen? Plötzlich war sie sicher, dass dieser Ort und alles, was damit zusammenhing, ein Fehler war. Es musste einen Ausweg geben, bei dem sie sich treu blieb und nicht ihre tiefsten Instinkte verriet.

Auf der Suche nach einem Rettungsanker erinnerte sie sich an die letzten Krankheitstage ihrer Mutter. Woher hatte sie diese übermenschliche Kraft genommen, um richtig zu handeln? Sie wusste noch, wie ihr an einem bestimmten Punkt, als sie sich durchaus ihrem Leid hätte ergeben können, ein Gedanke gekommen war, gleich einer Anweisung: Schluck die bittere Pille. Schluck sie schnell. Cora hatte sie schnell geschluckt, und in der unmittelbar daraus folgenden Kraft lag sogar eine gewisse grausame Freude. Auch jetzt wurde sie von einem Leid übermannt, das sich ihrer Kontrolle entzog. Cora stand auf, die Frau am Empfang und die Fremden im Wartezimmer starrten sie an, genau wie Robert.

»Ich geh nur kurz nach draußen«, sagte sie laut, griff nach ihrem Regenmantel und ihrer Tasche. »Ein bisschen frische Luft schnappen.«

Der Regen, der ihr auf der Straße entgegenwehte, war eine Labsal; sie hielt ihm ihr Gesicht entgegen. Robert kam hinter ihr hergeeilt und brachte ihr den Seidenschal, den sie vergessen hatte.

»Nein«, sagte sie bestimmt und packte ihn an den Unterarmen. »Ich will das nicht.«

»Dann ist es in Ordnung«, erwiderte er. Sie nahm an, dass er erleichtert war, obwohl das überhaupt nicht stimmte, er versuchte nur sein Bedauern zu überspielen, damit sie sich nicht als Versagerin fühlte. Er war enttäuscht, dass sich der vermeintliche Ausweg aus Coras Kummer als eine Sackgasse erwies.

»Gehen wir irgendwo mittagessen«, sagte er.

»Willst du nicht zurück und den Termin absagen?«

Robert interessierten die administrativen Problemchen der Klinik nicht, die die Entdeckung eines geflüchteten Klientenpaares womöglich nach sich zogen.

Wahrscheinlich passierte das nicht zum ersten Mal. »Ich rufe später an.«

»Musst du nicht ins Büro zurück?«

»Ich habe mich für ein paar Stunden abgemeldet. Vor zwei erwartet man mich nicht zurück. Bis dahin haben wir Zeit.«

Sie hatte sich gewünscht, er würde sagen, dass ihn das Büro nicht interessiere.

II

Cora vor drei Jahren, im Zug von Cardiff nach Paddington.

Es war einige Wochen her, seit sie aus der Fortpflanzungsklinik geflüchtet war, fast sechs Monate seit dem Tod ihrer Mutter. Ihr Unterricht war für den Rest des Sommers so gut wie beendet, und sie stürzte sich blindwütig in die Umgestaltung des Hauses in Cardiff. Robert erzählte sie, nach der Renovierung wolle sie es verkaufen. Wenn Probleme auftauchten und die Bauarbeiter etwa Trockenfäule fanden oder die hohen Glastüren versauten, sprach sie sich Mut zu: Schluck die bittere Pille. Ihre alte Kraft war zurückgekehrt, auch wenn sie nicht wusste, was sie damit anfangen sollte und sie nur gegen einen unsichtbaren Widerstand einsetzte. Sie hatte sich für einen Holzofen entschieden und Händler für antike Baumaterialien nach alten Kacheln für das Bad und schönen rosa Ziegelsteinen abgeklappert. Jetzt, vor den Zugfenstern, dampfte die nachmittägliche Landschaft vom Regen, die grünen Felder und Wälder wirkten geheimnisvoll, zurückgezogen in ihre eigene dichte Geschichte, erstickt unter einer bleifarbenen Himmelsdecke. Der Zug war nicht voll, sie saß allein an einem Tisch. Dunkle Tropfen rollten seitlich an den Scheiben entlang. Aus einem unerfindlichen Grund klopfte ihr Herz schwer, als ob sie etwas erwartete, was nicht der Fall war, sie durfte nicht nach vorne schauen, weil dort nichts war, nichts.

Ein Mann blieb neben ihr stehen. Er trug einen Pappbecher mit Kaffee aus dem Bordbistro, eine Aktentasche hing an einem Riemen über seiner Schulter.

»Darf ich mich zu Ihnen setzen? Ich bin auf der Flucht vor einem Idioten mit einem Handy.«

»Woher wissen Sie, dass ich keine Idiotin bin?«

Er sah sie an, nahm sie rasch in sich auf. »Sie sehen nicht so aus.«

»Sie haben Glück«, sagte sie. »Meins ist ausgeschaltet.«

»Braves Mädchen.«

Sie war leicht beleidigt, weil er sie als Mädchen bezeichnete. Er setzte sich auf den Fensterplatz ihr gegenüber, holte ein Buch aus seiner Tasche und fing an zu lesen. Ein Gedichtband von jemandem, dessen Namen Cora nicht kannte. Es war ihr peinlich, dass sie die *Vogue* las – ihr war klar, dem Mann war das bei seiner raschen Überprüfung als Minuspunkt gegen sie aufgefallen. Normalerweise kaufte sie nie Zeitschriften, aber bei ihren Fahrten von und nach Cardiff wollte sie nicht allzu viel nachdenken und ließ sich gern zu Ideen für Einrichtungsgegenstände oder neue Kleider inspirieren.

Er las mit finsterem Blick und hielt das Buch, als wollte er es jeden Moment am Rücken auseinanderreißen. Cora betrachtete immer die Hände von Leuten, die ihr begegneten (Roberts waren riesig, mit weichen

Vertiefungen in den Handflächen und überraschend zarten Fingerspitzen). Die Hände dieses Mannes waren lang, gebräunt und nervös, schlank wie die einer Frau, wenngleich er nicht weibisch wirkte, ein Finger gelb gefleckt vom Nikotin, die Nägel auf natürliche Weise mandelförmig; als er einen Schluck Kaffee trank, fiel ihr auf, dass sie zitterten. Er trug einen Ehering. Vielleicht, dachte sie, war er besonders, vielleicht auch nur überheblich; sein reifer, voller Mund hatte etwas Unzufriedenes, aber er war attraktiv, sah klug aus, und sein Haar, das die Farbe von silbrigem, ausgewaschenem Stroh hatte, zeigte nur an den Schläfen erste Ansätze, sich zu lichten. Unter seinen Lidern meinte sie die schnellen Bewegungen seiner tief in den Höhlen liegenden Augen beim Lesen zu sehen; er war ein Falke, der sich den Inhalt mit einem unerbittlichen Schnabel aus dem Buch pickte. Entschlossen, sich nicht um seine Gedanken zu scheren, widmete sie sich wieder ihrer Zeitschrift. Nach einer Weile legte er das Buch auf den Tisch. Cora blickte von einem Wintermantel auf, den sie ernsthaft in Erwägung zog.

»Die Gedichte haben Ihnen nicht gefallen«, sagte sie.

Sie rechnete damit, dass ihr Interesse an seiner Meinung seiner Eitelkeit schmeicheln würde, aber er wirkte nur überrascht, dass sie ihn angesprochen hatte, als lebten sie in verschiedenen Welten.

»Lesen Sie Gedichte?«

Sie nahm an, er meinte: neben Ihren Zeitschriften.

»Ja. Ich bin Englischlehrerin.«

Er war nicht begeistert. »Wie schön für Sie.«

»Na ja, eigentlich liebe ich meine Arbeit. Lyrik unterrichte ich allerdings nicht sehr oft.«

»Haben Sie das gelesen?«

»Nein, nie von ihm gehört. Und ich glaube, ich schenke es mir, ihn zu lesen. Sie haben richtig wütend ausgesehen. Wahrscheinlich hätten sie es aus dem Fenster geworfen, wenn die Fenster sich öffnen ließen.«

»Eigentlich hat es mir ganz gut gefallen«, sagte er. »Aber nicht gut genug.«

»Gut genug wofür?«

Nach einer Pause fügte er hinzu, er wünschte tatsächlich, die Fenster ließen sich öffnen, weil er hin und wieder gern ein Buch hinausgeworfen hätte.

Cora hatte gelesen, wenn jemand sich zu einem hingezogen fühle, fange er unbewusst an, dessen Bewegungen nachzuahmen: Ihr fiel auf, dass er sich, als sie sich in ihrem Sitz zurücklehnte, zu ihr nach vorne neigte und stirnrunzelnd die Ellbogen auf den Tisch stützte. Es war offensichtlich, dass er nicht den Wunsch verspürte, sich mit ihr über Gedichte zu unterhalten, weil er fürchtete, sie könnte womöglich versuchen, ihn mit den üblichen schwärmerischen Ansichten zu beeindrucken; er hatte keine Lust, jemandem seine eigenen Gedanken darzulegen, der sie wahrscheinlich nicht zu schätzen wusste. Er hatte eine hohe Meinung von sich, denn nach außen hin begegnete er der Welt reizbar, fast schon verächtlich. Er fragte, wo sie eingestiegen sei und ob sie in Cardiff lebe; sie erwiderte, dass sie dort geboren sei, aber in London lebe.

»Besuchen Sie Ihre Eltern?«

Cora erklärte, dass ihre Eltern beide gestorben seien und sie deren Haus renoviere, um es zu verkaufen. Sie rechnete mit einer mitfühlenden Bemerkung seinerseits, aber er fragte sie nur, was sie vom walisischen Nationalismus halte. Sie erwiderte, ihr Vater habe ihr beigebracht, jedem nationalistischen Gedankengut zu misstrauen, weil es engstirnig sei.

»Klingt nach einem guten alten Trotzkisten.«
»Er hat sich über alles seine eigene Meinung gebildet.«
»Sie sind sehr walisisch.«

Sie sagte, sie hasse es, wenn man ihr bestimmte Eigenschaften unterstellte.

»Genau das meine ich«, sagte er. »Wenn man jemanden beschuldigt, sehr englisch zu sein, nimmt er es entschuldigend hin.«

Er hatte einen englischen Akzent, eher neutral als hochgestochen.

Der Zug fuhr in den Bahnhof von Swindon ein, neue Fahrgäste stiegen zu, jemand zögerte im Gang neben ihrem Tisch. Sie machten keine Anstalten, ihre Taschen von den Sitzen neben sich zu entfernen; beide sahen absichtlich nach draußen auf den Bahnsteig, wo jene, die andere Ziele anstrebten, wie im Schwebezustand zu warten schienen, in einem diffusen, schmutzigen Licht, abgeschnitten vom Regen, der in Strömen von den Enden der Dächer fiel. Die Person neben ihrem Tisch ging weiter: Es gab noch jede Menge andere freie Plätze. Beide taten so, als wäre nichts passiert, doch als der Zug wieder anfuhr, war die Atmosphäre zwischen ihnen verändert, abgesondert saßen sie zusammen in ihrer Ecke.

Wie sich herausstellte, besaß er ein Haus irgendwo auf dem Land in Wales – sie hatte nur eine ungefähre geographische Vorstellung; Robert hätte gewusst, wo es war. Er hatte drei Töchter, zwei kleine, eine aus einer ersten Ehe, die nicht bei ihm lebte und ungefähr fünfzehn, vielleicht sechzehn sein musste.

»Wie oft sehen Sie sie?«

»Nicht oft genug. Wir haben uns nichts zu sagen, wenn wir uns treffen. Ihre Gedanken erschließen sich mir nicht. Und umgekehrt ist es zweifellos genauso. Meine anderen Mädchen sind süß, ich liebe sie über alles. Haben Sie Kinder?«

Er schaute auf ihren Ring.

Irgendetwas veranlasste sie, ihm nicht mit »noch nicht« oder einfach »nein« zu antworten.

»Ich kann keine bekommen. Wir haben es versucht, aber es geht nicht.«

»Das tut mir leid. Sollte es mir leidtun? Bedauern Sie es?«

Sie zuckte die Schultern. »Ich hätte mich gefreut. Aber so ist es nun mal.«

»Denken Sie an eine Adoption?«

»Nein.«

»Gut.«

Es tat gut, die Sache mit dieser Endgültigkeit auszusprechen – als wäre sie nur ein zu betrachtender Gegenstand, gefühllos, mit klaren Linien und harten Kanten. Mit dem hinter ihr liegenden Verlust ihrer Eltern und dem der Babys, die sie irgendwann hätte bekommen können, war sie aus der Vergangenheit und der Zukunft in diesem Moment auf sich selbst zurückgeworfen, wie eine unfruchtbare Insel oder eine versiegelte Kiste. Es war einfacher, diese Wahrheit preiszugeben und dem Fremden zur Beurteilung zu überlassen, ohne irgendwelche Freundlichkeiten zu erwarten. Sein interessierter Falkenschnabel pickte an ihr herum wie vorhin beim Lesen der Gedichte.

In Paddington war es möglich, dass sie sich aus den Augen verloren.

Inzwischen saß sie nach vorne geneigt am Tisch, und er hatte sich in seinen Sitz zurückfallen lassen. Er musterte sie mit halb geschlossenen Augen, als wollte er sich aus der Ferne ein Bild von ihr machen.

»Sie sind also Englischlehrerin. Und was macht Ihr Partner?«, fragte er.

»Er ist Regierungsbeamter. Ein ziemlich hoher.«

»Du meine Güte.«

»Er ist ein äußerst moralischer, pflichtbewusster Mensch, den ich von Herzen liebe.«

»Das sehe ich Ihrem Gesicht an,« sagte er.

Einen kurzen Moment lang hielt sie seine Bemerkung für eine ironische Spitze und war kurz davor, wütend zu werden; aber nein, er meinte ganz klar das, was er sagte.

»Wirklich?«

»Ja, man erkennt ihn in Ihrem Gesichtsausdruck, etwas Ruhiges und Geerdetes.«

»Unsinn. Wenn ich es Ihnen nicht gesagt hätte, hätten Sie es nicht gewusst und vielleicht gedacht, dass ich mit einem labilen Trinker zusammen bin. Oder mit jemandem, der Jonglieren unterrichtet. Man kann von Menschen nicht auf ihre Partner schließen, weil sie fast immer anders sind, als man denkt.«

»Ich hätte nie und nimmer gedacht, dass Sie mit einem Jongleur zusammen sind«, versicherte er ihr feierlich.

»Aber mit einem labilen Trinker ...«

»Mit einem labilen Trinker vielleicht eine Zeit lang. Aber lange würden Sie es nicht mit ihm aushalten. Sie sind kein Märtyrertyp.«

Cora fragte ihn nicht nach seiner Frau, der Mutter der kleinen Mädchen, die er über alles liebte. Das glich das Ungleichgewicht zwischen ihnen aus, da er mit den Mädchen belastet war.

Er ging ins Bordbistro, um für beide Kaffee zu holen. Sie merkte an, dass dies bereits seine zweite Tasse wäre, worauf er zugab, dass es wahrscheinlich nicht gut für ihn sei – außerdem rauche er auch, gab er zu, das sollte er aufgeben. Zu ihrer Erleichterung zeigte er an diesen Themen kein großes Interesse; einige ihrer Kollegen konnten stundenlang über Ernährung und Gesundheit reden.

»Sie sind also ein Dichter?«, fragte sie ihn.

»Seh ich wie einer aus?«

»Was haben Sie bloß mit der Physiognomie? Es gibt keine Kunst, wissen Sie, mit deren Hilfe sich die Gedankenwelt eines Menschen in seinem Gesicht ablesen lässt.«

»Mist! Ich habe vergessen, dass Sie Englischlehrerin sind.«

»Was haben Sie gegen Englischlehrerinnen?«

»Nichts«, sagte er übertrieben düster. »Einer muss es ja machen. Ein Zitat für jede Gelegenheit.«

»Finden sie nicht, dass es eine wunderbare Sache ist, jungen Menschen die Möglichkeiten der Literatur zu erschließen?«

»Ach das. Tun Sie das denn wirklich?«

»Nicht oft«, gab sie zu. »Ich arbeite mit jungen Erwachsenen, die Probleme mit Lesen und Schreiben haben. Aber mir gefällt das sehr. Und ich lese ihnen tatsächlich manchmal etwas Gutes und Anspruchsvolles vor. Sie wären überrascht, wie viel sie aufnehmen können. Sie stolpern zwangsläufig, weil ihre Lesefähigkeiten holprig sind. Deswegen hat jeder den falschen Eindruck, dass es sie nicht interessiert, was in Büchern steht. Aber nur weil sie nicht eigenständig lesen können, heißt das nicht zwangsläufig, dass ihr Verstand keinem anspruchsvollen Text folgen kann. Zumindest trifft das auf einige zu. Ich will ja nicht übertreiben und behaupten, dass ich ihnen Henry James vorlese.«

»Niemand liest heutzutage noch Henry James«, sagte er. »Oder? Nicht, nachdem sie im Studium dazu gezwungen wurden. Die Regale in den Buchläden sind zwar voll mit seinen Büchern, aber die Leute kaufen sie nur wegen der Titel und den hübschen Bildern auf den Deckeln, sie glauben, die Lektüre sei so unterhaltsam wie ein Filmdrama im Fernsehen, aber sie lesen sie nicht wirklich, und ganz bestimmt nicht bis zum bittern Ende.«

»*Die goldene Schale* ist mein Lieblingsroman. Ich lese ihn alle zwei Jahre wieder.«

»Nun ja, Sie sind eine«, sagte er. »Sie sind die Einzige. Sie sind eine Seltenheit. Sie sind die seltene, besondere Leserin, nach der das Buch gesucht hat. Im Laufe der Jahre hat es Sie gefunden. Lieber Sie als mich. Ich bin mir nicht sicher, ob ich von der *Goldenen Schale* gefunden werden möchte.«

Er hörte ihr nicht richtig zu, sondern beobachtete sie: Oder er betrachtete das, was sie sagte, als eine Eigenschaft, als Teil ihres Charakters, der zu ihrem Wesen gehörte und nicht als eine unabhängig von ihr bestehende Idee. Im grellen Licht seiner Aufmerksamkeit fühlte sie sich entblößt. Was ihm gefiel, das begriff sie, waren nicht ihre liberalen Ansichten über Bildung, sondern ihre Härte, die persönlich war und – neu nach den letzten beiden Jahren – etwas Absolutes und Rabiates an sich hatte. Er nutzte ihre Verzweiflung nicht aus; sie berührte etwas in ihm, das er erwiderte. Außerdem faszinierte ihn natürlich ihr Aussehen; er konnte nichts dafür, und sie konnte nichts dafür, dass sie ihn weiterhin faszinierte. Allmählich fühlte sie sich umgeben von diesem warmen Öl der sexuellen Anziehung, sodass sie sich flüssiger bewegte und wusste, es hatte etwas angenehm Schimmerndes, wenn sie den Kopf abwandte oder ihm zulächelte. Das Gefühl seiner körperlichen Nähe vermengte sich mit dem Bewusstsein ihrer selbst, als wäre Kognak in dem Kaffee gewesen, den sie tranken: Die reife Mischung in seinem Gesicht mit den weichen Zügen – Wangen, Haut, Mund – und den harten kleinen Augen, die wohlüberlegten, langsamen Veränderungen in seiner Miene, als fiele jeder von ihr ausgesprochene

Gedanke in eine Höhle in ihm, die von vielfacher Ironie erhellt war. Sie hätte keinem normalen Club verzweifelter Menschen angehören mögen, wenn es dort nicht auch Schönheit und Sex gegeben hätte.

In der Vergangenheit hatte sie immer versucht, jede Aufmerksamkeit, die man ihrem Äußeren schenkte, auf etwas anderes zu lenken, als würde man ihr damit allein nicht gerecht. Sie wollte wegen ihrer Eigenschaften und Gedanken geliebt werden; aber vielleicht könnte sie diesen Anspruch im Augenblick beiseiteschieben. Benommen, wie sie war, wusste sie nicht, wofür sie eigentlich streiten sollte; irgendwie waren sie auf das Thema Klassenzugehörigkeit gekommen. Er erklärte nachdrücklich, dass Marx gefühlsduselig sei, verblendet von Hoffnung, was das Thema Proletariat betraf. Als Cora aufstand, um zur Toilette zu gehen, sah sie verwirrt die anderen Fahrgäste im Wagen, kam plötzlich zu sich und dachte peinlich berührt an ihre Unterhaltung – wie laut hatten sie gesprochen? –, als hätten sie statt Kaffee tatsächlich Alkohol getrunken. Nach der nervtötend schwankenden Toilette und ihrem komplizierten Schloss balancierte sie zwischen den Sitzen zu ihm zurück und sah die Kühltürme des Kraftwerks Didcot an den Fenstern vorbeiziehen, die dicken, im Nieselregen halb ausgelöschten Dampfwolken. Der Anblick holte sie in die unmittelbare Routine ihres Lebens zurück – in knapp einer Stunde würden sie in London sein, sie musste noch einkaufen, bevor sie in die Wohnung zurückging –, als tauchte sie irgendwo unter Wasser auf. Als sie zu ihrem Platz zurückkam, hatte er sein Buch wieder zur Hand genommen und las, als hätte er sich damit versöhnt. Sie hatten ihren Schwung verloren und saßen schweigend da, zurückversetzt in ihre getrennten Leben. Cora dachte kühl, dass ihr kleines Hochgefühl nichts gewesen war, eine künstliche Aufregung.

Er gefällt mir noch nicht mal besonders, dachte sie und nahm die Leere erleichtert an. Wenn ich ihn im Gespräch mit jemand anderem hören würde, würde ich ihn für rechthaberisch halten und völlig auf sein Innenleben fixiert, blind für andere Menschen. Körperlich ist er nicht mein Typ, mit diesem Gesicht, in dem sich mit zunehmendem Alter Tränensäcke und Falten zeigen werden wie bei einem Schauspieler in einem Bergman-Film. Ich mag lieber schlankere Männer, spitzere Knochen. Nicht, dass Robert unbedingt spitze Knochen hatte.

Sie verzichtete auf die weitere Lektüre ihrer *Vogue* und schaute aus dem Fenster, nahm die ziellos dahintreibenden Vergnügungsdampfer auf dem überfluteten Oberlauf der Themse in sich auf, dann die ersten Ausläufer der Hauptstadt, deren üblicher schimmernder Glimmer im Regen erlosch; in ihrer flachen Ebene erstreckte sie sich in alle Richtungen, gleichsam als Karte ihrer selbst, durchbrochen von Grün, mit den unberührten Ruinen der alten Fabriken, die zwischen den Rückseiten von Bürohochhäusern verschluckt wurden. Als sie in Paddington aufstanden, um auszusteigen, verabschiedeten sie sich.

»Es war schön, mit Ihnen zu reden«, sagte er.

»Ja, nicht wahr?«, erwiderte sie idiotisch und errötete dann heftig über ihren Fehler, den er offensichtlich bemerkte und als Schlusspunkt zu ihrer Eitelkeit und Selbstgefälligkeit in Kauf nahm.

In der Menge, die den Bahnsteig entlangeilte, ging er mit ausgreifenden Schritten vor ihr her, ohne auf sie zu achten. Getrennt voneinander wurden sie vorwärtsgeschwemmt im Strom der vereinten Ziele so vieler Fremder, die sich alle gemeinsam in stummer, unheimlicher Eile nur zum Klang ihrer Schritte bewegten. Der große Bahnhof atmete sein brüllendes Echo aus. Sie hatte ihn gar nicht gefragt, warum er nach London fuhr. Schmutzige Tauben flatterten wie zum Hohn unter dem weiten Dachgewölbe. Während Cora seinem Rücken folgte, überkam sie ein jähes Gefühl der Verzweiflung bei dem Gedanken, diesen unbekannten Mann in der Menge zu verlieren, wo sie ihn nie wiederfinden würde; sie redete sich ein, dass sie es sich nie verzeihen könnte, wenn er nicht alle ihre Facetten kennen würde. Hinterhereilend wünschte sie, er würde sich umdrehen. Und hinter der automatischen Barriere, in die sie ihre Tickets steckten, erfüllte sich ihr Wunsch. Er blieb wie angewurzelt stehen.

Er trug, wie ihr erst jetzt auffiel, einen etwas lächerlichen Blazer, graues Leinen mit hellen Streifen, etwas, das eine Frau für ihn gekauft haben könnte, allerdings mit der Absicht, ihn bei schönem Wetter zu tragen.

Cora rannte ihn fast um.

»Oh, hallo«, sagte er. »Es wäre schade, Sie nicht wiederzusehen. Nachdem wir uns so gut verstanden haben. Haben wir doch, oder? Wann sind Sie das nächste Mal in Cardiff?«

Das war Paul: Paul, auch wenn sie seinen Namen noch nicht kannte – er vergaß, ihn ihr zu sagen, vergaß, nach ihrem zu fragen. Oder vielleicht vergaß er es nicht. Sie tauschten auch keine Telefonnummern aus. Vorläufig verband sie nur das zarte Band einer Verabredung zu einer bestimmten Zeit an einem bestimmten Ort (nicht das Haus ihrer Eltern, sondern ein Café in der Nähe des Parks).

Am Tag der Verabredung trug Cora den weißen Voranstrich im oberen Bad fast ein wenig zu eifrig auf. Als sie um den Fensterrahmen herumgestrichen hatte, war sie schon zu spät dran, und als sie ihre Arbeitskleidung auszog, stellte sie fest, dass sie nach Terpentinersatz roch und Farbe im Haar und unter den Fingernägeln hatte. Das schien eine verhängnisvolle und aussichtslose Voraussetzung für den Beginn einer Liebesaffäre zu sein. Im Spiegel sah sie eine Karikatur ihrer selbst, aufgedunsene Lippen, blutunterlaufene Augen, verschmierter Eyeliner. Fatalistisch überlegte sie es sich fast schon wieder anders und wollte nicht hingehen, doch die Vorstellung, wie die Stunden verlaufen würden, nachdem sie nicht gegangen wäre, fand sie unerträglich. Unter ihrem widerspenstigen, vom Wind gebeutelten Schirm durchquerte sie den Park und hatte das Gefühl, der düstere Himmel und die nassen, geplagten Bäume wären ihre Schuld, eine Bürde, die sie auf ihren Schultern tragen musste.

Sobald sie in das volle, laute und dampfige Café trat, ihren Schirm zumachte und hinter sich zur Tür hinaus ausschüttelte, stand er von dem Tisch auf, an dem er gewartet hatte, und kam zu ihr, legte seine Hand an ihre Taille und ließ sie auch dort, als sie ihren nassen Regenmantel aufknöpfte, küsste sie – rechte Wange, linke –, als würden sie sich gut kennen. In Gedanken war sie noch immer in dem chaotischen Wind und Regen im Park. Beide atmeten schwer. Es störte sie nicht, dass vielleicht Leute in dem Café waren, die sie erkannten, ihre Eltern gekannt hatten. Alle Geschäfte und Lokale in Cardiff waren ergriffen in diesem Moment, waren durchdrungen von liebevollen Gedanken an ihr Zuhause und die Vergangenheit.

»Oh«, sagte er in ihren Hals. »Ich dachte schon, du kommst nicht.«

Er roch nach Zigaretten.

»Entschuldige die Verspätung. Ich habe gemalt.«

»Bilder?«

»Nein, das Badezimmerfenster.«

Nachdem sie sich Kaffee besorgt und gesetzt hatten, holte er ein Notizbuch und einen Stift heraus. Seine Hände zitterten, aber sie erinnerte sich, dass sie auch im Zug gezittert hatten, noch ehe er sie bemerkt hatte. »Hör zu«, sagte er. »Ich kann dich nicht wieder gehen lassen, Englischlehrerin und Liebhaberin von Henry James. Verheiratet mit einem hohen Regierungsbeamten. Wie heißt du? Wie lautet deine Telefonnummer?«

Sie hatte alles über diesen Mann vergessen, es kam ihr vor, als träfe sie erneut einen Fremden. Er wirkte gedrungener als in ihrer Erinnerung, glatter, vielleicht hatte er sich in der Zwischenzeit die Haare schneiden lassen, er entsprach nicht unbedingt ihrer Vorstellung von einem Dichter. Seine Augen waren blaugrau – auch daran konnte sie sich nicht erinnern – und traten leicht hervor, die schläfrigen Lider hoben sich, als wäre er erschrocken erwacht. Sie hörte Spuren eines Akzents aus den Midlands in seiner Stimme, die bedächtig, kräftig, träge klang. Er ließ sie keine Sekunde aus den Augen, sog sie in sich auf, verschlang sie, bis sie den Blick abwenden musste und in ihren Kaffee schaute. Später dachte sie manchmal, der Mann im Zug wäre ein anderer gewesen, den sie nach diesem ersten Mal nie wiedergesehen hatte.

Cora hatte kein Notizbuch bei sich. Paul schrieb seinen Namen und seine Handynummer auf ein Stück Papier, das er zerknüllt in seiner Tasche fand. Sie steckte es in ihre Handtasche und dachte, später, wenn sie nach London zurückkam, könnte sie es wegwerfen oder in den Reißwolf stecken. Er nahm ihre Hand, die heiß war vom Halten der Kaffeetasse, in seine beiden Hände, öffnete und küsste sie, presste unter dem Tisch seine Knie fest gegen ihre. Sie dachte: Es funktioniert, das ist seine Methode, ich bin nicht die Erste, mit der er das macht. Es ist kein Trick oder dergleichen, aber er hat herausgefunden, wenn man zu lange herumlaviert, verpasst man den Punkt, an dem man klar zu erkennen gibt, was man wirklich von der anderen Person will, und man spielt endlos ermüdende Spielchen, die eigentlich für Kinder sind. Wenn man also Sex will, kann man es ebenso gut offen zeigen und die sich bietende Gelegenheit sofort ergreifen, ehe sie verstreicht. Das ist alles.

»Cora. Ich habe Namen für dich erfunden. Aber keiner ist so schön wie dieser.«

»Das ist albern. Wir kennen uns gar nicht.«

»Ich will dich gar nicht kennen. Jedenfalls nicht so, dass du mir vertraut bist, überblendet von Vertrautheit, die mich das aufregend Neue an dir vergessen lässt.«

»Vielleicht magst du mich nicht, wenn du mich kennst.«

»Ich mag dich. Aber das ist das Geringste.«

Was würde sie von ihm halten, überlegte sie, wenn sie diese Szene aus einer kühlen Distanz beobachten würde, wenn nicht sie, sondern eine andere hier säße? Vor Ekel verengten sich kurz ihre Nasenlöcher. Sie wollte nicht eine von diesen Frauen mit versteinertem Gesicht sein, die sich über Sex lustig machten und bei dem Gedanken daran aufleuchteten wie eine alte, schwache Taschenlampe, an der man, bewandert in der Verwendung technischer Geräte, die Kontaktpunkte drückt.

Aber andererseits hätte Paul – Paul, sie kostete den Namen aus, als hätte sie ihn schon immer bereitgehalten, leer, wie ein für ihn hergerichtetes Haus –, Paul hätte keine von diesen Frauen gewollt.

Sie dachte: Bin ich nicht deshalb gekommen? Bin ich nicht froh, dass er schamlos ist? Sie zog ihre Knie nicht weg.

»Wohin können wir gehen?«, fragte Paul.

Das Haus roch nach Farbe und feuchtem Putz, es war kalt und unfreundlich. Die Handwerker waren nach Hause gegangen: Mark, der Maler, der im neuen Zimmer vorne die Wände fertig gestrichen hatte, Terry, der Bauleiter, der die Schränke in der Küche eingebaut hatte. Leitern lehnten im Flur, Tücher waren über den Fußböden ausgebreitet, die leeren Räume hallten nach, als Paul und Cora in ihnen umherliefen und über das Chaos traten. Wären Terry und Mark noch im Haus gewesen, hätte sie Paul Tee gekocht, ihn dann fortgeschickt und seinen Zettel geschreddert. Alles, was sie anfassten, war voller Gipsstaub; sie hatte das Gefühl, ihn auf der Zunge zu spüren.

»Ich bin verrückt, dich einfach so mit hierherzunehmen. Wie eine dieser verzweifelten Frauen, die ermordet werden. Ich weiß gar nichts über dich.«

»Cora«, sagte er. »Ist schon gut.«

Aber offenbar dachte er dasselbe, denn plötzlich befürchtete er, sie würde ihn langweilen oder sich an ihn klammern. Jetzt, da sie allein waren, befielen beide große Zweifel. Sie war fast bereit, ihn gehen zu lassen und bei dem Gedanken daran gleichzeitig außer sich. Wenn er ging, was würde ihr dann bleiben?

»Hier waren zwei winzige Zimmer«, erklärte sie. »Die habe ich durchbrechen lassen.«

Er war gelangweilt, wahnsinnig gelangweilt, sein Blick glitt weg von dem, was sie ihm zeigte. Sie führte ihn nach oben, aber nur, um ihm die Malerarbeit im Bad zu zeigen. Vermutlich dachte er, dass sich unter der Fassade ihrer Liebe für Dichtung ihr wahres Ich verbarg, das besessen war vom Kult der Heimverschönerung.

»Hier drin stand eine grässliche alte Schminkecke. Du weißt schon, gesichtspuderrosa. Aber die habe ich rausgerissen.«

Sie konnte nicht anders, als durch die Räume zu gehen und den Plan des alten Hauses zu erklären, der allmählich unter der entstehenden Form des neuen verschwand. Sie zeigte ihm sogar den Trockenschrank und den neuen Boiler, hörte sich das ständig verfügbare heiße Wasser erwähnen, wusste, dass sie wie eine Irre klang. Sie öffneten die Tür und traten in das Schlafzimmer ihrer Eltern, in dem sie die Einbauschränke hatte herausreißen und den Fußboden abschleifen lassen, den Großteil der Möbel entsorgt hatte. Das Zimmer war eine helle, weiße Schachtel, an deren vorhanglosem Fenster der Regen entlangströmte.

»Hier ist meine Mutter gestorben«, sagte Cora zu ihrer eigenen Überraschung. »In diesem Bett.«

Als sie die Tür geöffnet hatte, lag die ganze Szene vor ihr, ausgebreitet wie ein Tableau, das sie heftig erschütterte: Von der Tür aus sah sie es aus einem neuen Blickwinkel, sah sich selbst mit Abstand über ihre Mutter gebeugt, auf der anderen Seite des Bettes die Schwester mit dem Rücken zu ihr, die vielleicht eine Spritze aufzog. In einem bestimmten Moment, ohne Vorwarnung, war etwas dickes, blutartig Schwarzes aus dem Mund ihrer Mutter gesprudelt, das sie würgen ließ und sich über ihr Nachthemd ergoss. Sie war dem Blick ihrer Mutter begegnet, meinte, in ihren Augen volles Bewusstsein zu erkennen, Scham und schreckliche Angst. Im nächsten Moment hatte die Schwester sich umgedreht und überrascht ausgerufen: »Oh, sie ist gegangen.«

Cora war nach unten und in die Dunkelheit des Gartens gerannt, konnte es nicht fassen.

»Wie lange liegt das zurück?«, fragte Paul. »Warst du bei ihr?«

Er folgte Coras Blick, als könnte er vielleicht etwas sehen.

Das Zimmer war leer.

In Coras Zimmer schloss er die Tür hinter sich.

Auch hier war es fast leer, nur ihr Bett stand dort und ein Stuhl, keine Vorhänge an den Fenstern, ein paar Bücher. Hier schlief sie, wenn sie über Nacht blieb.

»Wenigstens bin ich jetzt still«, sagte sie und hob ihr Gesicht, um geküsst zu werden.

»Wenigstens bist du jetzt still.«

»Es war komisch, dass ich dir unbedingt den Boiler zeigen wollte.«

»Scht.«

Sie erinnerte sich, wie seine Hände im Zug das Buch gehalten hatten, als wollte er es gleich entzweireißen. Dieselben Hände nahmen jetzt hart und bestimmt von ihr Besitz – erst nur die Hände. Sie waren entschlossen, er wusste, was er tat, fummelte nicht an ihren Knöpfen oder ihrem Reißverschluss herum. Sie überließ sich ihnen, dem gefährlichen Gefühl, in Besitz genommen zu werden. Beim Rock angelangt, sagte er zu ihr, sie solle ihn abstreifen, und legte ihn auf den Stuhl. Sie bekam eine Gänsehaut, als er sie in dem ungeheizten Raum entblößte; ihre Nacktheit war anders, weil dieser Fremde sie mit neuen Augen sah. Er griff mit beiden Händen hinter sie, um ihren BH zu öffnen, ohne hinzusehen; tat es mühelos und nahm ihn ab. Ihre Brüste fielen an sein Hemd.

»Oh«, sagte er und taumelte, verlor kurz die Fassung. Auch Cora taumelte, sie fielen gemeinsam aufs Bett, dann musste er sich von seinen Kleidern befreien, schob Hose und Boxershorts nach unten, kickte sie mit den Füßen weg und riss sich das halb aufgeknöpfte Hemd über den Kopf. Ihr Liebesspiel war unbeholfen bei diesem ersten Mal, weil sie sich noch nicht kannten, sie begehrten sich zu sehr. Tatsächlich hatte er die ganze Zeit über noch seine Socken an, etwas, worüber die Leute sich lustig machten, weil es als unromantisch galt. Die Heftigkeit von Coras Gefühlen war etwas Neues – obwohl sie hinterher unbefriedigt neben ihm lag, ihr nasser Schenkel über seinem, und sich nicht traute, ihn zu bitten weiterzumachen; sie musste sich dann im Bad allein zum Höhepunkt bringen und bemühte sich dabei, nicht an die feuchte Farbe zu geraten. Bevor sie Robert heiratete, hatte sie nur mit einem Freund geschlafen. Ihre beiden Liebhaber vor Paul waren rücksichtsvoll, dankbar und umsichtig gewesen, darauf bedacht, sie glücklich zu machen; sie hatte immer gewusst, dass die beiden sie schön fanden. Dieser grapschende, grunzende, protzende, unachtsame Sex, wie man ihn im Fernsehen und in Filmen sah, hatte sie nie überzeugt.

»Ich mag diesen Regen«, sagte Paul, nachdem der sexuelle Sturm sich gelegt hatte.

Er schien es nicht eilig zu haben, irgendwo hinzugehen; sie hatte keine Ahnung, wie lange er bleiben konnte. Sie lagen da und lauschten dem Regen: Er schwappte über den Rand der Dachrinne, platschte auf die Straße und brachte die äußere Akustik andeutungsweise in den Raum. Die Reifen der vorbeifahrenden Autos rauschten durch das Oberflächenwasser auf dem Asphalt, Schritte klatschten in Pfützen, die sich in den Bodendellen sammelten. Cora hatte das Gefühl, nie hier gelebt zu haben, als wäre sie durch den Spiegel in ein Abbild des ihr bekannten Raums getreten. Das verhangene graue Licht und die perlmuttfarbenen Schatten, die an den Wänden wuchsen und an ihnen entlangwanderten, ließen sie vermuten, dass es ungefähr sieben Uhr am Abend war: Abend nicht im Sinne der paar kurzen Stunden zwischen Nachmittag und Nacht, sondern als ein endloses Meer, in dem man versinken konnte. Zurück aus dem Bad, wusste sie nicht, wie sie sich zu Paul legen sollte, unsicher, wie vertraut sie einander waren. Sie legte sich auf die Seite, ohne ihn zu berühren und betrachtete ihn, während er auf dem Rücken liegend eine Zigarette rauchte; als Aschenbecher hatte sie ihm den Deckel einer Farbdose gebracht. Paul, der starr und leicht nach außen gewandt dalag, senkte nachdenklich den Blick, um sie eingehend zu mustern, und ließ die Augen in rückblickender Genugtuung, die ihr wie Öl über die Haut lief, langsam über ihre nackten Schultern, die zur Seite gerutschten Brüste, die Rundung ihrer Hüfte unter der Bettdecke gleiten.

»Cora«, sagte Paul und kostete ihren Namen aus. »Cora. War das dein früheres Kinderzimmer?«

Sie bejahte, mochte es aber irgendwie selbst kaum glauben.

»Wo sind dann deine ganzen Sachen?«

Vor Beginn der Renovierung, erklärte sie, habe sie all ihre alten Spielsachen und Kinderbücher in einen Container geworfen. Ihre Klarinette und den Schreibtisch, an dem sie immer ihre Hausaufgaben gemacht hatte, habe sie verschenkt.

»Ich renoviere das Haus, um es zu verkaufen, deshalb musste ich den ganzen alten Ramsch loswerden.«

»Lobenswert unsentimental.«

»Ich bin nicht sentimental.«

»Gut für eine Englischlehrerin.«

Sie hatte das Gefühl, als könnte er alles in ihr sehen: Die entsetzlich quälenden Stunden, die sie damit verbracht hatte, die Sachen ihrer Eltern aus dem Haus zu räumen, in denen sie das schreckliche Gefühl gehabt hatte, sie wühle in einem Mausoleum herum. Robert und auch Frankie hatten ihre Hilfe angeboten und versucht, sie zu überreden, einiges zu behalten, als sie alles hatte wegwerfen oder verschenken wollen.

»Bist du ein Einzelkind?«, fragte Paul.

»Woran merkst du das?«

»Ich bin auch eins. Deswegen verstehen wir uns. Zwei Einzelkinder. Wir wollen zu viel.«

Sie wusste kaum, wie er seinen Lebensunterhalt verdiente, wusste nicht, wo er geboren war. Während sie sich unterhielten, meinte sie, die Konturen seiner Persönlichkeit zu erkennen, als wären sie mit Tinte in klaren Linien in die Luft gezeichnet. Ihn interessierten seine eigenen Gedanken und weniger die ihren, aber er war ihr gegenüber nicht gleichgültig: Er wandte sich an ihre Intelligenz, sodass sie ihm beweglich vorausging, um ihm entgegenzukommen. Er war unruhig und pessimistisch, enttäuscht von dem, was er im Leben erreicht hatte (er schrieb kritische Bücher, er unterrichtete, hatte mal gehofft, einen Roman zu schreiben, es versucht und versagt). Und dennoch strotzte er vor Energie, besonders vor negativer. Er versuchte, ihr den Inhalt eines Buches zu erklären, das er gerade las und ihn sehr beeindruckte: über Rohstoffe und Einzigartigkeit und die Hoheit über das Wissen im Handel zwischen reichen und armen Ländern. Sie traute sich nicht, ihm zu sagen, dass Robert in der Einwanderungsbehörde arbeitete, weil sie ahnte, was er davon halten würde. Ihr gefiel seine breite kräftige Brust, nicht muskulös, aber ohne wabbeliges Fett. Als sie ihre Hand auf die heiße Haut über seinem Herzen legte, meinte sie, seine ungeduldige, hitzige Persönlichkeit zu spüren.

»Ich kann meine kleinen Mädchen nicht verlassen«, sagte er. »Kannst du mir das verzeihen? Ich muss dir das von vornherein sagen.«

Von vornherein wäre etwas früher gewesen. Doch Cora schüttelte nur den Kopf, als hörte sie ein summendes Insekt; sie war sich nicht einmal sicher gewesen, ob er sie wiedersehen wollte, geschweige denn, sich eine Zukunft vorstellen zu können, in der sie einen Anspruch auf ihn erheben könnte. Sie kamen überein, dass sie unbedingt eine Kanne Tee brauchten. Cora hatte nichts zu essen im Haus, nur Kekse und Brot. Paul sagte, er sei ausgehungert und wolle Toast, doch als sie Anstalten machte aufzustehen, legte er den Arm um sie und hielt sie zurück.

»Geh nicht. Ich kann mich noch nicht von dir trennen.«

»Ich geh nur nach unten, ich komme gleich zurück.«

»Aber nicht als dieselbe. Du wirst nicht mehr genau dieselbe sein wie jetzt.«

»Sei nicht albern«, sagte sie lachend und machte es sich unter seinem Arm bequem. Sie roch Zigarettenrauch auf seiner Haut, in seinem Mund und feuchten Schweiß in dem feinen Haargewirr auf seiner Brust.

»Du trauerst um deine Mutter. Natürlich tust du das. Braves Mädchen.«

»Lebt deine Mutter noch?«

»Sie ist gebrechlich und lebt in einer Wohnung, in der jemand auf Abruf zur Verfügung steht. Aber langsam wird sie verwirrt. Kann sein, dass sie bald Vollzeitbetreuung braucht.«

»Steht ihr euch nahe?«

»Wir sind wie Freunde«, sagte Paul. »Wir kommen miteinander aus. Früher standen wir uns nahe, aber ich habe mich verändert, von ihr wegentwickelt.«

»Ich weiß nicht, wie Leute weitermachen können, wenn ihre Mutter gestorben ist. Ich weiß nicht, wie sie weiterhin jeden Morgen aufstehen.«

»Aber du machst doch weiter.«

»Nein. Nicht wirklich«, sagte sie. »Ehrlich, tu ich nicht.«

Er nickte nur und nahm sie ernst. Dann schob er die Decke auf den Boden, kniete sich auf dem Bett neben sie und nahm sie, die nackt mit dem Rücken auf dem Laken lag, konzentriert in sich auf, als wäre der Kummer, den sie ihm anvertraut hatte, in ihrem Körper verteilt und nicht in ihrem Kopf. Sie gab nach, fühlte sich weit geöffnet und flachgedrückt vor dem weißen Hintergrund, befreit von sich selbst.

Cora hob den Zettel mit Pauls Namen und Telefonnummer auf, obwohl sie beides bald auswendig kannte. Das Papier wurde vom vielen Falten ganz weich. Sie legte ihn in ihr Adressbuch, wo Robert ihn leicht hätte finden und fragen können, wessen Name das sei, obwohl, vielleicht auch nicht.
»Du schminkst dich stärker«, bemerkte Robert einmal, und sie dachte schon, er wisse Bescheid.
»Tatsächlich? Gefällt es dir nicht?«
Er überlegte eine Weile. »Wahrscheinlich ist es ein Zeichen dafür, dass du dich stärker fühlst, und das ist gut.«
»Aber es gefällt dir nicht.«
»Mir gefällt dein wahres Gesicht.«
Sie konnte nicht antworten. Sie trug diese Worte wie heiße Kohlen mit sich herum und wusste kaum, wie sie sie anfassen sollte. Wusste er über Paul Bescheid? Hatte er eine Ahnung? Er machte nie weitere Andeutungen. Bildete er sich tatsächlich ein, er würde sie kennen und könne beurteilen, wie ihr wahres Gesicht aussah? Sie fand es verachtenswert, wie er in seinem schuljungenhaften Puritanismus Frauen missbilligte, die Make-up trugen. Sie dachte an die schamlosen Wörter, die Paul für bestimmte Teile ihres Körpers benutzte und für das, was sie zusammen taten, und hütete sie wie einen

Schatz. Robert nahm solche Wörter nie in den Mund, nicht einmal beim Fluchen. Andererseits überraschte Roberts Bemerkung über ihr Make-up sie. Das sah ihm gar nicht ähnlich. Normalerweise hütete er sich vor einer solchen aufgeladenen Bemerkung von scheinbarer Liebe, die unterschwellig verletzen sollte, das entsprach nicht seinem Wesen. Hieß das, er wusste Bescheid? Schlug er nach ihr, um sie zu verletzen? Aber es folgte nie wieder eine Andeutung in dieser Richtung.

Wenn Cora sich in ihrem Bad in der Wohnung schminkte – sie und Robert hatten jeder ein eigenes Bad –, verwendete sie ihm zum Trotz reichlich Farbe um die Augen, trug Rouge und Lippenstift auf. Dann wischte sie alles ab und fing wieder von vorne an. Für Cardiff legte sie sich eine zweite Kosmetiktasche zu, die sie aber nur selten benutzte. Paul war es egal, ob sie geschminkt war oder nicht. Sie fragte ihn – sorgsam darauf bedacht, nicht auf Bestätigung aus zu sein –, ob er sie lieber mit oder ohne Make-up mochte, worauf er meinte, beides.

Der Zettel, auf den Paul seinen Namen geschrieben hatte, war eine Kurzmitteilung der *London Review of Books*. Cora fing an, die *Review* zu kaufen, und hielt Ausschau nach Artikeln von ihm, fand aber nie einen. Als sie ihn danach fragte, erzählte er ihr eine lange, komplizierte Geschichte, er habe angeboten, etwas für sie zu rezensieren, sei dann steckengeblieben und habe es nicht geschafft, und jetzt seien sie beleidigt und mochten ihm keinen Auftrag mehr geben. Über seine Beziehung zu diversen anderen Autoritäten gab es eine Reihe ähnlicher Geschichten, voller Ausflüchte und Groll; noch konnte sie nicht beurteilen, ob seinen Darstellungen zu trauen war oder ob die Kleinkriege nur in seiner Phantasie stattfanden. Seine politischen Erklärungen – über den Krieg im Irak zum Beispiel oder über den Kreditboom – waren aufschlussreich, er ließ den Feinstaub alles Überflüssigen beiseite und schien immer Zugang zu nicht allgemein bekannten Fakten und Erkenntnissen zu haben. Sie fand es schwierig, mit ihm zu diskutieren. Wenn Cora an Roberts tägliche Schwierigkeiten bei der Arbeit dachte, hätte sie Paul gern manchmal gefragt: Aber wie würdest du es besser machen, wenn du an ihrer Stelle wärst?

»Es ist nicht so einfach«, sagte sie, »Dinge in Ordnung zu bringen.«

Er erwiderte, der Ehrgeiz, Dinge in Ordnung zu bringen, unterliege verhängnisvollen, unbeabsichtigten Folgen; sie empfand seinen Pessimismus als eine Kraft, frei von schädlichen Privilegien und Pflichten. Er kam aus einer Familie der Arbeiterklasse und hatte hart geschuftet, um in Cambridge zu studieren, wo er dann unglücklich war; um zu promovieren, ging er nach London und verbrachte danach mehrere Jahre in Frankreich. Einmal ließ er durchblicken, dass seine Frau – die zweite Frau, Mutter der kleinen Mädchen – ein Internat besucht hatte, und obwohl Cora so tat, als hätte sie es nur am Rande mitbekommen, nahm sie diese Information auf, als verbinde sie ihr bescheidener Hintergrund und hebe sie beide von dieser Frau ab. Als sie ihm von ihrem Großvater erzählte, der in einem Kohlenbergwerk gearbeitet und in Spanien gekämpft hatte, merkte sie, wie es ihn berührte, auch wenn die Episode in Spanien nicht besonders erbaulich war: Gleich nach seiner Ankunft erkrankte ihr Großvater an der Amöbenruhr, dann verletzte er sich bei einem Trainingsmanöver die Hand und musste zurückkehren. Coras Vater hatte davon immer als lustige Anekdote erzählt.

Cora gab Pauls Namen nie im Internet ein; sie hing dem Aberglauben an, dass alles ruiniert wäre, wenn sie den beliebigen Lärm der Welt mit ihrem oberflächlichen Urteil über ihn in ihre heimliche Vertrautheit eindringen ließe. Oder vielleicht wäre es noch schlimmer gewesen, wenn sie nichts gefunden hätte, abgesehen von der Auflistung seiner Bücher. Er behauptete, er wäre unbedeutend, hätte kein öffentliches Profil, niemand wäre an seinen Gedanken interessiert: Doch das war bestimmt tiefgestapelt, denn hatte er nicht einen Verleger und Leser? Einmal hörte sie ihn zufällig, als er in einer Sendung auf Radio 3 ein Pausengespräch führte: Völlig zufällig, weil er es nicht erwähnt hatte und sie nie das Radioprogramm las. Zu Hause in der Wohnung in Regent's Park hatte sie die Zeitung überflogen und nebenbei ein Klavierkonzert gehört, als plötzlich Pauls Stimme laut im Raum stand, unbefangen über Georges Sand und Chopin sprach und sie mit Bestürzung und Freude zugleich erfüllte. In seiner Tonbandstimme waren die Spuren seines Birminghamer Akzents deutlicher herauszuhören. Während der gesamten Sendung saß Robert bei geöffneter Tür an seinem Schreibtisch, sodass Cora vom Wohnzimmer aus seinen über die Unterlagen geneigten Rücken sehen und das gelegentliche Kratzen seines Kugelschreibers hören konnte, wenn er sich Notizen machte. Wenn er sich umdrehen würde, dachte sie, würde ihm ihre gequälte Stille unwillkürlich die Wahrheit offenbaren. Sie war nicht fähig, aus ihrem Sessel aufzustehen, um das Radio leiser zu drehen, auszuschalten oder die Tür zum Arbeitszimmer zu schließen, bis Pauls Sendung vorbei war.

Sie kaufte seine Bücher, das neueste zuerst, und ließ es an ihre Adresse in Cardiff schicken; sie verschlang es gierig, voller Bewunderung und Neugier. Es war schwierig, aber ihr Wissen über ihn glich einem Licht, das jede Seite erhellte, sodass sie gedanklich voraussprang und begriff, worauf er hinauswollte, noch ehe er es erklärte. Manchmal durchdrangen sie seine Ideen wie eine geheime Kraft. In diesem Sommer blieb sie unter der Woche oft tagelang am Stück in Cardiff, überwachte die Bauarbeiten im Haus, kümmerte sich um die Dekoration und fuhr zu Ikea oder zum Baumarkt, um zu besorgen, was gerade gebraucht wurde. Als Robert fragte, wann sie das Haus auf den Markt bringen wolle, erklärte sie, dass die Fertigstellung noch eine Weile dauern werde. Paul kam jeden Abend vorbei, wenn er konnte. Er sagte, seiner Frau habe er erzählt, dass er einen Freund besuche, der in der Nähe wohnte, auf der anderen Seite des Parks.

»Weiß dein Freund, was du wirklich machst?«
»Mehr oder weniger. Ich habe ihm nicht alles erzählt.
»Und was sagt er? Stört es ihn?«

»Keine Angst Es stört ihn nicht. Es ist nicht anrüchig. Er hat Phantasie.«

Als träfe sie ein Lichtblitz von einer gezackten Glasscherbe, kam Cora der Gedanke: Dein Freund deckt dich nicht zum ersten Mal. Aber sie sagte nichts und wollte auch nicht genauer darüber nachdenken. Es tat gut, den ganzen Tag beschäftigt zu sein. Sie verstand sich gut mit Terry und den anderen Männern, die im Haus arbeiteten. Solange sie in ihrer Nähe waren, konnte sie in Ruhe über ihre Pläne für jedes Zimmer nachdenken. Sie hatte klare Vorstellungen, welche Effekte sie erzielen wollte: sauber und offen, schnörkellos, mit gewagten romantischen Akzenten (die schmiedeeisernen Verzierungen im Essbereich im Wintergarten, der alte französische Spiegel, den sie entdeckt hatte und der im vorderen Zimmer über dem Kamin hängen sollte; nachts in ihren Träumen war das kleine Haus ein bröckelnder, lästiger Palast). Oft konnte sie diese Ruhe bis in den frühen Abend verlängern. Sie nahm ein Bad, nachdem die Handwerker gegangen waren. Da die Fliesen im Bad noch nicht verlegt waren, trat sie auf sandige Bretter, wenn sie aus dem Wasser stieg, dann trocknete sie ihr Haar in ihrem Zimmer und machte sich auf ihrem neuen Herd etwas zu essen. In sehnsüchtiger Erwartung von Pauls Ankunft dachte sie kaum bewusst an ihn. Sie hatte ihm einen Schlüssel gegeben. Wenn sie dann hörte, wie sich der Schlüssel im Schloss drehte, kam es manchmal sogar vor, dass sie für den Bruchteil einer Sekunde panisch wurde. Die ruhigen Stunden des Wartens auf ihn lösten sich in Luft auf und wurden durch seine komplizierte reale Nähe ersetzt, die sie fast überwältigte.

Ein- oder zweimal rief Paul, als sie auf ihn wartete, in letzter Minute an – manchmal sprach er mit tonloser, gedämpfter Stimme, was hieß, dass jemand mithören konnte –, um ihr mitzuteilen, dass er aus irgendeinem Grund nicht kommen könne. Obwohl sie klug genug war, um am Telefon gefasst zu erwidern: »In Ordnung, du wirst mir fehlen«, reagierte sie hinterher in der Abgeschiedenheit ihres leeren Hauses extrem; sie fürchtete sich vor sich selbst. Sie erzählte Paul nie von diesen Momenten – wenn sie vorüber waren, mochte sie nicht einmal darüber nachdenken, was sie bedeuten könnten. Sie horchte in sich hinein und stellte fest, dass ohne ihn nichts vorhanden war, nur eine Leere. Einmal kauerte sie gefühlt stundenlang im Dunkeln unten auf dem Fußboden neben dem Telefon, wo sie den Anruf angenommen hatte; als sie schließlich versuchte aufzustehen, war sie so steif gefroren, dass sie nicht hochkam und auf allen vieren nach oben kriechen musste. Im Haus gab es keinen Fernseher, und lesen konnte sie nicht. Bei eingeschaltetem Radio ging sie zu Bett und versuchte, zum Klang der Stimmen einzuschlafen, damit die Zeit verging und den nächsten Morgen brachte.

Er knallte die Tür hinter sich zu, seine Schuhe dröhnten laut auf der teppichlosen Treppe. Wenn er dann bei ihr im Zimmer war, streifte er als Erstes seinen Mantel ab, manchmal war es ein grüner Regenmantel, tropfnass. Den graugestreiften Blazer von ihrer ersten Begegnung im Zug hatte sie nie mehr an ihm gesehen. Noch während er redete und erklärte, ging er zu ihr, sah sie eindringlich an und nahm ihr Gesicht in die Hände. Dann setzte er sich auf die Bettkante, um die Schnürsenkel seiner Turnschuhe zu öffnen, und erzählte ihr von seiner Fahrt in die Stadt oder dass er mit dem Schreiben nicht vorankam. Auch sie zog sich aus, weil sie nie im Pyjama oder nackt auf ihn warten wollte: Wie schrecklich, wenn sie voller Erwartung bereits ausgezogen wäre und er aus irgendeinem Grund nicht mit ihr schlafen wollte. Manchmal – je nachdem, wie viel Zeit sie hatten – zogen sie sich nicht sofort aus, sondern kuschelten sich in ihren Kleidern aneinander, unterhielten und küssten sich; oder sie kochte ihm einen Kaffee in der Küche oder mixte ihnen Drinks, meistens Manhattans, die er angeblich vorher noch nie getrunken hatte, was sie kaum glauben mochte; er schwor, bei jedem Manhattan, den er für den Rest seines Lebens trinken würde, an sie zu denken. Obwohl sie darüber scherzten, dass Cora ihn bei seinem ersten Besuch vergraulen wollte, indem sie ihn durch ihr verschönertes Heim führte, zeigte sie ihm trotzdem manchmal die jüngsten Veränderungen im Haus, und er täuschte bemüht Interesse vor. Wenn sie kochte, hatte sie das Gefühl, als spiele sie Haushälterin, und genoss es, wenn er ihr dabei zusah. Einmal wurden sie in der Küche von ihrer sexuellen Begierde übermannt, als Cora gerade Tagliatelle kochte, die hinterher hinüber waren. Danach mussten sie duschen, weil die frisch verlegten Schieferplatten noch voller Staub waren, obwohl Cora sie schon mehrmals geputzt hatte. Sie bürsteten seine Sachen aus und waren lächerlich darauf bedacht, dass er wegen seiner schmutzigen Hose keinen Ärger mit seiner Frau bekommen sollte.

Paul erinnerte sie manchmal vorsichtig und höflich daran, dass er seine kleinen Mädchen niemals verlassen würde; einmal, als er auf der Bettkante saß und ihre Knie küsste. In dem Moment sah sie sich selbst als winzige Gestalt in weiter Ferne, wie eine Zeichnung in einem alten Manuskript: Eine nackte Frau mit kurzen weißen, reglos gespreizten Beinen, symbolisch für die Eitelkeit irdischer Freuden. Sie schob ihre Hände in sein Haar, neigte sich über ihn und spürte die Wölbung seines Schädels, als hielte sie seine Gedanken fest.

»Ich weiß, ich weiß«, sagte sie tröstend in sein Haar.

Als wäre es in Ordnung.

Manchmal klingelte unten das Telefon, während sie zusammen im Bett waren. Cora hob nie ab, aber sie warteten unwillkürlich, ohne sich zu rühren oder zu sprechen, während es immer weiterklingelte, manchmal sehr lange, weil sie den Anrufbeantworter noch nicht eingerichtet hatte. Einmal vergaß sie ihr Handy abzuschalten, und es klingelte in ihrer Handtasche, die bei ihnen im Schlafzimmer lag. Und einmal kam Terry, der Bauleiter, an einem Samstagvormittag ins Haus, um in der Küche weiterzuarbeiten, als Cora nicht mit ihm rechnete (er hatte mit seiner Frau übers Wochenende wegfahren wollen, aber wegen des schlechten Wetters storniert). In einem über ihren Pyjama gestreiften Pullover musste sie nach unten rennen, um mit ihm zu verhandeln, und erfand aufrichtig bedauernd eine wenig überzeugende Geschichte über Freunde, die zum Mittagessen kämen. Sie war sicher, dass Terry etwas ahnte; sie hätte die Schlafzimmertür nicht so vorsichtig hinter sich zuziehen sollen. Danach war ihre Freundschaft bei der Zusammenarbeit im Haus irgendwie angespannt.

Es war der Rhythmus dieser Liebe – Liebe nannte sie es vor sich selbst im Spiegel, nicht vor ihm –, dass jede Stunde, die sie und Paul zusammen verbrachten, in einer ewigen Gegenwart existierte, die ohne Vorwarnung augenblicklich verschwand, wenn sie auseinandergingen, und zur unumstößlichen, in sich abgeschlossenen Vergangenheit wurde, die sich nicht wiederholen sollte. Sie dachte sehnsüchtig daran, wie er sie umgarnt hatte, und wünschte, er würde sich wieder um sie bemühen wie in dem Café, als seine Hände beim Aufschreiben ihres Namens gezittert hatten.

»Ich habe dein Buch gelesen«, sagte sie schüchtern zu ihm.

»Nein, wirklich? Welches? Hast du es gekauft? Ich hätte dir ein Exemplar geben können.«

Obwohl es August war, war es kalt im Zimmer. Er zog ihr die Decke über die Schultern; seit kurzem achtete sie auf jede Aufmerksamkeit, die er ihr außerhalb des Liebesakts schenkte, weil sie manchmal die plötzliche Angst befiel, dass er allmählich den Fokus verlor und über die anfängliche Glut seiner Leidenschaft hinweg war. Als Cora versuchte, ihm ihre Gedanken über das Buch, über die Darstellung der Natur in Kinderbüchern, zu erläutern, war sie nervös darauf bedacht, keinen groben Verständnisfehler preiszugeben, obwohl sie seiner Argumentation beim Lesen mit Überzeugung gefolgt war.

»Ich kann es nicht erklären«, sagte sie stockend. »Aber du weißt, was ich meine.«

Angeregt wies Paul sie auf die Schwächen der Behandlung seines Themas hin und behauptete, er würde alles anders machen, wenn er es noch einmal schreiben könnte. Cora hatte ihr Exemplar in der Handtasche versteckt, weil sie befürchtete – naiverweise, wie ihr jetzt klar wurde –, es könnte ihm unangenehm sein, dass sie es ausgesucht hatte, als erstickte sie ihn mit ihrer Ergebenheit. Paul schlug vor, es zu signieren. Sie zögerte, bevor sie es ihm gab, weil sie die Endgültigkeit seiner wie immer gewählten Worte fürchtete.

»Und wenn dein Mann es findet?«

»Dann sage ich ihm, dass ich es mir bei einer Lesung habe signieren lassen.«

Paul lachte und zeigte, was er geschrieben hatte. »Für Cora, zu wild zu halten.«

»Bei einer Lesung«, sagte er. »Bewahre es lieber ganz oben im Regal auf. Weißt du, woher das stammt? Es ist ein Zitat.«

Das Wyatt-Gedicht war seit ihrer Jugend eines ihrer Lieblingsgedichte gewesen.

»Natürlich kenne ich es.«

»Natürlich. Du bist die Englischlehrerin.«

In einem anderen Leben hätte sie seine Widmung vielleicht für anzüglich gehalten, irgendwie selbstgefällig. Er legte sie damit fest. Seine Macht über sie ließ ihn manchmal ungeschickt agieren. In Gedanken spulte sie rasch den Rest des Gedichts ab – gehörte Anne Boleyn nicht Caesar, und endete das Ganze nicht böse?

Aber wenigstens bin ich jetzt bei ihm, dachte sie. Ganz gleich, wie es endet.

Sie wusste bereits, dass sie schwanger war.

Paul fuhr mit seiner Familie (einschließlich der großen Tochter aus seiner ersten Ehe) für eine Woche in den Urlaub nach Schottland. Während es im Süden regnete, hatten sie dort oben Glück mit dem Wetter. Cora flog mit Robert für ein langes Wochenende nach Paris, konnte sich aber danach kaum daran erinnern, was sie dort gemacht hatten, als existierte sie nur in Verbindung mit Paul. Als er zurückkam, hielt sie seine Hände in ihren und vergrub ihr Gesicht darin: Spürte seine Schwielen vom Rudern, schien Salz zu schmecken, Sonnencreme zu riechen, Babys (seine kleinste Tochter war erst drei). Sie brachte es noch nicht über sich, ihm von der Schwangerschaft zu erzählen.

Am Abend eröffnete sie ihm, dass sie mit ihm gern einmal woanders zusammen wäre, nicht immer nur in diesem halbfertigen Haus. Er saß an die Kissen gelehnt da und trank Kaffee, das Laken über die Brust gezogen, und überlegte, wie er sich glaubhaft für eine ganze Nacht freimachen könnte. Er würde seiner Frau erzählen, er mache eine Rechercherereise für sein neues Buch über Zoos. Inzwischen hatte er sich an Cora gewöhnt und war entspannt, großzügig und liebevoll, während sie erstarrte, als würde sich ein Draht um sie festziehen.

Aus Angst, Fehler zu begehen, die ihn intellektuell abstoßen würden, wurde sie immer wortkarger. Sie konnte kaum fassen, dass sie Paul bei ihrer ersten Begegnung im Zug nicht besonders gemocht, ihn für überheblich gehalten hatte und bereit gewesen war, ihn zu verachten, wenn er sie verschmäht hätte; diese Wertungen waren ihrer jetzigen Meinung nach nur kleine Schwächen. Sie war sich bewusst, dass jeder Außenstehende erkennen würde, wie sie sich erniedrigte und seiner gefährlichen Macht auslieferte. In ihrem Leben vor Paul hatte sie nichts von dieser Fähigkeit in sich geahnt. Wenn sie von anderen Frauen gehört oder gelesen hatte, die alles taten, damit sie geliebt wurden und sich dafür sogar erniedrigen ließen, war sie von den Beschreibungen verwirrt oder hatte sie mit mitleidigem Widerwillen übergangen, begleitet von dem vagen Gefühl, dass sie vielleicht etwas verpasst hatte.

Ende August fuhr Paul mit ihr nach Somerset, wo sie eine Nacht in einem Bed & Breakfast verbrachten, einem großen grauen Haus an der Hauptstraße in einer kleinen Stadt am Bristol Channel, mit einem Yachthafen und einer Papierfabrik. Das Haus begeisterte sie vor allem deshalb, weil es nicht besonders schön war: Es war sauber, aber die Möbel und das Dekor waren zweckmäßig, Relikte aus den Fünfzigern, braunes Linoleum auf den Fußböden und im schmalen Treppenaufgang. Das Glas in den Fenstern war alt und verzerrte den Blick. Ihr Zimmer im obersten Stockwerk, wo auf dem Bett Strickdecken und ein Plüschüberwurf lagen, ging auf einen nassen gepflasterten Hinterhof hinaus und eine hohe, schwarze Mauer, aus der Farne und Sommerflieder sprossen. Das Wetter war kalt und regnerisch. Als sie ausgingen, musste sie auf der Promenade warten, während Paul ein Stück weiterging, um im Wind über sein Handy gebeugt und mit über den Kopf gezogener Jacke mit seiner Frau zu sprechen; die Takelungen der Segelboote schepperten und klapperten. Sie aßen Fish-and-Chips in einem Eckcafé, wo Regenböen an die Fenster wehten, die auf der Innenseite beschlugen. Cora lebte nur für den Augenblick und dachte kaum über das Ende des Abends hinaus. Als sie in ihr Zimmer zurückkamen, schien die Heizung nicht an zu sein, obwohl sie an den Knöpfen fummelten.

»Was für ein trostloses Nest«, entschuldigte er sich düster. »Tut mir leid. Als ich das letzte Mal hier war, fand ich die kleine Stadt schön. Ich nehme an, die Sonne schien oder etwas ähnlich Unwahrscheinliches.«

»Keine Sorge, mir gefällt es.«

Ihr gefiel das schlechte Wetter tatsächlich, das sie gemeinsam in das Zimmer zu verbannen schien; einen Moment lang war sie sich dieser Szene intensiv bewusst, als würde sie durch einen Blitz oder in einem Gemälde offenbart. Paul stand mit den Händen in der Tasche gereizt an dem dunklen Fenster, an dessen Scheibe das Wasser hinabströmte, während sie ihre nassen Sachen auf die kalte Heizung legte. In der fremden Umgebung schien es, als wären sie in ein anderes Land geglitten und würden am nächsten Tag vielleicht unbekanntes Terrain betreten. Im neuen Zustand ihrer Schwangerschaft kam Cora sich selbst fremd vor. Sie hatte nicht wirklich unter Morgenübelkeit gelitten, war sich aber schon vor dem Test sicher gewesen, dass sie schwanger war: Sie spürte eine leichte, ständige Benommenheit, nicht unangenehm, und ein schwebendes Gefühl in ihren vollen, zarten Brüsten. Aus ihrem Geheimnis waren noch keine Verantwortlichkeiten oder Konsequenzen erwachsen: Sie konnte niemandem davon erzählen, es nur beschützen und hegen wie eine in ihr brennende Flamme.

Als Paul sich am Fenster umdrehte, befürchtete sie, in seiner Miene Bedauern darüber zu erkennen, dass er mit ihr hierhergekommen war, doch zu ihrer Erleichterung hatte er sich nach seinem Telefonat wieder gefasst. Sie hätte darauf vertrauen sollen, dass er wusste, wie man eine Gelegenheit ergreift. Er war ehrgeizig: Nicht in seinem Beruf, so wie Robert, aber im Hinblick auf sich selbst, auf seine Erfahrungen. Er würde diese Nacht nicht verschwenden, indem er sie ruinierte. Im gedämpften Schein der Nachttischlampe – Chrom, mit einem kleinen senkrechten Druckschalter, Pergamentschirm, altes Spiralkabel – rührte sie seine männliche Silhouette, die sich von den Schultern abwärts zu ihrem Schwerpunkt zwischen den schlanken Hüften verjüngte. Sie hatte nicht gewusst, wie es war, mit einem Mann zu schlafen, dessen Körper sie anbetete; fatalerweise hing das mit seiner Arroganz und einem kalten Kern seiner Freiheit zusammen. Er nahm die Hände aus den Taschen und bewunderte sie – in Paris hatte sie sich neue Wäsche gekauft. Sein Blick auf ihrer Haut traf sie mit einer Wucht, in der sie ihre eigenen Enden und

Grenzen spürte. Ihre Beziehungen waren ungleich. Sie war das vollkommene Wesen, das er wollte und bekommen hatte – schon bei ihrer ersten Begegnung im Zug hatte er sie gründlich erkannt und ihre starke, ausgeprägte Persönlichkeit klar wie eine Hieroglyphe entziffern können; sie hingegen war in seinem fortlaufenden Leben gefangen und überwältigt von ihm, ohne alle seine Facetten zu kennen. Ihr altes Ich hätte sich nicht vorstellen können, wie viel Freude ihr diese Selbstaufgabe bereitete.

»Du bist wunderschön«, versicherte er ihr.

Ihr Sex hatte jedes Mal einen anderen Geschmack und Charakter. In der rosa Höhle unter der Plüschdecke (sie hatten sich darin eingewickelt, weil sie froren,) verschwamm alles für Cora, vielleicht lag es an dem merkwürdigen Zimmer, dem Regen, dazu die Vorstellungen von Entbehrung, als wären ihre Körper dünner und spitzer, ihre Empfindungen durchdringend und erschütternd. Sie waren die sinnlichen, aus einem schwarz-weißen Liebesfilm der Fünfziger herausgeschnittenen Szenen, in billigen Pensionen, auf zerknitterten Laken.

In der Nacht erwachte sie aus einem Traum von ihrer Mutter. Es ging um etwas Banales – irgendwelche durcheinandergebrachten Vereinbarungen, ein Treffen mit Rhian, das Cora verpasst hatte oder einzuhalten versuchte, verhindert durch eine Reihe üblicher Verzögerungen, ein Bus, der sich einen steilen Berg hochquälte, Schüler, die in einem Klassenzimmer auf sie warteten. Ihr schwirrte der Kopf von der Anstrengung, sich auf das vor ihr liegende und zu scheitern drohende Treffen zu konzentrieren; in dem Traum gab es keine Trauer, nur Panik und sinnlose Empörung.

Das Aufwachen und Erinnern war so schrecklich wie das Durchdringen einer hinderlichen Membran; von Trauer überwältigt, kam sie an Pauls gewölbten Rücken geschmiegt zu sich, Nase und Mund an die Höcker seiner Wirbelsäule gepresst, seine Haut nass von ihrem Atem, ihre Knie in der Beuge der seinen. Sie löste sich vorsichtig von ihm, um ihn nicht zu wecken, zog sein Hemd über und schlich zum Bad, das sich auf der anderen Seite des oberen Treppenabsatzes befand und mit einem anderen Zimmer geteilt wurde. Sie hatten gehofft, dieses zweite Zimmer wäre leer, doch jetzt sah sie Licht unter der Tür und fragte sich beschämt, ob ihr Bett vielleicht gequietscht hatte oder gegen die Wand gerutscht war. Das Haus war noch immer vom rauschenden Regen umhüllt.

Das Bad, früher vermutlich eine Abstellkammer, lag einzwängt unter der Dachschräge, hatte eine Luke, noch mehr Linoleum und eine Dusche, in deren Ecken schwarzer Schimmel wucherte. Auf bloßen Füßen stieg Cora vorsichtig hinein. Um den Toilettensockel lag eine Matte im selben Rosaton wie die Plüschdecke; als sie den Kaltwasserhahn aufdrehte, schepperten laut und mitfühlend sämtliche Rohrleitungen im Haus, und sie drehte ihn rasch wieder zu. Mitten in der Nacht wirkte diese altmodische Schlichtheit nicht anheimelnd, sondern feindselig, die Kulisse für ein Desaster. Zusammengekrümmt saß sie auf dem Klo, die Knie umschlungen, und hätte aus Mitleid mit sich selbst am liebsten geweint, doch sie war starr vor Scham und Furcht. Ihre Eltern hatten sie vergöttert und verwöhnt, sie war ihre geliebte Prinzessin, ihr kleiner Stern. Wie hässlich schien ihr das alles jetzt, dieser Schmutz, diese niederträchtigen Lügen. Sie vermisste ihre Eltern so schmerzlich, dass sie fast damit rechnete, Blut zu sehen, als sie sich mit Toilettenpapier abtupfte, doch da war nichts, alles fand nur in ihrem Kopf statt.

Jemand rüttelte am Türgriff und wollte herein: Paul? Aber er hätte sicher ihren Namen gerufen. Dann hörte Cora ein energisches, missbilligendes Murmeln, unverkennbar männlich und nicht weit entfernt. Sie blieb ganz still, obwohl es sinnvoller gewesen wäre, die Spülung zu drücken oder zu sagen, sie sei gleich fertig. Wer immer es war, wartete noch eine Weile, tapste dann auf dem Treppenabsatz weiter und zog die Tür zu seinem Zimmer zu: Es war kein Zuknallen, aber mitten in der Nacht laut genug, um gerechten Groll und Tadel deutlich zu machen. Zweifellos warf man ihr nicht nur die verschlossene Badezimmertür vor, sondern auch die zuvor quietschenden Bettfedern. Cora kauerte im Bad und spekulierte wie ein Kind, dass sie vielleicht mit ihrer Unsichtbarkeit durchkam, solange man sie nicht sah oder hörte.

Was, wenn ich wirklich krank wäre?, rechtfertigte sie sich. Dann hätte ich ein Recht, hier drinzubleiben. Außerdem gab es im unteren Stockwerk bestimmt noch ein Bad, das der Mann benutzen konnte.

Irgendwann kam, wer immer er war, zurück und probierte es wieder an der Tür, rüttelte fest; dann wartete er auf dem Treppenabsatz, bis Cora gezwungen war, die Toilette zu spülen und aufzuschließen. Zum Glück brannte auf dem Treppenabsatz kein Licht, denn sie stellte fest, dass Pauls Hemd ihren Hintern nur notdürftig bedeckte. Bei ihrem Anblick gab der Fremde dasselbe unterirdische und missbilligende Grummeln von sich – verschleimt und kehlig. Ihre Begegnung zu dieser Stunde und unter diesen Umständen ging ohne jede erforderliche Höflichkeit oder gegenseitiges Grüßen vonstatten. Cora schaute den Mann weder an, noch murmelte sie eine Entschuldigung, floh nur zurück in ihr Zimmer; im Licht seiner hinter ihm offenen Tür sah sie nur einen großen weißhaarigen Mann, sehr aufrecht, mit einem großen cholerischen Gesicht und maskenhaften Hängebacken. Er trug einen dieser gestreiften Frotteebademäntel, die bestens zum Zeitgeist des ganzen Hauses passten, verknotet mit einer Kordel um seinen hohen, harten Bauch.

Am Morgen fragte Cora Paul, ob sie woanders frühstücken könnten, und weil er dachte, sie würde befürchten, das Essen im Haus könnte schrecklich sein, war er einverstanden. Er zahlte, und sie verließen das Haus, ohne einem der anderen Gäste zu begegnen. Sie verbrachten einen schönen Tag zusammen. Paul war mit dem Auto gekommen; sie war noch nie mit ihm gefahren. Sie kannte diesen Teil des Landes nicht besonders gut. Nach dem Regen war die spätsommerliche Sonne zart und verhalten, enthielt einen ersten Hauch von Herbst.

Sie gingen auf einer einspurigen Straße spazieren, so wenig befahren, dass in der Mitte dunkles Moos wuchs und sie im Vorbeigehen verwaschen-bleiche Schmetterlinge wie Staub aus den hohen Hecken aufscheuchten, die Paul zufolge früher als Feldbegrenzungen dienten. Die Erde sei rot, weil sich darunter roter Sandstein befand. Für Cora waren die Buchenhecken eine Offenbarung. Paul erklärte ihr, dass diese Hecken, obwohl sie laubwechselnd waren, im Winter nicht wie andere Bäume ihre Blätter abwarfen; die toten Blätter blieben bis zum nächsten Frühjahr, wenn sie nachwuchsen, an den Zweigen hängen, weshalb die Hecken ein besonders wirksamer Windschutz seien. Im Augenblick leuchtete das Buchenlaub in einem kräftigen, metallischen Grün, fast bronzefarben. In regelmäßigen Abständen stand ein ausgewachsener Baum zwischen den gestutzten Hecken, der im schräg stehenden Licht beredt aufragte und dessen glatte, dicke graue Äste in der ausladenden Krone ihren Schatten auf den saftigen Weizen in den Feldern warfen.

In der folgenden Woche war alles mit einem dramatischen Paukenschlag vorbei.

Pauls Frau – Elise – kam dahinter, was sich abgespielt hatte. Eines Morgens, als Cora in London bei der Arbeit war, klingelte ihr Handy inmitten der Anmeldungen für die neuen Kurse und eine Frau fragte: »Wer ist da, bitte?«

Cora wusste auf der Stelle, was das bedeutete und schaltete das Telefon aus, ohne zu antworten. Sie beendete noch die Anfrage eines Schülers. Das war es dann also. Ihr ganzes Bewusstsein bebte und verdunkelte sich für einen äußerlich nicht wahrnehmbaren Moment –, doch sie empfand die Wucht dieses erwarteten Schlags auch fast als Erleichterung. Cora, die mit einer hypersensiblen Intuition ausgestattet war, meinte, alles über Elise erfahren zu haben aus dieser flüchtigen Stimmprobe – heiser, flach, herablassend, kompetent. Sie war weder feinsinnig noch intelligent, aber sie besaß Macht. Sie ließ Feinsinnigkeit als etwas Schmutziges und Ekelhaftes erscheinen. Cora meinte sogar, von Elises Stimme auf ihr Aussehen schließen zu können: untersetzt, attraktiv, kämpferisch, mit rotblondem Haar; oder hatte Paul diese Einzelheiten fallen lassen? Auf dem Heimweg von der Arbeit warf Cora ihr Handy in einen Abfallkorb und erzählte danach, sie hätte es verloren. Alles, was sie in diesen letzten Tagen tat, war schlimmer als feige, es war ängstlich und unausgereift; das musste sie sich beschämt eingestehen. Sie hätte auf Elise eingehen müssen, und sei es nur, um alles zuzugeben. Stattdessen war sie vor dem Ärger geflüchtet.

Sie rief Paul von ihrem Festnetz an und verwählte sich zweimal, so ungeschickt waren ihre Finger. Angeblich hatte Elise etwas geahnt, Coras Nummer auf Pauls Handy entdeckt und ihn zur Rede gestellt. Cora nahm ihm nie ganz ab, dass das wirklich alles war: So wie Paul es erzählte, klang es unvollständig. Da war noch etwas, eine andere Geschichte, die er ihr vorenthielt, bei der von seiner Seite aus sehr viel mehr Bekenntnis und Entgegenkommen und Vorliebe für Elise und die Kinder im

Spiel waren; doch das würde sie nie erfahren, weil eine Tür vor ihr zuschlug und sie von allem in seinem Leben ausschloss. Paul versicherte Cora, dass Elise ihren Namen nicht kenne und nichts über sie wisse. Das hieß wahrscheinlich, dass sie gar nichts wissen wollte, weil Paul sie überzeugt hatte, wie unwichtig Cora war.

Er hatte sie immer gewarnt, dass er sich so entscheiden würde, wenn es hart auf hart käme.

Von dem Baby erzählte sie ihm nichts. Sie hielt es zurück, weil sie dachte, der richtige Moment würde vielleicht noch kommen. Die beiden verbrachten noch eine schreckliche letzte Stunde zusammen in dem Haus in Cardiff, ziemlich anständig. Cora hatte geträumt, dass sie sich vielleicht ein letztes Mal lieben würden und sie ihm danach sagen würde, dass sie schwanger war, doch schon bei Pauls Ankunft wurde ihr klar, dass das nicht in Frage kam. Er war zerstreut und verlegen, während sie sich am Küchentisch gegenübersaßen, und nach einer Weile ging ihnen der Gesprächsstoff aus. Cora wünschte, sie hätte die Kraft, ihn wegzuschicken; aber sie war schwach und klammerte sich, so demütigend es war, an die letzten Minuten in seiner unmittelbaren Nähe. Ihr ganzes Verlangen konzentrierte sich auf diesen einen besonderen Körper, auf seine geduckte Haltung am Tisch, die nachdenkliche Art, mit der er zwei Zigaretten rauchte und sie energisch in der Untertasse ausdrückte, die sie ihm gab. Selbst sein Leiden war außergewöhnlich und aufschlussreich, weil es zu ihm gehörte.

Elise hatte gesagt: eine Stunde!

Als es Zeit für ihn wurde zu gehen, klammerte Cora

sich an seinen Mantelärmel und weinte hinein, bat ihn inständig um eine Galgenfrist. Er neigte sich über sie und streichelte ihr Haar.

»Es ist meine Schuld«, sagte er, »alles ist nur meine Schuld. Ich wusste nicht, dass es so schlimm würde.«

»Du wirst erleichtert sein, dass du mich los bist, da bin ich sicher.«

»Glaubst du das wirklich? Ich will dich nicht los sein. Das ist ja das Schlimme. So einfach ist das nicht.«

Er war wirklich unglücklich, presste sie an sich. Sie wusste, er meinte es aufrichtig, und das musste genügen. Wenn er sie gewollt hätte, hätte er sie nur fragen müssen, sie hätte alles für ihn aufgegeben. Aber er fragte nicht.

Wie konnte einem etwas entzogen werden, das das eigene Leben vollkommen ausgefüllt hatte, bis zum Rand, ohne eine Spur zu hinterlassen? In den folgenden Tagen hatte Cora manchmal das Gefühl, als hätte die gewaltige Erschütterung einer Explosion sie taub zurückgelassen und den stillen, vermeintlich normalen Tagen den Lärm ausgesogen. Wenn sie jetzt sterben würde, dachte sie, wäre es genauso, als hätte das Ganze nie stattgefunden. Eine Leiche versank in einem See oder im Treibsand, und der See schloss sich wieder über ihr, das gebrochene Eis heilte.

Cora hatte niemandem von Paul erzählt. Wäre Frankie nicht Roberts Schwester und gleichzeitig ihre beste Freundin gewesen wäre, hatte sie sich ihr vielleicht anvertraut, doch unter den gegebenen Umständen kam das nicht in Frage. Zwischen ihrem und Pauls Leben gab es keine normalen Verbindungen, sein Name oder Neuigkeiten von ihm würden niemals in einem Gespräch unter ihren Freunden erwähnt werden. Nur Paul wusste, was geschehen war – und Elise, seine Frau, in welch beschönigter Form auch immer –, aber für Cora war er jetzt unwiederbringlich weggesperrt, in ihrer Gegenwart hätte er ebenso gut nicht existieren können. Es stimmte, dass sie anfangs halluzinierte, sich überall mit ihm zu treffen. Was immer sie tat – am Morgen anziehen oder Schüler unterrichten –, sie durchstand es in dem Wahn, es nur zu tun, damit er es sah. Am schwierigsten fand sie den jähen Wechsel zwischen dem Wahn, dass er sie beobachtete, und dem Wissen um seine reale Abwesenheit. Mit einem allerletzten Instinkt für die Bewahrung ihrer geistigen Gesundheit hielt sie weiter an ihrem abergläubischen Verbot fest, im Internet nach seinem Namen zu suchen. Sie kaufte sich ein Notizbuch, um das Geschehene aufzuschreiben, damit es außerhalb ihres Kopfes real war; als sie sich jedoch hinsetzte, um anzufangen, merkte sie, dass ihr die Worte fehlten.

Ein Notizbuch wäre außerdem zu riskant, es könnte Folgen haben: Wenn sie zum Beispiel einen Unfall hätte und Robert es fand. In diesen ersten Wochen schien es ihr durchaus möglich, dass sie jeden Moment einen Unfall haben oder sterben könnte. Infantil, wie sie war, dachte sie, sie wollte sterben, um wieder mit ihren Eltern vereint zu sein, und sei es im Nichts. Was sie überraschenderweise über Wasser hielt, war die Tatsache, dass ihre Krise sich nicht auf ihren Alltag auswirkte. Vielleicht lag das teilweise an ihrer Feigheit (sie war bereit, alles Schlechte oder Beschämende über sich zu glauben). Vielleicht hatte sie auch schlicht nur große Angst davor zu sehen, wie Roberts Gesicht sich verändern würde, wenn er von ihrem Zustand erfuhr und ihr seine Gunst von einem Moment zum nächsten entzog. In ihrer Schwäche war sie von seiner Freundlichkeit abhängig und nutzte sie aus. Im Gegensatz zum Anfang, als sie noch stark war, verbot sie sich jetzt den Gedanken, Robert könnte von ihrem Seitensprung wissen; falls er je eine Ahnung gehabt hatte, dann hatte er sie wahrscheinlich begraben. Und das war am besten. Die freundliche, anständige Oberfläche von täglichem Geschlechtsverkehr war am besten. Cora ließ ihn mit der kühlen, milden Dankbarkeit über sich ergehen, wie sie in ihrer Vorstellung vielleicht jemand empfand, der mit einer zehrenden Krankheit lebte. Auch wenn es gemein war, Vergleiche zwischen ihrem Leid und einer echten Krankheit zu ziehen. Was ihr widerfahren war, wog in der Welt draußen nicht schwerer als eine Feder. Es war nichts als das Getöse und die vorgetäuschten Qualen des Egoismus.

Das Baby war jetzt der einzige klare Schwerpunkt in ihrem Leben. Sie klammerte sich an die Vorstellung von ihm als Schlüssel zu einem anderen Leben, das aus diesem Zusammenbruch herauswuchs; und da sie an nichts anderes glaubte, spürte sie diese Hoffnung in ihrem Körper. Obwohl es das Produkt ihrer und Pauls Liebe war, existierte es jetzt über das Ende ihrer Beziehung hinaus und würde ihr in der Zukunft zu seinen eigenen

Bedingungen Liebe und Verantwortungsbewusstsein abverlangen; sie konnte es schon jetzt spüren. Wenn es nach der Geburt aussehen würde wie Paul, würde das niemandem etwas bedeuten, nur ihr. Sonst gab es niemanden, der einen Grund haben könnte, ihn in ihrem Kind zu erkennen. Jeder würde es für Roberts und ihr Kind halten. Nach der Geburt würde sie den Zettel mit Pauls Telefonnummer und alle seine Bücher wegwerfen, einschließlich dem Buch mit der Widmung, dann könnte niemand Rückschlüsse auf ihn ziehen. Sie hoffte, es würde ein Junge werden, weil Paul bisher nur Töchter hatte. Vor ihrem geistigen Auge sah sie diese Mädchen oft, klein wie durch das falsche Ende eines Teleskops, sodass ihre Gesichter nie deutlich zu erkennen waren; eine war dunkel, die andere blond.

Einmal rief sie Paul in einem Anflug von Sehnsucht an und bekam eine automatische Ansage, derzufolge der Anschluss nicht mehr erreichbar war: Offenbar hatte er seine Nummer geändert, wahrscheinlich hatte Elise ihn dazu gezwungen. Im Nachhinein fand Cora es merkwürdig, dass sie ihn nie nach seiner Adresse oder seiner E-Mail gefragt hatte; wahrscheinlich hätte sie beides herausgefunden, wenn sie es wirklich gewollt hätte. Paul hingegen schrieb ihr nach dem Ende ihrer Affäre einen Brief, den er an ihre Adresse in Cardiff schickte: Der Bauleiter hatte ihn offenbar aufgehoben, er lag auf der Heizung im Flur, als sie an einem Wochenende ankam, um dem Makler das Haus zu zeigen. Sie hatte halbwegs mit einem Brief gerechnet, die Erwartung jedoch unterdrückt. Während sie den Umschlag ungeduldig und mit zitternden Fingern aufriss, pochte ihr Herz in ihrer Brust wie verrückt, als enthalte er ihr Schicksal. Es war ein wunderschöner Brief. Er schrieb ungewöhnliche Dinge über sie, in Worten, die nicht zu glatt oder schmeichelnd oder klug waren; er bemühte sich, ihr seine Gefühle wahrheitsgemäß zu schildern. Er schrieb, sie hätten alle die Grippe gehabt, dass das Familienleben nicht berauschend gewesen sei, dass er im Fieber schreckliche Träume von ihr gehabt habe, in der ihre Haut hart und kalt war, oder sie trafen sich in einer verseuchten zerstörten Fabrik, oder sie verspottete ihn in einer fremden, ihm unbekannten Sprache (ob er jetzt wohl auf Walisisch träumte, fragte er sich). Er schrieb, was er gerade las und dass sein Schreiben feststeckte und tot war. Diesen Brief konnte Cora ihm nicht verzeihen. Schluchzend zerriss sie ihn in kleine Stücke, zündete sie dann mit einem Streichholz im Waschbecken an und spülte die durchnässte Asche den Abfluss hinunter. Sie beantwortete ihn nie. Sie hatte keine Adresse, an die sie eine Antwort hätte schicken können.

Der Makler war der Ansicht, dass sie das Haus problemlos für einen guten Preis verkaufen könne, doch Cora entschied, dass sie nicht so weit war, um sich davon zu trennen, noch nicht. Von ihrer Schwangerschaft erzählte sie niemandem, auch keinem Arzt. Bis eines Tages, ungefähr in der fünfzehnten Woche (ihrer Schätzung nach), Blutungen einsetzten, als sie bei der Arbeit war, und nicht mehr aufhörten; ihre Kollegen riefen einen Krankenwagen und hielten die Schüler vom Parkplatz fern, als die Sanitäter Cora in eine rote

Decke gewickelt hinaustrugen. Sie verstand zum ersten Mal, warum die Decken rot sein mussten.

»Das ist ein ermutigendes Zeichen«, sagte Robert im Krankenhaus, als alles vorbei war und sie nach der routinemäßigen Dilatation und Ausschabung wieder zu sich kam. In seinem Arbeitsanzug saß er unruhig auf dem Plastikstuhl neben ihrem Bett, die Krawatte gelockert, die Hände ineinandergelegt zwischen den Knien, sprachlos, niedergedrückt und unbeholfen vor Verwirrung und Mitgefühl für sie.

»Es zeigt, dass nichts unmöglich ist.«

III

Cora sortierte in der Bibliothek Bücher aus. Das hieß, sie ging die Regale durch und nahm alle Bücher heraus, die älter als sieben Jahre oder ein Jahr oder länger nicht ausgeliehen worden waren. Sobald sie die Bücher zur Entnahme ausgewählt hatte, musste sie sie abscannen und im Computer eine kurze Notiz neben ihren Eintrag schreiben; manchmal gab es einen Merkzettel neben dem Buchtitel mit der Warnung, es sei das letzte Exemplar in sämtlichen Bibliotheken von Cardiff. Aussortieren war eine Aufgabe, die anfiel, wenn nichts Dringenderes zu tun war. Anfangs hatte Cora es als Frevel empfunden und verärgert mit Annette und Brian darüber diskutiert, warum man Penelope Fitzgerald oder Colm Toibin nicht aufgeben dürfe. Inzwischen hatte sie sich daran gewöhnt. Alles hatte seine Zeit in der Sonne, dann musste es weichen. Wer sich wirklich für die Backlist dieser Schriftsteller interessierte, konnte online kaufen, was er wollte. Aus dem System genommene Bücher wurden auf einem Regal neben der Kasse für 10 Pence angeboten, Cora hatte selbst einige davon gekauft. Bevor sie ihre Bücher von London nach Cardiff schaffte, hatte sie sich gnadenlos von mehr als der

Hälfte getrennt, aber jetzt füllten sich ihre Regale langsam wieder.

Sie schaltete ihr Handy immer aus, wenn sie bei der Arbeit war, aber heute warf sie hin und wieder einen Blick darauf. Bei der Chorprobe hatte sie sich mit einer Frau namens Valerie angefreundet, und Valerie versuchte, zwei Karten für den *L'Orfeo* der Welsh National Opera zu besorgen. Valerie, die in der hiesigen Amnesty-Gruppe aktiv war, hatte Cora zu überreden versucht, auch mitzukommen, und ihr versichert, es sei eine nette Truppe. Cora dachte daran, vielleicht beizutreten, aber noch nicht jetzt. Ihr altes, verlässliches Unwohlsein regte sich wieder träge, als erwachte etwas in ihr, nachdem es lange vergessen war; sie hatte so vorsichtig und phantasielos überlebt wie ein Tier in seiner Erdhöhle und sich ihre Kraft eingeteilt. Jetzt sehnte sich ihr Verstand manchmal danach, bewegt und gefordert zu werden. War die Arbeit in der Bibliothek als Ausdruck ihrer Zugehörigkeit zur Welt genug? Es gab immer eine Diskrepanz zwischen dem Drang, etwas Nützliches zu tun, und der Unmittelbarkeit dessen, was möglich war. Sie hütete sich davor, Verpflichtungen einzugehen, die sie dann womöglich bereute und nicht einhielt, sodass sie Leute enttäuschte. Dieser Zweifel an sich selbst und an ihrer Handlungsfähigkeit war eine neue Facette ihrer Persönlichkeit. Früher hatte sie nicht innegehalten und überlegt, ob es richtig war, was sie tat.

Sie sah, dass Frankie eine Nachricht hinterlassen hatte und dringend um ihren Rückruf bat. Cora ging hinaus in den kleinen Garten vor dem Bibliothekseingang, um den Anruf zu erledigen. Es regnete nicht, aber es war ein schwüler Tag, dunkel unter einer schwammigen Wolkenschicht.

»Cora, er ist verschwunden«, sagte Frankie, sobald sie ranging. »Ist er bei dir?«

»Wer ist verschwunden?«

Coras Gefühllosigkeit wurde im Bruchteil einer Sekunde registriert, wie eine Münze, die in einen tiefen Brunnen fällt: *Pling*.

»Robert.«

»Robert ist verschwunden? Wie meinst du das?«

»Dann ist er also nicht bei dir?«

»Natürlich nicht.«

Frankie erklärte, dass Robert am Sonntag bei ihr und Drum zu Mittag gegessen habe und dann offenbar wie gewohnt am Montag bei der Arbeit gewesen sei. Am Dienstag habe seine Sekretärin – Elizabeth – Frankie angerufen, ob sie wisse, wo er sei. Am Morgen hätte er eigentlich eine Sitzung leiten sollen, sei aber nicht aufgetaucht. Er verpasse nie etwas, selbst wenn er in den letzten Zügen lag. Allerdings liege er nie in den letzten Zügen. Seitdem hätte niemand mehr etwas von ihm gesehen oder gehört; auf Anrufe und E-Mails reagiere er nicht. Seine Kollegen seien vorsichtig und taktvoll beunruhigt. Frankie hatte in seiner Wohnung vorbeigeschaut (sie besaß einen Schlüssel), aber keine Spur von ihm. Seine ganzen Sachen waren anscheinend noch da; wie es aussah, war die Putzfrau wie gewohnt am Dienstag gekommen, und seitdem war nichts mehr berührt worden. Von dort rief sie jetzt an.

Frankies Stimme hatte die erregte Atemlosigkeit eines Notfalls, auch wenn sie versuchte, es zu überspielen und ihre humorvolle, vernünftige Distanz zu wahren. Aus Sorge um ihren Bruder war sie vermutlich versucht, Cora die Schuld für etwas zu geben: Nur Cora hatte es je geschafft, Roberts Gelassenheit und Beständigkeit zu unterminieren. Andererseits musste Frankie sich als künftige Vikarin mit Verurteilungen zurückhalten und würde deshalb auch den Impuls unterdrücken, jemandem die Schuld für Roberts Verschwinden zu geben.

»Und das war am Dienstag?«

Heute war Donnerstag.

Ein schrecklicher Mann sei dagewesen, sagte Frankie, ein Berater oder so was, der sich ihr Handy habe ausleihen wollen, falls Robert sie darauf anrief, damit die Behörde mit ihm reden könne. Und er wollte Roberts Computer mitnehmen.

»Wahrscheinlich ein Sonderberater. Ein SPAD.«

»Ich hab ihm das Handy nicht gegeben. Es ist Roberts Sache, ob er jemanden anrufen will. Aber der Kerl kam ziemlich aggressiv rüber.«

»Frank, soll ich vielleicht kommen? Ich könnte in ein paar Stunden da sein. Drei Stunden. Vielleicht kann ich helfen. Ich könnte in der Wohnung warten.«

»Ich weiß nicht, warum sich alle so aufregen. Vielleicht hat Rob ja einfach nur gedacht: Scheiß auf alles und beschlossen, dass er eine Pause von allem braucht. Das ist jedenfalls meine Vermutung. Was sollte sonst passiert sein? Er ist nicht der Typ, der sich umbringt. Oder zusammenbricht. Am Sonntag ging es ihm gut.

Wenigstens sah es so aus. Er macht ja nicht viel Aufheben um sich. Wir sind immer so laut, ob wir ihn übertönt haben? Würdest du ihn mal anrufen? Ich weiß, es ist peinlich.«

»Natürlich rufe ich ihn an. Und ich komme gern«, sagte Cora. »Wir schaffen das schon.«

»Hier ist das reinste Tollhaus. Die Kinder sind alle bei mir, es sind Trimesterferien. Ich musste mit ihnen in der U-Bahn herfahren, Drum hat das Auto, ich hab meins wegen des CO_2-Fußabdrucks aufgegeben. Komisch ist nur, dass Bobs uns nicht angerufen hat. Hättest du nicht auch gedacht, dass er anruft?«

Cora erklärte Annette, sie müsse los, in London sei etwas passiert, das mit ihrem Mann zusammenhing.

»Ich denke, wir halten die Stellung auch ohne dich«, sagte Annette. »Welcher Mann eigentlich? Ich dachte, du bist geschieden.«

In Notfällen hatte Cora eine natürliche Autorität und wusste auf Anhieb, was zu tun war, ohne ein unnötiges Drama daraus zu machen oder sich damit in den Vordergrund zu spielen. Sie bestellte ein Taxi zum Bahnhof und bat den Fahrer, vor dem Haus zu warten, während sie ein paar Sachen in eine Reisetasche packte. Dann rief sie Robert an, doch er ging nicht ran.

Der Zug hatte Verspätung, und dann wurden sie nach Waterloo umgeleitet. Hinter Reading gab es einen Störfall auf der Strecke – jemand sagte, ein Selbstmord. Cora hatte sich eigentlich keine Sorgen um Robert gemacht, als Frankie anrief; ihr Bild von ihm als Mittelpunkt, um den das Chaos anderer Leute wirbelte, ließ sich nicht so leicht erschüttern. Während sie jedoch reglos auf einem Nebengleis warteten, dann auf der anderen Seite des Bahnsteigs in einen neuen Zug steigen mussten, der im Schritttempo an sämtlichen Gärten von Surrey vorbeizuckelte, überkamen sie die ersten Paniksymptome: Ihr Herz raste, ihre Gedanken kreisten immer wieder um dieselbe Leere. Unruhig stand sie von ihrem Platz auf, ging in Fahrtrichtung zu einer Lücke zwischen den Abteilen und redete sich ein, dass sie bald ankäme, lehnte sich aus dem Fenster und rief Frankie an, um sie auf den neuesten Stand zu bringen. Die anderen Passagiere, die nichts anderes zu sehen hatten, sahen sie an: groß, gebieterisch, attraktiv, mit dicken geraden Augenbrauen, gewölbten Wangenknochen, klaren grauen Augen, eine konzentrierte Dringlichkeit im Gesicht. Die Männer hielten sie offenbar für eine Ärztin oder Anwältin, denn sie versuchten, sie in ihre Wutausbrüche gegen das Zugpersonal zu verwickeln; jemand riss einen geschmacklosen Witz über Leichen auf der Strecke.

Cora dachte unwillkürlich an Paul, wann immer sie in einem Zug nach London saß: Obwohl es ihr inzwischen gelang, jede aufkommende Erinnerung an ihn in eine Schatulle zu verbannen und den Schlüssel umzudrehen. Sie stellte sich die Schatulle wie ein Requisit in einem gefährlichen altmodischen Spiel vor, ähnlich den Gold-, Silber- und Bleischatullen mit ihren banalen Liebesbotschaften im *Kaufmann von Venedig*. Seit ihrer Trennung hatte sie Paul einmal gesehen: Nicht im Zug, sondern als er in Cardiff nicht weit von ihrem Haus entfernt eine Straße entlangfuhr. Er hatte sie nicht gesehen und bestimmt nicht Ausschau nach ihr gehalten; sie wusste, dass sein Freund in der Nähe wohnte. Dieser normale flüchtige Blick auf Paul – abgeschottet in der vollendeten Fülle seines Lebens, das getrennt von ihrem auf einer Parallelspur verlief – hatte sie mit Abscheu, Hilflosigkeit und Verzweiflung erfüllt. Sie phantasierte davon, ihn im Zug zu treffen und, ohne zu grüßen, an ihm vorbeizugehen; im ersten Jahr nach ihrer Trennung, als sie ständig zwischen London und Cardiff pendelte, wäre es durchaus möglich gewesen, dass sie ihm begegnete. Als sie jetzt die Hunderte von Fremden sah, die diese Reise Tag für Tag machten, begriff sie, dass eine Begegnung mit ihm unwahrscheinlich war – was eine Erleichterung war und zugleich ein erdrückender Verlust.

Obwohl niemand sah, wie sie das Taxi vor ihrem alten Haus bezahlte, empfand sie ihre Rückkehr als verdächtig: In der Straße herrschte die übliche privilegierte Leere, zurückgezogen und sauber hinter den halbhohen Gitterzäunen, den abgetretenen Steintreppen und breiten Regency-Haustüren. Aus Gewohnheit schaute sie kurz zu den geliebten Parkbäumen am Ende der Straße: Sie hatte diese Bäume vom Wind geschüttelt gesehen, heute jedoch standen sie reglos unter dem bedeckten Himmel. Ihre Wohnung – Roberts Wohnung – befand sich in der ersten, der schönsten Etage, mit einem Balkon, den sie nie benutzt hatten, weil eine öffentliche Zurschaustellung ein Affront gegen die tiefe Verschwiegenheit der Straße gewesen wäre. Cora hatte sich manchmal vorgestellt, wie der Fürst und Charlotte aus Henry James' Roman *Die goldene Schale* dort saßen und beobachteten, wie Maggie mit ihrem Baby aus dem Park kam, obwohl ihr klar war, dass ihr Haus bei weitem nicht prachtvoll genug war für diese Figuren. Sie war seit Monaten nicht mehr hier gewesen. Es war merkwürdig zu klingeln: Irgendwo in Cardiff gab es einen Schlüssel, aber sie hatte sich nicht die Zeit genommen, ihn zu suchen. Frankie klang über die Gegensprechanlagen zunächst misstrauisch.

»Zum Glück bist du es. Dieser SPAD-Typ hat gedroht wiederzukommen, er will sich Roberts Computer ansehen. Ich hab ihm gesagt, das geht nicht, das ist privat.«

Die beiden Frauen umarmten sich etwas herzlicher als bei ihrem letzten Abschied in Cardiff: Damals hatten beide kaum eine Träne vergossen und waren eher erleichtert; jede hatte befürchtet, die andere könnte ihr etwas nachtragen.

»Frankie, gib bitte nicht mir die Schuld dafür, ja?«

»Sei nicht albern. Bobs ist erwachsen. Er würde mir nie verzeihen, wenn ich dir die Schuld gäbe. Es ist einfach nur schrecklich, nicht zu wissen, ob es einen Grund zur Sorge gibt oder nicht.«

Frankie nahm mit Genugtuung Coras Betroffenheit wahr, mehr brauchte sie nicht zu sehen. Beim Umhergehen registrierte Cora, wie sich die Wohnung seit ihrem Auszug verändert hatte. Die Möbel waren noch alle vorhanden, aber sie standen etwas anders und weniger hübsch angeordnet da; vermutlich waren sie nicht absichtlich verrückt worden, sondern eher im Vorbeigehen. Robert teilte offenbar nicht ihre Vorstellung von einem harmonischen Gesamtbild – oder es war ihm egal, nachdem sie fort war. In den Monaten, bevor sie ging, war es auch ihr nicht mehr so wichtig gewesen. Cora hatte die Wohnung vor ihrer Heirat gefunden, im ersten Freudentaumel darüber, dass sie Geld besaßen (nicht nur Roberts Gehalt, er hatte zusätzlich auch geerbt – nicht genug, um die Wohnung sofort zu kaufen, aber genug, um die Hypothekentilgung zu sichern); im alten Zustand war die Wohnung elegant, hell und modern gewesen. Zwölf Jahre später sah sie abgewohnt und veraltet aus. Die Stühle und Sessel standen nicht am Tisch oder in den geselligen Gruppen, in die Cora sie früher arrangiert hatte, und waren mit Stapeln von Zeitungen und Arbeitspapieren belagert, die die Putzfrau nicht angerührt hatte. Die Kissen standen in geraden Reihen entlang der Sofalehne, und auf dem weißen marmornen Kaminsims war alles Schmückende auf eine Seite geschoben, um das Abstauben zu erleichtern: Fotos, gelbe Federn aus den Adirondacks und gestreifte Steine von einem Strand in Angus, ein Flötenspieler aus Meißner Porzellan, der Roberts Mutter gehört hatte, eine silberne Teekanne aus Bangladesch, von Cora in einem Trödelladen erstanden. An der offenen Küchentür hing ein Anzug noch in der Hülle aus der Reinigung. Auf dem verglasten Esstisch, wo Johnny und Lulu gerade malten, stand ein offener, aber ausgeschalteter Laptop. Roberts Zahnbürste und Rasierzeug befanden sich noch im Bad. Magnus schlief im Schlafzimmer in seinem Buggy.

»Ich habe versucht, ihn anzurufen, aber er geht nicht ran«, sagte Cora. »Ich bin froh, dass ihr alle da seid. Sonst wäre es ziemlich leer. Vielleicht wirkt es ja auch so leer, wenn er hier allein ist.«

»Nun werd mal nicht rührselig«, sagte Frankie. »Ich koche uns Suppe.«

»Suppe?«

»Wir müssen essen. Kinder sind eigentlich nur Motoren, die mit dem Treibstoff laufen, den die Eltern ihnen an einem Ende einflößen. Auf dem Weg hierher habe ich Gemüse, Butter und Brot gekauft – in dem kleinen Bioladen um die Ecke. Der Besitzer ist wahnsinnig nett, und das Brot ist gut, aber hast du gewusst, dass dort alles mindestens dreimal so teuer ist wie im Supermarkt?«

»Das passt zu diesem Viertel. Jeder hat dreimal so viel Geld.«

»Zehnmal so viel.«

»Wahrscheinlich hundertmal so viel, einige jedenfalls.«

»Manche baden sogar in Eselsmilch. Die verkauft der Laden wahrscheinlich auch.«

Johnny und Lulu zeichneten wie besessen und blickten nur kurz auf, um Cora wahrzunehmen. Frankie hatte sie zu einem Malwettbewerb aufgefordert, damit sie nicht in den Zimmern herumrannten, falls es, wie sie sagte, in Roberts Mietvertrag eine Klausel dagegen gebe. Irgendwann müsse sie sich zwischen ihren Bildern entscheiden, was taktisch schwierig würde. Lulu saugte gebannt und versunken an einer kastanienbraunen Haarlocke, während sie Filzstifte auswählte; Johnny, auf dem der Druck lastete, als der Ältere besser sein zu müssen, zeichnete nervös im Stehen, trat von einem Fuß auf den anderen und betrachtete sein Werk mit grotesken Grimassen.

Vorsichtig berührten sie die Tasten des Laptops.

»Sollten wir ihn einschalten?«, fragte Cora. »Vielleicht finden sich Hinweise, wobei wir gar nicht wüssten, wonach wir suchen.«

»Egal, es geht uns nichts an. Außerdem haben wir sein Passwort nicht.«

»Wir müssen ihm vertrauen.«

»Er könnte jeden Moment zur Tür hereinkommen. Oder anrufen.«

Frankie hatte mit ihrer Schwester Oona telefoniert und hielt sie auf dem Laufenden, aber sie hatten beschlossen, ihrem Bruder in Toronto noch nichts zu erzählen. Die Suppe köchelte in einem Topf auf der fleckenlosen Herdplatte. Als Cora im Küchenschrank nachsah, stand der Mixer noch an der Stelle, wo sie ihn zurückgelassen hatte. Die beiden Frauen saßen in der Küche an der Frühstücksbar – das schreckliche Wort des Maklers hatte sich ihr eingeprägt; Cora hatte nie gewusst, wie sie es sonst nennen sollte. Alle Küchenflächen waren aus massiver Eiche. Frankie schenkte ihnen Wein aus einer Flasche aus Roberts Regal ein; zwischen ihnen lag unheilvoll stumm das Handy. Frankie sagte, gestern, Mittwoch, habe sie die Polizei einschalten wollen, von Roberts Büro aber die Auskunft erhalten, man habe bereits mit einem leitenden Mitarbeiter von Scotland Yard gesprochen und finde, die Angelegenheit solle nicht noch weiter eskalieren. Da sie nicht gewusst habe, was sie sonst hätte tun sollen, habe sie jeden angerufen, der ihr eingefallen sei.

»Die Presse soll auf Teufel komm raus nichts erfahren. So viel habe ich mitgekriegt. Ich nehme an, es ist peinlich, wenn man einen hohen Regierungsbeamten verliert.«

»Könnte es sein, dass er vielleicht zu Bar gefahren ist?«, sagte Cora.

»Bar? Gütiger Himmel, nein. Um ehrlich zu sein, der Gedanke an sie ist mir nie in den Sinn gekommen. Wie kommst du darauf, dass …?«

»Nur so. Bei unserem letzten Treffen fiel ihr Name.«

»Bar war furchterregend. Nicht die Sorte Mensch, mit der man sich zweimal einlässt. Außerdem ist sie inzwischen bestimmt mit irgendwem verheiratet.«

»Das dachten wir auch«, sagte Cora. »Falls er sich einfach nur spontan abgesetzt hat, bin ich froh.«

»Ich auch.«

»Wer würde sich nicht wünschen, dass er – als Mensch – aus alldem heil herauskommt? Irgendwie war er nicht mehr er selbst.«

»Aber wir dürfen nicht vergessen, dass ihm das meistens gefällt. Es passt zu ihm.«

Der Sonderberater kam, und er sah unglaublich gut aus, ein Jüngling aus einem Caravaggio-Gemälde: langes Gesicht, hoch aufgeschossen, totenbleich, schwarze kragenlange Kringellocken, Daumenabdruckflecken unter müden Augen, hohler Bauch unter einem halb aus der Jeans hängenden Hemd, sehr gelenkige Finger. Auf nachlässig charmante Weise erwies er ihnen die Ehre seiner Anwesenheit und wünschte, er wäre auf einer interessanteren Party. Cora stellte erschrocken fest, dass sie alt wurde und von Schönheit ausgeschlossen sein würde. Als sie darauf bestanden, sagte er, er heiße Damon.

»Der Hirtenjunge«, sagte Frankie.

Damon stimmte gleichgültig zu und ließ seinen Blick über ihre Schultern hinweg durch die Wohnung schweifen. »Irgendwelche Neuigkeiten?«

»Ich bin Roberts Frau«, erklärte Cora.

Er musterte sie. »Irgendeine Idee, wo der gute Junge sein könnte?«

Einen Moment lang dachte sie, er sei ein echter Ire, dann merkte sie, dass er einen Akzent vortäuschte. Damon wirkte ungeduldig und zeigte wenig Verständnis für den Ärger, den dieser hohe Beamte mittleren Alters losgetreten hatte. So ist es, wenn jemand in Ungnade fällt, dachte Cora, auch wenn es noch zu früh war, um zu wissen, ob Robert irgendwo gestolpert war. Es gibt eine Erschütterung, wenn der Gestrauchelte auf den Boden aufschlägt, dann steigt jeder über ihn drüber, zieht in den Dreck, was er einst war, und ärgert sich über die ihm in der Vergangenheit entgegengebrachte eigene Unterwürfigkeit.

Frankie sagte, sie hätten nichts gehört. »Langsam verlieren wir die Nerven. Was ist los? Hat es mit der Untersuchung wegen des Feuers zu tun?«

»Was wissen Sie darüber?«

»Nichts.«

»Wird er eine Szene machen? Es sieht nicht gut für ihn aus: Er hätte bleiben und sich der Kritik stellen sollen.«

»Welcher Kritik? Welche Szene?«

Aber er mochte ihre Fragen nicht beantworten. Magnus schrie in seinem Buggy, und Frankie holte ihn zum Stillen in die Küche; Damon ging unbehaglich darüber hinweg, als sie ihre Brust herausholte, die mit ihm im selben Raum gewaltig wirkte. Überhaupt schien Frankie – ihre kurvenreiche auseinandergegangene Körpermasse – nach einem anderen Maßstab geschaffen als Damon. Er fragte Cora, ob sie eine Ahnung habe, wohin Robert gegangen sein könnte, was sie verneinte; er wollte wissen, ob sie versucht habe, ihn anzurufen, was sie bejahte, aber er sei nicht rangegangen. Sie merkte, dass sie verlegen in Roberts Wohnung herumstand und nicht so tun wollte, als ob sie hierhergehörte; der SPAD wusste vermutlich über die Auflösung ihrer Ehe Bescheid. Frankie passte viel besser in die Wohnung. Ihr Nachwuchs verlieh den Räumen die lärmende Stabilität, die gefehlt hatte. Als Cora mit Robert dort lebte, hatten beide lange gearbeitet und waren abends oft rasch wieder ausgegangen – die Wohnung hatte sich in ihrer Abwesenheit abgenutzt und aufgelöst. Lulu und Johnny kamen mit ihren Bildern in die Küche gerannt; gnädig traf Damon die Entscheidung, und weil er wusste, dass es ihn in einem guten Licht dastehen ließ, zog er Lulus Bild vor.

»Nimm es wie ein Mann, Kleiner ...« Er zerzauste Johnnys rotes Haar. Frankie dankte insgeheim Gott, dass Lulu keine sechzehn war. Lulu lehnte sich schon jetzt in einer Pose an ihn, die eindeutig zeigte, wie sie ihn vergötterte.

»Was dagegen, wenn ich mich umsehe?«

»Allerdings.«

»Sie dürfen den Laptop nicht mitnehmen«, sagte Cora.

»Doch, ich darf«, sagte er bedauernd. »Ich fürchte, es ist einer von unseren.«

Frankie, deren Handy neben ihr auf dem Tisch lag, zog ihre Bluse über den nuckelnden Kopf des Babys, weil Magnus sich immer wieder zu dem interessanten Eindringling umdrehte und dabei die Brustwarze verlor, die einen feinen Milchfaden hinter ihm hersprühte. Als das Telefon piepte, warf sie einen kurzen Blick darauf, doch es war nur Drum, der wissen wollte, wo sie steckten. Damon packte den Laptop in die Tasche und nahm ihn mit, nachdem er sich oberflächlich in den Zimmern umgesehen hatte und Cora ihm widerwillig überallhin gefolgt war. Er betrachtete den zweiten Computer im Arbeitszimmer, den er jedoch selbst dann nicht hätte tragen können, wenn sie ihn ihm überlassen hätte. »Es ist wirklich keine große Sache«, sagte Damon, nicht um die Frauen zu beruhigen, sondern um sie herabzusetzen. »Alles halb so wild.«

»Es war Robert«, sagte Frankie aufgeregt, als Damon weg war. »Die SMS kam von Robert.«

»Was sagt er?«

»Es geht ihm gut, mehr nicht. Wenigstens wissen wir jetzt, dass er nicht entführt oder zusammengeschlagen worden ist oder sein Gedächtnis verloren hat. Schreib ihm auf deinem Handy zurück und frag ihn, wo er ist.«

Nachdem Cora ihre Nachricht abgeschickt hatte, warteten sie auf eine Antwort, doch es kam keine. Die Versicherung, dass es Robert gut ging, wo immer er war, bedrückte und erleichterte sie gleichzeitig; die Krise hatte sich entschärft. Sie aßen Frankies Suppe mit dem teuren Brot aus dem Bioladen. Cora fand Kaffee und setzte Wasser auf. Außer dem Kaffee, der Milch und der Butter, die Frankie gekauft hatte, befand sich nicht mehr viel in Roberts Kühlschrank: eine Tube Tomatenmark und ein Stück vertrockneter Cheddar, Gläser mit uraltem Senf und Eingelegtem, die noch aus der Zeit stammten, als sie den Haushalt führte. Frankie wollte nach dem Essen mit den Kindern im Taxi nach Hause fahren, da es nicht viel Sinn hatte, länger zu bleiben; Cora sagte, sie wolle vorsichtshalber in der Wohnung übernachten.

»Wieso vorsichtshalber? Du fährst mit uns zurück. Mir gefällt die Vorstellung nicht, dass du ganz allein hier bist. Obwohl du wahrscheinlich besser schlafen würdest.«

Cora wollte Zeit für sich in der Wohnung haben: Allein fand sie vielleicht irgendwelche Spuren, die Robert hinterlassen hatte. Sie könnte im Gästezimmer schlafen. Frankie fütterte Magnus im Buggy mit Suppe, während Cora auf allen vieren unter dem Tisch Brotkrümel auf die Kehrschaufel fegte.

»Hast du gebetet, dass Robert nichts passiert?«, fragte sie Frankie und setzte sich mit dem Besen in der Hand auf den Boden. »Ich meine, richtig zu Gott gebetet, nicht nur die üblichen Floskeln, die Leute benutzen.«

Frankie, die den Mund weit aufmachte und Babylaute von sich gab, um Magnus zu ermuntern, reagierte zögernd. »Findest du das schlimm?«

»Nein, überhaupt nicht. Ich fände es schlimm, wenn ich es tun würde, weil es scheinheilig wäre. Aber wenn du daran glaubst, solltest du unbedingt beten.«

»Nicht in dem Sinn, dass man um irgendwelche Gefallen bittet, wie zum Beispiel ein Fahrrad zu Weihnachten. Dann würden die Gläubigen alle Fußballspiele gewinnen. Glaube wäre dann nur eine Art Schummeln.«

Diese Comic-Heft-Erklärungen – Fahrräder und Fußballspiele – brachten Cora auf den Gedanken, dass Frankie sich schon wie eine Vikarin anhörte, ausweichend und fröhlich.

»Du darfst Gott also nicht darum bitten, Robert zurückzubringen?«

»Du kannst Gott bitten, ihn zu beschützen. Das ist nicht dasselbe. Du weißt, dass er es vielleicht nicht tut.«

»Was ist dann der Sinn?«, fragte Johnny vernünftig.

»Vom Glauben allein wird nicht alles gut, verstehst du? Er gibt nur den Stand der Dinge wieder, drückt unsere Wünsche aus.«

Frankie fand, dass Coras Gesicht neuerdings etwas Unversöhnliches hatte, wie sie da mit der Kehrschaufel kniete und mit dem Handbesen Magnus an den Füßen kitzelte, sodass er sie entzückt hochhob und von der Suppe abgelenkt wurde. Sie verlor langsam ihr altes Strahlen – sie war unruhig und zu dünn. Sie schminkte sich viel stärker als früher. Cora sagte, sie fühle einfach nicht das, was Frankie fühle. Früher habe sie es manchmal gefühlt, aber wenn sie jetzt in sich hineinhorche, sei da nichts. Sie sagte das zwar, als würde sie es bedauern, aber Frankie hörte auch einen gewissen Triumph heraus: Wer wollte schon falschen Trost haben, wenn man ihn als solchen durchschaut hatte?

Plötzlich legte Cora einen peinlichen, seltsamen Moment lang ihren Kopf in Frankies Schoß. Die Geste war rätselhaft – hinterher machte Frankie sich schreckliche Vorwürfe, weil sie nicht darauf eingegangen war, und suchte in ihrem Inneren nach verborgenen Gründen. Sie war überrascht gewesen, aber sie hätte wenigstens Coras Haar streicheln können. Natürlich hatte sie gerade Magnus gefüttert, die Schale in einer Hand, den Löffel in der anderen. Aber sie hätte die Schale problemlos abstellen können. Stattdessen hatte sie nur verwirrt gelacht. Was nützte es, über Nächstenliebe nachzudenken und sich einzubilden, man sei auf Situationen vorbereitet, in denen Nächstenliebe angebracht wäre, und dann verpasste man die Gelegenheit, wenn sie praktisch im eigenen Schoß vor einem lag, und schreckte sogar davor zurück. Im nächsten Moment raffte Cora sich auf, als wäre es nur ein Scherz gewesen, und machte mit dem Fegen weiter.

Sie begleitete Frankie und die Kinder nach unten zum Taxi. Sobald es um die Ecke gebogen war und sie allein auf der Straße stand, bereute Cora, dass sie geblieben war, und ging widerstrebend ins Haus zurück. Trotz seiner Abwesenheit war Robert überall präsent. Um keinen Lärm zu machen, zog sie die Schuhe aus und schlich von Zimmer zu Zimmer, als könnte irgendetwas sie überraschen; lange schaltete sie die Lampen nicht an. Vom Fenster des Schlafzimmers aus schaute sie an den Gärten entlang zum Park, wo ein letztes dräuendes Sturmlicht violett und silbrig hinter einer majestätischen Rosskastanie verschwand. Als es draußen vollends Nacht war, wandte sie sich der Dunkelheit drinnen zu und fragte sich, was sie eigentlich hier machte. Jetzt, da sie wussten, dass Robert nicht verletzt oder tot war, hatte sie kein Recht, nach ihm zu suchen. Er und sie waren nicht mehr miteinander liiert. Es war völlig verständlich, dass er Frankie angerufen hatte, aber nicht die Nachricht beantworten wollte, die Cora ihm geschickt hatte. Als sie widerstrebend durch die Wohnung ging, um die Lampen anzuschalten, fanden ihre Hände so mühelos jeden Schalter, als würde sie noch hier leben. Die Zimmer erstrahlten im Licht. Sie ordnete die Sachen auf dem Kaminsims, stellte die Stühle zurück. In den letzten Monaten, die sie hier desillusioniert verbracht hatte, waren ihr diese Überbleibsel eines eleganten älteren Londons nicht vertraut oder nostalgisch vorgekommen, sondern erstarrt und korrupt, als gehörten sie in die Kommandozentrale eines alternden Imperiums. Aber Robert war nicht korrupt.

In seinem Arbeitszimmer schaltete sie den Computer ein und googelte seinen Namen, erhielt aber nur den üblichen Link zum Ministerium. Briefe, geöffnet und ungeöffnet, lagen überall herum, aber offenbar nichts

Persönliches oder irgendwie Interessantes, nur Rechnungen, Kontoauszüge und Werbung. Auf dem Anrufbeantworter waren nur zwei Nachrichten von Elizabeth und eine von Frankie. Als sie im Kleiderschrank ihre Hände in Roberts Jackentaschen steckte, wusste sie gar nicht, was sie eigentlich suchte; da sie nichts fand, öffnete sie Schubladen und durchforstete sie. Seine Wäsche hatte er offenbar reinigen lassen, die Hemden waren schön gebügelt. Sie konnte nicht sagen, ob etwas fehlte. Am Boden einer Schublade lag, unter seinen Socken, die Schachtel mit den Ringen seines toten Vaters und eine Supermarkttüte, die ihre Briefe enthielten – jene Briefe, die sie ihm vor so vielen Jahren aus Leeds geschrieben hatte, in ihrer kindischen Gewissheit. Schon der Anblick ihrer eigenen Handschrift auf den Umschlägen erfüllte sie mit Abscheu, und sie schob sie außer Sichtweite in die Tüte zurück. Sie hätte sie am liebsten weggeworfen oder geschreddert, da sie sich dem Mädchen, das sie geschrieben hatte, kaum noch verbunden fühlte, aber es oblag nicht ihr, diese Briefe aus der Welt zu schaffen.

Natürlich hatte sie sich schon gefragt, ob Robert die Sache mit Paul irgendwie herausgefunden hatte und jetzt darauf reagierte; aber der Gedanke beschämte sie, kaum dass sie ihn dachte. Robert würde sich ebenso wenig durch eine Sexaffäre umwerfen lassen, wie er in Restaurants weinen würde. Und überhaupt, wenn sie jetzt darüber nachdachte, war sie sicher, dass Robert es immer gewusst hatte: Nicht in allen Einzelheiten, aber dass da etwas lief. Vielleicht hatte er sogar das mit der Fehlgeburt herausgefunden. Es war typisch für sie, sich mit Vorwürfen zu zermürben und zu glauben, was immer Robert zugestoßen war, müsse mit ihr zusammenhängen. Natürlich tat es das nicht. Sie sollte gar nicht hier sein und in seiner Privatsphäre herumschnüffeln.

Ihr Telefon klingelte, und sie ging aufgeregt ran, doch es war nur Frankie, die wissen wollte, wie es ihr ging.

»Du kannst immer noch zu uns kommen.«

»Nein, mir geht es wirklich gut hier, ich mache mir nur Gedanken.«

»Genau das macht mir Sorgen.«

»Konstruktive Gedanken. Aber ich habe nichts gefunden.«

Cora sagte, sie habe vor, am nächsten Morgen nach Cardiff zurückzufahren, falls in der Zwischenzeit nichts passiere, und Frankie pflichtete ihr bei, da sie jetzt wüssten, dass es ihm gut ging, sei es sinnlos, wenn sie bliebe. Während Cora am Esstisch stehend mit Frankie sprach, blätterte sie in Roberts uraltem, dickem Adressbuch aus Leder, das schon Seiten verlor und so brüchig war, weshalb es nicht verwunderte, dass er es nicht mitgenommen hatte, wohin immer er gegangen sein mochte. Wenn er Adressen daraus hätte haben wollen, hätte er sie herauskopiert – das machte er immer. Geistesabwesend blätterte sie die Seiten um und stieß auf Bar: Barbara. Die alte Adresse in Norfolk war irgendwann durchgestrichen und durch eine in Tiverton, Devon ersetzt worden. Cora verabschiedete sich von Frankie und gab, ohne recht zu wissen warum, Bars Adresse und Telefonnummer in ihr Handy ein. Dann schenkte sie sich ein Glas von Roberts Whiskey ein und machte es sich in seinem Sessel bequem, um die Nachrichten zu sehen; das Sesselpolster roch nach seinem Haar.

Ein Bericht über das Feuer im Abschiebezentrum war eines der letzten Themen in den Nachrichten; jemand vom Flüchtlingsrat wurde um eine Stellungnahme gebeten. Enthielt der Bericht etwas, das für die Regierung peinlich war? Das sollte man meinen, sagte die Frau, falls die Leute zwischen den Zeilen des Berichts lesen oder sich in diese Einrichtungen begeben würden, um mit eigenen Augen zu sehen, wie Männer und Frauen inmitten eines reichen Landes ohne jegliche Hoffnung leben müssten. Das sollte uns allen peinlich sein. Sie sprach über den Iraner, der gestorben war, und sie zeigten ein unscharfes Schwarzweißfoto von einem mit Sicherheit zu jungen Mann: gutaussehend, bärtig, das Foto verstärkte den Kontrast von schwarzem Haar und weißer Haut, verwandelte die Augen in zwei schwarze Kleckse. Cora erinnerte sich, dass der Mann mittleren Alters war; Robert zufolge hatte er in den letzten Jahren zu viel getrunken und unter einem schlechten Gesundheitszustand gelitten, er hatte sich gehen lassen. Was überall hätte passieren können. Überall wurden Menschen alt, wenn sie nicht starben.

Als Cora im Gästezimmer nachsah, ob das Bett bezogen war, entdeckte sie dasselbe Foto auf der Rückseite eines auf dem Nachttisch nach unten aufgeschlagenen Taschenbuchs. Das Bett war gemacht; das Laken unter der nachlässig darübergeworfenen Decke war zerknittert, das Kissen eingedellt. Als sie bei ihrem ersten Rundgang durch die Wohnung kurz in das Zimmer geblickt hatte, war ihr nicht aufgefallen, dass es benutzt worden war; es war schon immer der Raum, der am wenigsten von ihrem gemeinsamen Leben hier geprägt war, abgetrennt vom Ende des Wohnzimmers, das entlang der Vorderseite des Hauses verlief, sparsam und nur für Gäste möbliert, neutral wie ein Hotel. Wahrscheinlich hatte Robert hier geschlafen und die Kurzgeschichtensammlung des Iraners gelesen. Vielleicht hatte er das Buch über AbeBooks gefunden, eine Idee, auf die Cora nicht gekommen war; zum ersten Mal sah sie den Namen richtig vor sich geschrieben. Kein Wunder, dass er auf dem Bild im Fernsehen zu jung gewirkt hatte; waren die Geschichten nicht in den Achtzigern veröffentlicht worden? Sie nahm das Buch, setzte sich auf die Bettkante und las auf der Seite weiter, wo Robert aufgehört hatte. Da sie mitten in der Geschichte anfing, war es unmöglich zu verstehen, worum es ging, nur, dass es nicht das war, was Cora erwartet hatte: Keine leidenschaftlichen Unmutsbekundungen über das Leben unter einer Tyrannei (welche Tyrannei eigentlich? In Gedanken musste sie kurz verschiedene Jahreszahlen durchgehen), sondern ein Mann, der sich offenbar mit seiner Frau um deren Mutter stritt. Seine Art zu schreiben war sehr persönlich: emotionslos und absurd, komisch. Eher trocken, in einem spärlichen, knappen Stil, ohne atmosphärische Ausschmückungen oder genaue Beschreibungen von Menschen und Orten. Cora war erleichtert; sie hatte damit gerechnet, dass man ihr in den Geschichten ihr privilegiertes Leben im gleichgültigen Westen vorwarf. Nach ein paar Seiten legte sie das Buch beiseite, um später weiterzulesen, wenn sie zu Bett ging.

Sie überlegte, ob sie in Roberts Bettzeug schlafen oder es frisch beziehen sollte? Im Sitzen legte sie probehalber den Kopf auf das von ihm benutzte Kissen. In ihrer neuen Position konnte sie durch das Fenster sehen, wie die Äste einer Linde heftig und scheinbar geräuschlos an eine Straßenlampe schlugen, die ein dunstiges kaltes Licht verströmte. Vielleicht hatte Robert diese Szene auch betrachtet; wie sie, schlief auch er lieber bei offenen Fenstern und nicht zugezogenen Vorhängen oder Jalousien. Es wäre tröstlich, in dem unordentlichen Bett im Abdruck seines Körpers zu schlafen, er würde es nie erfahren. Wahrscheinlich hatte er in diesem Zimmer Zuflucht gesucht, weil der Rest der Wohnung von ihrem alten Leben besetzt war und er nicht in ihrem Ehebett schlafen wollte. Cora verstand das alles. Ihr Telefon piepte, und gerade als sie rangehen wollte, sah sie, dass es nur eine Nachricht von ihrer Freundin Valerie war, die mitteilte, sie habe Karten für *L'Orfeo* bekommen.

Cora hatte Bar nie kennengelernt. Als sie sich vor all den Jahren auf Robert fixiert hatte, hatte sie Frankie über ihren Bruder ausgefragt und herausgefunden, dass es ab und zu eine Freundin gab, die jedoch – nach Ansicht der Schwester – nicht zufriedenstellend war. Frankie sagte das, bevor sie wusste, dass Cora ihn wollte. Bar sei ein kleiner Familienwitz: Die Tochter von Freunden ihrer Eltern, ein absolutes Landei. Sie nahm an Querfeldeinrennen teil, trank mit den Männern, konnte Feministinnen nicht ausstehen und trug manchmal eine flache Jockey-Kappe. Als Kinder hatte man Robert und Bar anscheinend immer zusammengesteckt, wie Schulsprecher und Schulsprecherin, weil sie stark und vernünftig waren und wussten, wie Maschinen funktionierten.

»Ich befürchte, dass er sich irgendwann auf Bar festlegt«, hatte Frankie gesagt, »aus reiner Freundlichkeit.«

Bei Frankies Abschlussfeier hatte Robert sich geduldig gelangweilt, und Cora hatte ihn zunächst nur beobachtet, weil sie seinen schwerfälligen Bärengang und seine höfliche, undurchdringliche Scheu ungewöhnlich fand. Frankie und ihre Schwester Oona waren im Gegensatz dazu ein lautes, cleveres Spektakel. Robert wirkte kühl, aber wenn ihn etwas amüsierte, flammte aus dem Inneren einer dunklen Höhle ein Licht auf. Er hätte nicht bemerkt, dass Cora ihn im Auge hatte: Sein Wesen war nicht auf Beachtung von außen gepolt. Als er die beiden Mädchen mit einigen ihrer Freundinnen nach der Feier zum Essen ausführte und für alle zahlte, war er das Gravitationszentrum ihres Kreischens und Planens und tränenreichen Abschiednehmens, ohne dass er selbst viel sagte, nur einmal unterhielt er sich mit Cora über seinen eigenen Abschluss in Anthropologie und meinte, eine bessere Vorbereitung auf die Politik könne er sich nicht vorstellen.

Cora fragte nach dem Aussehen von Bar, worauf Frankie zu erklären versuchte, dass sie nicht schön sei, aber dennoch sexy. »Man versteht, warum die Leute sie mögen.«

»Die flache Jockey-Mütze.«

»Ein bisschen wie ein Pferd. Nein, das ist billig. Eher eine Hirschkuh auf Distanz: knochiger Kopf und rollende Augen, zieht sich zurück, wenn man ihr zu nahe kommt, weicht immer aus. Nicht dass ich je eine Hirschkuh auf Distanz gesehen hätte, außer in Gemälden. Sie sieht aus wie eins dieser Gemälde.«

Am Tag, nachdem Cora Robert bei der Abschlussfeier getroffen hatte, schrieb sie ihm unter dem Vorwand, dass sie sich für den Verwaltungsdienst interessiere, und fragte ihn, ob sie ihn in Whitehall besuchen könne. Er schrieb entgegenkommend zurück und bot an, sie zum Mittagessen auszuführen. Später hatte sie Fotos von Bar gesehen, wenn auch nicht viele: Robert hielt nicht viel vom Fotografieren. Er hatte sich auch nicht die Mühe gemacht, die Fotos von Bar wegzuwerfen, sondern sie nur aus Anstand in eine Schublade seines Schreibtisches gepackt, nachdem er mit ihr Schluss gemacht hatte: Einschließlich eines gerahmten alten Studioporträts von ihr, das sie ihm vermutlich geschenkt hatte. Cora war nicht unbedingt eifersüchtig auf diese Bilder, aber als Robert nicht da war, hatte sie danach gesucht und sie genau studiert, um herauszufinden, welcher Art ihre Beziehung gewesen sein könnte. Wenn sie Robert nach Bar fragte, antwortete er nichtssagend (»sie war eine alte Freundin der Familie«). Auf den Fotos war Bar unscharf, blond, schmales Kinn, eindringlich: auf einer Yacht, zu Pferd, an Roberts Arm in einem unmöglich glitzernden Ballkleid, Schlitz bis zum Oberschenkel, in dem sie irgendwie eher sportlich als nuttig wirkte. Hätte Frankie es nicht erwähnt, dann hätte sie nie an eine Hirschkuh gedacht, doch es stimmte, Bar war sehnig und langbeinig, mit einem leicht schielenden Auge, nicht unattraktiv. Nur auf dem Porträt – aufgenommen, als sie noch sehr jung war – zeigte sich ihr mythisches Ich, das in schwärmerisch verträumtem Profil in den schwarzen Hintergrund des Studios starrte. Cora war von diesem Bild so ergriffen, als wäre Bar eine Tote.

Sie schlief nicht gut in dem Gästebett, obwohl die Matratze teuer gewesen war und besser als die in Cardiff. Ihre Träume waren oberflächlich, und sie wachte mehrmals auf, als Lichter von auf der Straße vorbeifahrenden Autos über die Decke schweiften. Danach war es seltsam zu begreifen, wo und warum sie hier war. In der Dunkelheit schien Roberts Verschwinden weniger erklärbar, unheilvoller; schreckliche Szenarien wanderten durch ihre Gedanken, bis sie irgendwann wieder in Träume übergingen. Sie war erleichtert, als sie am Morgen endlich aufstehen konnte. Nachdem sie geduscht hatte, goss sie die Milch in den Abfluss und räumte alles weg, was auf ihre Anwesenheit in der Wohnung hinwies, warf den Müll draußen in die Tonne. Dann kaufte sie sich in einem dampfigen Café in Paddington etwas zum Frühstück und rief Annette an, um ihr mitzuteilen, dass sie am Montag wieder zur Arbeit kommen würde.

Sie dachte nur noch daran, in den nächsten Zug zurück nach Cardiff zu steigen. Gehorsam wartete sie unter dem Orakel der Abfahrtstafeln, und als es Zeit wurde, zeigte sie ihre Fahrkarte und suchte sich einen Platz. Regen wehte gegen das Fenster, und Cora konnte sich nicht auf den *Guardian* konzentrieren, den sie gekauft hatte. Auch das Buch mit den iranischen Kurzgeschichten hatte sie dabei: Sie hatte es in letzter Minute in die Tasche gepackt, weil sie nicht wollte, dass Damon es fand, falls er zurückkäme. Doch auch das konnte sie nicht lesen, sie konnte gar nichts lesen. Die Abfahrt aus London an einem Freitag hatte immer eine gravitationsbedingte Unausweichlichkeit, wie Maschinen, die für das Wochenende ihren Betrieb einstellen; jeder Nerv in ihr schien sich dagegen zu sträuben. Sie dachte an das Buch, das irgendwo im Dunkeln zwischen ihren Pyjamas, ihrem Kulturbeutel und der Unterwäsche von gestern lag, an seine Bedeutung, die über den Inhalt hinausging. Dann stand sie unvermittelt auf, als der Zug in Bristol Parkway einfuhr, holte Tasche und Schirm von der Gepäckablage und fragte an der Information, wann ein Zug nach Tiverton fuhr.

Es passte zu ihrer Stimmung, dass Parkway eigentlich kein Ort war, kaum ein Gebäude: zusammengeschraubter Stahl an einem Punkt irgendwo auf der Landkarte, außerhalb der Stadt. Sie vertrieb sich die Zeit in dem lieblosen Warteraum, lief zwischendurch auf dem Bahnsteig auf und ab. Aus einem unerfindlichen Grund hatte sie sich in die Idee verstiegen, dass Robert bei Bar war, wo immer sie lebte; obwohl es sie nichts mehr anging, sagte sie sich, und egal, ob er dort war oder nicht. Als sie in Tiverton ankam, war es Nachmittag und grau, aber es regnete nicht. Der Bahnhof befand sich außerhalb der Stadt. Sie dachte daran, Bar anzurufen und ihr Kommen anzukündigen, überlegte es sich dann anders.

Ein Taxifahrer sah sich die Adresse an und erklärte ihr, das sei gar nicht in Tiverton, sondern eine halbe Fahrtstunde entfernt; Cora sagte, es spiele keine Rolle, was es koste, und hob noch etwas Geld aus dem Automaten ab. Unterwegs ging sie aufrichtig mitfühlend auf den Kleinkrieg des Taxifahrers mit seinem Schwiegersohn ein, die Streiterei um die Enkel, die schlecht behandelte Mutter, die unhaltbare Eifersucht des Schwiegersohns nach seinem eigenen Fehltritt. Das Taxi schlängelte sich durch eine üppig grüne Landschaft, durchdacht besiedelt, meist wohlhabend. Riesige Felder erstreckten sich hinauf zu breiten bewaldeten Hügelkuppen. Mehrmals mussten sie anhalten, um auf der Karte nachzusehen, und schließlich fragten sie in einem Pub.

Als das Taxi auf dem Schotter vor dem Haus hielt, das anscheinend Bar gehörte – ein schäbiger frühviktorianischer Kasten, dunkel unter Bäumen, einzigartig nur wegen seiner Unansehnlichkeit, mit den zumeist geschlossenen Jalousien, einem matschigen betonierten Vorhof, auf dem sich Schrott türmte, ein altes Bettgestell, Fahrräder, eine verrostete Egge –, und der Augenblick des Bezahlens und Abschiednehmens kam, waren sie einander plötzlich zu vertraut und konnten sich nicht in die Augen sehen. Cora kam mit den Prozenten durcheinander, gab ein Trinkgeld, das sie ziemlich großzügig fand, und erkannte zu spät, dass es zu wenig war. In ihrer Aufregung vergaß sie, den Fahrer zu bitten, auf sie zu warten, falls niemand zu Hause wäre. Als der Lärm des wegfahrenden Autos nachließ, sank ihre Laune und sie kam sich idiotisch vor. Das Haus war offenbar leer.

Sie hatte sich vorgestellt, florierende Pferdeställe oder einen Bauernhof vorzufinden. Selbst wenn es nicht leer wäre, hatte sie hier nichts zu suchen. Sie war ins Herz des Nichts vorgedrungen. Robert und Bar waren seit Jahren nicht mehr in Kontakt gewesen, wie war sie nur auf die Idee verfallen, er könnte ihre aktuelle Adresse haben?

Aber da sie nun schon hier war, konnte sie es ebenso an der Tür versuchen: breit, schwarze abblätternde Farbe, zu erreichen über ein paar Steinstufen mit einem schmutzigen, eisernen Fußabstreifer, flankiert von feuchten Säulen. Ein Klingelzug hing tot in der Luft, also benutzte sie den Klopfer. Während sie wartete, entdeckte sie einen neben einer überwucherten Eibenhecke geparkten alten Vauxhall-Kombi, fleckig, voller Nadeln und Beeren, aber nicht heruntergekommen, auch wenn es nicht der glänzende Geländewagen war, mit dem sie gerechnet hatte. Sie wollte gerade aufgeben – und sich den Folgen ihres dummen spontanen Besuchs stellen –, als sich jenseits der Tür Schritte näherten und sie schwungvoll geöffnet wurde. Hinter der Frau, die feindselig herausspähte, spiegelte sich in einem goldgerahmten Spiegel hinten im Flur das helle Rechteck der Türöffnung. Eine schwach erhellte Energiesparbirne baumelte nackt am Ende eines Kabels. Ein alter Hund trottete aus dem Halbdunkel, pflichtbewusst aus dem Schlaf gerüttelt.

»Barbara?«

»Ja.«

»Ich bin's, Cora. Roberts Frau. Entschuldigen Sie. Ich

weiß, es ist schrecklich, ohne Vorwarnung hier aufzutauchen. Kann ich kurz mit Ihnen sprechen?«

Sie konnte nicht einschätzen, wie Bar auf ihre Präsenz reagieren würde. Cora hätte Bar nicht wiedererkannt, wäre sie auf ihren Anblick nicht vorbereitet gewesen. Mit den alten Fotos hatte sie keinerlei Ähnlichkeit mehr: Sie war in die Breite gegangen, wodurch sie kleiner wirkte, ihr langes ergrauendes Haar war dicker und spröder geworden. An den Schläfen war es unpassend mädchenhaft aus dem Gesicht gezogen und oben auf dem Kopf mit einer schlaffen Schleife gebunden, wie bei Alice im Wunderland. Nur die lange Nase und das verächtliche leichte Schielen zeigten Spuren der alten sportlichen Energie: das Gesicht ringsum war von orakelhaft ausdrucksvollen Falten gezeichnet. Die Tränensäcke unter ihren Augen waren gewitterfarben – sie sah älter als fünfzig aus. Sie trug einen schmutzigen Leinenkittel über ihrer Jeans und hielt ein Stück Toast mit Marmelade außer Reichweite des Hundes. Cora hatte nicht mit diesem exzentrischen Auftritt gerechnet: Ihre Hoffnung sank, und sie fragte sich, ob sie die Kraft für eine Auseinandersetzung mit Bar hätte. Sie hatte sich vorgestellt, einem starken, klugen und undurchdringbaren Willen zu begegnen.

Bar blieb weiter stur in der Tür stehen. »Ich habe noch nicht mal angefangen zu arbeiten. Sie müssen wissen, ich halte feste Arbeitszeiten ein.«

»Ich hätte am Bahnhof anrufen sollen. Tut mir leid, das war eine dumme Idee. Ist allein meine Schuld. Und jetzt ist auch noch das Taxi weg. Ich bin eine totale Idiotin. Wenn Sie mir die Nummer von einem hiesigen Unternehmen geben, rufe ich mir ein anderes Taxi.«

Wenn sie irgendwie ins Haus käme, dachte sie, würde sie wissen, ob Robert in der Nähe war. Bar seufzte theatralisch und biss missmutig in ihren Toast. »Wenn Sie schon da sind, können Sie meinetwegen auch das Zeug sehen. Wollen Sie einen Kaffee? Ich hab eben eine Kanne gemacht. Aber ich warne Sie, ich trinke ihn stark.«

Welches Zeug?, fragte Cora sich.

Während sie Bar und dem Hund durch das Haus folgte – mehrere Zimmer, dann ein Durchgang, dann eine kalte Küche –, nahm sie nur die gewaltige Verwahrlosung und das Chaos wahr und dass die Möblierung ihresgleichen suchte: ein geschnitztes Sideboard, groß wie ein Schiff, ein Glaskasten mit ausgestopften Kolibris, eine Jukebox (»die gehört meinem Mann, sie funktioniert«), ein herrschaftlicher Kamin, ein Steinengel, ein vergammelter Union Jack, der in Fetzen von der Decke hing. Es gab Fahrräder in besserem Zustand als die draußen, einen Riesenfernseher, eine Playstation, mit Klebepads befestigte Kinderzeichnungen. An den Wänden und auf den Regalen drängte sich Kunst, nachtdunkle viktorianische Ölbilder (Kühe in einem Fluss? Pferde?) neben Expressionismus, Collagen, ein Keramiktorso in Fetischausrüstung. Mit einem Mal empfand Cora die Kunst in ihrem Haus als das, was sie war: spießig und prüde. Überall roch es nach Hund. Auf dem Küchentisch stand eine offene Brandyflasche neben einer Packung Schnittbrot und einer vollen Stempelkanne.

»Nicht so schlimm, wie es aussieht«, sagte Barbara.

»Nur ein Schluck in meinen Kaffee, damit ich in Schwung komme. Wollen Sie auch einen? Ich sollte zu normalen Zeiten arbeiten, aber tagsüber fällt mir absolut nichts ein, bei mir geht es erst los, wenn alle im Bett liegen. Nachmittags bastle ich nur im Atelier herum, räume auf, überlege, ob ich alles wieder abkratze, was ich in der Nacht davor gemacht habe. Bis mein Sohn nach Hause kommt.«

Bar war schrullig, ziemlich ruppig und schroff, aber ihr Auftritt war unverfroren, als würde ihr diese Selbstinszenierung oft abverlangt und sogar, sie zu übertreiben. Cora nahm den Brandy an. Barbaras Hände waren verwaschen rosa, dickfingrig, unlackierte Nägel. Der Kaffee war dick und schmeckte bitter, Cora löffelte Zucker hinein. »Sie haben einen Sohn? Das ist schön. Wie alt ist er? Haben sie noch mehr Kinder?«

»Nur Noggin – der eigentlich Noah heißt. Er ist neun. Zehn, zehn natürlich. Wenn dir solche Fehler am Schultor unterlaufen, melden sie dich gleich bei den sozialen Diensten. Deswegen schicke ich meistens meinen Mann, um ihn abzuholen.«

»Sie sind also Malerin?«

Barbara musterte Cora leicht irritiert und aß ihren Toast auf. »Wenn Sie nicht sicher sind, was wollen Sie dann hier?«

»Ich bin Roberts Frau. Ich suche ihn.«

»Jetzt bin ich enttäuscht. Ich dachte, Sie wollen ein Bild kaufen. Meine Agentin hat eine Kundin angekündigt, ich dachte, das wären Sie. Robert wer? Sie sind aber keine betrogene Ehefrau, oder?« Sie lachte laut auf.

»Von denen war schon lange keine mehr bei mir. Ich warne Sie, Gummo beißt, wenn es irgendwie hässlich wird. Wir hatten eine ganze Reihe von Hunden, die nach den Marx Brothers benannt waren. Der Name hat nichts damit zu tun, dass ihm irgendwelche Zähne fehlen.«

»Ich bin keine betrogene Ehefrau«, sagte Cora.

Sie erklärte, welchen Robert sie meinte.

»Allmächtiger Gott: *der* Robert! Den hab ich schon seit Jahren nicht mehr gesehen. Sie sind also *Cora*! Sind Sie nicht abgehauen? Das hat mir jemand erzählt.«

»Wir sind getrennt«, erwiderte Cora. So wie sie das Wort aussprach, klang es krittelig und pingelig. »Aber weil er vermisst wird, hat man mich bei der Suche nach ihm hinzugezogen. Ich weiß nicht, warum ich dachte, er könnte hier sein.«

»Das weiß ich auch nicht. Was meinen Sie mit ›vermisst‹?«

Cora erklärte es ihr. Auf dem Frühstückstisch lag eine Ausgabe des *Telegraph* noch unausgepackt in der Plastikhülle. Barbara riss sie auf, während Cora weiterredete, legte sie flach auf den Tisch, bestrich noch eine Scheibe kalten Toast und blätterte geräuschvoll die Seiten um.

»Ah, da ist es«, sagte sie. »Armer alter Bingo.«

»Bingo?«

»Robert, Bobby, Bobby Bingo. Da ist sogar ein Bild von ihm. Forderungen nach seinem Rücktritt. ›Lasche Führung‹, heißt es. So ein Unsinn. Mich wundert, dass solche Heime nicht öfter brennen, wenn sie so voller

Terroristen sind. Kein Wort, dass er das Weite gesucht hat.«

Auch das übliche Bild des toten Iraners war abgedruckt. Roberts Foto zeigte ihn auf dem Weg zur Untersuchung, es musste also in den letzten paar Wochen aufgenommen worden sein. Cora suchte das Bild nach Anzeichen von Verzweiflung ab; doch er war weit weg von ihr, kompetent, gefangen in seiner öffentlichen Rolle, und schaute nur zufällig und indirekt in Richtung Kamera. Lächelnd sagte er etwas zu einem Kollegen, was den Anschein erweckte, dass er fröhlich und unempfänglich für den Ernst der Lage war.

»Er hat noch mehr Haare als einige meiner alten Freunde«, sagte Barbara. »Ich dachte immer, dass er mal schrecklich spießig wird, wenn er zu lange bei der Behörde bleibt. Ist er spießig geworden? War das der Grund für die Trennung?«

»Nein«, erwiderte Cora steif, »nichts dergleichen. Robert ist ein sehr unabhängiger Mensch. Ich kann mir nicht vorstellen, warum er verschwunden ist. Das sieht ihm nicht ähnlich, auch wenn diese Untersuchung den Fall über alle Maßen aufgeblasen hat. Er wird spielend mit allem fertig. Wovor sollte er Angst haben? Er würde das durchstehen.«

»Wie auch immer, hier ist er nicht.«

»Ich habe einen Fehler gemacht, es war dumm von mir.«

Bar schlug Cora vor, sich ihre Bilder trotzdem anzusehen, wo sie nun schon mal da sei. Vielleicht hoffte sie, doch noch ein Geschäft zu machen. Sie sei völlig abgebrannt, sagte sie – ihre Familie laufe Gefahr, dass man ihr das Haus wegnehme. Ihr Mann, ein Landschaftsarchitekt, arbeite zurzeit an einem Auftrag auf Fair Isle und baue eine Dammstraße. Fotos mit einer Reihe von Pfählen in seichtem Wasser und ein mit weißen Steinen markierter Pfad, der sich um einen Hügel wand, gehörten offenbar zu seiner Arbeit. Bars Atelier befand sich in einem langen Dachbodenanbau, sauberer und heller als der Rest des Hauses. Cora war bereit, die Bilder nicht zu mögen, aber ihre Erwartungen wurden untergraben, denn sie waren weniger direkt, phantastischer: Röcke und Petticoats aus echtem Stoff waren in rosa-gelben Gips getunkt und dann in eine dunkle Farbfläche eingebracht, wo sie zu steifen, rissigen Objekten vertrockneten. Durch Übermalungen an manchen Stellen wurden Effekte erzielt, die wie Stickereien oder rostbraune Blutflecke anmuteten. Was für eine Überraschung, dass diese kurz angebundene, ruppige Frau sich in ihrer Kunst mit Weiblichkeit beschäftigte, einem Thema, das Coras Meinung nach ihr vorbehalten war. Bar schien vergessen zu haben, dass Cora nur gekommen war, um Robert zu suchen, und sprach über Prozesse, die ihr Gegenüber offenbar faszinieren sollten.

Cora sagte, sie habe nicht gewusst, dass Bar Künstlerin sei, Robert habe es nie erwähnt.

»Jahrelang habe ich nur herumgespielt und nichts Ernsthaftes gemacht. Und Sie glauben es nicht, aber in dem Monat, als Hyman mich unter Vertrag nahm, stellte ich fest, dass ich schwanger war. Verdammt! Klassischer Fall von Spätentwickler.«

Cora litt, sie war am Boden zerstört. Dies war die Welt, in die Robert eigentlich gehörte, eine Welt, in der alle Spitznamen füreinander hatten – Bingo und Bobs und Bar. Alles, was sie taten, wurde irgendwie wichtig, auch wenn sie sich am Anfang nur für Pferde und Jagdbälle interessiert hatten. Bar blieb vage, was die Preise betraf, fand aber die Liste von einer alten Ausstellung, nach der sie für Cora unerschwinglich waren. Wenn Bar fragen würde, dachte Cora, was sie mache, würde sie die Bibliothek nicht erwähnen, sie würde sagen, sie unterrichte Literatur.

Mit einem spitzen Schrei erinnerte Barbara sich an Noggin.

»Riecht man den Brandy? Sie halten mich für eine teuflische Mutter. Wahrscheinlich haben sie schon eine passende Pflegefamilie im Auge.«

Sie bot an, Cora zum Bahnhof zu fahren, wenn ihr der Umweg zur Schule nichts ausmache, die im Nachbardorf sei. Cora war dankbar und wollte nur entkommen. Gummo lag eingerollt hinter dem Beifahrersitz und verströmte im engen Innenraum des Autos einen strengen Geruch nach altem gekochtem Gemüse. Bar fuhr schnell, und wenn ihr auf den einspurigen Straßen ein Fahrzeug entgegenkam, bremste sie abrupt, schimpfte und setzte geschickt zurück. Am Ende waren sie dann zu früh dran und mussten vor der Schule in einer Schlange geparkter Autos warten, weil Bar nicht aussteigen und sich die anderen Mütter auf dem Pausenhof antun wollte.

»Ein gruseliger Mikrokosmos, oder?«

Cora erwiderte, damit kenne sie sich nicht aus, sie habe keine Kinder.

»Glück gehabt. Die anderen Eltern passen auf, ob man das falsche Waschpulver verwendet oder seinen Kindern Laudanum zum Einschlafen gibt. Ich wünschte, ich könnte welches in die Finger kriegen. Nog ist außer Kontrolle, weil sein Vater nicht da ist. Er randaliert. Ich kann von Glück reden, wenn er vor Mitternacht im Bett liegt. Und ich kann mich erst an die Arbeit machen, wenn er schläft.«

Die Schule war ein viktorianisches Gebäude mit getrennten Eingängen für Jungen und Mädchen und lag hinter einer altehrwürdigen Kirche; das waren noch Zeiten, sagte Bar. Dann saß sie mit geschlossenen Augen zusammengesunken hinter dem Lenkrad, um anzudeuten, wie sehr diese permanente Selbstdarstellung sie erschöpfte. Als sie die Augen wieder öffnete, sprach sie über Robert, als hätten sie das Thema nie aufgegeben.

»Eigentlich ist es gar nicht so untypisch, dass er einfach hinschmeißt. Soweit ich mich erinnere. Er ist ein ziemlicher Kämpfer. Aber das wissen Sie wahrscheinlich. Rücksichtslos. Nach der Schule war er zum Beispiel völlig heiß darauf, zum Militär zu gehen – was ich für verrückt hielt. Dann ist am Anfang der Grundausbildung irgendwas passiert, das ihn dazu bewogen hat, seine Meinung zu ändern, und er ist einfach verschwunden.«

Cora starrte mit versteinerter Miene durch die Windschutzscheibe, eifersüchtig auf Bars Vorwissen über

Robert. Von einer Geschichte, dass er hatte zum Militär gehen wollen, wusste sie nichts.

»Buchstäblich verschwunden. Er hat sich auf den Weg gemacht und ging nach Hause. Na ja, ich nehme an, er ist mit dem Bus gefahren. Aber auf direktem Weg nach Hause. Natürlich hatte er eigentlich kein Zuhause, nachdem seine Eltern verunglückt waren. Ich rede also vom Haus meiner Eltern, wo er früher sehr gerne war. Wegen seiner Flucht bekam er alle möglichen Schwierigkeiten; die Leute mussten sich die Füße heiß laufen und Beziehungen spielen lassen, damit er ungestraft davonkam. An die Einzelheiten erinnere ich mich nicht. Wenn er mit etwas fertig ist, lässt er es einfach fallen und zertrampelt es auf dem Weg zur nächsten Sache. Ich kann da mitreden. Bingo war mein liebster, bester Freund, als wir Kinder waren. Wirklich schade. Wir hätten nie miteinander in die Falle gehen sollen. Das vermasselt alles, immer. Meide das Bett. Für Sie ist das natürlich zu spät. Aber der Rat ist gut. Und der beste Liebhaber war er auch nicht gerade. Es stört Sie sicher nicht, wenn ich das sage, da Sie getrennt sind.«

Dann erschien Noggin, mitgeschwemmt in einer Flut von Kindern, klein und blass, unter den Augen dieselben dunklen Ringe wie seine Mutter. Er drückte ihr gleichgültig ein paar Zeichnungen in die Hand (»Nog, die sind wirklich phantastisch«), schlang seine Tasche über den Rücksitz und verkündete wie ein trauriger kleiner Prinz, dass ihm übel würde, wenn er nicht vorne sitze. Cora bot nicht an, den Platz mit ihm zu tauschen. Sie fand es schwer vorstellbar, dass er randalierte.

»Gummo stinkt das ganze Auto voll«, beschwerte er sich.

Barbara setzte Cora am Bahnhof ab.

»Haben Sie daran gedacht, ihn in unserem alten Haus in der Nähe von Ilfracome zu suchen?«, fragte sie in letzter Minute, aus dem Autofenster gelehnt. »Wie gesagt, früher war er da sehr gern. Er und seine Schwester waren oft da, bevor ihre Eltern starben. Mein Bruder und ich halten das Haus immer noch – leisten kann ich es mir nicht, aber Sie wissen schon, es ist unsere Kindheit. Bing hat dort viele glückliche Ferien verbracht.«

»Wo ist das?«

Bar erklärte ihr, wie sie dort hinkam, und dann erinnerte Cora sich, dass sie mal ein paar Tage in dem Haus verbracht hatte, als sie und Robert frisch zusammen waren. »Mir war nicht klar, dass es Ihnen gehört.«

»Sieht ihm ähnlich, Ihnen nichts zu sagen.«

Aber Cora beschloss, nicht nach Ilfracome zu fahren. Wenn Robert dort war, hieß das, dass er nicht von ihr gefunden werden wollte.

Als Cora im Zug die Beilage des *Guardian* aufschlug, entdeckte sie einen Artikel von Paul: eine Doppelseite über seine Kindheitslektüre. Gefangen auf ihrem Fensterplatz – eine Frau neben ihr hämmerte unerbittlich auf ihre Tastatur ein –, schnappte sie kurz nach Luft, zerknüllte die Seiten auf ihrem Schoß und schöpfte Zuversicht aus der ruhig und kühl vorbeiziehenden Landschaft draußen; ein grüner Hügel, ein kleiner Birkenhain. Sein Bild, auf das sie so unerwartet gestoßen war, traf sie wie ein Schlag. Sie hatte nie ein Foto von ihm besessen, abgesehen von dem nicht mehr aktuellen auf dem Rückendeckel seiner Bücher. Sie betrachtete es noch einmal. Sein schwarzweißes Viertelprofil zeichnete sich finster starrend vor seinem Bücherregal ab. Es war schmerzhaft, aber Cora musste die Vorstellung zulassen, dass er in seinem Haus irgendwo im Monnow Valley ein Arbeitszimmer hatte. Die Titel auf den Buchrücken konnte sie nicht erkennen. Pauls Haar war unordentlich, und sie fand, dass seine vergeistigte, sorgenvolle Ernsthaftigkeit für die Kamera gestellt wirkte. Er war schon nicht mehr ganz der Mann, den sie gekannt hatte, verändert durch was immer ihm seit ihrer Trennung widerfahren war: die vollen, bleichen Lippen waren prägnanter, die Haut wirkte rauer, die Kinnpartie war fülliger. Er hatte ihr nie gehört.

Auch ein Kindheitsfoto war abgebildet, das fast noch verletzender war – die Socken ordentlich hochgezogen, die magere Brust wie in Habachtstellung vorgereckt, das der Mutter oder dem hinter der Kamera Stehenden dargebotene Gesicht allzu strahlend. Cora war nicht sicher, ob sie es ertragen könnte, den Artikel zu lesen – und las ihn dann doch. Paul erinnerte sich, wie er sich als Junge aus der Zentralbibliothek in Birmingham Naturbücher ausgeliehen hatte. Damals, schrieb er, habe er sich die Natur als platonische Andeutung einer realen Wirklichkeit vorgestellt, die außerhalb der bebauten Höhle seiner heutigen Stadt lag: Die Listen von Vogelnamen und Diagramme von Tierfährten waren Symbole eines transzendenten anderen Ortes. Dieses Bibliotheksgebäude hatte die in den Sechzigern abgerissene viktorianische Präsenzbibliothek ersetzt und war inzwischen selbst ersetzt worden. Damit sei nach dem Tod seiner Mutter die letzte Verbindung zu seiner Vergangenheit in der alten Stadt gekappt worden.

Seine Mutter war also gestorben.

Und seine älteste Tochter hatte offenbar ein Kind bekommen; er war Großvater, was irgendwie seltsam war. Seine Tochter lebte jetzt offenbar bei ihnen oder in ihrer Nähe, denn er ließ durchblicken, dass er seine Enkelin täglich sah.

Cora hatte das Gefühl, als lese sie diese Dinge über einen Fremden.

Vor langer Zeit hatte sie geglaubt, das Leben lege einen wachsenden Speicher von Erinnerungen an, die sich im Laufe der Zeit zunehmend festigten und verdichteten und ein Schutz vor der Leere waren. Aus jeder ihrer Lebensphasen hatte sie Relikte angehäuft, als wären sie heilig. Jetzt erschien ihr dieses Erfahrungsmodell als ein hohler Trost. Die Gegenwart war insofern immer vorrangig, als sie einen zwangsläufig vorwärtstrieb: leer, aber auch frei. Egal, welche Geschichten man sich und anderen erzählte, in Wirklichkeit stand man immer ungeschützt und nackt in der Gegenwart, ein Bug, der neue Wasser zerteilte; die eigene Vergangenheit blieb bedeutungslos zurück, sie verflüchtigte sich, geriet in Vergessenheit, ihre Formen wurden obsolet. Das Problem war, dass man immer noch lebte, bis zum Ende. Man musste etwas tun.

Robert spürte den Nachmittag draußen, ohne ihn zu sehen: verhalten grau, bedeutungslos. Ein seidiges, unbestimmtes Licht ließ den Eindruck entstehen, als stünde alles aus Gleichgültigkeit still; der Sommer war vorbei, die Blätter hatten ihren Zauber verloren, waren nur noch eine schlichte Tatsache. Schritte, die sich auf der Straße näherten und vorbeigingen, rüttelten ihn nicht auf. Er war in Coras Haus in Cardiff, saß mit dem Rücken zum Fenster im vorderen Zimmer, an dem Holztisch, den sie als Schreibtisch benutzte (allerdings nicht oft), und schrieb auf ihrem Laptop einen Brief, wählte mit der rechten Hand sorgfältig die Buchstaben aus, weil seine linke (er war Linkshänder) bandagiert war und in einer Schlinge hing. Die Luft im Haus war leicht muffig – er war seit zwei Tagen hier, um auf sie zu warten, und hatte weder Fenster geöffnet noch es geschafft, sein benutztes Geschirr abzuwaschen, das sich in der Küchenspüle türmte, obwohl er fest entschlossen war, den Abwasch bald in Angriff zu nehmen (bisher hatte er sich damit herausgeredet, dass der Verband die Hausarbeit erschwere). Um Cora nicht zu verpassen, war er seit seiner Ankunft nicht ausgegangen, aber in ihrer Gefriertruhe war Essen gewesen, selbstgekocht und ordentlich beschriftet mit ihrer großen klaren Handschrift. Beim Auftauen und Erhitzen der Suppe und des Shepherd's Pie in der Mikrowelle hatte er eine komische, zarte Verbindung zu ihr gespürt, wenn auch nur wegen seines Diebstahls; als er dann allein ihr Essen verzehrte, verließ ihn diese gefühlte Verbindung. Er wusste nicht, was sie davon halten würde, dass er hier eingedrungen war und sich zwischen ihren Sachen häuslich eingerichtet hatte. An diesem Morgen war ihm die Milch ausgegangen, er trank seinen Tee und Kaffee schwarz.

Robert hatte den Fernseher bewusst kein einziges Mal eingeschaltet. Er wollte nicht wissen, ob es viel Wirbel um ihn gab – oder auch nicht, was wahrscheinlicher war (er machte sich nichts vor, was seine Bedeutung betraf). Auch den Computer hatte er erst geöffnet, als er sich hinsetzte, um diesen Brief zu schreiben; und auch telefoniert hatte er hier zum ersten Mal vor zwanzig Minuten, als Frankie ihn auf seinem Handy anrief. Er wusste kaum, wie er die ganze Zeit seit seiner Ankunft hier verbracht hatte. Am Anfang hatte er natürlich jeden Moment mit Coras Rückkehr gerechnet. Bei seiner Ankunft gestern hatte er nicht vorgehabt, das Haus ohne ihre Erlaubnis zu betreten; als er jedoch in den kleinen betonierten Bereich vor dem Haus einbog, hatte er sofort gesehen, dass ihr Schlüssel in der geschlossenen Tür steckte. Robert klingelte und klopfte, aber niemand kam; wahrscheinlich hatte Cora die Tür hastig aufgeschlossen und dann das Haus später wieder verlassen, ohne zu bemerken, dass sie die Schlüssel nicht eingesteckt hatte. An ihrem Schlüsselring baumelten – neben einem zerknäuelten Zierband mit Perlen, matt vom vielen Schütteln am Boden der Tasche – noch andere Schlüssel, einschließlich eines Zapfenschlüssels, der Roberts Einschätzung nach zu der Londoner Wohnung gehörte. Ein Glück, dass er vorbeigekommen war, bevor jemand sie entdeckte. Er hatte gezögert, ehe er die Haustür aufschloss. Aber es wäre übertrieben taktvoll gewesen, draußen auf Cora zu warten, um ihr den Schlüssel zu geben, damit sie ihre Tür selbst aufschloss. Er hoffte, sie würde nicht glauben, dass sich hinter der Rettungsaktion ihrer Schlüssel ein Vorwurf oder Schadenfreude verbarg.

Am Anfang war er in den Zimmern umhergeschlendert, hatte alte Zeitungen aufgehoben, kurz angelesen und dann weitergeblättert. Er gab sich zunächst große Mühe, nichts in sich aufzunehmen: Eigentlich sollte er nicht hier sein, deshalb durfte er sich auch keinen Überblick über Coras Leben verschaffen oder irgendwelche Spuren deuten, die sie hinterlassen hatte, als würde er ihr nachspionieren. Es gab ohnehin keine Spuren; er fand es bemerkenswert, wie wenig ein unruhiges Innenleben sich auf den äußeren Hüllen manifestiert, die wir bewohnen. Er konnte nicht sagen, ob die saubere, ordentliche Wohnung mit all ihrem hellen, optimistischen Dekor ein Zeichen dafür war, dass Cora in ihrem neuen Leben ohne ihn glücklich oder unglücklich war. Er gestattete sich nur die Feststellung, weil sie wichtig für seinen Auftrag war, dass es keine Anzeichen für einen Mann gab, der bei ihr im Haus lebte oder sie besuchte. Da er außerdem ein gutes Gespür für ihre Empfindungen hatte – und weil sie so offenkundig nicht imstande war, etwas zu verschweigen, sosehr sie sich auch bemühte –, war er nach ihren letzten paar Treffen und Gesprächen sicher, dass es keinen anderen Mann gab; so wie er sich auch sicher gewesen war, als es einen gab. Als die Stunden verstrichen und sie nicht zurückkehrte, beschlichen ihn Zweifel. Schließlich könnte ihr in diesem Augenblick alles Mögliche widerfahren. Nichts könnte schlimmer sein, dachte er, als dass Cora aus den Armen eines neuen Liebhabers zurückkam und ihn wartend vorfand.

Dennoch wartete er hartnäckig und wider sein besseres Wissen.

Seltsamerweise empfand er seinen Aufenthalt in Coras Haus sogar als Erleichterung, als könnte er hier aufhören, an sie zu denken. Es gab viele andere Dinge, über die er sich Gedanken machen musste. Er musste Pläne schmieden. Am Donnerstagabend war seine Stimmung heiter und gelöst inmitten dieser komischen Explosion seiner Karriere, deren Erschütterungen eher einer Farce als einer Tragödie glichen. Mittlerweile war er sogar froh, dass Cora noch nicht aufgetaucht war. Wo sonst in seinem Leben wäre ihm so viel Freizeit vergönnt wie hier, einem Haus, in das er zufällig gestolpert war: zahllose Stunden der Untätigkeit, ohne äußere Zwänge, in denen nichts von ihm gefordert wurde? Irgendwann verlor er seine Hemmungen und fand beim Stöbern in Coras Schränken erst ihren Whisky, dann beschloss er, sich ihrer Essensvorräte zu bedienen. Er schaltete sein Handy nur kurz ein, um sich den Rückstau an Nachrichten und verpassten Anrufen anzusehen, ohne sie näher durchzugehen, und um seiner Schwester eine SMS zu schicken, in der er ihr versicherte, dass alles in Ordnung sei, ohne ihr mitzuteilen, wo er war. Dann suchte er auf Coras Regalen nach etwas Lektüre und entschied sich für *Jahrmarkt der Eitelkeit*, ein Buch, das er wegen der Schlacht bei Waterloo geliebt hatte, als er fünfzehn war.

Lange nach Mitternacht, als er sicher war, dass Cora nicht vor morgen früh käme, ging er zum Schlafen nach oben. Die Gästebetten waren nicht überzogen, und er wusste nicht, wo die Bettwäsche war, also schlief er in ihrem Bett und zögerte nur kurz beim Anblick der hübschen weiß bestickten Kopfkissen- und Bettdeckenbezüge. Außerdem war er plötzlich zu müde, um sich darum zu scheren, ob er etwas entheiligte. Er hatte seit einigen Tagen nicht mehr geduscht und trug noch immer den zerknitterten Anzug vom Montagmorgen, auch wenn er sich auf dem Weg nach Paddington saubere Unterwäsche und ein Hemd gekauft hatte. Beides hatte er – auch das eine Farce – auf den Toiletten in der Erste-Klasse-Lounge angezogen. Jetzt entkleidete er sich bis auf die Unterwäsche, legte sich in Coras Bett, das nur im ersten Moment eiskalt war, und schlief in dieser Nacht tiefer als seit Wochen, Monaten oder Jahren. Er versank so tief, dass er sich, falls er überhaupt geträumt hatte, an nichts mehr erinnerte, und als er wiederauftauchte, schien er nur einen tief verschlammten Meeresboden gestreift zu haben. Beim Aufwachen am Freitag hatte er keine Ahnung, wie spät es war. Er hatte bei offenen Jalousien geschlafen: Das fade Tageslicht draußen gab keinen Hinweis darauf, ob es Morgen oder Nachmittag war. Autos schnurrten hin und wieder auf der Straße vorbei, die Schritte der Fußgänger klangen verglichen mit London behäbig und unbestimmt. Er hörte die Hunde scharren oder wie ihre Nägel auf dem Gehsteig klackten.

Auf der Küchenuhr war es nach eins am Nachmittag.

So lange hatte er seit seiner Jugend nicht mehr geschlafen, selbst nicht, wenn er krank war (was selten vorkam) oder nach einem Langstreckenflug unter Jetlag litt. Eine eng gewundene Feder, die jahrelang in ihm geschlummert hatte, entspannte sich jetzt dramatisch. Er ließ sich ein Bad ein und wusch sich die Haare, ein merkwürdiger Luxus am Nachmittag; in einem Schrank fand er eine noch verpackte Zahnbürste. Seine Prellungen schmerzten weniger, und er löste den Verband, um nach seinem verstauchten Handgelenk und der Schnittwunde auf der Hand zu sehen. Nach dem Bad musste er wieder dieselben Sachen anziehen, und er konnte sich nicht rasieren. Cora war noch immer nicht zurück. Es gab keinen Grund anzunehmen, dass sie heute wiederkäme, dachte Robert: Wahrscheinlich war sie übers Wochenende weggefahren. Aber er würde warten. Sein Warten hatte sich in etwas verwandelt, das über den scheinbaren Zweck hinausging und ihn niederdrückte wie der Schlamm aus seinen Träumen.

Eine Tigerkatze bemühte sich hartnäckig, durch das Küchenfenster Augenkontakt aufzunehmen; er ließ sie herein, fütterte sie mit dem Rest des Shepherd's Pie. Dann legte er Musik auf. Cora hatte die meisten CDs mitgenommen, als sie sich trennten, und einige erkannte er als seine, aus der Zeit, bevor er sie kannte: die vom Amadeus Quartet eingespielten späten Beethoven-Quartette, Mozart, eingespielt von Solomon. Es war die Lieblingsmusik seiner Mutter gewesen, er liebte sie ihretwegen, auch wenn er ihr nicht nahegestanden hatte. Früher hatte er sich vor den Szenen gefürchtet, die sie machte. Wahrscheinlich war er furchtbar hochnäsig gewesen, dachte er jetzt. Seine Mutter hatte bestimmt geglaubt, er versuche die Distanziertheit seines Vaters zu imitieren. Wahrscheinlich hatte sie die verbohrten, prinzipientreuen Ansichten durchschaut, die Robert als Junge und junger Mann vertreten und dabei so getan hatte, als sei er der einzige normale und vernünftige Mensch, der festen Vorstellungen von Anstand und Etikette entsprach, während die ganze Zeit über eine Wut wie die ihre in ihm kochte, die er nur nicht nach außen zeigte. Jetzt, in Roberts träumerischem, trägem Zustand, durchdrang ihn die Musik rein und klar, ohne jede Ablenkung.

Der Brief, den Robert am späten Freitagnachmittag auf Coras Laptop schrieb, war nicht für sie bestimmt. Was er Cora sagen – sie fragen – wollte, konnte nicht geschrieben, konnte nur persönlich mitgeteilt werden. In der Zwischenzeit schrieb er ein Rücktrittsgesuch. Er erklärte dem Staatssekretär die genaue Abfolge der Ereignisse, die am Dienstag und in den folgenden Tagen zu seiner Abwesenheit in der Behörde geführt hatte: Dass er auf dem Weg zur Arbeit am Dienstag auf den nassen Stufen zur U-Bahn hinunter in einen Unfall verwickelt worden war und sich erhebliche Prellungen entlang der rechten Seite sowie ein verstauchtes Handgelenk zugezogen hatte, außerdem eine tiefe Schnittwunde an der Hand, die etwas geblutet hatte, nicht wirklich stark, aber alarmierend genug, dass jemand einen Krankenwagen rief. Die Sanitäter bestanden darauf, ihn ins UCH zu bringen, wo man seine Wunde genäht, sein Handgelenk geröntgt und ihm eine Tetanusspritze gegeben hatte. Da er Symptome einer milden Amnesie zeigte und sich nicht erinnerte, wo er wohnte oder arbeitete, behielt man ihn zur Beobachtung dort. Wegen dieser kurzzeitigen Amnesie hatte er es versäumt, das Büro über seinen Aufenthaltsort zu informieren, und er entschuldigte sich für alle dadurch entstandenen möglichen Unannehmlichkeiten. In der Zwischenzeit, während er sich erholte, hatte ihm die unerwartete Unterbrechung seines Berufsalltags die Gelegenheit gegeben, über die tiefe Unzufriedenheit seiner gegenwärtigen Work-Life-Balance nachzudenken – gänzlich sein eigener Fehler –, weshalb er beschlossen hatte, sein Arbeitsverhältnis mit dem Staatsdienst zu beenden.

Das alles klang außerordentlich unglaubwürdig, auch wenn es, abgesehen von der Amnesie, mehr oder weniger stimmte. Es war keine Amnesie gewesen, sondern etwas Seltsameres – eine dunkle Flut von Unwohlsein, die Gewissheit einer drohenden Katastrophe –, was ihn überkommen hatte, als er auf dem schmutzigen Boden lag, wo er gelandet war, nachdem ein Junge über den Regenschirm einer älteren Dame gestolpert und mit seinem ganzen Gewicht auf Robert gefallen war. Alle waren sehr besorgt und freundlich gewesen. Er hatte sie beruhigen wollen, aber nur stumm dagelegen, als hätte man ihm die Sprache ausgeprügelt oder als wäre eine uralte, verrostete Maschine in seiner Brust nach einem Schlag eingerastet und wollte nicht mehr funktionieren. Sein Schweigen hatte sie vermutlich mehr geängstigt als das Blut. Auch im Krankenhaus hatte er nicht gesprochen, sondern nur auf einen Block geschrieben, was sie wissen mussten, und nach zwei Nächten dünnen, unruhigen Halluzinierens, das nicht ganz Schlaf gewesen war, hatte er sich schließlich selbst entlassen, war einfach gegangen. Wahrscheinlich hatte er seit seinem Sturz mit niemandem mehr gesprochen (außer vielleicht mit der Katze). Seine Fahrkarte hatte er sich in Paddington am Automaten gekauft.

Es gab noch andere Aspekte der Geschichte, die nichts in seinem Brief zu suchen hatten: Zum Beispiel dass die U-Bahn-Station, wo er gestürzt war, King's Cross und nicht seine gewohnte war und dass er nur dort gewesen war, weil er am Montagabend nicht zu Hause geschlafen hatte, sondern allein in einem Travelodge in der Gray's Inn Road, nach einem Abend mit einer netten Frau, einer alten Arbeitskollegin, von dessen Ende sich beide vermutlich mehr versprochen hatten, was aber nicht eingetroffen war. Natürlich hatte er nie beabsichtigt, diese Kollegin mit ins Travelodge zu nehmen – er mochte kein Romantiker sein, aber so schlimm war er nun auch wieder nicht. Er hatte vorgehabt, nach einem gemeinsamen Essen mit ihr nach Hause zu gehen, sie lebte in einer hübschen kleinen Wohnung in der Nähe der Upper Street: Er war schon einige Male mit ihr nach Hause gegangen, seit Cora ausgezogen war. Als er es dann doch nicht tat – obwohl die Kollegin klarstellte, dass er willkommen war –, wollte er auch nicht in seiner eigenen Wohnung übernachten. Für einen rationalen Menschen hatte er eine ziemliche Angst vor dieser

Wohnung entwickelt. Er war schon aus dem gemeinsamen Schlafzimmer ins Gästezimmer gezogen, weil es mit weniger quälenden Erinnerungen verbunden war.

Bevor er mit dem Schreiben anfing, hatte Robert, als Zeichen dafür, dass er wieder eine Verbindung mit der Welt draußen herstellen wollte, das Handy eingeschaltet, ohne es auf Nachrichten zu überprüfen. Als er mit dem Brief halb fertig war, rief Frankie an. Er räusperte sich, und das Sprechen fiel ihm nicht besonders schwer.

»Bobs! Ich kann nicht fassen, du bist es tatsächlich. Wo in aller Welt steckst du? Hier sind alle am Durchdrehen.«

»Mach dir keine Sorgen um mich, mir geht es bestens. Hast du meine Nachricht nicht bekommen?«

»Hast du unsere nicht bekommen? Cora hat dir geschrieben, gleich nachdem wir deine gelesen hatten.«

»Ich habe nicht in den Posteingang geschaut. Wo ist Cora?«

»Na ja, genau das ist das Merkwürdige. Sie kam nach London, weil du verschwunden bist und ich quasi die Stellung in deiner Wohnung gehalten habe. Damon hat übrigens deinen Laptop mitgenommen.«

»Wer ist Damon? Der Laptop interessiert mich nicht.«

»Ein schrecklicher SPAD. Hat das alles mit der Untersuchung zu tun?«

»Ich überdenke nur meine Work-Life-Balance.«

»Ich kann nicht fassen, dass du das wirklich sagst. So was sage normalerweise nur ich, und du lachst.«

»Dann ist Cora in der Wohnung?«

»Nein, genau das ist es ja. Sie hat letzte Nacht dort geschlafen, falls du zurückkommst, aber heute wollte sie nach Cardiff zurückfahren, jedenfalls hat sie das gesagt. Aber eben bekam ich einen ziemlich merkwürdigen Anruf – ausgerechnet von Bar.«

»Bar?«

»Genau. Und wie ist sie an meine Nummer gekommen? Ich kann mir nur vorstellen, dass sie Kontakt zu Elizabeth aufgenommen hat, und die hat Bar die Nummer gegeben. Aber egal, ich bin mir sicher, dass sie betrunken war, mitten am Nachmittag. Nicht Elizabeth. Hast du gewusst, dass sie einen Sohn hat – und in einer Galerie in der Savile Row ausstellt?«

»Von den Bildern wusste ich. Sie sind ziemlich gut.«

Frankie erklärte, dass Cora offenbar bei Bar aufgetaucht war, irgendwo im tiefsten Devon; die Adresse hatte sie aus Roberts Buch, und sie schien zu glauben, dass Bar ihn irgendwo versteckt hatte.

»Wahrscheinlich sollte ich dir das nicht erzählen«, sagte Frankie. »Aber irgendwie ist das alles sehr merkwürdig.«

»Bist du sicher, dass Bar das Ganze nicht einfach missverstanden hat?«

»Sie war definitiv sauer.«

Draußen auf der Straße suchte Cora in ihrer Tasche nach dem Schlüssel. Es war ein schrecklicher Moment: Im harten, trüben Nachmittagslicht blickte ihr das steinerne Gesicht der Straße unerbittlich entgegen. Eigentlich deponierte sie immer Ersatzschlüssel bei den Nachbarn, aber sie waren oft unterwegs. Außerdem meinte sie sich zu erinnern, die Schlüssel nicht zurückgebracht zu haben, als sie sie das letzte Mal ausgeliehen hatte – vielleicht waren sie noch in der Tasche ihres anderen Mantels. Sie war hundemüde und den Tränen nahe. Aber was würde das bringen? Entschieden wandte sie sich der neuen Sachlage zu und blickte nach vorn. Sie sollte lieber den Schlüsseldient holen.

Und dann, wie unter der Wucht ihres Willens, der sich ohne Hoffnung gegen ihren Widerstand gestemmt hatte, wurde die Tür geöffnet – und Robert stand da, völlig unerwartet. Er sah schrecklich aus, unrasiert und in Socken.

»Du hast den Schlüssel in der Tür stecken lassen.«

Sie war wider jede Vernunft verärgert, oder ihre Sorge hörte sich wie Ärger an.

»Wo bist du gewesen?«, fragte sie empört. »Ich habe überall nach dir gesucht.«

Eine Stunde später dachte Cora in der Dusche, sie würde es Robert beichten. Sie würde ihm alles beichten – dass ihr Herz für eine elend lange Zeit in schweren Ketten an einen anderen Mann gefesselt war und jetzt nicht mehr. All das würde sie beichten, bevor sie ihre Wiedervereinigung im Bett vollendeten. Sie würde ihm Pauls Artikel zeigen – sie hatte ihn beinahe im Zug liegenlassen und dann im letzten Moment in die Tasche gesteckt und mitgenommen –, und sie würde alle Bücher von Paul holen und sie Robert zeigen, und dann würde sie sie alle wegwerfen. Cora erinnerte sich an ihr altes aufrichtiges Ich: Es riss furchtlos alle Türen zu den

Räumen ihres Lebens auf. Sie hatte frische Handtücher an die Handtuchheizung gehängt, und das prasselnde, an ihr herabströmende heiße Wasser war herrlich. Sie hatte ganz vergessen, dass ein so überschäumendes Glück möglich war. Im Garten vor dem offenen Badezimmerfenster sang eine Amsel im sich verdichtenden Licht des Spätnachmittags; der Tag war noch schöner, weil er sich hinter seinem grauen Schleier verbarg. Robert war weg, um Rasierzeug, saubere Unterwäsche und Kleidung zu kaufen – nur Gott wusste, womit er zurückkommen würde. Bei der Vorstellung, dass er zum hiesigen Peacocks gehen musste, weil keine Zeit blieb, um vor Ladenschluss in die Stadt zu fahren, hatte sie lachen müssen.

»Was ist Peacocks?«

»Weißt du denn gar nichts?«, hatte sie ihn gehänselt. »Weißt du nicht, wie normale Menschen leben? Dann musst du es lernen. Peacocks ist sehr, sehr billig.«

Sie hatten keine Ahnung, was sie als Nächstes tun würden.

Sie würden nicht zurückgehen – nicht nach London, nicht zu Roberts Job. Im Augenblick mussten sie nichts entscheiden. Sie hatten keine Verpflichtungen und konnten alles machen, überall hingehen. Sie besaßen Geld; sie könnten ihr Haus verkaufen, seine Wohnung, oder beides. Sie könnten nach Indien, Amerika oder Schottland gehen. Das einzig Gewisse war das Essen am Abend; sie waren beide ausgehungert. Cora reservierte einen Tisch bei dem Italiener, zu dem sie früher mit ihren Eltern gegangen war, und warnte Robert, dass er nichts Besonderes war. Nach der Dusche zog sie sich rasch an und trocknete ihr Haar vor dem Spiegel im Schlafzimmer, sprühte sich Trésor auf die Handgelenke und hinter die Ohren. Dann veränderte sich das Licht, kippte zwischen Nachmittag und Abend – Luft, die banal und transparent gewesen war, verfeinerte sich zu zartem Blau, und ein Balken aus Dunkelheit, der auf dem Fußboden lag, wanderte wie eine Berührung über ihre Haut: ernüchternd, mahnend. Im Bann des Augenblicks stand Cora da und atmete vorsichtig.

Sie hatte keine Angst vor Robert, nur vor sich selbst – falls sie alles verdarb.

Mit welchen Worten könnte sie erklären, was während ihrer Trennung geschehen war?

Sie würde nichts sagen, es sei denn, Robert fragte. Sie würde abwarten und sehen, was er wollte. Der kommende Abend glich einer randvollen Schüssel, die sie tragen musste, ohne etwas zu verschütten.

Tessa Hadley

Tessa Hadley, 1956 in Bristol geboren, wechselt zwischen zwei Rollen hin und her: Ihr »soziales Ich« kümmert sich um ihren Ehemann, ihre drei Söhne und ebenso viele Enkelkinder, während ihr »schreibendes Ich« geduldig hinter den Kulissen warten muss, bis es wieder auftreten darf. Aber das eine gäbe es nicht ohne das andere: Auch in ihrem Schreiben beschäftigt sich Hadley, wie ihre großen Vorbilder Jane Austen und Jean Rhys, mit dem Familienleben und sozialen Beziehungen. Bevor sie sich dem Schreiben widmete, arbeitete Tessa Hadley kurze Zeit – und höchst ungern – als Lehrerin. Mit Ende dreißig studierte sie Kreatives Schreiben in Bath (wo sie heute unterrichtet) und promovierte mit einer Arbeit über Henry James. Ihren ersten Roman veröffentlichte sie erst mit 46. Für ihre Romane und Kurzgeschichten erhielt sie zahlreiche Preise, 2009 wurde sie zum Fellow der Royal Society of Literature gewählt.

KAMPA POCKET

Tessa Hadley
Zwei und Zwei

Roman
Aus dem Englischen von Gertraude Krüger

Sind drei einer zu wenig – oder doch einer zu viel?

Seit dreißig Jahren sind sie befreundet, die stille Malerin Christine, ihr Mann Alex, der sich zum Dichter berufen fühlte und nun als Lehrer arbeitet, der erfolgreiche Kunsthändler Zachary und seine flamboyante Frau Lydia. Die vier führen in London ein gutbürgerliches Leben, parlieren über Kunst und Literatur, bekommen Kinder und fahren gemeinsam in die Ferien. Alles ist gut. Dann stirbt Zachary, vollkommen unerwartet. Lydia zieht zu Christine und Alex. Aber der Verlust des Freundes und Ehemanns schweißt die drei nicht enger zusammen. Die Vergangenheit holt sie ein, alte Wunden brechen auf. Haben sie die richtigen Entscheidungen getroffen? Trifft man die je? Was ist aus ihren Sehnsüchten, den Lebensentwürfen ihrer Jugend geworden? Und was ist eigentlich damals in Venedig geschehen?

Tessa Hadley hat einen wunderbar elegischen Roman über die ganz normalen Irrtümer und Missverständnisse des Lebens geschrieben, eine *comedy of manners*, in der die kleinen Gesten alles erzählen, ein Buch, dessen Lebensklugheit und feiner Ironie man sich nicht entziehen kann.

»Eines dieser Bücher, von denen man nicht
lassen kann, man liest weiter, geht ein Stück Wegs mit
diesen Fremden, die immer vertrauter werden.«
Rose-Maria Gropp / Frankfurter Allgemeine Zeitung